桂兰

孙泉 著

南京出版传媒集团
南京出版社

图书在版编目（CIP）数据

桂兰 / 孙泉著. ‒‒ 南京：南京出版社，2024.1
ISBN 978‒7‒5533‒4435‒5

Ⅰ.①桂… Ⅱ.①孙… Ⅲ.①长篇小说 – 中国 – 当代
Ⅳ.①I247.5

中国国家版本馆CIP数据核字（2023）第224024号

书　　名	桂兰
著　　者	孙泉
出版发行	南京出版传媒集团
	南 京 出 版 社

社址：南京市太平门街53号　　　　　邮编：210016
网址：http://www.njcbs.cn　　　　　电子信箱：njcbs1988@163.com
联系电话：025-83283893、83283864（营销）　025-83112257（编务）

出 版 人	项晓宁
出 品 人	卢海鸣
责任编辑	包敬静
特约编辑	黄长满
装帧设计	石　慧
责任印制	杨福彬

排　　版	南京新华丰制版有限公司
印　　刷	南京工大印务有限公司
开　　本	880 毫米 × 1230 毫米　1/32
印　　张	13.5
字　　数	276千字
印　　数	3001—6000册
版　　次	2024年1月第1版
印　　次	2024年9月第2次印刷
书　　号	ISBN 978-7-5533-4435-5
定　　价	68.00 元

用微信或京东
APP扫码购书

用淘宝APP
扫 码 购 书

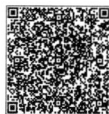

序

赵德清

　　水乡高邮古名秦邮、孟城等，依河傍湖。河是悬河，千年京杭大运河，湖是悬湖，万顷碧波高邮湖。河湖悬在高邮人头顶上，过去许多岁月里都有洪涝灾害发生，尤其是1931年特大水灾，运河多处决堤，高邮及里下河各县尽成泽国，千万百姓顿遭灭顶之灾。而今，这里已无水患，风调雨顺，百业兴旺，称得上是"江淮明珠、人间福地"。高邮这方水土的人物风情，是文学创作的重要源泉，也是大运河文化的重要元素。现当代文学史上的著名作家汪曾祺就是从这里走出去的。老乡孙泉嘱我为他的小说《桂兰》写序，作为晚辈实在愧不敢当，但作为家乡文联主席则义不容辞。

　　阅读孙泉的小说《桂兰》，眼前浮现出一个从悲苦童年到艰难成长、从旧社会奔向新时代"勤苦持家"的水乡女子的形象。小说主人公孙桂兰从小被卖为养女，在高邮湖畔长大成人，幸运地与渔民之子夏喜春成家立业、相伴一生，养育了八个儿子一个女儿，可谓"枝繁叶茂、四世同堂"。整部小说反映的是高邮人，特别是高邮渔民的生活，时间跨度将近百年，既有里下河风俗习惯的描写，也有各种普通人物形象的塑造，深刻阐释了时代变迁对于普通人的影响，是对一段历史时空的记录与思考。作者语言朴素，叙事从容。

由于我做微信公众号"汪迷部落"，吸引了不少"汪迷"，也吸引了不少外地高邮人。孙泉就是其中一个"微友"。之前，虽说我俩没有见过一面，但却读过孙泉不少作品，在朋友圈里看到他还是南京市鼓楼区"见义勇为"先进个人，爱好写作、摄影，创作成果颇丰：长篇小说《盐蒿子》已于2020年9月由新华出版社出版，散文集《水韵江山》已于2021年12月由长江出版社出版。

2021年11月4日，孙泉加我微信，发来小说《桂兰》书稿，说："我思考了好几天，您帮我写序最适合了。""小说主人公7岁卖给人做养女，成家后，无论生活多么贫困，都将八儿一女送校读书，最终脱贫为国做贡献。""劳动改善生活，知识改变命运。"他的这一席话深深打动了我。后来，看到孙泉发给我的个人简历，他已过花甲之年，是水利部长江水利委员会水文下游局（南京）的高级工程师，参加过三峡水利工程、田湾核电站、港珠澳大桥等大型水利工程的建设和可行性分析。这么一个"工科男"居然如此热爱文学文艺，而且创作激情高涨，我不得不佩服，更感慨高邮确实是一座被文学文艺宠爱的城市。从高邮走出去的人或多或少都沾染些文化气息，而且大多为人朴素正直、诚实可信，都能够成为业内的栋梁之材。这就是我的家乡高邮让人向往的魅力。

1971 年，孙泉与高邮 660 多名青少年到灌云七道沟当知青，三年后，他就被送去南方大城市上学，重新读书，可见，他在当知青时的表现肯定是棒棒的。从他出版的第一部长篇小说《盐蒿草》一书中就可窥见，他在当知青那会儿就对文学产生了浓厚的兴趣。后来，读书、参加工作仍然没有放弃对文学的痴迷。退休后，重新拾笔著书立说，成绩不俗。

高邮是著名作家汪曾祺的故乡，汪曾祺无论在哪里都要强调"我的家乡在高邮"。许多慕名拜访汪曾祺纪念馆的人，无论是名家大咖，还是普通游客，都说高邮是一个十分"养人"的地方。这里的食材新鲜、丰富、味美，这里的气息温润、恬畅、舒适，这里的人们和善、可亲、知足……不管认识，还是陌生，高邮是一个让人来过就能记住的地方。

高邮湖位于城区的西面。我们经常习惯于到湖边去看落日余晖，看晚霞满天。尤其是秋高气爽，湖天一色时，令人驻足忘返。正如汪曾祺写道："湖通常是平静的，透明的。这样一片大水，浩浩缈缈（湖上常常没有一艘船），让人觉得有些荒凉，有些寂寞，有些神秘。黄昏时，湖上的蓝天渐渐变成浅黄、橘黄，又渐渐变成紫色，很深很深的紫色。这种紫色使人深深感动。我永远忘不了这样的紫色的长天。"

读完小说《桂兰》，我也不禁感慨万千，多少风云流不去，年年岁岁景照人，此情何处忽飞来，恰似一湖秋水映乡愁……

（作者系江苏省高邮市文联主席）

目录

相传，很久很久以前，有位白胡子老爷爷背着一座七层方形宝塔腾云驾雾，云游四海，寻找人间最秀丽的风光地落脚。一天，白胡子老爷爷从云端上看见一座仿佛置身于水中央的秦邮古城，古城雄俊秀美，历史苍决；京杭大运河贴着古城西侧由南向北奔腾而去，仅一堤之隔的运河西面是烟波浩渺的秦邮湖，湖面上帆群点点，野鸭成群，白鹭、东方白鹳、丹顶鹤翩飞翱翔。"太美了"，白胡子老爷爷将塔置立在运河与湖中央的大堤上，这样，伫立塔端可以东望古城，西看大湖，俯首运河，岂不快哉。后人在塔之围建寺，名曰镇国寺，塔称之为西塔。

　　据考证，距今约 7000 至 5000 多年前，这儿已有人群居住。春秋，境属吴邗沟地，越并吴属越。战国，楚并越属楚。秦王嬴政二十四年，灭楚，属秦。秦在此筑高台，置邮亭，命名此城为秦邮。傍城大湖也因此而名为秦邮湖。

　　在秦邮湖边，西塔脚下有一个村庄叫西塔村，这个村庄的人们祖祖辈辈以打鱼为生。千百年来，他们日出而作，日落而息……

第一章

龙奔乡，相传是龙诞生的地方，在秦邮城东方，这儿产生过多位皇亲国戚，也先后出土过几千年前的文物，是曾经名扬四海，富庶一方的风水宝地。

桂兰就出生在这儿，龙奔乡一个农民的家庭，当然，她没有沾到龙奔的一点王气和贵气，7岁时就成了几十里外，沿着她的故乡向西，秦邮湖边、镇国寺西塔附近一户吃皇粮夫妇的养女。

才7岁，正是花一般的童年，应该是吟着"鹅鹅鹅，曲项向天歌，白毛浮绿水，红掌拨清波"古诗蹦跳在乡间小路或城里小巷去上学的时光。

然而，桂兰没有花一般的童年，这么小小的年纪就开始走上艰辛的人生路。

只知桂兰原本姓王，7岁那年冬天，是桂兰最悲苦最难熬的寒冷季节，一户姓孙的人家用5块银元将她买走。被卖的那一刻，幼小的心灵几乎被撕碎了，她拉着父亲的手死死不放、苦苦哀求："我以后不再吃饭只干活，不要卖我……"

买家姓孙，家住秦邮湖边的西塔村，以管理秦邮湖与运河相接的船闸为生，夫妻俩婚后多年无嗣。由于担心桂兰实在太瘦小干活还达不到要求，他们还买了个男孩，这样，一双养儿养女，既可干活又能为孙家传宗接代。

养父母稍不顺心，他俩干活稍不如意就被毒打和禁食，仅几个月时间，那个男孩因受不了虐待，在一个漆黑的夜晚逃走了。

可想而知桂兰是如何度过她悲苦的童年的。

她能一天不挨打，一天不受饥就是愉快的一天。根本不奢望能上一天学，当然像她这种社会阶层的女孩，在那个时代基本没上过学。

后来，她成了家，有了自己的儿女，但是，她在儿女面前从不提7岁到17岁的这段历史，兴许这十年，她尝尽了人间酸苦辣。

她不提这十年，完全是把苦难的过去压在心底，让自己独自承受，不让儿女受一点影响。

走过这十年，迈向生活新起点。

时间，对于不同心情、不同处境的人来说，感觉是不一样的，甚至截然相反。

天真烂漫、无忧无虑的少女会觉得时间在飞，还没享受够就过完从童年、少女到成人的美好时光。

感觉时间凝固而又漫长的是那些承受生活重担，没有一点时间属于自己的人，他们渴望能有一点属于自己的时间，但总是等不来，时间似乎凝固了。

桂兰就是这样，从 7 岁到 17 岁，没有一刻的时间是自己支配的，都是在辛劳和奔忙中度过。

兴许是桂兰的勤劳感动了上苍，她在劳动中的美"俘获"了一位憨厚、勤劳、英俊的小伙子。他就是英俊、憨厚、善良的夏喜春。至此，桂兰开始了自己可以支配时间的新人生。

夏喜春在四兄弟间排行老三，还有一位姐姐和一位妹妹。

夏家家境殷实，从事水产和渔业器具营销。

祖传夏家原姓伯颜，蒙古族，旗人，后随忽必烈入京统治中国。在近百年的元朝统治期，夏家祖先官至兵部尚书，显赫一时。随着元朝的衰败，夏家一落千丈，当明朝替代元朝前夜，伯颜族人进行了精心策划，潜入民间，改姓换名，免遭杀戮。部分伯颜族人改姓夏，逃至远离京城的秦邮湖边定居。

桂兰和夏喜春孩提时代就已相识，相恋却是在船闸上。这个船闸控制着京杭大运河秦邮段与秦邮湖的水位差，同时也是船舶从运河进出秦邮湖的控制点。

船舶经由船闸是收费的，桂兰的养父是船闸的管理人，有管理权当然就有了船舶进出船闸的收费权。

收费基本上都是养父亲自出马，用竹竿系上小竹篓吊至已进闸的船上，船主人按照以往收费标准往篓里投币。那时用的是铜钱，都是金属的，没有纸币，不会飘飞。

　　来了官员、客人、朋友，养父无暇收费，这时养母顶职。如果养父养母都有事，桂兰自然顺延去收费，然后，将收到的过闸费全部上缴养母。

　　桂兰和夏喜春是怎么相恋的，是媒妁之言还是自由相恋？据桂兰说："那时哪有自由恋爱的，但是，我俩先是自由认识有了约定后再由媒人操作完成的。"

　　桂兰和夏喜春的相恋要从1936年的那个夏天说起。

　　那天天刚亮，东方鱼肚白的云层里已射出丝丝的红霞，迎接初升的朝阳。湖面上淡淡的晨雾笼罩，青青的芦苇荡在晨风中悠悠摇曳，偶有小舟在苇荡晨雾中缓缓穿行，诗境画意般的湖面蕴藏着几分神秘色彩。

　　当天湖面一侧首次放船进闸已结束，闸门在人工绞索的牵动下正缓缓关闭。

　　"桂兰，难为你等等。"一艘小船正从湖面方向急急驶来。船上，兄弟俩奋力划桨，老二夏喜炎在左侧，老三夏喜春在右侧，各持一桨奋力赶来。他俩是要将从湖中收购来的满舱鱼过船闸，去大运河东岸的秦邮城，去他家开设的渔行里销售。

　　桂兰闻讯，立马通知摇绞关的人暂停，等候夏家渔船进闸。

　　小船箭般地驶进船闸，待小船进入船闸，闸门在吱吱咯咯的响声中缓缓关闭。此时，夏喜春手中拿着一荷叶包站在船头等候桂兰来收过闸费。

　　昨晚，养父与夏喜春父亲还有商会里的几个朋友一起喝酒，喝的有点多了，起不了早。养母打了一夜的麻将牌四更天回家便将桂兰唤醒要她去打理船闸。

桂兰时年虽然才 15 岁，但是由于经常顶替养父打理船闸已积累了丰富的经验。管理船闸无非就两点：一是确定闸门何时启闭和船舶进出安全；二是收费。

当闸内水位与大运河水位进行平衡期间，桂兰携着竹竿和小篓向闸内船舶进行收费。

见到收费，每个船主的心态就是能躲就躲，能逃逸就逃逸，希望免费过闸。

夏喜春招手让桂兰将收费小篓子伸到他家船边，当桂兰正准备将收费小篓子伸过去，楞了一下：不对啊，他家交过年费，也就是说一年交一次费用，全年不论过闸次数，当然，一次不过闸也不退费。

"就你家钱多，钱多得腻了，交过费还要再交？"桂兰心想，夏喜春家是有钱，但不会多得腻了，交过年费再交单次费。

夏喜春嘴上喊着，用手招着，桂兰装着没听见没看见，不紧不慢地按顺序一艘船一艘船地收。

醉翁之意不在酒。老三喜春急吼吼要缴费，老二夏喜炎知道三弟的心意，本来船早就能进闸，他却要去湖边苇荡去采集嫩莲子和鸡头米（芡实），说是给桂兰的。呵呵，刚新婚不久的夏喜炎知道他的"花头经"，任由他去表演。

收完前面船的过闸费，桂兰正想将竹竿和小篓子跳过夏喜春家

的船去收邻近的船，但是，刚抵近夏喜春家的船时就被拦截了，她
正想缩回竹竿和小篓子，夏喜春已经十分麻利地将荷叶包放进篓里
并含羞地看了桂兰一眼，迅速钻进小船防雨篷。

不知夏喜春往篓里放了什么，沉甸甸的，他那眼神怪怪地想要
说什么？桂兰也不好意思起来，赶紧回到船闸室，篓里除了过船费，
那荷叶包里是她爱吃的嫩莲子和鸡头米。

桂兰在船闸室里打开荷叶包，里面的莲子、鸡头米带着露水，
十分鲜嫩，"是刚摘的，怪不得这么迟才来。""喜春怎么知道我
今天管船闸？""他知道我养父昨天喝多了？"

收下莲子和鸡头米，桂兰先剥了一粒鲜嫩的莲子放进嘴里细细
地嚼，丝丝甜香充盈心口。

夏喜春人高马大，用现在的量法足有一米八，肩阔腰细，长眉
细眼，方方的国字脸带有几分蒙古人的野性，又上过几年私塾，有
一定的文化底蕴，越发显露出他的勃勃英气。其实，桂兰小时候就
认识夏喜春，且有过交集。只是那时俩人两小无猜，不懂男女之间
之事。

"快点开闸哦，我们还要赶路。"闸关闭已有一会儿了，闸内
的水位与运河水位已齐平，也不是桂兰忘了下令开闸，而是有两条
船欺负她是个小毛丫头，想不付费，桂兰要等费收齐了才能下令开闸。

夏喜春看出不开闸的端倪，知道有船不付费，不付费怎么能开
闸呢？这是船主欺负小姑娘。此时，一向憨厚、实诚的夏喜春连跳

过两条船来到未付费的船上，这艘跑遍江河，溜过无数闸口的船主没见过这架势，很服帖地付了费，另一艘是其兄弟船，也心甘情愿地认了。

还有一条打鱼小船未付费，船主是位30岁左右的妈妈，她的男人两年前打鱼时失踪在湖里，至今不见踪影。如今，她拖着一儿一女在湖里打鱼，儿子11岁，女儿9岁，日子很艰难。夏喜春认识他们，他不忍心去收该船的费，自己从兜里拿出两个铜钱充数。

"桂兰，钱收齐了。"他颇有点得意。

见夏喜春替毛家小渔船付了过闸费，桂兰心想：这小三子挺善良的，自小认识他，看着他长得人高马大，像个男人的样子。只是他俩现在不好意思接触讲话了。虽然经常碰到，但是不像小时候，怎么讲都行，现在搭话让人看见像什么样，村里人眼尖口贫，只要有点小动静，就很快成为流行话题，所以，咫尺天涯，见面不识。然而，这天，两人有了接触的机会。既然你善良，我比你更慈善，她带有命令的口气对夏喜春说："小三子，你将毛家的过闸费自己收起来，将这袋米给她家。"

夏喜春传过米袋，心情激荡，他凝视着善良、聪明、贤惠的桂兰，是那么的美。他那两块铜钱也随米袋一起递给了小渔船。

毛家小渔船母子三人齐刷刷地向桂兰作揖。

毛家生活本来还过得去，夫妻俩带着一双儿女，在那时的社会和环境下，有一条自家小渔船算是不错的了，再加岸上还有两间小茅屋，正常过日子绰绰有余。然而，两年前的一个黄昏，男主人捕鱼起网时掉入湖里不见踪影，彻底改变了这家人的生活。女主人悲伤过度身体受到重击，意欲随丈夫而去，因不忍丢下一双儿女，拖着病殃殃的身子带着儿女生活，日子十分艰难。

养父交代过，毛家小渔船过闸不收费。桂兰代职时不仅不收，还时常从家里带点食物接济，当然是得到养父、养母的许可，毛家三口见到桂兰都毕恭毕敬，船行停桨，人行伫立。

这次桂兰虽然只给了斤把米，但是却成了毛家救急之粮。从昨天中午起，毛家就没有食物了，只能用捕来的小杂鱼熬点汤充饥，指望今晨用捕来的小鱼小虾到城里换点粮食。

正当他们难极之时，一小袋米和两块铜钱给毛家燃起生活的希望。

两块铜钱是夏喜春的，他当时自掏腰包付毛家的过船费，当桂兰让他退时，他不好意思收起，索性也给了毛家。

闸里所有船见此情景纷纷向桂兰投来敬佩之光，纷纷赞美：

小小姑娘，

如此善良，

渔家赞美，

观音佑她。

"开闸！"桂兰一声令下，闸门徐徐开启。

船有序地一艘接一艘脱离闸的束缚，向闸口左右两侧扇形展开，划桨的、扯帆的、撑竿的，都以最快的速度从运河驶向远方。

太阳在朝霞的烘托下腾腾升起，照射在运河水面上泛起金色的光芒，镇国寺里的西塔在晨曦中熠熠生辉，塔顶在初升阳光里隐隐形成一道光环，时隐时现。塔顶的光一般在雨后太阳升起的时候出现，有时很短暂就消失了，有时则是半支烟的功夫。

毛家小渔船一出闸门就发现塔顶之光，立马带着儿女朝塔膜拜，女人嘴里还念叨："菩萨，桂兰是好人，保佑桂兰。"

夏喜春和夏喜炎奋力向前，船如离弦之箭驶向运河彼岸。夏喜春也看到了塔的光芒，他心里向塔求愿：一定要娶善良、聪慧的桂兰为妻。

西塔不仅是这座城的图腾，也是人们心中的佛。

雄伟壮丽的西塔矗立在运河西岸水中间的小岛上，紧挨船闸。

伫立之塔，东临秦邮古城，历史苍桑；西望秦邮湖，莽莽苍苍；运河南北穿越古城西侧，紧挨塔脚东侧奔腾而去。

塔高七层，方形，每层顶部外围都有微微翘起檐，塔顶是金色的葫芦。

传说，在很久很久以前，这座塔是一位白发白胡子的老爷爷从西方背来放在这儿念经修身用的，他在塔顶种了一棵桃树，桃树五十年开一朵花，百年结一只桃。桃熟了会自由坠地，谁幸运吃到这个桃子，谁就能成仙。

不知多少善男信女在桃子成熟季节时在塔下等啊等，从年幼等到垂暮，从黑发等到白发，却没见过有桃子坠落。

有一位身材矮小，头顶长满癞子的人，在一个桃子成熟的暴风雨夜里，用自己破旧的小渔船奋不顾身救起19个落水者，而就在他奄奄一息之际，一个小毛桃落到他嘴边，他囫囵吞下便成了仙。

人们习惯称镇国寺塔为西塔，在东面还有一座塔名为净土寺塔，习惯称为东塔。

在两塔间还有一座奎楼，这奎楼不像塔，不像住宅楼，高不高，低不低，方不方，圆不圆，呈六角形，所以称为魁星楼，人们习惯称之为奎楼。

相传西塔立在运河之滨，秦邮湖堤边，日子久了，显得孤寂苍凉。一天，另一个大仙见状也背来一座塔放在西塔东侧，两者有个照应，相望解寂。

奈何，两塔一雄一雌，日久生情，每晚相聚求欢。为此，白天两者厮文，端立不移，晚上踏地涉水，动静太大，搅得满城鸡犬不宁，上苍闻讯，降下奎楼，堵死两塔相会路径，令之只相望不相会，从此，古城重归宁静。

上述是野史传说，而正史记载西塔为唐懿宗之弟所建，已有一千多年岁月。一千多年见证多少苍凉故事，镜花水月，称之为神，称之为仙，拜之为佛，象征图腾一点也不为过。

夏喜春因心中有事，时而回头看看桂兰所在船闸方向，时而侧脸向塔求愿，这就导致划桨用力不均，时强时弱。

两人划船，配合协调最为关键，一左一右，桨同时入水，同时用力，力量还要基本相等，否则船就不能直线前进。

夏喜炎看出三弟心不在焉，也不责怪，更不点破，随着三弟的力量而划，他强我强，他弱我弱，实在达不到对方划桨力度就变桨为舵拨正前进方向。但是，前进方向未偏，却影响了前进的速度。夏喜春这才清醒过来，不好意思望了一眼二哥，聚精会神用力划桨。

船很快到达琵琶闸码头，泊好船，兄弟俩配合默契，用抄兜从船舱里捞起还活蹦乱跳的鲫鱼、鳜鱼、草鱼、青鱼、鳊鱼、白条、虾等盛进箩筐，搬上板车，再迅速通过运河大堤将大部分鱼虾送到南门大街夏家渔行，余下的送至中市口的夏家渔行。

两家夏氏渔行已经营三十多年，以前叫鱼行，经营单一鱼虾，大部分是死鱼死虾，当店铺传到夏喜春父亲夏宽手里，经营思路大开，专门投资建造了活鱼池柜台和直接去湖面收购活鱼的采购运输船，这条特制船就是夏喜春和夏喜炎去湖上采购鱼虾的船。

这条船外形看上去与其他船无异，但是内部却有个机关，盛鱼舱与湖水相通，船动，舱里的水也动，保证了鱼长时间不会因缺氧而死。

夏宽不仅开辟了县城首家卖活鱼的商行，他还将鱼行的"鱼"加上三点水改为"渔行"，这就意味着不再是单向经营"鱼"，凡涉及鱼产品都经营，比如从活鱼到腌鱼，从鱼干到熏鱼；从活虾到虾干、虾仁、虾籽。

经营范围也扩大了，从南门大街唯一店，扩展到中市口，品种也增多了，仅鲜鱼就占城区百分之三十的份额。

有人建议夏宽在城北再增一个销售点，却被他拒绝了。问起原因，夏宽回答："秦邮很多人靠鱼生活，如果被我一家吞了，还让别人活否？"

夏喜春和夏喜炎兄弟俩卸下南门大街店的鱼虾后，立即将余下的鱼虾送至中市口店。

两店相距不到2000米。从南门大街店向北不到50米就是南水关，这儿有一座城门，是县城南端第一座大门，也就是说，从南面进入城区，这是第一道关。

城门宽约三个拖板车，比一般家门高半个。两扇朱红色大门，木质厚实。白天开着，晚上，天大黑了就关上，早上五更时开。

过了这道门就等于进入城区，向北经南石桥，到焦家巷。焦家巷临街有家颇有名气的面馆——刁家面馆。这家面馆主营面条、馄饨、包子和几道私房菜。面馆老板姓刁，白白胖胖，年龄看不出多大，像30岁，也似40岁。

这家面馆的面条、馄饨是秘制，名扬全城。不知怎么制作的，吃后回味半日。面条、馄饨汤里有两种料是来自夏家渔行的副产品——虾籽和虾皮，加香葱和本县有名的黄豆老抽。别人家店也仿刁家面馆，用这些料，就是仿不出那个味。一次喝醉酒的刁老板醉意中透露出一点秘诀："我家的汤料是蒸制的，先下什么料后下什么料，蒸多长时间，用多大火这些是很关键的。"刁老板似醉非醉，话中带玄，听者怀疑他故弄玄虚，但你仿不出，只好任他吹。

"刁老板，虾籽、虾皮来了。"夏喜春推着车扯开嗓子对着刁家面馆喊。

"来了。"圆圆的身子，圆圆的脑袋，满脸光亮的刁老板听到夏喜春的吆喝，急匆匆地从面馆出来，满脸堆笑地接过夏喜春递过来的虾籽、虾皮："难为老弟了。回头来早点哦，现在就给你们准备。"

夏喜春笑眯眯的不接话，驾驭板车的夏喜炎打了个肯定手势回应刁老板。

秦邮，这座有7000多年历史，2000多年建城史的古城几乎被水包围着，仿佛躺在水中央的城堡。从喜春运送鱼虾的主城起始，向西约50米就是护城河。护城河宽约20米，水源来自大运河，南水关为起点，闸门控制水的落差，川流不息。再向西，大片蔬菜地，生产出的蔬菜供应城里人。这块地宽约1000米，接着就是运河，运河对岸是烟波浩渺的秦邮湖。

向东约1000米是县城东侧护城河。

上述是南北纵向水系。横向水系与纵向水系相连，或连成口字，或构成田字，又好似井字。仅从南水关城门到中市口这段约2000米宽的城区就有三条横向河道，这些河道与纵向水系相通，相向而流。

过了焦家巷，向北约200米，又一条河流横经古城。继续前行不到500米，就是中市口。中市口，表示这座城的中心，也就是说，居全城南北之中间。

夏家渔行中市口店在西南角，重点经营活鱼、活虾。一般每天送来的活鱼虾，两个小时内就销售完。市民多埋怨：不能多进点货，有钱不赚啊？

　　面对市民的要求，夏宽眯起眼微笑就是不答话。他心中始终有本账：钱不能全让自己赚，自己吃干饭，要让别人至少吃到粥，否则，你的干饭就难吃。

　　夏宽的理念一点不错，围着夏家渔行有十几家做鱼虾生意的，不少是自产自销，还有多个挑担子的流动摊点。当夏喜春看到一起过闸的毛家小渔船母子也在抬着小鱼篓卖鱼时，心中想：父亲不扩大销量的决定真是非常人性。

　　中市口店规模比南门大街店规模小一点，由老三夏喜春的老大夏喜和管理。

　　兄弟四人，老大夏喜和最忠厚老实，个儿最矮，一米七五左右，五年私塾，业务强，精于算盘记账，是夏家渔行账房先生，娶王氏为妻。王氏人高马大，担水砍柴，浆洗做饭是一把好手。俩人婚后已生了两小凤，小的近 3 岁，目前，肚中又有喜，盼为夏家添龙。

　　南门大街店由夏宽亲自经营，老四夏喜泰当帮手。

　　老二夏喜炎和老三夏喜春负责货源采购运输。

　　大姐夏喜英早已嫁人，小妹夏喜珍未及笄，闺中养蓄。

　　母亲夏氏身高与老大夏喜和相仿，持家务业，精明善干。

　　卸下鱼虾，夏喜春、夏喜炎未做休息立即返程。夏喜炎驭车，夏喜春一步跨上板车："小小的郎儿来，月下芙蓉木兰花开哎。"嘴上哼着秦邮小调，想着马上又要过闸可以再看看桂兰，心里甜丝丝的，哥哥仍负重前行。夏喜炎像老黄牛一样一声不吭埋头拉车，一路小跑朝着刁家面馆而去。

一支烟工夫，刁家面馆就到了，刁老板见状立即迎上来招呼兄弟俩里屋请。

面馆顾客盈门，座无虚席，兄弟俩习以为常直奔堂屋，一张八仙桌四条凳，两笼大包已放好，刁老板亲自用托盘送来两碗阳春面，笑脸春风："兄弟俩，慢慢用，我到前面招呼后再来。"

招呼好前台生意，刁老板不厌其烦地向兄弟俩人"韶"起名扬全城的刁家阳春面的由来。刁老板感激地说："刁家阳春面有今天，你家老爹是第一功臣。是他建议让我将虾籽、虾皮放入面条汤料，在汤料里放上虾籽、虾皮，果然比过去好吃多了。他要我不断改进制作方法，不断变化口味。并告诫我，人天天吃同一种口味会腻的，要循序渐进地逐步提鲜，半年改一次，在他的建议下，虾籽先炒熟、碾碎，猪油要板油、花油、肉油加入各种佐料一起熬制。前几天，你家老爹吃面后说，虾料的鲜味还没完全发出来，要我将虾籽、虾皮和酱油、香葱一起放笼里蒸。哈哈，真的不一样，提升了一个级别，鲜极了。你们慢慢尝，不够，再来一碗，还没对外呢，要等你家老爹尝过后才好对外呢。"

刁家面馆越发红火，刁老板特别感谢夏宽，每年付给夏宽红利作为回报。夏宽也不谦让，照收。

这是一举两得的事，既兴旺了面馆，又带动了水产副产品虾籽、虾皮的产能，使打鱼人又多了一份收入。

夏喜春听爹说过，将来不再扩大活鱼、活虾的销售量，但要提高副产品的产销。最近，他又在动员豆腐店老板研究用虾籽做豆腐干。

　　第一次吃到这么鲜美的面条，加上肚里早已饥饿，兄弟俩三下五除二一碗面条就下肚。夏喜炎又吃了两个包子，夏喜春吃了一个，其实，他再吃几个也没问题，他想着，剩下的包子要带回去，妈两个，小妹两个，还有两个，他心里装着桂兰。

　　从前台拿来两张荷叶，一张四个，一张两个，细绳十字交叉，打个活结拎起向外走，这时，夏喜炎与刁老板也结好账。

　　夏喜春驭车，他要二哥坐上板车，轻松地拉着车大步流星地走向琵琶闸。

　　船又返回船闸，随着闭闸后水位抬升，夏喜春的心也随着水涨船高"咚咚咚"加快地跳，他手里拿着小份荷叶包伫立船头盼着桂兰前来收费。

　　"小春子乖，荷包里是肉包吧，香呢，我已闻到香味了，孝敬你孙爹的吧？"桂兰养父孙如淦嘴里说着，手中的竹竿和竹篓就伸过来，直抵荷叶包。

　　40多岁的孙如淦十分精明，个儿不高，略显瘦，宽大的脑门写满了他的精明，祖上历代以打鱼为生，到他这儿像换了个天地。不仅完全脱离了以"渔"为生的祖制，而且成为政府一员，管理船闸，这在西塔村怎么也找不到第二个。

　　夏喜春见桂兰养父的竹篓直抵他手上的荷包，还没来得及反应怎么回事，不由自主地松开手，荷包丢进了小竹篓。咚咚跳的心随即冷却，脸朝着桂兰养父表情茫然不知所措。

　　见夏喜春真的将荷包丢进竹篓，孙如淦不好意思了："小三子乖，孙爹跟你开玩笑的，拿回去，拿回去。"孙如淦抖抖竹篓，示意喜春拿回荷叶包。

夏喜春这才清醒过来。

哪能再拿回去，他赶紧缩回手："孙爹，就是带给您的，您就拿回去吃吧。"夏喜春做了个顺水人情。心里想：一定是孙爹酒醒了换桂兰回家了，不过，给孙爹吃也不错呢。

"不行，不行，逗你兄弟俩玩的，来真的就不好玩了。昨晚和你爹喝酒还没醒透呢，现在又吃你们早点，说不过去呢。"

"孙爹，是专门孝敬您的，您就趁热吃了吧。"夏喜炎看出端倪，为三弟打了个圆场。

"这样不像话的，要被你爹说的，哪有长辈要晚辈请早餐的，下次有机会，我请你俩。"孙如淦这才收回竹篓，去其他船收费去了。

船出了闸，驶过闸前的避风港湾，展现在眼前的就是碧水苍茫，烟波浩渺的秦邮湖。

南接长江，北连洪泽湖，西岸天塘，东边运河和秦邮县城。

此湖哪载形成，无据可考，无证可论，扑朔迷离，神似传说。

一次，王母娘娘赴东海参加蟠桃盛会，席上，琼浆玉液，仙桃蟠枝，一时兴起，敞怀畅饮，放任品尝，终醉意朦胧，筵席结束返回的路上，腾云驾雾时，醉意中一脚用力过大，点中了秦邮原古城——陈州府。这个陈州府被王母娘娘一脚踏陷两丈有余，全城顿成盂形，碧水四流，成泱泱泽国。

第二天，王母娘娘酒醒，感觉昨天脚下有异，叫太白金星去查询。

太白金星下凡探究，不得了，陈州府已成泽国，全城人已葬身水底，生者寥寥，他们正在小山坡顶叩问苍天：天理何在？

王母娘娘闻讯，知道自己一时放纵酿下了大祸。但是，凡间都是她的臣民，再错也是臣民的错。她要太白金星去处理。

太白金星深知王母娘娘之意，如果亲自出马，必得罪凡间百姓，日后必遭凡民唾弃。于是生出一计，让一刚入道的仙童潜入凡间，谣言惑众。

仙童谣传：某年，陈州府干旱，饥民皆是，某日，龙王嫡子青龙贪玩至此，全城刁民见到龙王之子，咬牙切齿，恨之不降甘霖，导致陈州百姓饿鬼哀嚎。在府衙的煽动下抽龙筋，喝龙血，蒸龙骨。陈州府的今日，是惩罚赎罪。

几个活者知是谣言，怒视苍天：明知己错，却栽赃陷害，天理何在？

仙童按照太白金星授意，在原陈州府东面再建一城，城东北小山顶建泰山庙，嘱咐几个活者，守庙念佛，百年后得道成仙。

总算抹平了王母娘娘之错，但"天理何在"一词至今流传。

因为没有正史记载，所以秦邮湖的形成多存在于神话传说之中。这就无限扩展了人们对秦邮湖的想象，再加上湖上偶然产生一些用科学还不能全面准确释疑的自然现象，使秦邮湖越发神秘，无尽的想象，不倦的推测，似乎让人们相信，这个湖是由远古时代的神创造的。

神话归神话，现实中的湖本身就有谜一般的色彩。

近千平方千米的水面，横跨皖苏两省，北连洪泽湖，南接长江。

秦邮湖南岸天山据称是蚩尤诞生的地方，东边秦邮城更是历史悠久，已有 2000 多年建城史。与神仙为邻，又历史悠久，自己想平凡都不能。

回过头来说说秦邮湖是怎样哺育沿岸人民的。

鱼类有几十种，青鱼、鳜鱼、白条、鲫鱼、鳊鱼、鲶鱼、鳡鱼、昂刺为主要品种，其他还有如虎头鲨、老鼠嘴、鲢鱼等。

虾有多种，白虾、青虾、籽虾、草虾等。白虾为特产，是制作丸子的最好原料。

白鳝、黄鳝、银鱼、蟹、螺、蚌更具特色。

水八仙有藕、菱、茭白、鸡头米、荸荠、茨菇、水芹、芋头。

湖边芦苇荡里，野鸭、鹈鹕、白鹳、斑鸠等飞禽成群结队，还有丹顶鹤、白鹭也到这儿哺育后代，尤其是野鸭有时集结在湖面上，黑压压一片十分壮观。

莲花、苇荡、飞禽、帆影、朝霞、落日，构成了秦邮湖独特的风景。

夏喜春和夏喜炎离开船闸顺着湖边南岸大堤行进 1000 米，锚好船，翻过大堤就是西塔村。

西塔村有近百户人家，大部分是茅屋，零星瓦房。茅屋除承载梁和窗户的地方是砖砌的外，其余地方就地取材，用芦苇、茅草、黏土做墙体。屋顶在梁、椽搭好后，上面铺上用芦苇编织的芦席，芦席上铺一层稻草，稻草上面抹一层黏稠的土或河泥，抹好后再铺上多层麦秸秆。这种茅屋冬暖夏凉，建筑费用低廉。缺点是雨水对其影响大，尤其持续大暴雨或洪水侵蚀，破坏性特别大。一般两年内就要维修或维护一次。

全村，除少数人家从事编芦苇、捕禽、采摘水八仙等行业外，基本上以"渔"谋生。

夏喜炎先下大堤，顺着一条小路向南，那是他新婚后父母给他建的新房。新房砖瓦结构，三间南北向，与大哥夏喜和的房屋结构、大小相仿。砖瓦结构的房屋显示出夏家在本村的经济实力。

其实，夏宽很想让子孙们到城里谋生落户，但是，这位蒙古族后代仍未摆脱父辈们的告诫：任何时候都不要忘记逃难至此，切不可张扬和暴露身世。所以，他在城里做生意，居住小渔村，天高皇帝远，越是穷地方越是无人问你哪里来。

向前几十米，夏喜春也下了大堤。他和弟弟夏喜泰、小妹夏喜珍与父母住在一起。

夏喜珍是夏宽第六个孩子，第二个女儿。她长的人见人爱，水灵灵的。个儿已赶上母亲，很乖巧，深得父爱，夏喜春也将这个活宝妹妹宠得不行，外出只要有好吃好玩的必带无疑。

夏喜珍什么都称心，就是妈不让她上学。她好想上学识字，好想像芦荡里的飞禽那样张开双翅飞出西塔村，飞离秦邮湖。几次哭着闹着要上学。

"这儿没一个女孩上学，女孩识字也没用。"

"上学要到城里，每天起早贪黑要乘渡船过运河，过了运河还有一段路，一个小姑娘，怎么让人放心哦。"她妈就这样淹没了她上学的欲望。

　　断了上学路，却断不了夏喜珍识字的念头。她要几个哥哥教她识字，大哥二哥懒得教她，只有三哥愿做她的老师，当回事儿认真地教，这么多年，她跟着三哥，一个认真学，一个认真教，识了不少字，日常用字连猜带估八九不离十。

　　识了字的夏喜珍，再加上长相甜美，气质与本村其他渔家姑娘拉开了档次，为她日后嫁到城里奠定了基础。

第二章

自桂兰 7 岁来到孙家后，养母刘云基本上就不再料理家务了，全盘由桂兰承担。

一个才 7 岁的小孩怎么承受得了家庭的全部家务，要她去完成，那就是逼迫。逼迫的手段有两种：一种是奖励，另一种就是棍棒。

还好，桂兰虽然幼小，因家贫，6 岁时就已经承担部分家务和鸡、鸭、猪部分饲料的采集。

那时承担的劳动并没有具体的质量和数量，有时挎着篮子外出采集猪草和小伙伴们玩忘了，空着篮子回家，一般挨亲妈骂几句就过去了。到了孙家，虽然不再养家禽、牲畜，但每天的家务事必定要完成，而且要得到养母的满意，稍做得不如意必挨骂，有闪失就是一顿揍。

桂兰最怕的是量衣用的竹尺，一记就是一条紫癜。从此，她知道了亲妈与养母的区别；从此，她再也没有快乐的童年。为了取得养母的好感，为了尽可能地避免竹尺再落到身上，她拼命地做好家务，看着养母的脸色行事。

第一个离别亲爹妈的春节就要到了，她好想好想亲爹妈哦，夜里经常梦中哭泣，兴许是桂兰卖力的劳动，兴许是桂兰无助的眼神，兴许是桂兰的乖巧感动了养母，养母终于开口："桂兰，想亲爹妈了吧，过两天，我带你看你亲爹妈去。"

桂兰听后，泪水止不住地流啊。

腊月初十，鸡叫头遍，桂兰就起床做早饭，洗漱，待自己洗漱好，做好早饭，便叫醒了养母。这天，对桂兰来说是特别激动的日子，是特别开心的日子，养母要带她回家看爹妈、哥哥、弟弟和妹妹，特别是奶奶。奶奶对她最亲了，最舍不得她这么小离开家，离开爹妈。

为养母准备好洗漱水后，养母也起床了。桂兰这才穿上养母为她在裁缝店做的新棉袄、新棉裤、新鞋，还在辫子上扎了红头绳。

桂兰好开心，不仅要回去看亲人，还穿上了新衣服。在她的记忆里，过去在家里好像从来没穿过新衣服，过年时，也是奶奶用哥哥穿不了的衣服改装后给她穿。贫困人家都这样，小孩多的人家，不是每个小孩过年都能穿上新衣服，有这样一句流行语道出了贫困人家小孩穿衣的规律：新老大，旧老二，缝缝补补给老三。意思是说，穷人家一套衣服从老大穿到老幺。

桂兰自己打扮好，又替吃完早饭的养母梳头，这是每天要做的"功课"，刚来时，梳不好，时轻时重，经常挨揍，现在已掌握好技巧，基本上都能令养母满意。

五更天，东方刚启亮，桂兰手拉着养母前往亲爹妈所在地——

龙奔乡。

虽然已是五更天，但是大地似睡非睡，似醒非醒，天刚麻麻亮，湖面上雾霭氤氲，偶有夜捕的船帆从雾中显现出来，隐隐约约，缥缥缈缈。

"妈，你看，帆在云里，好看呢。"桂兰的心情特别自然地舒展开来，畅快地呼吸着凌晨清新的空气，第一次这么亲切地称呼养母。

"嗯。湖上有时会出现比这个还神奇的场景，有房子、牛、人、树啊什么的，不过，遇到这种场景不能当真的跑过去玩，那样，就跑进湖里了。大前年，一场大雨后出现了这个场景，一个放鸭的小孩以为那是真的，赶着鸭跑过去再没回来。"

"妈，真的？"桂兰挎着小竹篮回过头来带着疑问和惊讶的表情看着养母。

"真的，放鸭的小孩就是东边朱家的。"

在后面跟着的养母看到桂兰基本恢复了天真烂漫小孩的样儿，心里宽慰了不少。她已经醒悟，桂兰虽不是自己生的，但是将来老了还得靠她，何况才这么小的孩子如此勤奋和乖巧，是她没预料到的。以后还是少打和惩罚，用奖励为好。

母女俩来到船闸上，养父孙如淦昨晚值守船闸，现已在闸上指挥船进闸。

"爹，妈带我回我家去呢，早饭放在办公桌上，趁热吃哦。"

"哦，过运河的船给你们准备好了，已在闸口那儿等了。还有两条桂花鱼和虾子已放在船上，你带回家。"

"难为爹。"

孙如淦还塞了一些铜钱给刘云，让她给桂兰亲妈。

母女俩上了运河东大堤就迈开步子向北，过了中市口向东朝着龙奔乡走去。过了中市口向东，大约五百步就是县政府。明清时是县衙，辛亥革命后改为知县署，1927年初又改为县政府。虽然名称换了，但办事方式没变，特别是为官不为民，所以，老百姓仍称之为县衙。

县政府门前有警察持枪站岗，戒备森严。

过了县政府再向东约两百步就是一座学校。此时，校门还没开，但已有不少和桂兰差不多大，或大些的男孩女孩在门前等候。桂兰眼睛呆呆地望了学校一眼，赶紧收回自己的目光随着养母继续前行。

过了学校没多远就是乡村了，路边两旁就是农田，田野里青青的麦苗浅浅的绿，有的田野旮旯前几天下的雪还未融化殆尽，在初升的朝阳下反射出刺眼的光芒。不远处，有农民牵着轻型石滚在碾压麦苗。这叫压青，为的是让麦苗安全过冬，春天多发蘖提高产量。

土地就是农民的命根子，只有多产粮才能有饭吃。所以一寸土地也不能荒着，就连田埂边上或沟渠旁也种上了农作物。

他俩走着走着就远远地看到龙奔乡了。

临近龙奔乡向北，那就是三支渠，桂兰看见自己熟悉的家，不由自主地哭出声来，这么小小的年纪背井离乡已快一年，现在终于看到自己的家，哪能控制得了自己的情感。

养母看到桂兰情绪失控的样子，她也受到了感染，眼眶里盈满了泪水。无奈的刘云心中也翻腾着不尽的酸楚，如果自己有个亲生的一儿半女，也绝不会将桂兰收为养女，现在这样的局面，她也很无奈，道不尽内心的痛，想着想着，眼泪止不住地流。

"妈，我不哭了。"桂兰看到养母也哭了，以为受自己的影响，赶忙擦掉眼泪拉着刘云的手。

"妈，要到了，前面就是大王村。"

"嗯。"刘云虽然来过，但哪有桂兰熟悉。

早有眼尖的桂兰在家时的同伴看到桂兰回来，立即奔跑去告诉在田里干活的桂兰亲爹妈和生病躺在床上的奶奶。

亲爹、亲妈、哥哥、弟弟、妹妹都来到大王村村头等候桂兰和她的养母。

桂兰的哥哥看到了桂兰，立即奔过去，弟弟、妹妹跟着，边跑边喊"桂兰""姐姐"。哥哥走上前接过桂兰挎着的竹篮，立即搂着妹妹。

兄弟姐妹四人围在一起，久别重逢，悲喜交加。

"快喊妈。"桂兰要他们仨一起也喊刘云为妈。

"妈！"三个小孩同时张开嘴。

刘云既感动又有些不好意思。没有为小孩准备礼物，她从兜里掏出三张 10 元法币给三个小孩，以此为礼。

桂兰给了每人两粒糖果，这是养母平时奖励给她的，她舍不得吃，一直留着。

三个小孩有了糖果和钱，十分开心。

桂兰亲爹妈迎上来双手合十向刘云作揖，感谢她亲自带着桂兰回来探亲，感谢她那么疼爱桂兰。

桂兰牵着亲爹妈的手，快一年未见，桂兰十分想念，此刻见面，千言万语也表达不了思念之情。桂兰说不出话，连称呼爹妈的声音都很低，但是，桂兰终于挺住，没让眼泪流出，她要坚强些，不能让养母和爹妈，特别是哥哥、弟弟、妹妹看出她的苦楚，用微笑留下美好的记忆。桂兰真的不是一般的女孩，在这个年纪就用坚强面对生活。

然而，桂兰和奶奶在东屋却哭成泪人，奶奶不慎摔坏了腰，卧床不起。桂兰拉住奶奶的手止不住地哭，一个劲儿地喊奶奶。奶奶也泪流满面，问起桂兰："还好吗？"桂兰频频点头。

就这样，祖孙俩频繁问候、叮嘱着。

桂兰家三间房，土墙茅草顶，东边伸出一个披子作厨房，西边还有间小茅屋，是哥哥和弟弟的卧室。东屋是桂兰奶奶和小妹住，西屋是亲爹妈的卧室。

不用说，桂兰亲爹妈用家里最好的食物招待刘云。

"桂兰，你在家和亲爹妈住几天，到时我来接或让你亲爹妈送。"午饭间，刘云让桂兰多待几天。

"妈，我和你一道回家。"桂兰认识到她已不是大王村的人，而是她刘云的女儿了。

刘云不再勉强。午饭稍休息会儿两人就踏上回家的路。

返回西塔村，已是黄昏时分，桂兰放下亲爹妈给的一只老母鸡和盛放二十多个鸡蛋的竹篮，顺势到厨房里找一点柔软的稻草、芦苇花放进篮子权当临时鸡窝，接着就去做晚饭。晚饭是熬点粥，蒸点山芋干。熬粥很简单，灶里点燃柴火，水开了放进淘好的米再烧开，在烧开的粥上放好竹制笼板，将山芋干放在笼板上，熄灭灶里的明火，以其火星的余热焖熟山芋干和粥，小菜是腌制好的大青菜心切成丁状，这就算不错的晚餐。

晚饭后，浆洗完毕，做好家务，桂兰感到特别的累，躺在床上，似睡非睡，亲爹妈对她的冷漠使她十分寒心。

亲爹对她回来几乎没有表情，只紧紧地搂了她一会儿，什么话也没说。

卧床不起的奶奶对她回来既开心又为难，一个劲地流泪，临别时叮嘱又叮嘱，在别人家要听话，要勤劳。

亲妈直接要她以后不要回来了，已经是人家的女儿了，忘记这个家。

回了趟家，看到亲爹妈如此冷漠，桂兰心凉了半截，觉得真的不能再回去了，死了想家的念头。

桂兰是流着泪睡着的。

这一夜，对桂兰来说很长很长，长到一夜度过了童年，长到一夜敲碎了童年的梦想，长到一夜失去了亲奶奶、亲爹妈的温情。

儿女，特别是幼小的儿女是不会嫌家贫的，因为他们还没有独立思考的能力，还没学会比较，更没有富和穷的概念。他们只知父母是最亲的人，最能依赖的人，最安全可靠的人。离开了父母，他们会不知所措，会感到从高山掉进了深渊。领养他们的人无论怎样善良，无论多么温情，都无法打消他们的疑虑，都无法排遣掉他们的恐惧。他们不可能与养父母好到与亲生父母一样，终生都是如此。这就是血缘使然。

桂兰也是如此，这次回家，总以为亲爹妈会十分心疼她，关爱她，能重新获得父母的爱。然而，让她失望的是，不仅没有得到想要的爱，亲妈反而要她以后不要再回家："我和你爹、奶奶就是死了，你也不要回来，你就当没生在这个家。"这是亲妈临别前说的话。

桂兰这样的年纪哪能领会亲妈的用意，只知亲爹妈真的不要她了，真的不爱她了。

最让桂兰受不了的是，早上到家时，哥哥、弟弟、妹妹还专门到路上迎接她，快乐地接着她给的糖果。可是，午饭后，他们被亲妈叫去一会就开始不理她。最使她难受的是，才3岁的小妹妹当着桂兰养母的面，直接指着她说："你不是我姐姐，这儿不是你的家，你的家在西塔村。"话刚说完，她又拉着桂兰："姐姐，我还要吃糖。"养母在一旁笑出了声，桂兰呢？悲苦得要流泪。

这是桂兰亲妈上演的一幕苦肉计。她看到收养桂兰的养父母对桂兰还不错，比在家好了不知多少倍，也就放心了。虽然疼爱桂兰，不忍心才这么小就让她离开家。可是，生活所逼，为了让她能活得好些，远痛不如近痛，长痛不如短痛，现在就让桂兰死了恋家的心，不要再惦记这个家，跟养父母好好过日子去吧。

桂兰无法理解亲妈的做法，难以接受这个事实。一夜都在流着眼泪，想放声大哭又不敢，怕吵醒养父母，只好在被窝里抽泣。

"桂兰，起床了，什么时候啦？还挺尸啊。"

听到养母喊，桂兰一骨碌从睡梦中惊醒，立即穿衣下床。

"妈，不好意思，我睡着了。"

刘云看出桂兰肿肿的眼睛，知道她夜里又哭了，但装着什么也不知，吩咐她："现在不早了，不弄早饭了，做中饭。胡萝卜、大麦片加点米煮饭，韭菜炒鸡蛋，鸡蛋用从你家带来的。"吩咐完又到邻居家玩麻将去了。

养母走了，桂兰看看家里的摆钟已快十点，从来没这么睡过，她赶紧先泡大麦片，准备煮饭。

胡萝卜、大麦片煮饭做法比较通用的就是胡萝卜占六、大麦片占二、粳米占二。先要将大麦片泡透，然后与米一起下锅，胡萝卜切丁状，待米、麦片烧开放胡萝卜搅拌再烧开，熄明火，留灶膛里木材火星使之焖熟。这种饭虽然没有全米饭好吃，但已经很不错了，一般人家还吃不上。

择好韭菜，桂兰这才想起昨天从家里带回的老母鸡和鸡蛋。

鸡闭着眼睛在篮子里一动不动。"坏了，鸡死了，肯定是昨天背回来弄死了。"桂兰伤心地一边自言自语，一边靠近鸡临时蹲的篮子。

见桂兰走过来，鸡睁开了眼睛朝着她咯咯地叫，好像不让桂兰靠近。桂兰见鸡没死，是睡懒觉，去抱它，它就啄桂兰，鸡蛋也不让碰。

桂兰感到好奇，强行将老母鸡抱出篮子，老母鸡一头不情愿，咯咯地叫。刚放下，它又跳进篮子里，快得连桂兰拿鸡蛋的空儿都没有。

老母鸡抱窝了。

老母鸡不让拿鸡蛋，倒不是桂兰真的拿不到，而是她不想拿，她想让老母鸡孵小鸡，但是，她又拿不准养母同意不同意，于是，她跑到养母打麻将的薛家。

"妈，鸡抱窝了，不让拿鸡蛋，就单炒韭菜吧？"

"哦，这么巧啊，就让它抱吧。中午，你爹回来要他给鸡搭个窝。"刘云今天赢了钱，心情特别好，头也不抬回应桂兰的问话。

"好哎！"桂兰见养母与她意见一样，感觉做对了一件了不起的事，蹦蹦跳跳又哼又唱地朝家里走，将回老家的阴霾一扫而空。从此，桂兰死心塌地地姓了孙，再也没回过老家。

养父孙如淦是西塔村唯一吃皇粮的人。在这个文化匮乏，打鱼为生的渔村来说，孙如淦是个有脸面的人。

管理船闸既避免了渔家人湖上作业可能遇到的风险，又无须承负庄稼人因天灾而无收获的窘境。

但是，管理船闸需要相应的文化素质和管理能力。

孙如淦上过八年学，因高中考试失利而无缘大学。后跟随一动力机械师傅学习了两年专业动力机械的运行和修缮，这是他去管理船闸必备的条件。他还有独特的管理和控制场面的手腕，且永远面带微笑，让人感觉可亲可近。虽积累了一点财富但不张扬，从住宅就可以看出。在村子的东南角，三间正屋，两间厢房，超大的院子，墙全为砖砌，为了避免显富，屋顶完全有财力用瓦，他却做成茅草，为的是与村里百分之九十五的人家合拍。老婆刘云问他为何屋顶不盖瓦？他回答："女人啊，头发长，见识短，时间长你就知道了。"

当天，他回来吃午饭，看到鸡抱窝，十分开心，还没等桂兰说让他搭鸡窝，他就要桂兰找块木板，说是弄鸡窝门用的。吃过午饭，孙如淦就弄来一些黏土，家里院角有现成的砖瓦，两个时辰，砖瓦结构的鸡窝就搭好了。

"桂兰，抱点稻草来。"

"爹，鸡窝这么大啊？"

"你不懂，要是全孵出来，二十多只鸡，到时还住不下呢。"

"好好照看，等孵出小鸡长成大鸡，我们天天吃鸡蛋。"

"嗯。"桂兰看到养父开心，她也开心无比。

第三章

"小三子，笔掉了。"夏喜春排行老三，小名叫小三子。他回头一看，果然是书包里的铅笔掉了。他感到奇怪，放在书包里的铅笔怎么会掉呢？头一天铅笔也掉了，为此还被妈骂了一顿，说他不好好念书，不知死哪儿疯去了。夏喜春被妈骂得一头雾水，他哪儿也没去玩，放了学就与同学边走边嬉闹往家走的。

夏喜春看看书包好像没有破，正思忖是怎么回事。

"我看看。"

"炸线了，你看。"桂兰将书包底部铜钱大的炸线口给夏喜春看。

夏喜春这才想起头一天放学后与同学嬉闹时，书包在一小树枝上拉了一下，可能是那时弄坏的。

"这怎么办呢？我妈知道又要骂了。"夏喜春一脸无奈。

"你等我一会儿，我洗好碗，到我家，我帮你补一补。"

"真的呀，太好了。"

桂兰快步下堤来到渔村人浆洗的湖边码头。此时，湖面已结冰，薄薄的。远处冰面上有野鸭、鸂鶒在溜达。天空很蓝很蓝，偶有洁白的云朵飘过。

冰面很清很清，与天空辉映成湛蓝色。

虽然湖面结冰，但码头这儿一早就被浆洗的人破了冰。

桂兰在洗碗，夏喜春在边上没事儿，顺手拈来一块小冰，抡起手臂贴着湖上冰面用力掷去。冰块像离弦之箭向湖心滑去，所经之处，惊得鸟儿腾空而起，使平静的冰面漾起生动的弧线。

到了桂兰家，桂兰麻利地从针线包里取出针和线，穿针引线后，歪歪斜斜地将夏喜春的书包炸线处来回缝了好几遍。

"补好了。"

"好快啊，桂兰，难为你。"

"你也去上学吧。"

"有女孩子上学吗？"桂兰好奇地问。

"有啊，我们班上有好几个呢，是城里的，成绩比我还要好。"

"我上不了学的，爹妈不会让我上学的。"

"你要想学，以后我教你。"

"真的呀？"

"拉钩。"

"拉钩，上吊，一百年不带悔。"

两小无猜，无意间从此种下了友爱的种子……

腊月二十四是祭灶日。在这一天，要祭敬灶王爷，祈求来年风调雨顺，五谷丰登，年年有余。

风调雨顺对渔家人来说十分重要，捕鱼时希望风平浪静，航行时顺风顺水好扬帆。秦邮湖水面广阔，时有逆风恶浪兴起，危害渔家生命财产安全，所以，他们祭灶王爷，希望灶王爷保佑渔家平安。

这一天要用肉（最好是猪头）、鱼、糯米饭祭敬灶王爷。

<u>鱼</u>，没问题，头一天几乎全船出动进行过年前最后一次捕捞，虽然天气寒冷，湖边还有薄冰，湖中央仍未上冻，然而，渔家人经验丰富，用拖网沉湖底拖，收获不差，不仅有鱼，还有虾和蟹。

<u>鱼</u>、虾、蟹大部分被运往扬州、南京、上海等大城市，其余的除了自家留点外都供应本地市民。

西塔村没从事渔业的寥寥无几，也就几家，孙如淦一家虽然没经手<u>渔业</u>，但是所从事的船闸管理却与渔业有千丝万缕的联系，有时对渔家产生的影响更大。孙如淦凭借自己的社会人脉，为渔村谋取渔家人无法得到的物资，比如造船修船的木料、桐油，船帆的布料，染帆的猪血等。还有渔民生老病死，孙如淦都会起桥梁作用，而且都是完全义务劳动，从不谋取利益，所以受到渔家人的爱戴和尊敬。渔家人无以回报，将捕到的最好的<u>鱼</u>，最大的虾，最大的蟹送给孙如淦。孙如淦无法推辞左右四邻送的鱼虾，只有以更好的服务为渔村人打通各种物资的通道。

送来的鱼、虾、蟹，被孙如淦分成若干份连夜送至城里有关要人朋友家，为的是让他们更好地为渔村服务。

　　桂兰来到孙如淦家也快一年了，一年来，虽然挨过养母的打骂，但是生活比在家不知好多少倍。

　　"是从糠箩跳进了米箩。"这是养母对桂兰挂在嘴边上的话，经常用此话提醒桂兰要好好地，要把这儿当作自己的家。

　　桂兰感觉到这个家比自己的家好多了，由于营养比过去好，原来面黄肌瘦的，现在脸上有了血色，原来是黄毛丫头，现在头发乌黑发亮，已出落成漂亮的小姑娘。

　　"桂兰，背上糯米，去舂米粉。"春节有几天要吃元宵，祭菩萨。

　　将糯米变成粉有两种方法：一种用石磨将米磨成粉；另一种就是用木桩对石巢里的米进行冲击，这个方法叫舂米。

　　西塔村既无石磨也无舂米巢，只有城里有，过了运河向东顺着护城河西岸向北，有一杨姓人家春节前对外舂米。

　　桂兰和养母到了杨家，已有人在舂米，等这家舂好了才轮到桂兰。养母问好了舂米的费用，然后将钱丢给桂兰，要桂兰舂好米后回家煮糯米饭，再烧几样菜，说自己去买点鲜肉。

　　快要轮到桂兰舂米了，夏喜春和他妈也来舂米，桂兰认识夏喜春妈，调高嗓子："三子妈，你们也来舂米啊。"

　　"嗯。桂兰好漂亮。"

　　夏喜春妈个子高高的，人在西塔村，却有几分城里女人的气质。她看到桂兰干干净净的，人又漂亮又勤劳能干，喜欢之情溢于言表。

　　"你一个人来的吗？你家舂多少米啊？"她问桂兰。

"和我妈一道来的，舂5斤。"

"和我家舂的一样多。你妈呢？"

"她去买肉了。"

"哦。想起来了，我也要去买点糖什么的。"

"小三子，这是舂米钱。桂兰，你舂好米等小三子一起回家好不好？"

"好的。三子妈，你有事去吧，我等小三子一起回家。"

"这样，我就放心了。小三子皮（贪玩），没人带他，他能将米丢掉的。"

听到这儿，桂兰望着夏喜春掩着嘴笑。

"妈，你这样说我呀，我不弄了，我走了。"

见妈当着桂兰面数落他，夏喜春一头不开心，要撂担子不干了。

他妈连哄带狠，尤其是桂兰的劝，他才归位。

轮到桂兰舂米了，桂兰从这家墙上取下秤，将两家米称了一下，两家只差一两。

"小三子，你看，我称了称，两家米一样多，我们放在一起舂，舂好后米粉和米碴一人一半，好不好？"因为按排序，桂兰后面还有两户才能轮到夏喜春，如果桂兰家舂好米等他一道回西塔村做饭就有点迟了，桂兰用这个办法一举两得，既节省时间，又完成了夏喜春妈托付之事。

"好！"夏喜春并不知桂兰将两家米放在一起舂是什么目的，刚才他妈当桂兰面数落他，他气还没消。

还没到 8 岁的桂兰用简单的方法解决了大人都不易想到的破题方式。

"大雪纷飞程皆白，逗人风景喜心怀。耀眼光泽普大地，思潮洋溢韵诗来。"从前天晚上开始，漫天无际的鹅毛大雪一直没停息。

已经下了两天，雪还没有停的意思，房屋白了，道路白了，秦邮湖更是白的彻底，白的让人心旷神怡，湖面上没有任何杂色，平时很多野鸭和候鸟都不见了，只有靠近船闸的避风港里数十艘大大小小渔船的桅杆耸立在那儿，仿佛像一个个感叹号，这些感叹号是西塔村，是渔家人向大自然展示自己不屈的精神。

整个大地白雪皑皑一片。已是腊月二十八了，距 1928 年春节还有三天时间，不知雪要下到什么时候。

勤劳的渔家人早早就拿出工具打扫门前雪，清扫道路上的雪，从村头一直到湖边码头，还清除了码头附近一片水域的冰，以方便渔家人担水和浆洗。

积雪普遍淹没到大人的膝盖。

夏喜春今天起得特别早，银装素裹的世界使他特别兴奋，他虽然才上小学二年级，但是，在老师的精心教育下加上自己的悟性高，能随景随事随人信手拈来吟一首小诗。刚才，他和夏喜和、夏喜炎一起清扫门前和道路上的雪，清扫干净后，他站立在湖边大堤上，面对苍苍莽莽的银色世界，心驰神往，随之吟出了上面的这首小诗。

吟完诗，他的思潮奔向了童话世界，白雪公主这个故事让他记忆很深，借助大自然的赐予，他挥起手中的锹在湖堤上堆雪人，他要堆出记忆中的白雪公主。

白雪公主对他来说很神秘，以为是天上的仙女，月宫中的嫦娥，他想如果白雪公主真的降临该多好啊！

雪人很快就堆好了，没五官，他在想用什么填雪人的五官，整个世界一片白，啥也没有。面对没有五官的雪人，他又陷入深思，白雪公主什么样儿没见过，也无法想象出是什么模样。他就联想到自己身边的白雪公主，姐姐，不行不行，说话大声大气，还经常在他面前指手画脚，有时不开心还骂他，这怎么能当公主。

否定了姐姐，想到了小妹妹，虽然他喜欢小妹妹，但小妹妹太娇气，稍不如意就哭哭啼啼的，一点不像公主。

他忽然想到了桂兰，人漂亮，又聪明能干，嗯，她真的像白雪公主。

正在遐想中的夏喜春没有见到白雪公主，倒是有一"红衣公主"正沿着清扫过雪的小路远远地向他走来，在一片白的大地上，红衣特别显眼，他虽然还没看清是谁，但他感觉像桂兰挎着篮子向他这个方向走来。

正是桂兰挎着竹篮到湖边洗菜。

今晨一觉醒来，看见窗外的雪堆得更高，大地整个一片白，她像往常一样早早就起床了，先做早饭，养父吃了要去闸上，早饭弄好后，就用锹铲门前的雪。这时养父也起床了，起床后接过桂兰手中的锹："雪太厚了，你铲不动，让参来。"门前的雪很快就铲完了，桂兰急忙去看鸡窝，老母鸡仍然在忠于职守，孵着蛋，只是昨晚喂它的米饭已吃完了，桂兰又去抓点米放在老母鸡前的食盘里，又切了一些黄芽菜叶放在边上。为了避寒，她前两天给鸡窝屋顶和周围铺上厚厚的稻草，鸡窝暖和着呢。

做好早上家务，桂兰想去看看外面的雪世界，她生来还没见过这么大的雪，于是挎着篮子，篮子里有黄芽菜、胡萝卜、荸荠。

夏喜春看到真的是桂兰，开心极了。

"桂兰，真的是你呀，太好了，你看，我堆了个白雪公主，可是没有五官，怎么办？"

"我篮子里有。"

"真的？让我看看。"

夏喜春接过篮子。先拿出一根胡萝卜往雪人脸上插，说："这是桂兰的鼻子。"

用两个荸荠做眼睛，说："这是桂兰的眼睛。"

"小三子，你好坏啊，怎么扯上了我，不给你了。"

桂兰正要从夏喜春手中拿过篮子。

"白雪公主是世界上最美的公主，你就是最美的公主，就是白雪公主。"

"我才不是什么公主呢！"

"我将白雪公主的故事讲给你听，要是不对头，你再走。"

夏喜春没等桂兰回答想不想听白雪公主的故事，就滔滔不绝地讲起来。

"很久很久以前，王后生了一个公主，非常漂亮，取名白雪公主，十分宠爱，人见人爱。可是没多久，王后就死了，国王又娶了一个，这个继母十分歹毒，非常嫉妒白雪公主的美丽，让猎人把她带到森林里杀掉。猎人不忍心杀害美丽的白雪公主，让她自己逃命去。

白雪公主在森林里逃啊逃，七个小矮人救了白雪公主，他们收养她、保护她。没想到歹毒的继母知道白雪公主没有死，三番五次派人去杀白雪公主，幸好都被七个善良的小矮人救了。

继母知道后亲自出马去杀白雪公主，当七个小矮人因无法救活白雪公主而悲痛之时，一位森林王子救活了白雪公主并和白雪公主举行盛大婚礼。国王知道了歹毒的继母多次毒杀白雪公主的事实，将其赶进了森林，永远不让她回王宫。

从此，白雪公主和王子过上了甜蜜、幸福的生活。"

桂兰听得入迷了。她第一次听到这么好听的故事，虽然她还没弄清故事的含义，但是她分清了故事中的白雪公主、七个小矮人、王子是好人，继母是坏人。

"故事好听不好听？"

"太好听了！"

"你就像白雪公主。"

桂兰想起自己的身世，虽然现在是跟了养母，但是，她认为自己的养母比那歹毒的继母不知好了多少倍。

"比白雪公主还要好看。"夏喜春一个劲地夸桂兰，桂兰被夸得不好意思，又想不出回答夏喜春的话，只好埋着头用黄芽菜叶子为雪人补上眉毛、嘴巴。

完整的雪人形态出现了，桂兰很开心，夏喜春高兴无比，他指着雪人："这是洋雪人，红鼻子、黄眉毛、黄嘴巴，哈哈哈。"

桂兰也跟着大笑起来。

渔村的小朋友路过这儿停了下来，住在附近的看到这儿热闹赶个趣，大家围着雪人做着童年的梦。

……

只隔了一天，桂兰早上起床听到有小鸡的叫声，她想，是不是小鸡孵出来了？

桂兰掀开鸡窝盖的稻草，拉起鸡窝门："我的天啊，好多小鸡出来了"。桂兰赶紧关上鸡窝门，重新盖上稻草。她不知该怎么办，在家时虽然也经历过孵小鸡，但那是春天，也没见过这么多小鸡。她赶紧去告诉养父母。

"爹、妈，鸡孵出来了，好多呢，怎么弄啊？"

"桂兰，你不会，让你妈弄。"

孙如淦已经起床，听桂兰说小鸡孵出来了，开心着呢。除夕，家里多了群小鸡，这孵小鸡一般是春天，大过年这么冷的天，小鸡也孵出来了，虽然听说过，但没见过，现在轮到自家，吉利呢。他要刘云将鸡窝的保暖做好，给老母鸡喂点玉米。"小鸡只要挺过一个礼拜就没问题了。"孙如淦交代好这事，吃罢早饭就到闸上去了。

太阳出来了，在这寒冷的冬季里像暖宝宝围绕着你，暖洋洋的。雪开始融化了，朝南屋顶的雪融化的快些，融化的雪水经过屋檐哗哗地流，好似夏天雨季的大雨。有的是雪块直接顺着茅草屋顶滑向地面；朝北的屋面雪水还没落地就在屋檐形成冰凌。

顽皮的孩子见冰凌如剑就拉下冰凌当剑玩，冰凌上带着几根茅草，主人看见屋顶茅草被扯了下来，心疼死了，如果是女主人就会扯着大嗓门：

"炮子子，冰凌不能拉，茅草扯了，会漏雨的。"其实，这些拉冰凌的"炮子子"里可能就有她家的子孙，所以，妇人也就骂两句，阻止拉冰凌就行了。

桂兰跟着养母来到鸡窝，养母掀开鸡窝门前的稻草，拉开鸡窝门，将鸡放出来。

养母将腊月二十四舂米粉剩下的米渣用温水浸了一下给小鸡吃，老母鸡吃的是玉米和稻谷。

老母鸡很尽责，它自己吃一会，还啄起米渣送到小鸡嘴里。

小鸡边吃边欢快地叫着，在阳光的照射下，黄灿灿、毛茸茸的，老母鸡也不停地咯咯叫，似乎在给小鸡发指令。

场面温暖而又温馨。刘云看着这一场面，脸上挂着微笑。

在隆隆的鞭炮声中开启了1928年的春节，这个春节对其他人来说只是增加了一岁，但是对于桂兰来说，却是一个不凡的日子，她不仅仅是增加了一岁，还用自己顽强、勤劳和自尊赢得了养父母的充分肯定。

养父是这样评价桂兰的："一个才7岁的小丫头能这么肯吃苦，能将这个家打理得像模像样，而且再苦再累，从没听她抱怨过，更没哭闹过，还特别自尊。"

本性向善，但时有刻薄的养母完全同意孙如淦的评价。

夫妻俩一致认定了桂兰，孙如淦在除夕决定，从大年初一起，桂兰和他们同桌一起吃饭，不再像过去那样，等他俩吃好后才让桂兰吃。

桂兰早早就被渔村不间断的鞭炮声震醒了，天亮了，她想似往常一样起来做早饭，但是，昨晚养父要她今天多睡一会，等他敬过菩萨放过鞭炮再起床。

"爹，恭喜您身体健康，万事如意！"

"桂兰万事如意！"

待养父敬过菩萨，放完爆竹，桂兰立马起床，先给养父拜了年，见养母还睡着，她来到养母床前："妈，恭喜您身体健康，万事如意，打牌次次赢！"

刘云听了很开心："桂兰快快长大，天天快乐！"

养母拉过桂兰的手："这是我和你爹给你的压岁钱。你来我们家表现得呱呱叫，从今往后，你就是我们的亲女儿。"

桂兰接过养母用红纸包的压岁钱，尤其是养母亲切的话语使她热泪盈眶，从心底感激养父母没有嫌弃她。来到养父母家后的生活，虽然活干的多了些，但都是在家干过的。然而，住房和饮食却是与在家时不可比拟的。

大年初一，养父要桂兰到左右四邻和几户有亲戚关系的家中拜个年。

桂兰穿着回家时曾穿过的新的红棉袄、黑棉裤、新布鞋，头扎两根不粗不细的小辫子，棉袄口袋里塞着养父母给的压岁钱，开心极了，她从来没有在过年时穿过新衣服，也没有得到过这么多的压岁钱。压岁钱是法币，可以吃两笼小笼包，或买一双布鞋鞋料。她觉得今天8岁了，像大人了。她想到的不是吃从来没吃过甚至没看过的小笼包，也没想自己买个什么。她想将钱给奶奶治病，奶奶摔断了腰瘫痪在床不知道怎么样了？她想将钱给亲爹妈，他们太需要钱了，有钱就能给奶奶治病，有钱就能让哥哥上学，有钱亲爹妈就不会将她卖掉了。想到这儿，她要流泪，大过年的，不作兴，她强忍着，没让眼泪流出。

拜好了左右四邻，她来到刘氏远房舅舅家。

舅舅在堂屋里，桂兰上前就拜："舅舅身体好，万事如意。"接着，她又给舅妈、舅爷爷、舅奶奶拜年。

舅妈拉过桂兰，塞给她一个红纸包，桂兰知道是压岁钱，推却不要。

舅妈说："桂兰，舅妈喜欢你，你拿着。现在村上人都说你能干呢，小伢子（孩子）才这么点大就担起家务了，还做得呱呱叫。你要是我家的小伢子多好啊！就不烦了。"舅妈又给云片糕、花生和糖果。

桂兰推却："不要不要。"

舅妈："作兴呢。"

桂兰接过舅妈给的压岁钱和零食，有些开心，蹦蹦跳跳地经过夏喜春家，夏喜春带着弟弟夏喜泰和小妹夏喜珍在燃放未爆的零星鞭炮。

　　只见夏喜泰按照哥哥的要求将鞭炮插进土中，夏喜春则拿着燃烧着的长香对准鞭炮很短的导火线，夏喜珍想看又怕被炸着，捂着耳朵离得远远的。

　　嘭叭！

　　清脆的鞭炮声将年味炸得浓浓的。

　　"桂兰。"夏喜春看见桂兰立即与她打招呼。

　　"嗯。小三子，你们放鞭炮哪。"

　　夏喜春妈听到桂兰来了，头伸出门外朝桂兰微笑着，夏宽也侧着身倚着门框看桂兰走来。

　　"大爹、大妈，恭喜你们身体健康，万事如意！"

　　夏宽家与孙如淦家没有亲戚关系，桂兰就按辈分、年长和习惯称呼夏喜春爹妈。

　　"祝愿桂兰快快长大，越长越漂亮！"。

　　"看看，人家桂兰多勤快，又懂事，这么早就给我们拜年来了。我家大丫头还在挺尸。"

　　夏喜春妈对桂兰特别有好感，一个劲地夸桂兰。

　　夏喜春从屋里拿了糖果给桂兰，桂兰不好意思不收。

　　拜完年，桂兰直接回家，准备午饭。回到家，见养父抽着烟，喝着茶，还不时地嗑点葵花籽、花生。

　　难得看他这么闲。

　　"爹，舅妈给了压岁钱了。"桂兰说着从棉袄口袋里掏出一个红纸包给养父。

"舅妈给的，你就拿着吧。我马上到闸上去。"

"爹，给你送饭吗？"

"不用，我中午回来吃饭。你妈到城里看戏去了，也回来吃饭。"

"噢。"

孙如淦连喝了几口茶，带着一包葵花籽以及糖、烟就去闸上了。

养父出门后，室内顿时宁静了下来，虽然室外还有零星的鞭炮声，但仍然突破不了室内的寂静。

这样的寂静，对桂兰来说是家常便饭，平时，养父可能在闸上值夜，养母打牌有时天亮才回来，所以，她已能承受。但是，今天不一样，是春节，是过年。是她第一次离开亲爹妈在养父母家过年，是第一次一个人孤零零地过年。此时，她自然地想起了亲爹妈，想起了奶奶，想起了哥哥、弟弟、妹妹。想起在家过年时，全家一锅咸猪头肉烧黄芽菜，泡着馒头，你添我捞热腾腾的场面；想起了为捞到一块带骨猪头肉多少双筷子在汤里交错的情景；想起了咸肉香醇的味儿。

现在生活条件比在家改善的不是一点点，甚至可以说像养母经常念叨的那样是从糠箩跳进了米箩。然而，这仍无法填实她心中的缺憾，尤其是这大过年的。

太阳已升得好高，照得大地暖洋洋的，风很轻很轻，几乎是静止的。年前的雪仍未化尽，继续它的流程。

鸡兴许感受到新春的气息，老母鸡和小鸡在窝里不耐烦地叫着。

桂兰想起了鸡还没喂，立即打开鸡窝门，老母鸡优先出窝，出窝后咯咯地叫，料想是在呼唤它的小宝贝们出来享受新春的阳光。

桂兰仍像以往一样给老母鸡和小鸡分别喂食。小鸡你争我抢地，挤来挤去，十分顽皮地啄食，有的小鸡吃一口离开食盘转一圈，或溜一会儿又回来啄食。它们几乎不是为了填饱肚子，而是尽情地享受冬天的温暖。

桂兰着迷地看着小鸡快乐的样子，刚才露出心头的阴霾一扫而空，脸上沁出微笑，笑到深处竟笑出声来。

"桂兰，笑什么呢？这么开心。"

"哦，小珍呀，新年好！"

"小鸡好讨喜的，一边吃一边玩，快活的很。"

桂兰在回答小珍问话的同时，赶忙进屋拿云片糕和糖果，又顺带了一把花生。小珍也不客气，捧着双手接过桂兰递过来的糖、云片糕和花生，心里开心，脸上微笑，嘴上连声"谢谢"。

小珍与桂兰年龄相仿，性格截然相反，桂兰话少内敛，小珍活泼外向，一个是买来当养女，一个是亲生不知艰辛，两个不同性格的小女孩相处得十分融洽。

桂兰家房屋大，经济条件好，虽然桂兰不是孙家亲生的，但是进了这个家，就是这家人。小珍家贫，仅是两间茅草屋，除房梁是用木料支的，东西围墙用砖砌的外，多为芦苇扎把，里外再用黄泥加河泥腻平，家境很贫寒。

"小鸡好可爱，不知道哪是母鸡，哪是公鸡？"

"现在还看不出来呢，要等长大一点。"

他俩正在对话之际，传来了一阵阵锣鼓声，随即，喧嚷声起伏。

"踩高跷的来了！"

"划龙船的来了！"

"桂兰，我们赶快去看看。"

桂兰正想抬腿与小珍去看踩高跷、划龙船，随即冷静下来，家里没人，自己不能随便去玩呢，再说，要做午饭了。"小珍，你去吧，我要做饭呢。"

1928 年的春节，刚跨进 8 岁门槛的桂兰已经懂得了玩与家务谁重谁轻。

见桂兰不去，小珍也不勉强，独自去。正当小珍连蹦带跳去看踩高跷、划龙船之时，小珍妈见桂兰没去，估计她要看家，小珍妈想到小孩这时最想看，就自作主张扯着喇叭似的高音隔着围堵就喊开了："桂兰，你去看踩高跷，我帮你看着家。"

快乐嫌时短。当人们在娱乐中，时间会飞快而过，会忘掉事先预约好的事。踩高跷结束后，下面就是玩龙船，桂兰此时看见太阳已经正午，心里一急，连小珍都没叫就立即往家奔，心里突突的，饭还没烧，养父说好要回来吃饭，养母去城里看电影肯定也回来了。总觉得一会儿工夫，怎么就正午了。她慌得不行，不知怎么向养父母交代。

连跑带奔回到家，只见养母怒气冲冲在堂屋前，手上拿着竹尺，桂兰刚迈进大门，养母冲上前来，用竹尺没头没脸地一阵抽，接着，用尺顶着桂兰脑门吼道："你是快活散了，饭不烧，门不看，死到外面疯去了。"

桂兰知道自己今天犯错了，挨了打，不怪养母，怪自己贪玩，她只好咬紧牙关忍住，不哭。可是，养母以为还没打痛，她再次挥动竹尺更用力地没头没脸地抽打桂兰，嘴里还反复地念叨着："让你死到外面疯，舅妈给的压岁钱，你也敢拿？胆子大了。"

这时，桂兰痛得实在忍受不了，放声大哭，那凄惨的叫声被小珍妈听到了，小珍妈感觉不对，赶忙过来，见桂兰养母用竹尺抽打小兰，立即上前夺回桂兰养母手上的竹尺："别打了，大过年的。"小珍妈十分心疼桂兰。

然而，桂兰养母觉得还不够解气，从小珍妈手中又夺回竹尺，追着桂兰边打边骂。

平时，听到桂兰挨打，小珍妈并不过来阻拦，因为那是人家自己的事，不便过问，但是，今天不一样，大过年的，再说，是她让桂兰去看踩高跷、玩龙船去的，现在桂兰挨打，她挺过意不去，而且她觉得桂兰去看戏没有什么错，所以她要过问一下。见桂兰养母不买她的账，而且，好像有点打给她看的意思，性格耿直的她，这回得管到底。

"还打啊？打这么重，下得了手？到底不是自己生的。"小珍妈很愤怒，嘴里还不停地嘀咕道："以后，哪怕穷得去讨饭，也不让孩子送人家。"

桂兰养母听到这儿，终于停止打骂桂兰。

养父回来了，见家里这个场景，心里很不开心，责备老婆，过年了，不作兴这样，不仅让人家笑，还不吉利。

"胆太大了，死到外面玩，门不看，饭不做，舅妈给的压岁钱，她也敢拿。"桂兰养母向养父诉说。

"舅妈给桂兰的压岁钱，早上，她要给我的，是我让她留着的。"孙如淦恕怼刘云。

为何不让桂兰收舅妈家的压岁钱，原因是舅妈家有三个小孩，桂兰收了她家的压岁钱，舅妈家小孩来拜年，必然也要给压岁钱，这是 1 比 3 的关系。桂兰收了一份压岁钱，那么，舅妈家三个小孩就是三份。如果桂兰不收舅妈的压岁钱，也就没有必要返还。一对比，损失太大，划不来。但是，桂兰不懂这个比例关系，当时的情况下，不拿又不好，回来后给养父，养父让她留着，所以桂兰很委屈。

此时，身上、脸上虽然紫癜呈现，皮肉疼痛不已，但是，桂兰忍痛去做饭。

西塔村有个习俗，春节五天年里，至少春节当天不能动刀，不烧生，只能热一热饭菜，所以，家家都在年前就已经烧好了饭菜，春节这天热热就行了。

不一会工夫，饭菜就热好了，桂兰还为养父温了酒，孙如淦喝着温暖的酒，看到有这么一个懂事的养女，心里还是暖暖的，他再次告诉老婆刘云，今后不能再打桂兰了，她已经是他们家女儿，如果不好好地对待她，将来无法让她尽孝。刘云虽然没有回话，但从心里也感觉自己确实没有将桂兰当作亲女儿看。

老母鸡带着一群小鸡越过门槛，来到堂屋，叽叽喳喳地叫，好像饿了，要吃的，也好像来凑热闹的，毛茸茸的小鸡十分可爱，叫声和走路的姿势，特别是那种无忧无虑的眼神让人特别喜欢，有了喜欢的心情必然产生出欢乐的氛围，一群小鸡给这个家庭带来了温馨和喜庆，终于使一家人心情舒展开来。

第四章

　　过了年，秦邮湖水面上的色彩就与年前不一样了。年前，湖面、大地裸露得一览无余，宁静而苍白，没有一点动感。过了年，虽然只是半月之余，但是，冰冷的气息就渐渐地淡了，浅青色带着暖暖的雾气开始升腾。

　　是夜，一场蒙蒙细雨，一夜凛冽的寒风把大地清洗得明净极了，清晨的空气特别新鲜，柳枝开始吐芽，湿湿的，露出淡淡的奶黄；再看柳条，除去了昨天的干燥，泛出浅绿的光彩。土壤也没昨天那样板结，松松的，仿佛好让冬眠的植物能够通畅地钻出地面。

　　春天在一夜蒙蒙的细雨中启动了，春色在一夜的蒙蒙细雨中露出了微笑。

　　真是："春忽明朝是，冬将半夜非"。仅仅过了一个昼夜，残冬已经消去，春意渐浓。阳光特别温馨，照着你，痒痒的懒懒的，既没有冬天那么刺骨，也不像夏日那么火热。风"吹面不寒"，舒舒展展的，吹在脸上，像婴儿一双娇嫩的手抚摸着你，使你感受到特别可亲可爱。再看看柳芽，一天一个样，三天换新装。昔日那皱皱的，干干的外衣脱去了，露出了饱满的，鹅黄色的新容。

春天的脚步是坚定有力的，没有任何力量可以阻挡得了。三月中旬，突发的一天一夜的狂风暴雪，把刚刚启动的春天似乎又拉到了隆冬。这时，积雪齐膝，气温降至零下 3 摄氏度，以为春天受到冬的挟持，退缩了回去。其实不然，只经过 24 小时的拉锯战，春天再一次挣脱了冬的束缚，勃发出盎然生机。被积雪打蔫的柳芽在春光里抽出了绿叶，倒伏的油菜也挺直了腰杆，开放出金灿灿的花朵。阳光更加温暖，微风拂动的柳枝像少女的长发轻飘。荠菜花开了，马兰头葱绿油亮……

湖面上一群群水鸟时而俯冲，时而升腾，偶尔飞来一只苍鹭凌空俯视初春的大地，扯帆入湖捕鱼的船儿来往穿梭，奔腾不息。

湖水也开始上涨，春潮开始了。

正月二十八清早，西塔村傍湖一侧锣鼓喧天，载歌载舞，人声鼎沸，比春节还要热闹，几乎全村人都集中到这儿，湖面上，泊岸的数十艘渔船排列着，船上挂着象征着吉祥、平安、丰收的图案和彩旗，每艘船的男主人伫立在船头，等候出湖的号令。

这里正举行一年一度的开湖仪式。

村长乔四十主持开湖仪式，他宣布："今天是正月二十八，西塔村正式开始下湖捕鱼。下面请真正的村长夏宽给大家发话。"

西塔村选出来的村长是夏宽，夏宽是西塔村首富，与村民关系融洽，平时，哪个村民有什么难处，他都能接济，所以深得村民的爱戴。

但是，他没忘记自己的祖先是从皇宫里逃出来的，不能张扬自己，现在虽然已不是封建社会，元朝的影响也早已消失殆尽，但他仍未放松自己，老老实实做个良民。前几年，西塔村选村长，全体村民一致推选他，他就将这个"官位"让给了乔四十。

乔四十是本村村民，祖祖辈辈靠打鱼为生，他爹是村里打鱼的行家，能远远地从湖面观察出哪儿有鱼，是什么鱼，鱼捕上来，能立即看出是雌鱼还是雄鱼，为了保证鱼的繁殖，无论捕到什么鱼，只要是待产且没有受伤的鱼，会立即放入湖中。乔四十是他爹40岁所生，前妻婚后一直未育，另娶了一位才生下了乔四十，乔四十的名字也由此而来。

乔四十是家中唯一的儿子，受到他爹的溺爱，虽然得了捕鱼真传，但是，他爹的为人却未能在他身上延续，仅从放生待产仔鱼一事，就可以看出其本性。乔四十只要捕到鱼，无论什么鱼，无论大小，一律算收成。

夏宽推介乔四十任村长，村民背后微词不少，之所以没公开反对，是看在夏宽的面子上。

至于夏宽为什么推介乔四十，没人理解，兴许只有夏宽心知肚明。

"乡亲们，今年捕鱼又开始了，我恭喜乡亲们大吉大利，一帆风顺，捕鱼大丰收。"夏宽站在临时用桌子搭起的"台子"上，手提铁皮话筒向聚集的渔民发话。

孙如淦虽然不是村长，但是，他是这个村最有文化的人，又是吃皇粮的，在西塔村德高望重，所以每年开湖捕鱼仪式上，也少不了他上台说几句。

"今年是马年，是吉利、丰收的年份，我祝乡亲们大吉大利，马到成功。大家说，是不是吉利啊？"

人群一齐发声："吉利！"

孙如淦只是两句话就将大伙的情绪调动起来，场面顿时热闹一番。本该乔四十宣布开湖，乔四十连推带拉将夏宽拉到台上宣布开湖，并到湖边拉上他家那条船的锚。

顿时，锣鼓声、鞭炮声齐鸣，祭品推入湖中。

乔四十站在自家船舷上扯起风帆，大声地吆喝着："开湖了！"

船帆在朝阳的辉映下，满满的，鼓鼓的，在风力的推动下，渔船如离弦之箭驶离湖岸。

无论何事，只要是首日、首次就会比后面的要重视得多。

田肥粮满仓，

水阔鱼虾欢。

正月书佳句，

腊月诗成篇。

风正好扬帆，

心齐能移山。

乔四十的老婆春英做姑娘时在秦邮县城南五里坝种田，嫁给了乔四十便来到了西塔村。女人是嫁鸡随鸡，嫁狗随狗，嫁给渔民随之捕鱼。乡下姑娘都是能吃苦的，一般都比较贤惠，都听话，当然是听丈夫的话，这样，这个家才能安宁和谐。婚后第二年，春英就开始生娃，第一胎是丫头，接着一年半断奶，又怀上了，第二胎是个小子。这个小子有点怪，不愿在岸上待，喜欢与爹娘下湖，今年已经3岁了。渔家总体生活水平差，有正常劳动力和船的渔家也就基本上保证日常生活，没什么结余，更难以致富。

渔家特别重视男孩，宠是必然的，但是，渔村条件在那儿，最多就是跟着父母下湖。正月，虽然已经立春，但是，这秦邮湖畔还处在寒冷季节，冰冻还在继续。渔家成年人穿戴很少，不是不要穿，而是经济条件限制。上身是自家缝制的棉袄，棉袄里面也是自家缝制的衬衫，下身一般就是一条裤子，正月里的湖上特别寒冷，但是，他们冻习惯了。乔四十的宝贝儿子，也是个耐寒的种，与他爹穿的差不多，还光着脚。不过，也看出小孩冻得够呛。脸冻得红红的，鼻子上拖着鼻脓，脚上冻疮已经红红的、鼓鼓的，好像一碰就要破，小家伙不时地用手去挠痒，估计不久就会溃烂。他唯一享受的就是过会儿能扑进她妈的怀里吮几口，春英也随他，虽然已经没什么奶水了，但是她听老人说，哺乳期不易怀孕，她信。为了让儿子随时能吮奶，船上又没旁人，索性敞开怀，任儿子随到随吃。

当船驶过湖中芦苇滩时，得到捕鱼真传的乔四十感觉到前面不远处水面上有"情况"，平静的湖面上漾起了微微的波澜，根据他的判断，这块水域有大鱼。往年，他随他爹在这样的条件下捕到过一条70多斤重的鳡鱼。鳡鱼是秦邮湖的重要鱼资源之一，一般都在10斤以下，2斤左右为多，身材细长，圆润，头部两边泛黄，因在水下力量特别大，有"水下老虎"之誉。鳡鱼肉质特别鲜美，做成鱼丸，让人回味无穷。

乔四十要老婆来掌舵，他立即飞快地冲到船头，将帆降至一半，随后往湖里抛滚钩。滚钩由无数个鱼钩连接在一条线上，鱼钩长约两寸半，十分锋利，过一段系个葫芦，使之半浮半沉水中，一般是专门用来捕大鱼的渔器，鱼只要碰上去，必然要挣脱，但是，越挣脱摆动得越厉害，很快又被邻近鱼钩缠绕，很难逃生。

放完第一条滚钩，准备再放第二条，以便围成"口袋"式，将其"瓮中捉鳖"。然而此时鱼已经上钩，是条大鱼，湖面上翻腾起浪花，那鱼的身影不时露出水面，乔四十判断是一条青鱼，至少有几十斤重。

"四十子，鱼已经上钩了，快捞啊！"他老婆见鱼已上钩，兴奋不已，呼丈夫捞鱼。

"不急，不急，让它再玩会儿。"乔四十继续抛第二条滚钩。他觉得，大鱼到这儿来肯定是为了食物，因此，除了这条大鱼，应该还有其它鱼，乔四十胸有成竹："鱼太大，劲不小，现在捞不上来，让它在水里消消气再捞不迟。"

"跑了就亏了。"

"跑不了。"

婚后，春英就跟随乔四十下湖捕鱼，已经好几年了，但是，还没遇到过大鱼，所以特别兴奋，同时又担心鱼跑了。

"这么大的鱼，劲大的很，现在弄，怎么也弄不上来，让它在水里将力量消磨得差不多了才能去捞。那时，不费劲就能捞上来。"

"跟我爹弄到过一条70多斤的鳡鱼，费了好长时间才弄上来。

后来再没逮到过超过 70 斤的鳡鱼。"

　　水面上的水花渐渐地平息了，乔四十感觉应该可以捞鱼了，他也想尽快看看这条鱼究竟有多大，是不是青鱼。

　　他将船帆全部降下。降下帆，船就没有动力了，春英不再操舵，立即抽出挂在船两舷的双桨架起来，轻轻地划动着，驶向钩住鱼的水域。在她划桨时，小家伙突然奔过来，抓起她的内衣，又开始吮奶。

　　"小炮子，才吃的，又来了。"春英嘴上骂着儿子，却开怀让他吮。

　　乔四十听到妻子骂儿子的声音，知道儿子又吃奶了，用说不上来的语气对春英说："明儿开始不给他吃了，都 3 岁了还在吃，长不大了。"

　　"让他吃呢，村上邱家儿子 6 岁了，还在吃呢。"春英一是心疼儿子，二是不想再怀孕。

　　乔四十嘴上说反对，实际也不坚决，任意性大。

　　乔四十开始收钩，刚拢起一节钩，就收到一些一般重量的鱼。在收拢鱼钩时，大青鱼受到惊动，又开始翻腾起来。乔四十看出，青鱼已明显没有劲了。他从船舱里取出凿钩准备凿青鱼。

　　凿钩形态像放大了的鱼钩，长约一尺五寸，专门用来对付已经捕获却不易捞上船的大鱼。将凿钩对准鱼的上部，用力一拖，基本上一次就能上船。

　　这条鱼太大了，见乔四十正在费力拖鱼上船，春英立即推开吮奶的儿子，谁知儿子正吮着，这一推，将春英奶子拖出好长："啊呀，我的妈呀，疼死了。"春英虽然是农家的女子，脸上黑一些，身子却白白的，再说已生二胎，身子又圆嫩些。

春英立即冲到船头协助丈夫，谁知鱼太大了，夫妻二人耗费了全身力气才将大青鱼弄上船。

鱼全身发青，油亮亮的，长度接近春英的个头，估计有百斤重。

乔四十除去鱼身上的鱼钩，将鱼放进专门盛鱼的船舱，本来没想到有这么大的鱼，所以舱里水很少，大青鱼放进去后，春英用小桶从湖里给鱼舱加水。

大青鱼已经完全失去了威风，躺在船舱里，头尾相抵船壁，难以动作。船本来就不大，只要它动动身，船就会摇晃起来。

收完这条钩，又在这块"空隙"补抛了一条钩，除了大青鱼，还捕到不少其它鱼。乔四十并没有接着收拢其它钩，而是将船抵近苇滩，抛锚休息。

第二天，天刚麻麻亮，乔四十与老婆就开始起钩，当朝霞升起的时候，他们已经收好钩启航返回西塔村。

偏北风，微微的，正好扬帆。乔四十将船帆扯得满满的，春英掌舵，他站立在船头，迎着缥缈的晨雾，心情十分畅快，他感谢老天给了他今年首捕丰厚的收获，不仅捕到了多少年来少见的大青鱼，还有其它鱼，几乎将鱼舱盛满。丰厚的收获，不仅可以换钱养家，还能在渔民中树立威望。

乔四十从身后看到不少帆影正沿着他所行驶的航线驶来，那是本村渔民的渔船，经过两天的捕捞，也在赶往码头，与鱼贩子换钱。当然，这些返航的渔船大多是已经捕到满意数量的鱼，那些还没有达到满意数量的渔船会继续在湖里捕捞，等捕捞到一定数量后才会返航。

船抵达西塔村码头，已经看到夏宽带着他的大儿子夏喜和在码头等候，还有其他一些鱼贩子挑着空箩筐向码头拢来。

"夏村长，快上船来看看我的货，会让你惊讶的！"乔四十自豪地朝夏宽喊开了。

夏宽虽然不当村长，但是，他是选出来的村长，乔四十虽然可以在别人面前是村长，在夏宽面前仍然"称臣"。

"四十，看你今天高兴劲儿，料到你捕到不少好货。"夏宽嘴上说着，跨大步加小跳就上了乔四十的船。

乔四十满脸喜悦迎接夏宽。夏宽被渔民誉为"财神爷"，西塔村渔民所捕的鱼虾有三分之二是由夏宽推销出去的，渔民所捕的鱼不仅可以在船上就能售出，而且价格还公道，从未有人感觉将鱼虾卖给夏宽有上当受骗的感觉。

当乔四十掀开盛鱼的舱，夏宽见到多年未见过的大青鱼："好家伙，多少年没见过了，这是西塔村的喜事。"夏宽开心地对乔四十说。

一般情况下，鱼虾在船上就交易了，夏宽到哪儿都让大儿子夏喜和带着麻袋和秤，到哪条船就在哪条船上过秤、付钱，之后由夏喜和将收鱼的船拢上来，船挨船过货。

夏宽和儿子夏喜和将乔四十所捕的除大青鱼外所有的鱼过秤，分类记下。

"乔村长，这条大青鱼，多少年没见过了，能捕到这么大的鱼，这是我们村里的喜事，赶紧弄到码头上去，让大伙看看，当场过秤。"

"好！"乔四十喜上眉梢，立即喊来同伴将鱼往麻袋里装，然而，麻袋太短，装了一大半，又套上一个麻袋，用绳子捆了抬到码头。

见乔四十抬着条大鱼，码头上的人立即拢过来想看个究竟。

"是大青鱼啊，乖乖隆地咚，这么大啊！有几十斤重吧？"

"不止呢，可能有上百斤？"

"是鱼王哦，应该放生才对呢！"

"胡说八道，这么大的鱼，一天不知要吃多少条小鱼，有它，其它小鱼就没法活了。"

"而且是鱼钩钩的，放生了也是死。"

"值不少钱呢，估计至少值 1 块大洋。"

"不知道呢，夏老板不会亏待乔四十的。"

夏宽操着一杆能称 150 斤重的大秤，这杆称平时放在家里，难得用，夏宽一般都带着只称 50 斤重的杆秤，150 斤的大杆秤几乎用不到，当然，如遇大鱼，从码头到家里也就百步之路，回去拿也很方便。

既是罕见的大鱼，免不了受到大家七嘴八舌、评头论脚，纷纷估算鱼的重量，年轻人估算得有点离谱，见过世面的老渔民估算得比较精确。

乔四十和同伴去掉麻袋，用秤钩勾住大青鱼的腮，用扁担从大秤上的耳索那抬起大青鱼过秤。夏宽亲自掌秤，他将秤砣抹向最平衡处还下垂点，使人感觉是最大重量处。

"一百三十七斤八两。"夏宽宣布大青鱼的重量。

在场的人们都惊呼起来。

"算是见识了，第一次见过这么大的鱼。"

"这条鱼不知活了多少年？"

"至少十年。"

"鱼能活十年？"

"青鱼能活二十年，最大能长到 200 斤。估计这条鱼已经活了十五年以上。"夏宽对鱼见多识广。

"是的，青鱼寿命长，长得大，有的鱼虽然寿命也长，但是长不大。比如鲫鱼的寿命能到十年，但长到 1 斤重的很少很少。"西塔村资深渔民高老太爷捋着几根白胡子应声夏宽的话。

高老太爷今年 76 岁，算是西塔村年长的渔民。

夏宽听到高老太爷的应答，立即转过身从棉袄里面口袋里掏出"双喜"牌香烟递过去，并划火柴为他点烟。平时，夏宽与村民一样抽"旱烟"，就是从市场上买的烟叶，自家卷起来抽，或者买来烟丝用烟斗抽，一般情况下不抽这个牌子的香烟。究其原因，并非不好抽，而是价高，不是一般老百姓抽得起的。过年、过节、来了贵客，或者到他渔行买鱼的达官贵人，他才用这种烟招待。当然，偶尔与孙如淦一起喝酒，他也拿出来。

孙如淦也是如此，不过，他招待客人的是"大重九"牌香烟。二人只要在一起喝酒，都互递各自品牌香烟享受一番。

"难为夏老板，难为夏老板。"见夏宽递来香烟，高老太爷有点受宠若惊，他觉得这是很有面子的事，夏宽只给他一人递烟，连村长乔四十都没给，可见，面子给足了。他躬着腰，点头示意感谢。

过完秤，大家急着等待夏宽给大青鱼出价。

"两块银元。"夏宽高声宣布大青鱼的价。

"我的妈呀，值这么多钱啊？"一位大嫂从未见过一条鱼能卖这么多钱。

"还是好银元。"有人看出夏宽给的是1919年造的银元，这种银元，含银量高且纯，是银元中的精品，在市场上俏得很。

"够乔四十全家活半年了。"有人羡慕嫉妒恨。

"夏村长做生意真公道，多给了乔四十。"高老太爷顺水推舟赞颂了一下夏宽的生意经，还他给烟的人情。

"没少给，也没多给，值这个价。如果是年前，应该是3块银元，现在刚过了年，饭店生意淡了，还不知哪家店肯收，如果有店收，我不赚钱，最多弄个包把包烟钱。"夏宽念出了商人的通俗语。

"青鱼与鳡鱼、白条一样，越大越好吃，无论怎么做，都是上乘的鲜，尤其是做熏鱼、鱼丸、鱼片的最佳材料，这是因为，青鱼肉中自身含油多，如果是煎，几乎不需要油就能煎黄而不糊。"西塔村到城里当过厨师的姚小二说："青鱼就像老母鸡，越老越香。"

"桂兰，喊你爹来，就说我有事找他。"夏宽正想要孙如淦来，他见桂兰也在看热闹，就让她去喊。

"夏爹，我爹不在家，在闸上呢。"桂兰回夏宽的话。

"你去对你爹说，要他在闸上等我，我马上就到。"夏宽拉过桂兰低声对她说。

"好呢。"桂兰立即飞似地往闸上跑去。

当桂兰来到闸上时，夏宽与儿子夏喜和收鱼的船已经到了，他挥手要孙如淦到收鱼船上来。

孙如淦下了闸坡来到水边："怎的事？"

"陪我去琵琶闸，帮安排去扬州，有条大青鱼，一百三十七斤八两，城里的福来饭店吃不下呢。"

"好的，你等下子，我去闸上招呼下。"孙如淦飞快上坡与闸上伙计招呼了声，随即上了夏宽的船。

夏宽掏出"双喜"牌香烟递给孙如淦，孙如淦也不客气，接过烟自己划火柴点上。

琵琶闸是运河与秦邮护城河连通的闸，闸上有秦邮通往扬州的唯一一条公路，越过公路是秦邮南门大街。南门大街是粮油集散地，运河上来往的粮船、渔船都停靠在琵琶闸，这儿的粮行、渔行很多，全城鱼虾都在这儿交易。

下了琵琶闸的运河公路大堤，右侧是南门大街，隔几家店就是福来饭店。如果是春节前，大青鱼在这儿就能消耗得掉。现在是节后，是饭店的淡季，很难短期内消耗掉这条大青鱼，当然，凭夏宽与这家饭店平时的交情，福来店老板肯定会收下，但是，价格不会满意，最多3块银元，这样赚得就少了些。

每天有一辆人货混装的班车从琵琶闸开往扬州，货主要是鱼、虾、禽、蛋和秦邮湖滩上的芦蒿等特产。同时，随车可带若干人。

孙如淦与班车司机熟，又与扬州多家饭店老板有交道，夏宽就是要孙如淦搭个桥。夏家开辟的渔行生意已经占秦邮城鱼虾销售份额的百分之三十，当然夏宽还能再扩大市场份额，但是，自己有饭吃，总得让他人活。秦邮城有不少靠卖鱼虾生存的人家，西塔村就有十多户，加上城里的共计几十户。虽然他们都是零散户，小打小闹销售量有限，但是，市场区域却遍布整个县城，影响不小。夏宽为了让他人也有口饭吃，不仅不再扩大销售份额，还想再减少在秦邮的销售量，然而，还有不少剩余鱼虾销售不了，尤其是鱼虾的副产品几乎没有走出秦邮县，于是他想开辟扬州的鱼虾和副产品的直销生意。

孙如淦很快就联系上停在琵琶闸边去扬州的班车。夏宽让大儿子夏喜和将除大青鱼和数条鳜鱼外的其它鱼送到夏家渔行，自己带着二儿子夏喜炎前往扬州。

"我已经写了便笺，带给富春茶社刘老板，他会接待你的。"孙如淦塞给夏宽一个便笺。

"那就更好了。"夏宽与孙如淦关系铁得很，也不谦让，接过便笺便上了车，前往扬州。

扬州富春茶社以富春包子盛名，其实，此处的鱼丸、糖醋熏鱼、叉烧、鳜鱼也十分有名。

夏宽这趟扬州之行，不仅从大青鱼销售中净赚了 2 块银元，还开辟了夏家渔行与富春茶社的鱼虾和副产品生意。

第五章

春天开始了，秦邮湖除了鱼、虾、蟹滋养着渔民，还有"水八鲜"也开始生长起来。湖滩上长满"野蔬三鲜"，也叫"滩三鲜"，采摘贩卖已成为渔家人进城换钱的一条途径。

水八鲜有菱角、茭瓜（茭白）、茨菇、鸡头米（芡实）、藕、荸荠、水芹、芋头。

鸡头米又称芡实，全身是宝，其茎凉拌或炒极嫩爽口；嫩时鲜似水果，成熟时是男女老少皆宜的保健佳品，更是养胃健胃的良药。

正月、二月，水八鲜刚开始生长，还不能食用，滩三鲜正是收获季。

芦蒿，就是滩三鲜中的首鲜。在滩涂上到处可见，尤其是在芦苇荡里，时有一片空地，芦苇一根不生，专长芦蒿，好像两者"井水不犯河水"似的。那些芦蒿有红茎、青茎两类，春节后，就可以采集了，可以一直采集到清明节前。

第二鲜就是荠菜。荠菜有多个品种，常见的分两类：大叶和小叶。

大叶一般长在比较肥沃的土地上，个大汁多，适合包饺子；小叶不在乎土壤的肥瘦，个小，清香味更浓，凉拌最佳。

　　"小珍，我们明天早上去割芦蒿，阿有空？"春节后，蔬菜接不上来，家里几乎就是腌菜，还有春节前剩下的咸肉、咸鱼。养母说天天吃腌菜都吃腻了，吃得上火，要桂兰去芦苇滩上割点芦蒿、荠菜回来散散火。

　　湖滩上到处是荠菜、芦蒿、马兰头什么的，又不用花钱。

　　"好呀！我妈前几天就要我去了，我一个人不敢去呢。"小珍与桂兰一拍即合。

　　正月已经结束，二月带着春天的气息从秦邮湖延伸开来，最先让人感觉到的是那个风，再没有严冬那么刺骨，那么扎人，而是柔和的，温暖的。

　　"桂兰，你看，荠菜和马兰头。"刚走进湖滩，小珍就发现脚下一片一片的荠菜，还相间着马兰头，这片地临湖，土壤比较肥沃，荠菜个头大些。循着小珍的指点，桂兰开心地用小镰刀开始挖掘。荠菜都是带根挖，根更香。

　　"哎，你挖的有些不是荠菜。"小珍看桂兰挖掘的荠菜中有的不是荠菜。

　　"啊？一样的，怎么不是荠菜？"桂兰虽然生长在农村，也认识荠菜，但是，农村没有闲田长野菜，就是田田埂埂上也都种上了农作物，只能让人脚展开来走，就是有荠菜、马兰头也是在房前屋后的旮旯。所以，桂兰没有小珍对荠菜、马兰头那么熟悉。

"那是野草，现在长得与荠菜有点像，但是再长长，中间就长出像棒子的杆子来，所以，名字叫哭丧棒，可以给猪吃。"小珍指导桂兰识别荠菜。

"哭丧棒的叶子长，形态也没荠菜好看，叶子上的毛很糙，拿起闻一闻就好识别了。荠菜香，哭丧棒没有香味。"小珍在教桂兰识别荠菜的同时，又告诉她荠菜的凉拌方法。

"荠菜最好是凉拌吃。用开水烫一烫，切碎，放盐、放麻油，好吃的很。"小珍像美食家一样告诉桂兰怎么做荠菜吃。

"不过，我家从来没买过麻油，有一次，我妈到你家闻到麻油香，讨了几滴拌的荠菜，香得很呢。"小珍对桂兰说。

"以前在家见过田里生长的芝麻，闻到过香味，没见过麻油，到这儿来，才知道麻油是什么样儿，与菜籽油差不多，就是闻起来味道不一样。"桂兰比小珍知道的东西少。

"妈要我今天采点荠菜，再割点芦蒿呢。"桂兰对小珍道。

"前面好像就是呢。"小珍指着靠近芦苇、露出地面约一掌高的草丛。

此时，别说芦蒿刚露出地面不到一掌高，就是芦苇也是刚冒出嫩芽儿，尺把长。

"小珍，你看，这儿的芦蒿长的又肥又高呢。"桂兰像是发现新奇一样喊小珍过来看。

小珍笑着对桂兰说："那不是芦蒿，是臭蒿，不能吃，连猪都不吃。"

"真的？与芦蒿一样呢。"

"不一样，你看，这个叶子上毛茸茸的，杆子不圆，有棱角。"小珍拿着臭蒿与芦蒿比给桂兰看。

"是的，不比不知道，是有区别。"

"你再闻闻，味道不一样。臭蒿味道呛，不好闻；芦蒿味道清香，好闻。"

桂兰将芦蒿和臭蒿分别闻了闻，真的区别很大。

小珍又告诉桂兰关于芦蒿的识别："芦蒿有臭蒿和香蒿，要认真识别呢，否则，吃了可能会中毒。还分青梗和红梗，青梗嫩一些，不放肉也好吃，但是，没有红梗香。红梗必须要有肉炒才好吃，咸肉炒最好吃了，香得很。红梗割回家后最好洒点水焐两天，会比青梗更嫩。"

芦蒿，主要生长在湖边滩上的芦苇丛中，农村极少地方生长芦蒿。见多才能识广，桂兰认识芦蒿的机会少。

"你是我师傅呢。"桂兰敬佩小珍，虽然与她年龄相仿，只差半岁，懂的东西却比她多。

"你是我姐，我是你师傅，哈哈哈。"小珍笑得不行。从此，与桂兰更加亲近了。

不一会儿，小珍就感觉芦蒿、荠菜割得差不多了，对桂兰说："差不多了，回家吧？"

"哦，我再割一把芦蒿就好。"桂兰见眼前一片红梗芦蒿，舍不得放弃，想再割一点。

"多呢，还没到芦苇荡里面去，那儿永远割不完呢。"小珍指着前面的芦苇荡。

听小珍说有割不完的荠菜、马兰头、芦蒿，桂兰不再割了，起身与小珍回家去。

她俩顺着湖堤由西向东走，其实，西塔村就在眼前，不到500米的路程。左侧是秦邮湖，湖面上有帆影，渔船利用帆作动力使船行驶的速度超过鱼游的速度，这样，鱼进入网中就再也逃脱不了，如果速度慢于鱼的速度，那么鱼就很容易逃脱。所以，大鱼一般都不容易捕到，原因就是大鱼的速度快，只有用滚钩才能捕到。

湖面也有几艘几乎静止的船，那是用抛钩捕鱼，或者是用虾笼捕虾的船。一般，这些船比较小，船帆的动力差，现在，他们已经抛好了钩，下好了笼，到黄昏时收钩、收笼。有时也会放上一晚，第二天早上收。

小珍她爹今天一早也去湖上捕鱼去了，她家的船小，只能抛钩和下虾笼，而且只能靠湖岸近些的地方捕鱼虾。远了，船就抗不住湖中可能出现的风浪。当然，近岸水浅，只能捕些小鱼和小虾，大鱼一般都在湖的深处。

小珍远眺湖中，想找到她爹的船，用目光搜索了半天也没找到，虽然近处有一些船在捕捞，但不是她家的船，她认得自家的船。今天，是爹一个人开船去捕鱼，妈没去，平时都是爹和妈一起去捕鱼虾，小珍在家带弟弟。今天，弟弟好像发烧，妈就没去，所以今天才有空与桂兰一起出来割芦蒿。面对空旷而平静的湖面，找不到爹的船，但是，她会默默地祝愿爹能多捕些鱼虾，多卖些钱。

小珍好想上学，她跟她妈说过，她妈回答她："西塔村没有一个女孩去上学，你看夏家那么有钱，他家两个丫头都没去上学。咱家与人家比差远了，如果你去上学，弟弟怎么办？谁带呢？还有，上学还要过摆渡，走得早，回来得晚，妈哪能放心哦。"

小珍妈很喜欢小珍，她也希望小珍有个好的未来，不再像她这样为生活而劳作，为生活而奔波。但是，社会制度和西塔村的风俗不允许她有出格的要求和想法。当然，关键是钱的问题，如果有钱，什么都好说，都好办。有了钱，可以到城里买房子住，弟弟可以找保姆带，没钱，只有认命。从此，小珍就死了这颗心。

心死了，想法却没有停止，遇到好朋友，念头又涌上心来："桂兰，我好想上学，上学该多好啊。"

"你可以跟你妈说呢，你是亲生的。我也想上学，我是不可能去上学的。"桂兰对小珍说。

"我妈不同意我上学，弟弟没人带，全村没女孩上学。没办法，死心了。"小珍心灰意冷地对桂兰说。

"腊月初十，我与养母回龙奔乡，经过中市口的学校，看见好多女孩上学呢。"桂兰告诉小珍，城里好多女孩在上学。

"没办法呢，我奶奶说我没有投好胎，投到谁家，就在谁家过什么日子，怨不得他人，是命呢。"当时，桂兰卖给了孙家，哭得死去活来，抱住奶奶不肯走，奶奶对她说的话，让她无可奈何地跟孙家走。

"我妈还责怪我怎么不投到有钱人家去的，跟着她受苦受累。我觉得，我妈挺好的，弟弟也不遭人嫌，没有投错胎。"小珍觉得自己没投错胎。

两个小女孩各自挎着盛满野菜的篮子走在湖堤上，叹息着自己的遭遇和命运的不济。

到了家，桂兰先打开鸡窝，放出老母鸡和小鸡，丢下一碗用水拌好的米糠，再撒上一把用水泡过并碾碎的米。米糠，老母鸡吃，米，小鸡吃。老母鸡时而吃些米糠，时而又走到小鸡前，啄起米，丢下，又啄起，再丢下，可能是嫌米没碾碎，经它的嘴再磨细一点？反正，经过老母鸡处理过的米，小鸡都围着吃。

桂兰边看着鸡边择野菜。

先择芦蒿。她将青梗芦蒿、红梗芦蒿、荠菜分开。红梗芦蒿用水浸一下，找来稻草，放进稻草里，丢在厨房靠炉堂一侧。炉堂经常生火做饭，温度相对高些，放在这儿，以防芦蒿上冻。

荠菜好择，只要掐去沾在上面的泥巴和黄叶就可以了，青梗芦蒿更费人工。桂兰熟练地掐去青梗芦蒿头部叶子，顺着梗子一抹，抹到根部，再掐去老的一节，之后，掐成寸长，从水缸里兜些水放入盆里浸泡。兜水时，桂兰见水缸里快没水了，择好菜，便又挑起一对小水桶到湖上去挑水。

从湖边到桂兰家并不远，也就是隔几排人家，不过百步，水桶也不大，但是，水缸不小，桂兰要挑五次才能将水缸盛满。

桂兰挑着桶，一头放着盛荠菜的篮子，顺便带到湖边去洗。

　　桂兰挑第一担时，只要中途歇一次就可以了，从第二担起，中途要歇两次以上，到后面，中途歇的次数越来越多。桂兰在自己家时也挑水，有时与弟弟抬水，到了养父母家，挑水不是什么难事，也不算辛苦。

　　秦邮湖里的水很清，泥沙少，几乎不用沉淀就能做生活用水，但是，西塔村人家习惯地将挑来的水进行一次沉淀。水缸盛满水，桂兰拿来明矾，用菜刀将明矾压碎，放进水缸，再用竹竿将水缸里的水顺时针或逆时针搅拌，待到水平静时，水就沉淀好了。

　　挑好水，桂兰看看钟，还不到 11 点。没到西塔村时，她不识钟，不知道几点几分怎么看，还是养母教她的，并告诉她，养父中午一般都是 12 点到家吃饭。

　　炒菜还早，做饭可以了。她将米、大麦片倒锅里，用些稻草引火，塞进干柴，锅烧开后，就用锅铲搅拌一下，待汤基本干了，熄掉柴火上的明火，任其焖熟。

　　桂兰从挂在屋檐下的咸肉上割下巴掌大一块备用，兜出灶上汤锅里已经烧开的水，将荠菜倒进开水中汆，捞起稍整干，切碎，放入已经碾碎的盐，用手抓匀，入盘，吃前再滴麻油。

　　咸肉放入汆过荠菜的热水中清洗，捞出切丝。稍用水将炒锅晃一晃倒掉，待锅烧热，倒些许菜籽油，咸肉入锅炒至熟，盛入盘，大火烧热锅再倒些许菜籽油，快炒芦蒿，不停炒，快熟时，倒入盘中的咸肉，炒拌，放些盐，盛盘。

　　炒好芦蒿，拌好荠菜，再烧腌菜花汤。早上，养母出门时交代要烧个腌菜花汤，并告诉桂兰怎么做。桂兰按照养母说的从腌缸里拿出一棵腌菜，用刀割去腌菜中间的嫩芯，用清水冲洗一遍，切碎，放进已经烧热的油锅里炒一下，再将昨天留下的半块豆腐切成小方块放进去，炒一炒，倒水，烧开放点葱花即可。

咸肉炒芦蒿，小小年纪的桂兰为何会做？是养母昨晚口头唠叨了数遍教的，她记在心，不能错，错了，至少要挨骂。

养父午间回来吃着桂兰炒的咸肉芦蒿、凉拌荠菜，感觉味道不错，表扬了桂兰。

"炒咸肉时没放生姜和葱，如果再滴几滴酒就更香了。"养母指出了桂兰咸肉炒芦蒿的不足。

"凉拌荠菜，没放蒜泥。"

听到养母说咸肉炒芦蒿没放葱和姜，此时已经无法再下锅重做了，荠菜里没放蒜头，她想，咸肉炒芦蒿没法再重新做，凉拌荠菜这个可以马上补，于是她立即去拿蒜头，拍一下，切碎，放进凉拌荠菜里，养父用筷子搅拌后继续吃。

对于养母的指责，桂兰埋头听，不回话，记心上，自己是没做好，以后要认真做呢。

虽然养母说桂兰做得不够好，但是，养父还是夸奖了桂兰："做得都蛮好。"

桂兰心里平静了些许。吃饭时，她只是看着养父母吃咸肉炒芦蒿，自己不敢去夹，生怕越"界"，只吃些荠菜和腌菜汤。养父夹了一筷子芦蒿给她，她感动，吃着，感觉味道还不错，特别是咸肉吃起来很香。

　　菜只剩下一点咸肉炒芦蒿，桂兰归归齐，留着养父晚上喝酒。有时候，家里没剩菜，他会让人从城里带点熏烧，如猪头肉、大小肚子、猪尾巴、猪耳朵什么的回来下酒，有时只带点油炸花生米。养父虽然酒量不大，但是几乎是天天喝一点。鱼虾是养父最好的下酒菜，平时，村上渔民经常送些鱼虾过来孝敬孙如淦，孙如淦也不白吃人家的，总得帮忙干点事，尤其是送鱼虾的人家自己不能去做或者自己无能力去做的事，需要动用孙如淦的社会关系才能办成。

　　夏宽，虽然是村上财富最多的人家，但是，连他都需要孙如淦动用社会资源摆平或者解决自己遇到的困难，其他人家可想而知。

　　还没到天黑，小珍爹的船已经回来，今天收获还不错，船靠岸后，所捕鱼虾就让贩子兑走了，他早留下了一些虾和昂刺鱼。自家吃虾，昂刺鱼让小珍妈送给桂兰家。

　　小珍妈送昂刺鱼时，桂兰养母正好回来，她也不客气，收下了鱼，对桂兰说：“去湖边挑些水来养鱼，放到明天吃。”

　　“哦，妈，今天，我刚将水缸里的水挑满了，兜些水缸里的水吧？”桂兰回应养母的话，有点不想再去湖边挑水。

　　“死丫头，水缸里的水放过明矾了，养不活鱼的，偷懒啊，快去挑！”

　　“好的，我就去。”桂兰不再违抗。

　　空担子放在肩上压的就有点痛，何况是实担子上肩呢？她只能用双手撑着点扁担。其实挑两个半桶就够了，桂兰想，既然挑了，就挑满，多下来的水可以洗洗其他东西。

咬咬牙，歇息了几次，到了家，一只桶倒出一半到盆里，将昂刺鱼放进去。昂刺鱼耐活，不易死，入水后甩尾摇头，如入湖。

养父回来得早，看见盆里养着昂刺鱼，问道："谁家给的？"

"小珍妈送来的。"桂兰接话。

"这是黄昂，烧汤最好吃了。"养父说着，就动手捞昂刺鱼，捞上来，掰开昂刺鱼嘴，左手撑开嘴，右手连腮带胫撕，去掉内脏，清洗干净，四条昂刺鱼就算清理好了。

见养父要吃鱼，桂兰赶忙去生火，养父自己下厨，桂兰边烧火，边看养父烧鱼的方法。平时，村上有人送鱼来，养父都没这样自己下厨，今天见到养父下厨，桂兰感到不解，后来才知道，养父特别喜欢吃昂刺鱼，尤其是这种黄昂。别人烧，他不满意，自己烧才是最佳美味。

加上中午剩下的咸肉炒芦蒿，养父咪着小酒，喝着鱼汤，一脸惬意。

养母与桂兰用中午剩下的干饭放水烧开焖会儿，吃的就是这个汤饭外加腌菜。

生活像万花筒，你看它像什么就像什么，而且随着视角的转换，呈现给你的也是不同的景象。

生活在最底层的百姓，虽然很贫穷，但是，他们并不感到自己很苦，也不会感到社会的不公平，只是抱怨老天不眷顾他们，是上辈子或者祖上没有积德，才沦落到今天这个地步。

　　小珍妈姓郁，名小妹，是家中的幺妹，上面还有两个哥哥，来秦邮西塔村前是天塘县东关村郁庄的。天塘县郁庄与西塔村隔湖相望，临湖而居，也是渔村，以渔为业。

　　郁小妹家境尚可，她爹是村上乃至全乡有名的厨师，谁家有红、白喜事，她爹就会被邀去掌厨。她妈是居家裁缝，为邻近村民量体做衣，手艺精细。两个哥哥帮她爹做事，顺便做点小买卖。郁小妹少女时代生活无忧，身材婀娜，长相美丽，名扬乡镇，是全村渔家男孩追求的对象。

　　村里捕鱼青年陈熊，面貌英俊，身材魁梧，性格内敛，上过几年学，识得一"箩筐"字，深得郁小妹喜爱。奈何其家境贫寒，她爹阻止往来，并允诺乡长，让她嫁给其腿部有残疾的儿子，待郁小妹嫁入乡长家后，郁小妹两个哥哥就会进入乡镇吃皇粮。郁小妹知之十分厌恶，与她爹大吵一架，婚期前夜问陈熊怎么办？

　　"老爹将我许配给乡长瘸儿子，五月十六出嫁。"郁小妹几乎是哭着告诉陈熊的。其实陈熊已经与爹妈商量过此事，他爹说乡长会吃人，得罪他，没有好果子吃；她妈是一直反对陈熊娶这么漂亮的女人，认为漂亮的女人是祸水，现在还没娶，麻烦就来了。然而，陈熊没告诉郁小妹，怕她知道自己父母的态度会生变。

　　"怎么办啊？你快说啊！"郁小妹催促陈熊拿主意。

　　"郁庄是不能待了，如果你愿意，与我上船去流浪。"陈熊说出他的主见。

"好！这样最好。乡长也不好为难我爹妈了。"郁小妹意志坚定，要与已经生情的陈熊驾船私奔，到湖上漫无目的地流浪。

陈熊做足了船上用品的准备，郁小妹带上了自己的私房用品和平时爹妈给的零用钱连夜出走。

船在月色中驶进一块被荷花包围着的芦苇荡，陈熊抛锚泊舟。在朦胧的夜色里，在静谧荷花荡里，陈熊从湖上摘下一朵即将开放的莲花，深情地望着眼前美丽的郁小妹："戴上这朵花，你就是我的新娘，从此，再不分开。"

郁小妹含情脉脉，激动不已，与新郎相拥相吻。那新郎更是荷尔蒙喷发，生米做成熟饭，姑娘成新娘，夜夜欢娱，天地只有他俩。时年，小妹年方十五，陈熊十八。

陈熊以其捕鱼技能，边捕鱼边找落脚的地方。一对情侣，过起湖上蜜月。真是欢娱嫌夜短，寂寞恨更长。时值仲夏，湖上生机勃勃，陈熊十分能干，不仅是捕鱼能手，还能用网逮野味、滩边摘莲花、采嫩藕、挑荠菜、割芦蒿。

郁小妹哪经过这样的生活，她对湖上风光十分迷恋，陈熊身强体壮，又识得字，性格又内敛，他想方设法让郁小妹快乐起来，变着花样使生活温馨而甜蜜。一天，陈熊将船开进湖上荷花荡，此时荷花正开，郁小妹兴奋得不知所措，陈熊天天摘荷花戴到郁小妹头上，天天端详着她美丽的脸，亲吻着她，吻得她魂都丢了。

二人生活在这艘小船上，除了捕鱼，做饭，无论白天或黑夜，缠绵不尽，生活有滋有味。陈熊能找到郁小妹这样如花似玉的姑娘，

又不花彩礼，又无须建婚房，别提多开心了。时有陈熊家人请庄上打鱼船代为送上生活用品，二人数月未离开湖面，

然而，青春中的男女，天天缠绵在一起，必然引起反应，就像肥沃的土壤，有了种子必然要扎根发芽，不久，郁小妹就怀孕了。怀孕了继续待在船上不是办法，但是，眼下还不能返回郁庄，那位乡长已经放话，只要陈熊一回郁庄，就以拐骗他人之妻问责。

怎么办？陈熊也无计可施。一日，西风紧，陈熊夜中捕鱼收网后，驾船泊岸，天色黑暗，辨不清方向，待天亮时，船已抵达西塔村码头。此时，码头上正逢鱼虾交易，陈熊顺势将自家鱼虾售出，换成现金，他告诉妻子，自己上岸去看看。

陈熊上岸的目的，是想安置妻子待孕之事。他迈上湖堤，进入眼帘的是雄伟壮观的镇国寺西塔，看见此塔，很庄严、很神圣，给人以吉祥，心中顿生好感，感觉这地方不错。

下了湖堤，就是西塔村，他在西塔村里踱步慢行，看见这儿与他的故乡相似，但是，比他的故乡好多了，也富裕不少。尤其是这儿距县城很近，过了运河就是县城，不像郁庄，别说距县城，就是到乡镇还有好几千米路程。所以他决定在这儿给妻子找个备孕的住处。

他想找处可以租的房子，问了多人，都说这儿没有人家有空余的房子。

"孙如淦家房子大，只有夫妻二人住，但是，人家不一定肯租。"一位妇女说。

陈熊回到船上，将情况与妻子说，并让她做好准备，吃午饭后一起上岸。

陈熊带着妻子径直来到孙如淦家，夫妻俩正好都在家。陈熊说明了来意，孙如淦微笑着看着眼前的这对异乡来的青年夫妇，用肯定的语气对他俩说："我们没有房可租。"

"姑娘，你已经怀孕了，几个月了？"刘云用和蔼的目光和语气问郁小妹。

"大嫂，是的，已经快三个月了。"郁小妹叹着气回答刘云的话。

没租到房，陈熊想在附近临时搭个可以落脚的"窝"。他叹着气，向孙如淦夫妇叙述了二人离家出走来西塔村的过程，得到了孙如淦夫妇的同情，尤其是孙如淦看着眼前夫妇还算忠厚老实，虽然陈熊说话中有一丝丝狡黠。

"大哥，我在您家东面搭个草披子临时住住可以吗？"来之前，陈熊已经想到孙如淦家可能不会租房，但是，他看到孙如淦家东面有一片空旷地，那儿可以建几间房子。

为什么这儿空这么多的地？并非没有人想在这儿建房子，而是慑于孙如淦的威严，就是村长和夏宽也不敢造次。

孙如淦没有意料到陈熊会提出临时搭个简易住房，这个住房搭了，说不定就是永久性的了。"这得找村长，村长同意你才能搭。"

"老孙啊，你就与村长说说，让他们搭个披子吧，人家姑娘肚子都这么大了。"刘云发慈心。

被老婆这么一说，孙如淦只好答应。

陈熊丢下礼品，回到船上。

说好搭个披子，一个星期后，结果就建成了两间茅屋。小夫妻俩开心地搬进新房。

为了答谢，陈熊请了孙如淦夫妇、村长、夏宽及邻居到城里南门大街福来饭店喝酒。从此，陈熊夫妇成为西塔村正式村民。

第六章

西塔村几乎每家都养几只鸭子，早上放出去，晚上归来。

村上南面和西面是大片芦苇荡，芦苇荡里大小河塘不计其数，塘里小鱼、小虾、螺蛳特多，鸭子每天放出后，它们就来到这儿觅食、嬉水，晚上自觉回家。

鸭子有一个特别的好处，就是在夜里下蛋，下蛋后不吵也不叫，不像鸡，下个蛋不得了，鸣叫不停，非得你给它一把食材，它才不鸣。

西塔村渔民养的全是秦邮特种鸭——麻鸭，身子的纹路像麻雀，故名麻鸭。麻鸭喜水，喜食水塘里的小鱼、小虾、螺蛳和蚯蚓等，下的蛋不仅个头大，还是名扬于世的双黄蛋。

鸭子下了一个春天的蛋，家家户户都积聚了不少鸭蛋，谷雨前后，正是腌制咸鸭蛋的好时节。

小珍家养了三十多只鸭，是西塔村养鸭最多的人家。早晨，鸭舍一开，全体鸭子争先恐后一个劲地朝着觅食的方向奔去。此时，不是小珍妈就是小珍到鸭舍里拾鸭蛋，每天都能拾到二十多个。晚上，在外吃饱喝足的鸭子浩浩荡荡不吵也不闹地直接返回鸭舍。当然，遇上雷雨大风，鸭子就会迷路而不识家门，此时，主人就要外出去找，好在鸭子基本上都是在比较固定的水塘嬉水、觅食，且集体性强，找到一只就找到了一群。

鸭蛋很少像鸡蛋那样炒着当菜吃，主要是腌制成咸鸭蛋。西塔村的鸭子虽然下的都是双黄蛋，但一开始在秦邮只算个头大些，没有特别的经济价值，后来名气大了，外地人特别喜爱秦邮双黄蛋，从此，双黄蛋的价格比单黄的高了不少。

西塔村人腌制咸鸭蛋几乎已经成了生活中一件必然要经历的事。谷雨这天，陈熊一早就忙碌开了，小珍跟着她爹后面也忙得屁颠屁颠的。

"小珍，忙什么呢？一早就听到你家在忙。"桂兰这会没事，想看看小珍家在忙什么。

"腌咸鸭蛋呢，我爹一早就忙了。"小珍有点自豪地告诉桂兰。

"你看，草灰、黄泥都准备好了。"

"这些是什么呀？干什么用的？"桂兰很好奇。

"是食盐、丁香、八角、肉桂、陈皮等磨成粉与白酒拌的，等会与黄泥、草灰再拌到一起。"此方法腌制的鸭蛋蛋黄出油量高，口感绵软，香味可口，具有嫩、沙、油的特点。

桂兰原来的家也养过鸭，只是养得极少，多则五只，一般只有两只。因为乡下种水稻、小麦，鸭子会下田吃农作物，损害庄稼，农民见之不仅撵，甚至打死。所以，农民家一般都是圈养。那些养鸭专业户，有专人每天赶着到小河、小塘牧鸭，手持长竹竿，竹竿上系红布条，时时跟着，不让鸭子进入农田。因而，农民家中一般不腌制咸鸭蛋，就是腌制，也是家中自己吃或者送点给亲朋好友。

"乖乖隆地咚，用这么大的缸腌啊，要腌多少个？"桂兰以前见腌鸭蛋都是用瓶子、小坛子做容器，小珍家用的是大水缸，所以惊讶不已。

"一千多个呢，这个缸还不一定能装得下。"

"还有一个小缸备用呢。"小珍指着大水缸边上的一个小缸。

小珍爹先将香料与黄泥、草灰进行搅拌，然后把昨天就洗净晾干的鸭蛋浸到酒中过一下，再放进搅拌好的草灰和黄泥中裹一遍，裹好后又在泥灰里滚一下，最后一个一个轻轻地放进水缸中。几番轮作，一千多个鸭蛋就腌好了。大缸没装下，就放进小缸里。

陈熊有点文化，脑子活，看准了在西塔村养鸭仅是冬天需要出点花费买些饲料，其他季节几乎无需投资。在天塘县郁庄时，他家也养过鸭，也腌制过鸭蛋，那都是家中自己吃或者送些给亲戚，有时，吃不完，都"坑"了。那时也想弄点去卖，但是，郁庄距乡镇远，距县城更远，光赶路就得半天时间，背上一篮子咸鸭蛋到了城里，人家已经午饭了，市场哪见人影？蛋没卖掉再赶回来又是半天，像"充军"，没赚到钱反而一身累，所以，扩大养鸭没有意义。

到了西塔村，高邮城一条运河之隔，自家船，起早点划过去正是城里人买菜时间，城里人喜欢西塔村腌制的咸鸭蛋，个大、味香、双黄，油又多，当然销路好。陈熊看准此商机，不断扩大鸭的饲养量，从几只到数十只，都由小珍负责。

由于饲养过多，产蛋量大，销路已经饱和，现在不能再扩大了。

桂兰对小珍说："卖不动，放到夏爹鱼店里卖。"

"人家卖鱼，不会帮我家卖咸鸭蛋吧？"小珍认为夏宽不会帮助卖咸鸭蛋。

小珍不理解桂兰的意思，在一旁给陈熊当帮手的小珍妈郁小妹听到后，觉得是个好办法，心里嘀咕道："鬼丫头，才这么点大，能想出这个好办法，将来不得了。"她对陈熊说："桂兰说的对，我们何不找夏宽帮忙呢，放他店里卖，又不急，慢慢卖。"

陈熊回应道："这个办法好，我去找夏老板说说，卖出的咸鸭蛋四六分成，他应该愿意呢。"

正当小珍家夸奖桂兰主意好时，她又不知天高地厚地让小珍妈不要用这么大的缸，应该用小坛子，就像她在乡下腌菜用的那种小坛子，卖的时候连坛子一起卖，就不会坏，人家买回家打开慢慢吃。

"这么大的缸，上面熟了，下面已经要坏了。"桂兰在家腌过咸菜到城里卖过，知道腌制的一些常识。

"桂兰说的真来斯呢，难为哦。"陈熊也对桂兰的说法很赞赏。

隔日，陈熊兑鱼给夏宽时，顺便就请他代售自家的咸鸭蛋。夏宽正准备扩大鱼副产品的销售，便觉得这是个好商机，当场就拍板同意了，不过，他提出代销分成是五五开，而不是陈熊提出的四六开。陈熊觉得利润少了点，不过，夏宽对他说："你用小坛子装，每个坛子分三十个或五十个装。我要送到江南去卖，到那儿价格要高不少，至少要翻一倍以上。到时，也是五五开，水涨船高。"

陈熊觉得如果这样应该会赚更多钱，当场也就同意了。

陈熊按照夏宽的要求，购了一批小坛子。说来也巧，乡下一家窑厂，烧制了一批小坛子，不知是火候不到，还是其他原因，坛子的外观灰不溜秋，不美观，厂家老板正愁如何处理，陈熊闻知立即去买，厂家三文不值二文，以卖带送。陈熊也不嫌多，近百个小坛子全要了。谈好价格，陈熊划着自家船，直抵窑厂装运回来。

陈熊到底脑子好使，他觉得，用此坛来装咸鸭蛋，不仅好运输，而且易保存，他又用朱红条纹纸贴到坛子上，红纸上写了陈熊自书的五个大字——秦邮双黄蛋。字虽然很稚嫩，但是，夏宽看后非常满意。这批咸鸭蛋全部运送到了扬州富春茶社。茶社老板是商界腕儿，看准了这个商机，直接用现金收购包销的方式承揽，销路十分顺畅，价格不仅比高邮当地翻了几番，还成了富春茶社的又一个招牌，更带动了秦邮双黄蛋的名声。

尝到了鱼副产品销售的甜头，夏宽让西塔村扩大鸭子的饲养量，提高产蛋量。他亲自规定，在腌制过程中，采用陈熊腌制的秘方。不过，陈熊还是留了一手，腌制过程中的两味重点配料未献出，以致他人腌制的咸鸭蛋在出油方面不如陈熊家的油多，口感上也欠一点。因此陈熊家的咸鸭蛋价格都会比别人家高出百分之十。

有人询问陈熊，怎样才能腌得和他家一样多油，一样好吃？陈熊没有出来答话，郁小妹却回答说："是手气好差之别，用一样的料，我腌得就没陈熊腌得好吃，他手气好。"

　　话说到这个份上，谁也没有再问的理由，认定自己手气不如人。

　　经孙如淦联络，夏宽将咸鸭蛋的销路从扬州延伸到了上海及江南地区，又带动夏家鱼庄的干虾皮、虾籽、咸鱼的销售。当然，西塔村人也多了一份收入来源。

　　这之后，从数十只到近两百只，小珍从此没有了童年的快乐，当起了鸭倌。

　　桂兰与养父说："我们家也可以养鸭子。"

　　孙如淦给桂兰泼了冷水："你将二十多只鸡养好，天天烧好饭就不错了，鸭子太脏太臭。"

　　其实，桂兰家不缺咸鸭蛋吃，陈熊家每年都会送五十个，今年送了一百个，说是桂兰出了好点子，有功劳，奖励。

　　孙如淦心知肚明，实际是奖励他的，没有他孙如淦，陈熊不可能发展起来。

　　渔家人日子过得不紧不慢，不急不躁，不穷不富，就像桂兰家的摆钟，悠悠荡荡，始终如一。

　　已经进入伏天，天气开始炎热起来，西塔村打鱼人按部就班由春、秋、冬季早晨入湖打鱼，第二天早晨返回码头，改为夏日午后入湖打鱼，隔日早上返回码头销售鱼虾。改作息时间，主要是炎夏气温过高，捕到鱼后放在船上时间过长容易死。

　　此时，对于村里的老人和小孩来说，消暑纳凉成为重要生活内容。小男孩一般都是光条条地在庄上穿来穿去。中午最热时，他们三五成群到码头下湖游泳。说是游泳，实际就是消暑。

女孩子和老人将家中竹床、门板放到门前或村里大树下，老人坐在床上哼着只有自己能听懂的歌谣，摇着蒲扇为身边的婴儿或幼儿驱赶苍蝇、蚊虫。

劳动力都入湖打鱼去了，女孩子一般与老人在家，看家护院，料理家务，饲养家禽。

到西塔村没多久，郁小妹生了女儿小珍，仅三年，又生了个儿子小平，此时的郁小妹身材几乎没走形，倒是丰腴了几分，由于风吹日晒少了，皮肤越发白嫩，脸蛋白里透红，性感迷人，成了西塔村最美的媳妇。

"这是谁家的女孩，这么美？"郁小妹到城里买梳头油和胭脂，走在南门大街上，一位警察看到了，惊叹其美，自言自语问道。

"听说是河那边西塔村的，已经生了两个伢子（小孩）。"跟在这位警察后面的另一位年轻的警察回答说。

"哦，这么年轻？过去没听说过。"这位感叹郁小妹之美的警察是秦邮水警队的王双喜队长，管辖全县水上警务，渔民就在他的管辖范围之内。

"是三四年前从外县搬来的。"

"哪天，将她家户口登记材料给我看看。"

"好像还没登记户口。"

"啊？来了几年了，户口还没登记，这是怎么管的？目前正在讨论《户籍法》和《户口普查法》，不久就会颁布实施。"王队长似乎在训斥身边的警察。

"嗯，不是我管的，我马上去问问管他们那块的小朱。"王队长身边的年轻警察推卸责任地说。

"不用了。"其实，王队长是自己想借此机会去见见这位美人。

第二天，王队长穿着刚换发的新警服，佩带手枪，将自己又好好地整理了一下，头上抹上梳头油，再加上他英俊的面孔和高大的身材，真的不是一般的帅。

事情有时不能一味地怪罪生事的人，往往是多种巧合使事情自然而然地发生了。是人的遂意，是天意使然。

王队长，不穿警服，英俊得已经无与伦比了，穿上警服，那还了得，无论你是少女、是大嫂还是大妈见了都会迷糊。

当他出现在郁小妹面前时，郁小妹正在家门口给儿子喂奶，丈夫入湖捕鱼去了，可能第二天早晨才会回来。

王队长的出现让郁小妹惊魂失措，高大英俊，警服威严，郁小妹见之三魂丢了两魂，不知道怎么回事。她从未这么近接触过警察，而且还是个英俊的警察。

天气很热，本来，郁小妹屋前就没有人行道，几乎没有过往行人，加之大夏天，又是刚过晌午，几乎没有人影，郁小妹索性敞开怀给孩子喂奶。

雪白的肌肤透亮，丰满的乳房，左边被婴儿吮着，右边的乳汁又盈盈地好像要外溢。

王队长，这位刚过 30 岁，结过婚的男人，对女人很熟悉，但是，面对眼前这位美丽的少妇，又是带着念想来的，可想而知。

"你叫郁小妹？"

愣了半天，郁小妹才回答道："嗯，是的。"

"不是本村人吧？"

"嗯，不是的，是天塘县郁庄的。"郁小妹不敢有半点隐瞒，如实回答，她看着警察的双眼直直地盯着她看，她娇羞得满脸通红，但是，她已经惊吓得没有意识拉一拉衣服来遮挡敞开的胸怀。

王队长看出郁小妹恐惧他，料到她不会拒绝，更不会反抗，甚至有点喜欢他的样子，他放下原本被她拒绝的担心，想到这儿，开始了他今天来的目的。

他俯下身子，将她的衣服往上拉了拉。

面对眼前这么威严、成熟、英俊的男人，郁小妹没有一点反抗或者反感的意思，反而感受到一种亲昵。这种亲昵使她顿时消除了不少恐惧。

婴儿已经吃饱睡着了。

郁小妹将儿子轻轻地放到床上，正要掖好蚊帐。王队长双手抚着郁小妹的双肩转过身来，亲吻着她。

郁小妹虽然是已婚生了俩孩子，但是，没经历过男人这样的亲吻和爱抚，她彻底放松了自己，任凭眼前这个男人驾驭。

王队长心满意足地用脸贴着郁小妹的脸："难为你，你好美。"

郁小妹听到王队长谢谢她，她不好意思起来，脸色又泛出红晕，她感觉应该感谢他，是他将她的恐惧消除殆尽，是他让她感受了一次最美的舒畅。

"应该难为你。"

俩人的汗水与汗水交融在一起，是一种凉爽，也是一种印鉴。

"我回去就帮你家办户口，后天，不，大后天，也是今天这个时间，我送户口来。"

"嗯！"

王队长临走前丢了个块银元给郁小妹，郁小妹将银元扔出了门外："谁要你的臭钱。"

王队长捡起银元，微笑地看着郁小妹，迈着轻盈的步伐离开了西塔村。

王队长为何不说明天或者后天，非得说大后天才来？因为他要去天塘县为郁小妹夫妻俩转移户口。两天很紧张，不过他马不停蹄，以最高效的方式办好了户口。

今天，他没穿警服，更没佩枪，白布上衣，警裤，一身汗水地出现在她的面前。

她呢？喂好儿子的奶，然后用温水将身子抹了抹，天气太热，汗水不断，抹好身子，精心地打扮，不仅将浓密头发梳得晶亮，抹上了前几天去城里购买的梳头油，还搽了点浅浅的胭脂，本来就白嫩透红的脸更加妖媚动人。

与王队长有了肌肤接触后，郁小妹没有一点羞愧之念，她感觉，这么一位英俊的警察是老天赐给她的礼物，这个礼物与丈夫无关。

丈夫吃了早中饭就入湖捕鱼去了，临走前告诉她，要回天塘县郁庄去看看父母，给他们送点钱，可能要过一天才能回来。

这几年，陈熊千辛万苦赚了点钱，他想到父母，想去看看他们。郁庄就在秦邮湖对岸，顺风时，也就三四个小时。郁小妹让他当心，注意安全，毕竟丈夫是全家的依靠。

"死鬼，吓我一跳。"郁小妹正回味那个过程，王队长突然出现在他的面前，吓了她一跳。

虽然郁小妹骂了王队长，但是，那是爱的语气，是对最亲的人的爱盼交加。

"我去了你老家郁庄，开来了这个本本。"

"见到我爹妈了吗？他们好吗？"

"肯定见到了，要不怎么开来户口。"

"陈熊的爹妈也见过了。"

"有时间，你可以回天塘看看你爹妈去，事情已经替你摆平了，没人敢再为难你了。"王队长说着，递上了一盒胭脂给她。她认识这个胭脂，是双妹牌，是最好的胭脂。见男人送她这么好的胭脂，她好开心，脸蛋像盛开的花儿般娇羞。接着，男人又打开一个小瓶子，顿时香气迷人，他滴了两滴，然后送到她的鼻子前。

这位警察以30多岁男人的历练，让眼前这位美丽且还很幼稚的小女人飘飘然，欲罢不能，永远心系着他。

离开西塔村，王队长径直到了船闸上，看见孙如淦正在忙碌地指挥开闸。"孙所长，好忙啊。"他一边高嗓门与孙如淦打招呼，一边面带微笑大步流星地向他走去。

"王队长，什么风将您吹来了？好久没见您来视察了。"孙如淦见是水警队的王队长，不敢怠慢，立即迎上前握手。

"客气了，前阵子还喝了您的酒，至今酒香还在。"王队长知道孙如淦与他客气，上个月，局长与他在老地方福来饭店喝的酒。

孙如淦与警察局长交情深，他俩从小就在一起玩，感情深。孙如淦在船闸上能稳如泰山地蹲着，与警察局长有一定的关系。王队长是局长专门介绍给孙如淦的，并叮嘱：孙如淦的事就是他的事。所以，王队长不敢在孙如淦面前造次，只是规规矩矩地行事。

"王队长是来闸上视察的，等会，我向您汇报一下工作。"

"哪里，哪里，是路过，路过。"

王队长将替郁小妹办户口的事告知了孙如淦，他想，孙如淦十分精明，替郁小妹办户口的事早晚会知晓，等他知道了还不如告诉他，既是给孙如淦一个信任，一个隐私，让其知之、遮掩之。

孙如淦真的精明到家了，他早就听闻王队长好女人这一口，料想不会轻易帮助办理户口，此时，陈熊应该在湖上捕鱼，郁小妹美丽动人，定不会逃过王队长的"虎口"。他心知肚明，王队长告诉他此事，是让他只知晓不过问。

"难为您为西塔村人的户口操心。您先回去叫上局座，晚上福来饭店，我直接到饭店等你们。"

王队长只是稍做推辞，就答应了孙如淦的邀请。晚上，孙如淦带着夏宽来到福来饭店，与王队长、警察局长饮酒小叙。当然最后结账的是夏宽。

第七章

　　大伏天热浪滚滚，村里的人午餐后，无论是老人还是小孩都聚集在树荫下纳凉，他们嫌家里太热了，没人愿意待在家里，除了没有随丈夫入湖捕鱼去的大嫂、媳妇，还有未出阁的姑娘，他们待在家里不是为了消暑，而是料理家务。

　　桂兰家院子前的两棵树，是那些老人和小孩纳凉首选点。每户门前都有树，只是树的品种不一，有的人家为了经济实惠，种的是可以结果的树，像桃树、杏树、梨树一类的。有的人家种的树是有用的品种，如杉树，可以做船的桅杆；桑树，树干因韧劲好，船用的舵把基本上就是使用桑树树干。桑树果又叫桑葚，微酸带甜，是孩子们尤其是孕妇喜爱的果实。银杏树，结的白果饱满青青，沉沉欲坠的，一串三到五个，有的七到八个。银杏树有很高的经济价值，果实不仅俏销，树干也是做菜板的极好材料。家中如有一块用银杏树做的菜板，那给做菜尤其是剁肉糜会带来最佳效果，因为银杏树做的菜板，剁肉糜时几乎没有菜板屑。一般树木做的菜板剁肉糜时，菜板屑很多会拌进肉糜里，银杏树菜板剁肉时不仅无屑，剁进菜板里的肉，稍放会儿还会"吐"出来，所以，银杏树做的菜板受到人们的欢迎。

桂兰家院门外东边的苦楝树像巨伞撑在那儿，为避暑的人们遮阳，邻近的老人和小孩午间高温就在树下纳凉。苦楝树上结满了果子，这果子不能食用，但是，将其烤成灰，是治疗冻疮尤其是已经溃烂的冻疮的有效药物。

桂兰挎着篮子去湖边浆洗，出了院门，与在树下纳凉的老爷爷、老奶奶边打招呼边向湖边走去。

"救命，救命！"桂兰刚走上湖堤就听到有人呼救，她赶忙跑到湖边，看见一个小男孩正在水中挣扎呼救，桂兰不知如何是好，想找根竹竿什么的去救溺水者，可周围什么也没有，只有树，连一根芦苇也没有，怎么办？

焦急之际，桂兰突然想起了自己带来洗的麻绳，她急中生智，将绳子一头自己抓着，一头扔了过去，说来也巧，也该溺水者命大，或是二人前世有缘，绳子竟然准确地扔到了溺水者的手中，溺水者似乎捞到了救命"稻草"，抓得死紧，桂兰顺势往岸上拉，不费劲，溺水者就被拉到了岸边。

快到岸边，溺水者奋力爬上岸，他看到是桂兰救了他，连声说："难为你，难为你，难为桂兰。"

桂兰这时才看清，是夏喜春。

"小三子，你怎么玩水啊？弄不好，要淹死的。"

"我学游泳的,一下子滑到深水里了,要不是你救我,差点死了。"夏喜春是光着屁股游泳的,这时还没想起要穿裤子。桂兰也见多不怪,在乡村,别说才八九岁的小男孩,就是十二三岁的小男孩都还没有发育,在这炎夏里,他们经常赤身裸体地一起到湖边码头游泳,到湖边浆洗的大妈、大嫂、大姐乃至小姑娘,不仅见多不怪,还当作乡野最美的风景欣赏。

"小三子,瘆怪死了,你赶紧穿衣服回家。"当小男孩多的时候是风景,单独一人站在面前,总觉得怪怪的,不好意思,桂兰要夏喜春赶紧穿衣服回家。

夏喜春穿好短裤对桂兰说:"别告诉我妈,她晓得会打我的。"

"嗯,下次不能再下湖玩水了。"桂兰叮嘱道。

"嗯!"夏喜春悻悻然回家去了。

偶然的一次救助,桂兰倒没感到有什么需要回报的,但是,夏喜春却记住了一辈子。

湖边码头两侧各有一棵大树。西边一棵是槐树,可能生长不少年了,树干垂直而粗壮,需要两个成人才能合围,像把巨伞撑在湖边,为浆洗的渔家女人遮挡住夏天的烈日;东面是一棵歪脖子柳,年代更加久远,树干歪歪扭扭地伸向湖边,因其形态极像人脖子扭后的模样,所以,渔民们都称其歪脖子柳。歪脖子柳歪歪扭扭的树干上垂直长出多支树干,它一半树荫在岸上,一半伸向水边。码头边经常有人浆洗,留下些残渣剩饭,引来鱼儿在码头边嬉游。炎夏高温,数不清的小鱼儿时而在树荫下,时而在码头边游来游去。

桂兰在湖边漂洗衣服，夏天，没什么厚衣服，也就是养父、养母和自己换下来的夏装，短而薄，加上一段弄脏的麻绳。衣服在家已经用肥皂洗过了，到湖边来清漂一下，绳子上是泥浆，刚才扔给夏喜春时，已经洗得差不多了，现在在水里捞一下也就好了。

她完全可以回家了，但她却愣在码头石阶上许久，刚才发生的事，让她心起波澜，也让她心惊肉跳，如果不是那么巧，夏喜春正好捞到了绳子，而自己也正好带了绳子，他可能就没命了。据村里人说，这儿每年都要有一到两个小孩因游泳而淹死，都是男孩。

村里德高望重的高老太爷曾自言自语地说：湖神每年都要带走一到两个男童替他看家护院，将来也成湖神。这样的说法，让那些失去孩子的父母稍感安慰。因为悲痛中的亲人失去自己的骨肉是多么的痛苦，是多么的悲怆。高老太爷的话，虽然使这些失去孩子的人听起来像是天方夜谭，但是，或多或少得到了一些心理抚慰。

桂兰愣在湖边，走神似的，她仿佛看到了高老太爷所说湖里的宫殿，那里如天堂般美丽，孩子们无忧无虑地或读书或嬉戏或吃零食，天真烂漫。

"桂兰，到这儿来，我们踢毽子。"

"我们跳皮筋。"

"我们读书。"

桂兰听到有人喊她去读书，她开心极了，她期待读书的事终于要实现了，她立即奔跑过去，可是，刚抬出腿，就被人拉住了。

"你想干怎么？往哪儿跑？"是夏喜春妈，她也来湖边洗衣服，看见桂兰愣在那儿，留了个心眼，特别注意她的行为。没想到，桂兰要抬腿往湖里走。

"发什么呆啊，鬼迷住啦？"夏喜春妈在唤醒桂兰。

桂兰这才清醒过来，"啊"的一声转头朝家走去。她吓了一身冷汗，大热天的，全身发抖。当晚，桂兰就发烧了。夜间，桂兰烧得不轻，时而还迷迷糊糊地喊叫，养母被桂兰的喊叫声惊醒，以为桂兰在做梦，嘴里叽咕道："死丫头，白天不知到哪儿疯去了，夜里做噩梦、说胡话。"

"不像说梦话呢，你去看看。"养父也醒了，听到桂兰的喊叫声不像是说梦话，好像"中了邪"。

养母本来就半醒半睡，听到丈夫要她去看桂兰，一头不愿意地翻了个身很快又进入梦乡。

桂兰喊叫声时起时伏，孙如淦已经完全醒了，无法再睡，他感觉桂兰是真的"中了邪"，而且可能挺严重。他推推身旁的妻子："起来，去看看。"

在丈夫的催促下，刘云这才起床去看桂兰。

桂兰双目睁着，眼球不断地动，看似醒着，刘云叫了一声"桂兰"，桂兰依然如故，面部表情没有丝毫改变。她又推了一下桂兰，桂兰仍然没有回应，但是呼吸急促，刘云有点急，她摸了摸桂兰的额头，

"这么烫！邪门了？"怎么办呢？刘云看着喊不醒的桂兰，有点慌，不知怎么办才好。

"如淦，桂兰烫得要死，喊不醒，怎么办啊？"孙如淦立即起来，

穿起汗衫："我看看。"见喊不醒桂兰，孙如淦直接摇她的头。

桂兰终于被摇醒了，见到养父母在床前，有气无力地叫了声"爹、妈"，然后仍失神地望着屋顶。

"醒了，问题就不大了，吓死人呢。"刘云看见桂兰突然不省人事，高烧胡话，吓得不轻。"给她再盖一床被子，焐一身汗就好了。"刘云说着就去拿被子。

桂兰安静了半天。

小珍从昨天下午到现在都没见到桂兰，有点反常，平常她俩几乎是每小时都会见到，有时半天没见到，至少能听到对方的声音。于是小珍就过来找桂兰。

见桂兰养母在院子里择菜，小珍感到不对，她从来没见过桂兰养母择菜，一直都是桂兰干的活，难道桂兰回老家去了？带着疑问，小珍问刘云："桂兰妈，桂兰呢？"

"挺尸呢，中邪了，夜里大喊大叫，发烧呢。"刘云回答道。

"啊，生病了？我看看。"小珍说着直奔桂兰卧室。

"桂兰，你怎么啦？"小珍叫着桂兰，桂兰眼睛睁着，不仅不回应小珍，还几乎不认识小珍似的。小珍不知所措，立即离开桂兰家，回家告诉妈妈。

郁小妹正在给鸭子喂食，听到小珍说桂兰生病了，也没当回事，这么大的孩子生病很正常。

见妈没当回事，小珍加重语气说："妈，喊桂兰，她不答应，好像不认识我了。"

"啊，怎么不认识你了？"

"不知道呢，怎么喊都不回答我，她妈说她中邪了。"

"哦，等会儿我去看看。"

小珍与她妈正对着话，夏喜春妈路过她俩身旁。听到她俩说桂兰生病中邪了，她感觉不对，立即到桂兰家来。

"小云，听说桂兰中邪了？"夏喜春妈问刘云。

"哪知道，发高烧，闹了一夜，都不认识人了。"刘云回答道。

"昨天，我看到她在湖边，已经洗好了，却站在码头上愣着，后来又往湖里走，我喊了她，才回头。"

"我家小三子昨晚也发烧了，说了一晚梦话，还好，天快亮时，烧退了，早上还吃了点粥，现在又出去玩了。"

"有这回事？诡异。"

"是的，恐怕是中邪了，这几年湖里经常闹事呢。找个人替她叫叫魂。"夏喜春妈怕桂兰丢了魂，让找个驱妖人替她做功课。

"等如淦回来再说呢，我也不知怎么弄。"刘云没见过这样的事，无法处理，要等孙如淦下班回来商量后再说。

桂兰一天没吃饭，只是喝了点水，晚上开始又梦呓了，孙如淦知道找驱妖人来叫魂是骗人的把戏，他读过书，深知这些害人的伎俩。但是，西塔村又没医院，也没有郎中，这么晚又不便过河去县城看医生。

刘云叫了一位本村的驱妖人，是一位老太婆，平时装神弄鬼，骗了不少村里人的钱，也知道她根本就不起作用，然而，人有时糊涂起来，就会深陷其中，她要两块银元才肯做。

"抢钱啊！"刘云有点愤怒："就是到医院看医生也不要这么多钱，这是乘人之危，敲诈！"

驱妖婆收两块银元的理由是："你家小孩是中了两次邪，一是湖鬼、二是阎王。"

"什么意思？"刘云问驱妖婆。

"湖鬼是秦邮湖里的小鬼，你家小孩被它缠住了；阎王，是鬼界老大，管辖秦邮湖里的小鬼。小鬼已经将你家小孩的名字报到阎王那儿去了，所以，中了两次邪。"驱妖婆言辞凿凿地说。

见刘云嫌费用太高，驱妖婆继续大侃："天有神而地有鬼，阴阳转轮；禽有生而兽有死，反复雌雄。生生化化，孕女成男，此自然之数，不能易也。"

听到这儿，孙如淦一脸冷笑，心想，这个驱妖婆背了《西游记》里的一段词拿到这儿来卖弄，骗人钱财，将来也是湖鬼来牵。

"湖鬼一直被压在镇国寺的西塔之下，已经千年之余，国盛民安，风调雨顺、人心向鼎之时，湖鬼在镇国寺西塔下倒平安无事，一遇社会不稳，人心浮动，湖鬼就会出来兴风作浪，贻害良民。"驱妖婆越侃越疯。

"自清朝末年起，内忧外患，人神不稳，湖鬼乘机浮动，扰民侵船，至今已有多艘渔船葬身湖底，年年有孩童魂散湖边。这些都是湖鬼在作孽，一旦被湖鬼缠身，如不及时作法驱离，命就休矣，还会牵连到家人。所以，两块银元实是消灾。"驱妖婆连骗带吓，骗术高明。

　　面对驱妖婆的三寸不烂之舌，要是一般村民早已拿钱消灾，但是，孙如淦是个读过八年书，闯过江湖的人，这离谱的骗术怎能逃得过他的法眼。孙如淦摇头摆手，用肢体语言驳斥妖言惑众的驱妖婆。

　　家里生活上的小事，刘云自是能做得了主，说了算，但是，遇到大事，她不敢造次，一律听丈夫的，只要丈夫摇头摆手，她绝不会不服。见驱妖婆胡侃乱说，刘云气不打一处来，赶走了这个全村人既惧又恨的人。

　　怎么办呢? 桂兰不是亲生的，万一有个三长两短，不仅她家人要来讨说法，外人也不知怎么说，今后无法做人。

　　人，急了会生智，会做出惊人的举措。刘云，看似怯懦的女人，此时决定自己动手为桂兰"驱妖"。

　　她见过驱妖婆帮人"驱妖"的仪式，很简单，照葫芦画瓢，在客厅里挂着的佛像前插上三支香，点燃，再准备好两根筷子、一个小碗，小碗里放上水，水里放了点盐。刘云不知道放盐是什么意思，是安安(秦邮人将"安"念成"盐")稳稳的意思吗? 不管他，照着做。

　　刘云学着驱妖婆的样子，烧了点纸钱，接着，将两根筷子，左手扶着，右手不停地从碗里舀水自筷子顶部往下浇，不断地循环，希望两根筷子合并脱手站立。

　　"桂兰，吓得家来吧! 桂兰，吓得家来吧! "刘云不停地用水浇筷子，嘴上不停地念叨着。可筷子就是不站立，刘云不信邪，她驱妖婆能将筷子弄站起来，自己为何不可以? 她歇会儿继续念，继续浇筷子。每次休息后，她都要给水里再加点盐，这是学着驱妖婆那样做的。

家里的大公鸡已经叫三更了，香已经烧了三遍，筷子还没站起来，刘云急了，但仍耐着性子继续念叨。

天都快麻麻亮了，刘云在半瞌睡、半迷糊中，机械地做着让筷子站立起来的动作。

大公鸡又叫了，刘云惊了一下，扶着筷子的左手瞬间松开，这时，刘云惊讶地发现筷子站立起来了，她大呼一声："站起来了！"这声音几乎震动全屋，也惊动了桂兰。

刘云在兴奋地大喊"站起来了，站起来了"的同时，立即来到桂兰床边，对着桂兰："桂兰，筷子站起来了，你魂回来了。"

桂兰醒了，烧也退了。

"妈。"桂兰终于认识了养母。

"哎！"刘云从来没有像今天这样感觉桂兰叫妈的亲切，也从来没有像今天这样真情地应答桂兰。

"妈，什么时候了，我起来做事。"

"醒过来就好了，吓死妈了，你再睡睡，我去烧点粥给你吃。"刘云要桂兰不急着起床，她去烧粥做早饭。

郁小妹夜间听到刘云在为桂兰招魂，她有点感动，做养母的能有这份真情也就不错了。她感觉刘云正在将桂兰当亲闺女。

由于王队长是警察，搞这些风流事儿十分隐蔽，又是他的管辖地区，所以，他与郁小妹的事，几乎没有破绽，外界，包括双方的配偶，都没有丝毫的怀疑。

郁小妹又怀孕了，这次怀孕，连郁小妹都不敢断定怀的是丈夫的种，因为与王队长接触的次数太频繁了，与丈夫亲密的频率反而低了。

十月怀胎，郁小妹又生了个儿子，儿子生下后，几乎与郁小妹一个脸形，既没有丈夫陈熊的影子，也无王队长的印记，这让郁小妹松了口气。如果孩子像王队长，迟早要出事，她的丈夫也不是草包，说不定，丈夫已经有所感觉，只是还没有抓到实据，或许，慑于王队长的势力，不好捅破这层纸。

小孩满月后，郁小妹替小儿子洗澡时发现儿子肚脐下面有块圆形黄豆大的痣，刚生下来不明显，现在越来越明显了，王队长这个地方也有这样一块痣，无论是位置还是形状几乎一模一样。她好惊慌，惊慌的是，果然是王队长的种，这怎么办？陈熊要是知道，非得揍死她不可，而且这个家肯定要完。

心里急得想见王队长，让他拿办法，此时才想起王队长有段时间没来了，她想，王队长可能有事去了，警察都很忙，而且，他是队长，应该更忙。但是，以前，怎么来得那么勤？小孩满月，请他都没来，也许，他不好来，来了会被人怀疑。

"但是，孩子是他的呀！"郁小妹在自问，开始惊慌，不知如何应对眼前的事。

这天终于等到了王队长。

"怎么好久不见，今天什么风将你吹来了？"郁小妹一肚子气。

　　王队长轻描淡写地说："事多，刚到湖里转了转，现在没事，路过这儿，就来看你了。"王队长边说边动手。

　　郁小妹虽然心里有气，依然任凭王队长摆布，同时，她抓住时机对眼前的男人发出了质问："儿子是你的。"

　　"怎么是我的了？与我一点也不像啊。"

　　"你看看他脐下面那块痣，你再扒开自己的看看，是不是完全一样？怎么办啊？"

　　"是的，怎么就一模一样呢。"王队长朝着郁小妹嬉笑着。

　　"什么怎么办？你不要，我就抱走呗，让我妈带。她正好想要孙子。"

　　"就说，你不想要小孩，送给我的。"王队长是真的想要这孩子，因为是他的儿子。他与自己老婆多年未育，原以为是自己的问题，后来找了一位名中医诊断才知自己没有问题，现在从郁小妹这儿又得到印证，完全是老婆不能生育。但是，岳父权势大，容不得他对老婆有半点不敬。如果他离婚，不仅当不了队长，警察也得给抹了。

　　"狗屁，你抱走，我怎么办？"见王队长心不在焉的样子，郁小妹急得要流泪。

　　"你还待在自己的家，我给你20块银元，怎么样？"

　　"滚！"郁小妹真来气了，挣脱了王队长伸过来的手，一脚蹬开了他。这是她第一次在王队长面前发火生气。

　　平时温文尔雅的美女发起火来不是一般的怒不可遏。

　　"是你儿子，不是我儿子？我卖儿子给你？"郁小妹双目圆瞪。

王队长愣住了，没想到眼前的女人竟如此怒怼他，好像要吃了他似的。

他又想了个办法："那块痣与我一样，只有你与我老婆知道，旁人又不晓得，你家陈熊不仅不知道痣，更不知道我俩的事。儿子你养着，好好带，我给生活费，等他到上学年龄，让他到城里去上学。"

王队长这番话使郁小妹稍感放心，觉得眼前这个男人还算有良心，还能敢作敢为，承担责任。但是，她仍不放心，心里不踏实，怕男人狡猾，嘴上说说。

"今天先给你5块银元，这是我今天到湖上巡逻时收缴的罚款，你先拿着，后面慢慢给你，儿子好好带。"

"嗯。"

见她收下了银元，王队长舒了一口气，他以为郁小妹因儿子一事会要与他结婚，现在看来，不是他想象的那样。郁小妹在他心里还是一个让他喜欢的、听话的女人。

这是郁小妹第一次收王队长的财物，过去，王队长怎么给，她都不要。她认为，拿财物就不是这种关系了。今天，她收下的5块银元，不是自己收的，是他儿子的抚养费。王队长见郁小妹脸露笑颜，乘兴与郁小妹温存。郁小妹心头一时之霾已除，心头舒展多了，身体也随王队长的撩拨而激荡起来。

自有了儿子之后，王队长特别开心，终于感觉到自己是个真正的男人，不是外面人议论的草包、窝囊废、太监。特别让他生气的是议论他是太监，老婆还经常讥笑他没用，播的种子是空壳。现在自己有了儿子，而且特别漂亮，心里喜不自禁。人逢喜气精神爽，过去一脸严肃不见了，见人就脸露喜色。同事见之不知何故，又不好问，只好报以喜色。

老婆见他气质变化大，问他："有什么喜事？是不是要升职了？还是加薪水了？"

"你管呢？不关你的事。"

老婆特别讨厌他讲不关她的事。只要两人口角到这儿，老婆会率先翻脸，她就刺激王队长："不关我的事，你有多大能耐，没有我，你应该还流浪街头。你有本事，弄个儿子出来。"

老婆骂到这儿，王队长一般就瘪了，不再回话。但是，今天，他只轻描淡写地回了一句："我没本事弄出儿子，你有本事弄出儿子？"

见男人敢这样回话，老婆觉得他吃了豹子胆："你说的，你立字为证，别怪我无情。"

"写就写，你要生不出小孩，你滚蛋。"王队长终于头一回硬气，他拿来纸和笔要立字据。然而，刚要写，他想起了老中医对他说的，男方没问题，一般就是老婆有可能，然而，不排除夫妻间阴阳不合而不能生育。一旦重新配制，双方就会都能生育。所以，王队长歇气地丢下笔不写了。

"你写呀，有种写呀！你那个空壳的种子到哪儿都不会发芽。"老婆见他停下来不写了，以为他心虚了，所以又提让对方服软的事。

"我能……"王队长到嘴的话又咽下去了，不能说，说出来要坏事。王队长忍住了，但是，这个忍，忍得值得，忍得舒服。

"你能什么？就那么一点能，穿一身虎皮，戴把枪整天东逛西逛，活神气。"人要是生气起来，什么都会说，都会骂出口，顾不了对方的面子，哪怕是亲人，是夫妻。

王队长终于还是服软了，他出去了，到街上逛逛。惹不起，难道还躲不起。

他没穿警服，更没佩枪，慢慢悠悠地，漫无目的地走，还没吃晚饭，这好办，他来到刁家面馆。

刁家面馆老板熟悉王队长，见到警察来了，肯定要恭维一番，问道："王队长，照旧上面、上菜？"

"嗯。"

王队长边应答边往雅座走，店老板点头哈腰请着。

一碟麻油香干，一碟油炸花生米，一碟卤肉，烫好的白酒一盅。酒快喝好时，再来一碗特制的阳春面，晚饭就解决了。

酒喝得不多，王队长也不贪酒，平时都是点到为止，并不过量，偶尔喝高了，那肯定是陪酒，陪县官、局长喝，或者是陪乡绅、老板、达官贵人喝，推辞不掉，就会喝多。

刁家面馆的老板很尊敬王队长，因为，他从来不赊账，每顿清，在警察里为数不多。

喝了酒，没地方去，今晚是不想回家见老婆，要在外面过夜。过去，在外面过夜，一般是与老婆吵架时正好是自己值班，或者有警务在身，往往是私事公了。今天闲着没事，他不知如何打发这一夜。

出了刁家面馆，向南二十来步，右拐，过一条小巷，上了莲花桥，在桥上听到有唱戏的声音，他知道是唱戏厅，心想，去看看戏，打发时间。

进了戏厅，人不多，台上正唱着扬剧《西厢记》片段，演员扮相还好，就是嗓子欠了点，动作也嫩些。王队长不会唱戏，但是，经常听戏，能分出戏的唱功怎样，表演的到不到位。他在判断是哪儿的剧团唱的。

他刚坐下，小二就送来茶水、瓜子。看节目单，是本地刚成立不久的第二剧团，难怪不熟悉，演得也差强人意，原来是刚成立的。

反正没事，就静下心来看。

"王队长，请用茶。"一位小姑娘走了过来。

"你认识我？我怎么不认识你？"

"你是水警队王队长，我是演员小杏子，演剧中崔莺莺，但不是主角，而是配角，第二配角。"小杏子很直爽。

"哦，知道了。"王队长不紧不慢。

"王队长好英俊，像剧中张君瑞，比张君瑞更加壮实。"小杏子与王队长套近乎，直夸王队长长得像《西厢记》里的男主角。

"哪里哦，丑得一塌带一抹。"王队长够谦虚的，收回二郎腿，端起杯子喝了口茶。他不怎么喜欢嗑瓜子，偶尔抽支烟。看到王队长掏烟，小杏子立即用桌子上备好的火柴为他点烟。

见小杏子机灵，长相甜甜的，又无缘无故地恭维他，王队长感觉有什么事要找他："这么热情，有什么事啊？"

"没事、没事，不过……"小杏子说着，眼圈就红了。

"究竟什么事嘛，快说。"王队长见小杏子说话吞吞吐吐，又要梨花带雨，弄得有点不知所措。

"大哥，这儿不好说。"

王队长觉得这儿是公共场合，是不太好说一些事。

"到外面去说。"王队长边说边往外走，小杏子跟在后面。

到了外面，小杏子拉着王队长向西，王队长感觉莫名其妙。"什么事嘛，快说啥，拉拉扯扯的，让人看见像什么话？"

"我才不管呢，到地方就全告诉你。"小杏子尽管拉着王队长跟她走，生怕手一松，他就溜了。王队长此刻也无可奈何，任凭小杏子的纤手拉着。其实，王队长被小杏子拉着感觉舒服，老婆的手粗、郁小妹的手大，小杏子手小又软软的，暖暖的，自己不想丢，肯定丢不开。

小杏子认定了王队长是可以帮她解决问题的人。她听别人说过王队长，人还不错，不像其他警察，吃喝嫖赌还死皮赖脸，王队长这些都不沾。至少没有人与她说过王队长有什么不好。还听说，王队长不能生育，与老婆多年了还没有一男半女，也不另找。

小杏子准备用自己做赌注，要王队长帮她解决问题。

"到了。"这是西后街一条巷子里的一座平房，小杏子用钥匙开门，顺手从门边上拿出火柴点煤油灯。灯亮了，看清小屋子有两个房间，一间厨房，收拾得很干净。

大晚上的，小杏子拉着自己进闺房，这让王队长感到惊讶，不知什么事。但是，王队长看到眼前是个美丽的小姑娘，还不至于害怕，反而有点受宠若惊。

"拉我到这儿来，有什么事啊？让人看见会怎么说？"

"没事，你先坐，我给你倒点茶。"小杏子此时用自己的茶杯倒水端到王队长手上，然后自己脱掉春秋衫。

王队长喝着小杏子给的水，因水有点烫，他吹了吹，浅浅地咪了一口。抬起头，看到小杏子脱掉春秋衫后展露出来的好身材和如凝脂般的脖子，心血来潮。然而，他不敢想象下去，不知这潭水有多深。他知道有的演员道很深，弄不好会万劫不复。

"茶也喝了，坐也坐了，我该走了。"王队长欲罢不能，想要离开。

"大哥，你别走，我有大事，请你帮忙。"小杏子说着，眼眶就开始湿润，眼圈发红。

王队长感觉事情应该比较大，否则小杏子不会将他弄到闺房来求他。

"你说说，什么事？"

"我现在不能说，说了你肯定不会帮我办这事。"小杏子眼泪已经出眶。

"你不说，我怎么知道能不能帮你办呢？"

"我已经想了好长时间了，只有你能帮我，我求求你帮我。"

"什么事，你说。"王队长有点想离开，他感觉自己像被小杏子挟持了，还是溜之大吉为好。

"你过来。"小杏子拉着王队长往卧室里走。

王队长正要走，被小杏子拉着到卧室，不知葫芦里卖的什么药，既想弄清什么事，又怕是陷阱。两难之际，小杏子迅速脱掉了汗兜。

"我把身子给你，能帮我办，就办；不能办，也不怪你。"小杏子已经泪流满面。

她感受到王队长是靠得住的人，将自己给了他，有把握替她完成要做的事。

王队长感受到小杏子是处子，此刻，他已经默默地向小杏子承诺，就是刀山火海也要帮小杏子闯一闯。

"你的事，一定帮你办成。"深夜，王队长像经历过一次壮举似地离开了小杏子的闺房。

第八章

　　自与小杏子有了肌肤接触，王队长与郁小妹便渐渐疏远，因为昔日水灵灵的郁小妹，渐渐地成了大嫂。无论长相上、身材上，还是文化上，小杏子都比郁小妹强。关键是小杏子是单身，郁小妹有家室，虽然事情还没捅破，但是迟早有一天。小杏子不一样，就是事情败露，也没啥了不起。那个时代，只要女人不闹事，什么事都没有。

　　郁小妹自与王队长有了亲密关系后，有警察作盾牌，自觉身价上升，原在刘云面前恭敬谦和的模样开始转变。

　　"孙嫂子，桂兰的病还得请医生看看，别耽误了，弄得不好会留下后遗症的。"

　　刘云不爱听这话，她感觉忙了一夜已经够对得起桂兰了。她还从来没有这样服侍过人。

　　儿子夏喜春发烧说梦话、孙如淦养女中了邪，再加上近几年湖上经常发生一些诡异的事，夏宽觉得有点怪，他与孙如淦商量，是不是搞个祭祀？孙如淦持支持的态度，村长乔四十对他的话是百分百地同意。又去听取村上资深老渔民高老太爷的看法，高老太爷觉得早就该搞了，他相信有湖怪在搞名堂。

村里有脸面的人都同意了，夏宽决定搞一次祭祀。不用说，经费基本上由夏宽出。为什么说基本上，而不是全部？因为鱼、猪头、鸡、鹅必须由下湖捕鱼的人家出，不知什么原因，传说是捕鱼人自己出资才灵验。其他的材料，比如烧香、烧纸、纸元宝、画像、纸船、纸人、鞭炮等等的费用由夏宽承担。孙如淦回到家要桂兰将大公鸡看好了，准备祭祀用。

"爹，不行、不行，家里大公鸡不许弄走。"桂兰不允许将自己精心喂养的大公鸡拿去祭湖。

"两只大公鸡，弄一只不碍事的。"孙如淦对桂兰说。

"不行，大公鸡多好啊，你要是杀它喝酒，我给，祭湖，不行。"桂兰犟得很，就是不愿意。

两只大公鸡在桂兰精心饲养下长得很威武，鸡冠、鸡头部分是红色的，长长尾巴红黑相间翘得高高的，周围四邻家的公鸡就是不敢靠近她家的母鸡群，两只大公鸡护得实实的。前阵子，她与小珍做毽子拔了几根大公鸡毛，桂兰心疼得眼泪都要流出来。

"你又不捕鱼，家里公鸡凭什么拿去祭湖？"养母发话了，桂兰找到了帮手，心里更加坚定不让养父将大公鸡祭湖。

"怎么搞？已经答应夏宽了。"

"你去买。"

"你钱多，你去买。"这时桂兰与养母唱一个调子，就是不同意。

　　日子很快就到了农历七月半，也就是七月十五，中元节。

　　农历七月十四日（有些地方是七月十五日），道教称为中元节，佛教称为盂兰盆节，民间旧称鬼节、七月半。相传那一天，地狱大门打开，阴间的鬼魂会放出来。有主的回家去，没主的就到处游荡，徘徊于任何人迹可到的地方找东西吃。所以人们纷纷在七月里以诵经作法等事举行"普渡"，超度孤魂，恐防它们为祸人间，又或祈求鬼魂帮助治病和保佑家宅平安。

　　一大早，天刚麻麻亮，秦邮湖湖堤上锣鼓喧天，鞭炮齐鸣，祭湖开始。祭湖一事虽然是夏宽提出来的，也是他操办的，但是，他并没有主持祭湖。仪式由村长乔四十主持，孙如淦撰写并宣读祭文，这段祭文也就是孙如淦能写得出来，他润了润嗓子，高声朗读：

　　"1928年，农历七月十五，西塔村举祭祀，祭湖神祈平安，现祭物品若干：百斤大猪一头，千斤壮牛一首，白鱼9斤一条，草虾多对9斤，红冠公鸡一只，9斤老鹅一只，纸钱9碇万贯，纸银千个万两，鞭炮千响9挂，纸质儿童一对，草编儿童一对，木雕儿童一对，纸船草船9艘，木刻渔船一艘，鲜采苹果9对。

　　秦邮湖原名珠湖，春秋时代五湖，明代形成一湖。数千年以来，西塔村百余户，在以湖神庇佑，在以湖仙恩赐，渔家数代受恩，捕鱼谋生养家，掠夺湖神资源，惊得湖仙缺食，实该不妥不妥，然而渔家生息，历代依赖珠湖，别无它途，千年与湖共存，实是惊慌惊恐，恰似如履薄冰，规规矩矩捕捞，正正经经采水，不知如何怒神？常起风行妖怪，翻我船掀我网，殁我渔家后裔，伤我西塔村儿女，惹得众民生恨。为了平息神气，今奉供品海量，不再迁怒渔民，不再伤我儿女，如仍一意孤行，上告苍天玉帝，降天龙吸其水，吮其汁动其肋，替民行道除虐，确保渔事顺通，安民保障众生，祈望太平太平，切切不可忘也。

夏宽、乔四十、高老太爷、孙如淦率西塔村众渔民敬祭"。

祭文结尾，孙如淦将夏宽排在第一位，可谓受尊敬之高。

桂兰第一次见到这样庄严的仪式，感觉到渔家人了不起，养父更了不起，不仅会讲话，而且还会写，虽然，她还有些听不懂，但是，大家都说好，她也毫不迟疑地认为好。

这篇祭文对于几乎不识字的西塔村渔民来说，没有任何怀疑之处，都说写得好。识些字的渔家人，感觉祭文了不起，说出了西塔村渔民要说的话。他们对湖神、湖仙既怕又恨，既想平息了事，又想请天神治治湖神、湖仙，实质心中视湖神、湖仙为湖妖、湖怪，只是口头上不敢说，怕惊动了它们，惹是生非。

祭文过后，乔四十宣布祭湖开始。

他带领众渔民朝湖面叩首一拜。接着是燃放鞭炮，燃烧纸质、木质供品。

猪、牛实是猪头、牛头，公鸡为全鸡，均烧制半熟，同鱼、虾、苹果、稻谷、麦子等祭品由乔四十驾船载着夏宽、高老太爷、孙如淦驶往湖中施放。

此时，湖面如镜，太阳已经升得好高，阳光洒在湖面上，散发出银色耀眼的光芒。

乔四十熟练地撑着自家的船向湖心驶去，夏宽、高老太爷、孙如淦伫立船头，放眼眺望湖心。

湖面上野鸭特别多，有的贴着湖面展翅、觅食；有的在水面上自由漂浮。偶有鱼从湖中腾空跃起，在空中划了弧再自由落下，溅起银色的浪花。

夏宽伫立在船首，他眺望着岸边，看到西塔村码头上的火光仍在熊熊腾起，他估摸一下，距离差不多了，他在船头点放了三个鞭炮天地响，以引起湖神、湖仙注意。同时，也是告诉岸上的人，施放祭品入湖了。

说来有点迷离，施放前，天气晴朗，然而，施放时，天空突然暗下来，湖面上旋起一阵不大不小的风，瞬间将祭品旋进湖里，无影无踪。只有鱼在湖水涌浪中露出水面一刻，像是点头，又像是告别。

晴朗的天空突然起了风，湖水有波澜，有浪涛，有旋涡，祭品旋入湖中，连同本该半浮半沉的苹果也不见踪影，船却没有晃动。

"这次祭湖及时必要，湖神、湖仙都来领祭品了。"高老太爷相信这次祭湖很及时，相信湖神、湖仙的存在并影响着西塔村的生死、生存。

夏宽半信半疑，他觉得，湖面这么宽，深不可测，湖里的鱼究竟多大，究竟有多少？尤其是传说中的龟，是动物中的寿星，他看到最大的有5斤多重，那次看到那样大的龟，他都惊呆了。据说这只龟已经百岁了，他感叹道："人类要有龟寿多好，但是人很难活到百岁。"

孙如淦虽然不是捕鱼者，但是他阅历丰富、文化厚实，他觉得施放祭品时，晴朗的天空生起了风，湖面上突然产生旋涡，有偶然性也有必然性。偶然的是，空旷的湖面起了风；必然的是，因风水动，形成了多个旋涡点，他们正好走到了这个点上。

夏宽和孙如淦都没有说出自己的想法，而是随着西塔村人多年形成的习俗，认定这湖上有神，有仙。他们的智慧可以影响西塔村人，但是无法战胜人们的思想观念，尤其是整个社会对神的膜拜，对仙的崇敬。

祭湖仪式上午9点多就结束了，岸边祭台也清理干净。但是，祭湖的效应却越传越神奇。

因为高老太爷将施放祭品时祭品迅速沉入湖底一事向村民进行了描述，还给予了一定的艺术加工。

"高老太爷，你见到了湖神？"

"高老太爷，你见到了湖仙？"

"高老太爷，湖神什么样儿，是不是三头六臂？"

"高老太爷，牛头是不是湖神吞下去的？"

"高老太爷，牛头吞了，猪头呢？"

刚问话时，高老太爷还说没看见，只是看到了旋涡将祭品卷入湖中。

然而，村民们不满意这样的回答，他们要的是，不仅看到了湖神、湖仙，还要回答牛头、猪头被吞时的情景。

"牛头，猪头是一口吞，还是吃了几口？"

"肯定是一口吞，而且到嘴就到肚，嚼都没嚼。"

"不会吧，不嚼嚼，怎么咽得下去？"

"什么叫神？什么叫仙？厉害得很，吞头牛，眼眨都不眨。"

"你怎么知道的？"

"在城里听书的，说一个女神，还是什么公主，将孙悟空一口就吞进肚子里去了，孙悟空多厉害了，大闹天宫，一个跟头十万八千里。"

"哦，我的妈呀，这么厉害啊！后来呢？"

"还没听完，过几天再去听，好听呢。"

已经恢复身体的桂兰此时也听得一愣一愣的，从来没听过这样的故事。

"那个公主叫铁扇公主。"夏喜春路过这里，正好听到有人讲孙悟空的事，见说故事人不知那个公主是谁，他插嘴道。

还是刚才那位问话人："你怎么知道的？"

"《西游记》书里说的。"夏喜春立即回答。

"哪里有这本书？"

"我家有。"

"你家有这种书？夏老板真的不简单，怪不得，他家儿子个个聪明，知道的那么多。原来还有这些书。"

"我家书多着呢，我爹每次到扬州、南京、上海都买书回来，催着我们看，看过说出故事情节还有奖励。"夏喜春一脸骄傲和自豪。

众人羡慕不已。

　　桂兰这时也想到了家里有不少书，在养父房间里，养父经常看，因为自己不识字，所以不知道是什么书。不过，她灵得很，虽然不识字，但是，她听出来，书中有仙、书中有神，书中有她无法知道的事情。没有办法，别说她是个养女，就是整个西塔村，也没有一个女孩上学识字。

　　经高老太爷描述后的祭湖出现的灵事，再经好事人添油加醋地传播，最后形成了一个与现场完全不同的结果。那就是，湖中有一个三头六臂的神，在西塔村祭湖时，吞下牛头和猪头，当时，高老太爷看见了，一起去祭湖的夏宽、孙如淦和驾船的乔四十都看到了。消息越传越广，传到了邻近各个村庄，传到城里，传到了湖对岸天塘县。

第九章

　　夏喜春曾承诺教桂兰识字，桂兰记在心里，夏喜春早已忘到后脑勺去了。这也怪不得他，才八九岁的孩子，哪有那么个记性。所以，桂兰想识字，没人启蒙，不知从哪儿下手。

　　一天，她从村前王大妈家路过，看见王大妈正在做鞋子，桂兰就凑上去看看。见王大妈在做好的鞋面上画兰花，仅仅几笔，兰花就惟妙惟肖地画到了鞋面上，接着就在鞋面上绣，不一会功夫，一只鞋上的兰花就绣好了。

　　桂兰看入迷了，目不转睛，如痴如醉地盯着王大妈轻描的笔，飞舞的针线，认为王大妈是玩魔术的，怎么一会儿就将纸上的画"搬"到了鞋面上？鞋面是几块碎布拼凑起来的，如果就那样当鞋面，肯定难看死了，但是，绣上了兰花，变得好看极了。

　　见桂兰这么认真地欣赏她的"作品"，还是个小孩，王大妈说："你是桂兰吧？"

　　"王大妈，是的，我叫桂兰。"

"花绣得好看吗？"

"好看，好看，太好看呢。王大妈，你神呢，怎么一会儿就将纸上的画弄到鞋面上呢？"

"你想学吗？"王大妈没见过有小孩这么认真地欣赏她的画，有意教她。

"想呢，好想呢。"桂兰有些激动得不知所措。她没想到，王大妈不仅让她看，还主动提出来教她，她太高兴了。但是，她不知怎么学，没笔、没纸、没布、没工具。

王大妈知道桂兰的身世，看出桂兰的窘态，但是，有心想教她，这又不需要识字，王大妈自己就不识字，反正又不是当画家，自己学点画，做鞋面就行了。

王大妈从盛鞋料的竹匾里拿出两支笔头和纸，对桂兰说："给你两支笔头，两张纸，还有这个兰花样子，回家照我画的样子先在纸上练，不懂的地方来问我。"

桂兰见王大妈不仅给她纸和笔，还给她画样子，十分感激，连声谢谢，飞快地回家去了。

回到家，桂兰除了做好家务活，哪儿也不去，一心扑在学画上，照着王大妈的画样子学，纸哪够呢，不到一天就画满了，怎么办？没纸，她都不知道去哪儿买，何况她也没钱，如何继续学画？

说来也巧，桂兰到湖边浆洗，见到放学回来的夏喜春，她感觉有救了。

"小三子，你有笔头子和不用的纸吗？"桂兰心想，夏喜春不仅有，而且会给她。

　　果然不出桂兰所料，夏喜春特别慷慨："有、有、有。"夏喜春立即从书包里掏出铅笔和一本本子："给你。"

　　"我才不要你这个学习用的笔和本子。"桂兰见夏喜春从书包里掏出他上学用的笔和纸，连连摆手说不要。

　　"不是你要的吗？"

　　"我要你用剩下来的笔头和白纸。"

　　"笔头和白纸家里有，你在这里等，现在我就回家拿？"

　　"好的。"

　　不一会，夏喜春就送来了笔和纸。还有桂兰都没想到的橡皮、削笔刀。

　　说来也怪，夏喜春平时是不会轻易将自己的东西给别人的，如果别人想要他的东西，也必须等价交换才行。然而，面对桂兰就是愿意给，不仅是因为那年桂兰在湖边救了他，而是自然而然的一种情愫，说得通俗些，是一种缘分。

　　有了笔和纸，桂兰只要有空，就彻底地进入她的绘画世界，那朵兰花鞋样她画得与原版不差分毫，甚至还带了点自己的灵魂，她拿给王大妈看，王大妈惊讶得合不拢嘴："画得真好！"

　　"才多少天啊，就画这么好了。"王大妈也是像桂兰这样学的，但是没有桂兰学得这么快、这么好，心里想：要是有老师教，桂兰会画得更好！王大妈又拿出另一张画样，对桂兰说："桂兰，这是牡丹花画样，你拿回去画。"

"画到花蕊时，如画不好来找我，我教你。"

"好的。难为王大妈。"

得到王大妈的肯定和赞许，桂兰好开心，自从到了西塔村，从来没有像今天这样开心过。

使人开心的方式不外乎有两种：一是物质，比如，一个人瞬间得到意想不到的物质，会无比开心；二是精神，一个人得到精神上的满足也会无比开心，比如，自己所做的事，自己一直想干的事获得了成功，得到了认可和赞许。两者虽然都让人开心，但是，有时，精神的满足会比物质的获得更开心、更持久，是从心底迸发出来的深入骨髓的开心。

人有了精神依托，干活就有了劲头，而且会认真干。桂兰每天早早起床，做好早饭，早饭其实很简单，就是一把米加点杂粮，杂粮主要是玉米、大麦片、山芋、山芋干。春秋季是山芋干，夏冬季是山芋。此时是冬季，正是青黄不接，靠山芋作辅助粮食之时。桂兰烧开水，放入淘好的大麦片和米，再架上竹扁，竹扁上放上洗好的山芋和一个鸡蛋，再烧开，灶里添把柴，这把柴烧尽就熄火，让其焖。这时，养父该起床了，她就从灶上的汤罐里兜出热水给养父洗漱。当养父洗漱好，桂兰已经盛好麦片粥、山芋、鸡蛋，并从坛子里抓出自家腌制的萝卜干。家里的鸡蛋过去都是买的，自从桂兰家带回鸡蛋孵出小鸡并成长为产蛋鸡后，家里的鸡蛋基本上吃不完。这里说的吃不完，并不是一家三口敞开吃，而是有计划地吃。养父每天吃一个鸡蛋，养母如果要吃会与桂兰讲，做早饭时替她加一个，桂兰基本上没有得吃，当然，如果用鸡蛋炒菜，比如鸡蛋炒韭菜、涨鸡蛋，桂兰就可以吃，煮鸡蛋很少吃到。

腌制萝卜干的方法还是比较繁琐的。一般是在萝卜大量上市时，此时萝卜不仅质量最好，而且价格便宜。桂兰家虽然也种些萝卜，但主要是胡萝卜，腌萝卜干一般用红萝卜比较好。所以，桂兰家也是买来红萝卜腌制。

萝卜洗净后，晾晒脱水起皱，一般晾晒十天左右就差不多了。此时用盐揉搓萝卜，揉搓得越透、时间越长效果越好。揉搓好后放入腌制的坛子里压实，上面最好放块青石，为什么用青石压最好，也没有人说出什么道理，但是，都说用青石压，无论是腌制萝卜干还是大青菜，会鲜，会更好吃。压制一周后，将腌制出来的卤水烧开，放入萝卜干烫，烫后捞出晾晒至干透，这时放入坛中，撒上炒香的花椒。放一层萝卜干撒一层花椒，然后将坛封口。摆放二十天以上就可以吃了。

腌制方法有多种，有的人家不喜欢花椒味，就不放花椒，放辣椒粉、五香粉，或者什么都不放，味道都不错。

萝卜干和腌菜是乡村人家必不可少的小菜，基本上家家腌制。萝卜干主要就是当小菜吃，一般吃粥，或者吃干饭时菜不够，弄点萝卜干搭搭，饭就吃好了。腌菜也是起到与萝卜干一样的作用，但是，腌菜有时作主菜，或者作配菜。比如：冬季，西塔村人家捕来的小鲫鱼或者小杂鱼，用腌菜烧，烧上一锅，盛起来，一顿吃不完，自然就冻起来，下顿吃腌菜鱼冻，特别的好吃，不仅下饭，也是渔家汉子的下酒菜。腌菜烧豆腐，豆腐的香味就被拔出来；腌菜茨菇汤，没有肉照样可口。在青黄不接的冬季，腌菜是乡村人家的主打菜。

无论是腌菜还是萝卜干，不是每个人腌制的都好吃的。桂兰还没到西塔村时，刘云洗好菜或萝卜，最终会让孙如淦腌制，因为刘云腌制过的腌菜和萝卜干不仅不好吃，还容易变质发黑，但孙如淦腌制的就是好吃。

"我不能腌菜和萝卜干，手臭，腌出来不好吃还发黑。"这是养母经常对桂兰说的话。

今年，养父特别忙，桂兰将大青菜洗好，萝卜洗好切好，晾干，因养父没时间腌制，养母手又臭，桂兰只好自己动手腌制，哎，还不错，虽然不是特别好的那种，但是，不黑，味道真的不错，腌菜和萝卜干脆得很。

这不，早上，养父吃着玉米粥，吃着桂兰腌制的萝卜干，直夸桂兰："手不臭，萝卜干蛮好吃，脆得很，蛮香。"桂兰听到养父夸自己腌制的萝卜干好吃，当然很开心。

养母一般要等会儿才会起来洗漱、吃早饭，待养母起床，桂兰如侍候养父那样侍候养母。这些活并不累，但是，作为一个小孩子，过早地离家，过早地承担家务活也是非常不容易的。用桂兰奶奶的话说："谁让你没投好胎，到了这样的人家，是上辈子没修好。要是生到富贵人家，吃喝不用烦，像公主，还能上学，还有书童陪伴。"奶奶说来说去，是桂兰命不好，没有出生到富贵人家，她现在受这样的苦是自己前世的定数。奶奶的话像咒语般经常在她耳边响起。

桂兰现在找到了画画的乐趣，劳作中多了一份念头，这个念头给她的生活带来了乐趣，带来了新的愿景。

牡丹花很快也画得像模像样了，王大妈直夸桂兰手巧脑子灵，比她小时候强多了。接着又给桂兰其它画样，桂兰照单收，都能很好地完成王大妈的"作业"。然而，当遇到虎头鞋样时，桂兰怎么画都画不好。王大妈耐心地教，多遍教，但效果不佳，王大妈要桂兰暂时别画了，学绣鞋。

"你是从兰花开始学画画的，绣花也从兰花开始绣。"王大妈要桂兰暂时不再画画，开始教她绣鞋。

王大妈告诉桂兰用什么针，用什么线，用什么布料，她怕说多了，桂兰记不住，特意重复了一遍。其实，桂兰是在入神听，一遍就记住了。但是，她不知道如何弄到针、布和线。针，是有那么几根，那是平时补衣服的针，不是王大妈说的那种针，当然也能用，然而，种类太少了。她知道商店有得卖，然而，自己没有钱，如何买？还有布呢。

她不敢与养母要，想都不敢想，那会挨冲甚至会挨打。本来，学画的兴头很高，现在要学绣，情绪又降到最低点。最后，她想，既然学不了绣花，还是继续画画样，画虎头鞋，不信画不好。

桂兰下决心要画好虎头鞋，一天晚上，在洋油灯下画，超过了平时熄灯睡觉时间，养母就骂开了："还不挺尸啊，洋油不要钱买？"听到养母的骂声，正画在兴头上的桂兰立即吹灭了灯。

养母并不知道桂兰开始学画画，但是，看得出她有点反常，经常悄悄地躲在房间里不出来，虽然家务事没少做，反而比过去更勤快了，既然家务事做好了，又没看见她出去玩，也就没问她在干什么事。她也懒得问，平时，牌友不会让她歇会儿，几乎天天打牌。

养母不知道桂兰学画画，当然桂兰也没告诉养母，既然养母不知道桂兰画画、绣花，那么，桂兰就没有理由，就是有理由也不敢找养母要钱买针线和布。桂兰目前虽然仍然坚持着学画画，但是，王大妈要求她开始学绣花，她没戏了，小小年纪感受到很失望。

然而，事物有时就是这样，到了一定的阶段和地步，会有一定的转机，也就是我们常说的："船到桥头自然直。"

"桂兰，你在干什么啊？多少天没见到你人影了。"小珍突然出现在桂兰的房间里，看到桂兰在画画。

"是小珍啊，怎么一点声音都没有，吓死我了。"

"怎么没得声音啦？我在你家院子里就喊你了，你聋啦，没听到？"小珍这么多天没见到桂兰，桂兰也没找过她，小珍有点不开心。

"在画什么东西啊，怪不得的，是太入神了，没听到我喊你，多少天都没见到你，找了你好几次，人影都不见，以为你被黄鼠狼拖走了。"小珍乘机煞煞气。

"真的没听到，哄你是小狗。"桂兰认真地表态没听到。

"那，你天天在画什么东西？"

"画画。兰花、牡丹，还有老虎。"

"能给我看看吗？"

"行啊，你看吧，反正没什么好看的。"

小珍也看不出画得好看不好看，但是看到老虎说："这只老虎怎么只有头，没有身子？"

"画身子要画多大啊，放不下的。"

"放哪儿啊？"小珍疑惑地问。

"绣到鞋面上。"

"绣的鞋子在哪儿，我看看。"小珍与桂兰关系好，所以，她老资老味地直接要桂兰拿给她看。

"还没绣呢。"

"快绣啊。"

"往哪里绣啊？没针、没线、没布，快急死我了。"

"你家里没有布啊？针和线也没有啊？"

"跟你妈要啊。"小珍知道桂兰是从乡下来的，不是刘云亲生的，但是，她不知道亲生与非亲生的利害关系。

"我哪敢啊，找死啊。"

小珍见桂兰这么害怕她妈，心想不好了，绣花看不到了。她突然想起自己家里有好多好多的布，各式各样的布，一大包，立即自作主张对桂兰说："我家有好多好多的布，各种颜色的布都有。"

"你等着，我回家拿。但是，你要教我。"

"好的。"

小珍立即冲出桂兰的房间，飞快地跑回家，并快速地返回。

"给你。"小珍拿着一把布给桂兰，气喘吁吁地问："够不够？"

"够了，你家哪来这么多的布？"桂兰见小珍拿了一大把的布，而且面料大小正好合适做鞋面子，开心死了，也不问小珍家的布是怎么回事，只知自己有布料绣花就行。

有了布料，没有针、线，还是无法绣花。小珍继续自告奋勇说回家再找找，她家有。

结果，真的从家里找到了几团颜色不同的线，而且是绣花的线。

小珍外婆是裁缝，是郁庄有名的，周围的人都到她家做衣服，每块布裁剪后会有下脚料，这些下脚料一般是不退还给顾客的，除非顾客提出要。无论做上衣还是下装，每件都会有下脚料。裁剪衣服后的下脚料一般都不大，但是做鞋面是足够的。日积月累，家里的下脚料越积越多，这次郁小妹回老家，带了些裁剪衣服后的下脚料回来做鞋子，一家五口，做鞋子需要不少布料，不仅是做鞋面，还要纳鞋底。所以，她从家里带回一大包布料，并带回不少针线。这些针线是小珍外婆替顾客在衣服上绣花用的，正好是桂兰要用的专门绣花的针线。

有了布和针线，桂兰有点兴奋，立即选了块蓝布在上面画兰花，但是，刚开始画，家里的坐钟咣当咣当地响了："不得了，到中午了，饭还没烧。"桂兰立即跳起来，赶紧做饭。

小珍正在看着桂兰画画，无奈，桂兰要做饭，她也该回家了，妈要做饭，弟弟需要她带，回家前，她交代桂兰："布和线就给你了，针，用好了要还我。"

小兰边择菜，边回答小珍："针，肯定要还你的。但是，拿你这么多布和线，不过意呢，你妈要骂的。"

"反正，你教我画画，绣花就行了，布和线不够，我再拿给你。"

小珍一心要桂兰教她画画，出点布和线，值。

　　"不用说的，我也是跟人家学的，我学多少，就教你多少。"

　　"好，你画画时喊我过来学。"

　　"行，说话不踏实，咱俩拉钩。"

　　桂兰伸出食指给小珍，小珍回应食指钩上，两人一起念："拉钩，上吊，一百年不许变。"

　　拉好钩，两个女孩哈哈大笑。

　　桂兰第一双鞋子准备给养母做，目的是想让养母知道她能干又孝敬，想取得养母的欢心。

　　布上的兰花只用了两天就画好了，而且守信，每次画都喊小珍过来学。其实，真正画鞋面兰花不需要两天时间，一天也就差不多了，为何画这么慢？不仅要做家务事，关键是桂兰不想让养母知道，既然不想让养母知道，那么，只有等养母外出或者打牌时才能有这个机会。晚上也不能画得时间长，如果时间长，养母就会责备她浪费洋油。所以，两天能画好就不错了。

　　画好了，送给王大妈检查，王大妈见桂兰如此快就画好了鞋面，称赞她能干。但是，称赞过后，指出画的方向一致，成一顺跑了："桂兰，你看，画成一顺跑了，一对鞋面，兰花都朝一个方向了，应该要对称。"

　　桂兰这才发现是画成方向一致了，这样不对称。

　　"左脚花的方向朝右，右脚花的方向朝左，这样就对称了。"王大妈耐心教桂兰，桂兰这才弄懂左右脚画花的方向要全部朝大脚趾，这样好记，但是，她不知怎么画才能对称，因为王大妈给的花样是一个，不是一对。

"王大妈，怎么画才能画对称呢？"

"画好一面，然后反过来，将画纸对准灯光或者阳光看，这样就可以画对称了。"

"哦，知道了，谢谢王大妈。"桂兰反应过来了。桂兰正想走，被王大妈叫住："别急，这个兰花的花蕊要用红色的笔画，才能画出鞋子的喜气，不能用黄色的。"

"王大妈，我没有红笔，是用黄笔代替的。"

"啊，没买啊？"见小兰一脸无可奈何的样子，她这才想起了桂兰是养女，无法与养父母要钱买东西，王大妈是一心想教桂兰，既然桂兰有困难，王大妈也是一心想帮她。

"没有红笔，我这儿有，给你一根半截子红笔。"

桂兰感动，连声谢谢。

"没有红笔，那也没有红线什么的了？"王大妈估计桂兰什么都没有。

"红线有，这个花蕊用黄笔画，绣花时用红线绣。"桂兰告诉王大妈，有线没有笔。

"哦，有红线，反而没有红笔，哪来的？是家里原有的？"王大妈好奇地问桂兰。

"不是家里原有的，是隔壁小珍给我的。"桂兰没告诉王大妈，小珍给她针线是为了要桂兰也教她学习画画，她怕告诉王大妈，王大妈连她也不教了。

"哦，知道了。"

"回去将一顺跑改过来，让我看看，然后教你做鞋面、纳鞋底。"

"哼，难为妈妈呢。"桂兰见王大妈对她这么好，想想比养母不知好到哪儿去了，甚至比亲妈还好，这次称王大妈为妈妈，并非是有意，而是感动王大妈比妈亲，所以一时将王大妈错呼为妈了。

纳鞋底

绣鞋面

千针线

万道线

想给养母增感情

一列列

一行行

针线穿梭寄心思

完成了画画、做鞋面、糊鞋底，现在桂兰心里念着小曲坐在门前纳鞋底。

第一双鞋是给养母做的，也是桂兰到西塔村来做的第一件有份量的事，她想做好，要养母将她当亲闺女待。虽然是第一次做鞋，但是她很用心。

做鞋面，除了已经绣了花的面子，然后，又加了一层衬里子。她按照王大妈教的方法，先用纸画了鞋面的样子，然后将纸样画到鞋面布上裁剪，鞋面做好了。

鞋底是比较费工夫的。将布用糨糊糊多层，鞋底想做多厚就糊多厚，糊好后放到太阳下面晒干，晒干后按照要做的鞋子大小裁剪，裁剪好就可以纳鞋底了。

这是早晨与中午之间的时段，坐钟指着十点一刻，阳光斜斜地照着孙家小院，给人暖洋洋的感觉。院外的两棵树静静矗立，院子里，时有母鸡在大公鸡的带领下进进出出，还跑到桂兰跟前"咯咯"地叫，似是要吃的，桂兰埋头纳鞋底，哪有心思管鸡的事。然而，这些鸡可能是习惯了，没有吃的，就绕着桂兰伸出的腿转，桂兰不耐烦地叽咕道："早上不是吃过了吗？下蛋的也给过吃的了，还想怎么样？"鸡哪听懂她的话，尽管绕圈，它们就想吃点菜叶什么的。桂兰现在可不想耽误时间，她要加快速度，尽快替养母做好这双鞋。

鞋底比较厚，纳一针，得先将锥子锥通鞋底，再将针线穿过去，穿一针得花不少时间。按照王大妈的做法，每次用锥子锥鞋底和将针线穿过去的时候，都要将锥子和针在脑门上划一下，这是给锥子和针用脑门的油进行润滑，这样穿过去容易得多。

半个月才纳一只鞋底，一双鞋底用了一个多月才纳好。

"不错，不错，算快的了。"王大妈看到桂兰鞋底纳好了，而且纳得还算整齐，作为新手，尤其还是个黄毛丫头已经很不错了，王大妈表扬桂兰。

鞋面、鞋底都弄好了，剩下的就是"上"鞋子，也就是将鞋面与鞋底连接起来。这是一项关键的活，技术复杂，也是费力的活，还要心灵手巧。鞋面与鞋底两者吻合稍有偏差，就会前功尽弃。王大妈将她多年总结出来的经验一点一滴地告诉桂兰，并示范给桂兰看，手把手地教。

王大妈示范上好了一只鞋，另一只要桂兰自己上，回到家里，做好家务，桂兰按照王大妈的示范上另一只鞋。尽管王大妈教得够详细，但还是出现了偏差，只好拆了偏差那部分重来。这与熟练的程度、感觉、经验有关，也和用针力度是否均匀和方向是否一致密不可分。

熬到半夜，鞋终于做好了。还好，养父在闸上值夜班，养母打牌到凌晨才回来，所以，养母始终都不知道桂兰为她做了鞋。

桂兰本想让养母立马试试，但是，今天养母脸色不太爽朗，应该是没赢到钱。以往赢到钱，养母会面露喜色，甚至主动与桂兰说："今天手气不错，赢了。"开心时，还会扔个小零钱给桂兰，要她打水给她洗脸洗脚上床睡觉。今天，一脸晦气，还叹着气，脸不洗，脚不洗，直接上床睡觉了。桂兰想，如果现在就让养母试穿肯定会挨冲，还是老老实实地侍候好养母去睡觉，自己才去睡。

直到中午，养母才醒。此时，桂兰已经做好午饭，养父也从闸上回来了。桂兰赶忙屁颠颠地侍候养母起来，准备好洗漱的热水，替养母穿鞋子时，桂兰替她穿上了新鞋。

"死丫头，哪来的新鞋子？"刘云感觉鞋子与平时穿的感觉不一样，低头一看，是双绣花的新鞋子，她顿感疑惑，责问小兰。

"妈，我替你做的。"

"啊，我怎么不知道？"

"我怕做不好，被你骂，所以不敢告诉你。"

"你怎么会做的呢？做得还不错，就是稍有点挤。"

"是前面王大妈教我做的。"

"王大妈教的，怪不得做得不错呢，王大妈做鞋做得好，还会绣花，西塔村的人都是找她做鞋，城里也有人找她做。"

"她怎么肯教你的？好多人找她学，她都不肯教，只教自己的女儿和媳妇。他们都到城里去了。"

"我也不知道她怎么肯教我的。"

然而，刘云还是疑问多多："你哪来的布？"

"是小珍从家里拿给我的。"

"针和线呢？"

"也是小珍给的。"

"她家哪来这些布、针和线？"

"她外婆是裁缝，春节前回外婆家带回来的。"

"人家的东西，你怎么好拿呢？"

"她要给我的，还要我教她做鞋子。"

"是这样啊，也不能拿人家东西呢。"刘云觉得桂兰虽然不是亲生的，但是，规矩还是不能破的，不能随便拿人家东西。

"过两天，你送两斤米给人家，就算是抵她家的布和线。另外，王大妈那儿，我去感谢她。"

"鞋子做得不错呢，就是有点挤，不过，穿穿就好了。"养母感觉桂兰能干，至少比自己能干多了，现在就能帮自己做鞋了，等她长大些，还不知多能干呢，刘云觉得找这么个养女不亏。过去她一直听人说，带来的小孩养不熟，也不会孝敬的，她从桂兰身上看到了不一样。

养母穿上新鞋开心，桂兰更开心，她要的就是这个结果。忙了这么长时间做出来的鞋子终于见到成效，桂兰终于松了口气，她看看小珍给的料子，还能再做一双鞋，她没有想到自己，而是要替养父做。

想到这儿，才记起小珍要做的鞋还没做好，几乎要重做，小珍给了那么多布料、线还有针，如果没有小珍的支持，桂兰几乎不可能做出这双鞋，所以，一定要帮小珍做好鞋子。

小珍不是替父母做鞋，是为自己做，郁小妹得知小珍要与桂兰学做鞋，当然同意，但是，家中的布料少了，郁小妹问小珍："带回来的布料怎么少了？"郁小妹问小珍。

小珍是不准备告诉郁小妹是她拿去给桂兰了："我学做鞋用掉了。"

"哪能用那么多？"

"就是用得了这么多。"

"死丫头，与我撒谎，快说，弄哪儿去了，要不然，打死你。"

听到郁小妹要打她，她挺不住了，老实交代给了桂兰。

本以为小珍不会做浪费了，没想到，给了人家，郁小妹气不打一处来，拎起小珍的耳朵："我让你胆子大，将家里东西往外拿，送人，吃里扒外。"小珍受不了痛苦，哭喊着。

"你做的鞋呢，鬼影子没有一个，那么多布，没做一双鞋，让你下次还敢往外拿了？"

"我不了，我不了。"小珍从未被妈这么打过，她感觉很痛苦，感觉真的做错了事。

"妈，我再不敢了。"小珍求饶。

郁小妹这才松开手，指着小珍说："家里的东西，你怎么能随便给人家呢？你想做鞋，跟妈说，妈教你，布料拿回来就是给你们做鞋子的。你倒好，不跟妈说，送给外人。"

郁小妹越说越气，还想再打小珍，看到小珍可怜兮兮的样子，毕竟是自己亲生女儿，平时连骂都舍不得，别说打了，这次是气上心头，不打不长记性。

"记住了，今后，往外拿东西送人，一定要得到妈的同意。"

"你听到没有？"见小珍没有回话，郁小妹再度扬手要打。

小珍连忙答应："晓得了。"

其实郁小妹教训小珍，搞得动静这么大，实际是给隔壁桂兰和她养母听的，她认为桂兰养母知道此事，或许是有意要小珍给她家的。

刘云没听到，桂兰听到了，但她不知怎么处理此事，她没有要小珍给她，是小珍硬塞给她的，并且是有交换条件的。桂兰没有办法，想将剩下的料子还给小珍，又怕小珍再挨打。她只好不出声，等有机会再说。

尽管小珍和桂兰年龄差不多大，但是，二人的灵活和聪明程度不在一个档次，桂兰费心教小珍如何做，反复了几次才勉强做好小珍穿的鞋子，然而，鞋子穿着有点挤挤歪歪，总是感觉哪儿不合适。小珍见做好了鞋子，也就完成了一桩心事，虽然穿在脚上不太舒服，但是，是自己做的，只好忍着，嘴上还自言自语道："合适、正好。"使人感觉她做的鞋子没有什么问题，穿着挺舒服的。

有时，做一件事，除了人的反应能力和技巧方面，还有人的心情。心情好，手顺，事情做起来就顺，结果就好；如果心情差，手就会笨拙，做事就不顺，当然结果就不是那么好了。

鞋子做好后没几天，下了一场雨，雨水特别大，将院子前面的牙枣树根冲了个小坑，雨停后，桂兰想将这个坑用土填起实，因为每年这棵牙枣树结的果实不仅多，还特别甜，是这个村孩子们一时杀馋的佳果。

桂兰拿来小锹从远离树的地方挖来第一锹土，刚填下，只听见锹触碰到土发出清脆的响声，这是锹与陶瓷碰撞的声音。桂兰感到奇怪，怎么会有这种声音呢？她用锹对着发出声音的地方捣了捣，声音越发响亮，她开始挖，没挖多深，挖出了一个陶瓷坛子，坛子有盖子并且是泥巴密封的。桂兰急不可耐地打开看，她惊呆了，是"袁大头"，见此，她愣了一下，立即抱起坛子回到家，正好养母在，她急促地对养母说："妈，我挖到一个坛子，里面全是袁大头。"

"是吗？快给我看看。"养母喜出望外。

桂兰立即打开盖子，先用手进去掏，掏一次也只能拿出三五个，不过瘾，桂兰将坛子倒过来，"哗"一下子全部倒出，她立即开始数："1、2、3……51。"

"妈，一共51块。"桂兰真的不知所措，这么多银元，如何处理。

"妈，你买我时是5块，对不对？现在给你5块。"桂兰不知想什么心事。

"是5块。怎么了？养活你到现在，50块都抵不了。"养母听出桂兰想赎自己似的，用话堵了她。

"50块还不够啊？就是说，这一坛子也不够你养我到现在的。"桂兰不理解养母的话。她想：我妈养我到7岁，你买时才给5块，到你家才几年啊，50块还不够啊？

刘云看着桂兰的疑问表情，知道桂兰不会信她话，所以，她婉转地用另一种口气对桂兰说："这些大头先放我这儿，我一块也不会用你的，我替你保存起来，将来你结婚，生孩子时要用，到时一块不少地给你。"刘云说着留了1块银元给桂兰，另50块重新放进坛子里，抱进自己的房间。

桂兰半信半疑地听着养母的承诺，用无可奈何的目光看着养母将坛子抱进房间。

第十章

　　时光如梭，桂兰已经出落成大姑娘了，随着年龄的增长，她不仅仅只做家务，而是管理一个家，用当地的话说，就是当家人了，全家三口的日常安排，刘云已经完全不问事了，她只管钱，家里的全部收入交给刘云，包括孙如淦管理船闸的工资和桂兰饲养鸡、鸭、猪以及自家种植的蔬菜卖了后积攒的钱。

　　桂兰通过自己的劳动，完全能养活自己，除了钱外，这个家都是桂兰管。

　　桂兰的勤劳和善良赢得了西塔村渔民的公认，特别是桂兰勤劳和心灵手巧在村里已经声名鹊起，一些管事的老婆婆议论着："谁家要是娶到桂兰，那是福气。"

　　"娶不到桂兰呢，她不会出嫁的，只有倒插门才行。"

　　那边，夏喜春也到了谈婚论嫁之时，夏宽找媒人张罗替他相亲，这个愣头青根本不当一回事，草草应付他爹的安排。

　　"你是怎么了，还想不想要老婆？"夏宽直接对儿子摆话题。

"我不要老婆，我要到镇国寺当和尚。"夏喜春见父亲瞎忙乎，根本就不是他想要的。

夏宽见儿子不买他的账，吼道："你要当和尚，到泰山庙去当，在镇国寺当和尚，就在家门口，天天让我看到，烦不烦？"

"我就在镇国寺，其他地方不去。"夏喜春一脸坏笑。

夏宽知道儿子说的是气话，但是，年龄到了，早点结婚早点抱孙子，他急，老大连生了两个女儿，老二至今未怀上，他急着要抱孙子，指望老三替他争口气。

"南门小学有个老师很好，你要是同意，我替你在城里弄房子，就住在城里。"

"我才不要呢，我要到镇国寺。"

"小狗日的，想气死我呀？"

夏喜春说完就走开了，不再听他爹唠叨。

夏宽没有办法，抽着烟生气。

"爹，小三子和桂兰好呢，让他娶桂兰。"喜珍见父亲生气，就将知道的事告诉她爹。

夏宽如梦初醒，他听说过小三子与桂兰好，经喜珍这么一说，坐实了此事。但是，他一想，孙如淦不会让小三子娶桂兰的，因为孙如淦就这么一个养女，要入赘才行。然而，夏宽是不会同意让小三子倒插门去孙如淦家的。

怎么弄？当前的事态就是这样，如果同意夏喜春入赘，事情应该很好办，将夏喜春送入孙如淦家就行了，自己还少花钱。但是，夏宽在入赘这事上根本就没有商量余地，然而，夏喜春几乎是铁了心要桂兰，非她不娶。

当然，做父亲的有权为儿子做主，但是谈了多个，夏喜春就是不上心，敷衍了事，弄得做爹的十分尴尬，搞得媒人也不愿再去张罗此事。

要解决此事，得与孙如淦商量如何处理。

当晚，夏宽来到孙如淦家，他家院门与全村人家一样，不到睡觉前不会关，西塔村治安总体不错，几乎是夜不闭户。刚迈进院门，见桂兰正在拴鸡窝门，直接问桂兰："桂兰，你爹呢？"

"三子爹啊，我爹在吃晚饭呢。"

听桂兰说孙如淦已经开始吃晚饭，他立马快步进屋，取下孙如淦的碗筷："别吃了，到福来饭店，我俩喝酒去。"

夏宽请孙如淦喝酒，除了有要紧的事，平时也经常在一起喝，所以，怎么得也要奉陪。因此，孙如淦没有一点拒绝的意思，立即起身跟着夏宽走。

"我跟三子爹去喝酒了。"孙如淦告诉桂兰，意思是今晚就不回来了，喝完酒就到闸上。

"哦！"桂兰简洁地回答养父的话。

二人到了运河渡口，见渡船泊在对岸，要等乘船人有一半才会开船过来。夏宽见船一时半会不会驶过来，就扯开嗓子，用手做喇叭状向对岸渡船："船家，开船过来。"

摆渡的船主，听到是夏宽的声音，立即起锚划着双桨奋力地驶过来。他清楚得很，虽然是空船放过来的，但是夏宽不会让他吃亏。

渡船还没停稳，夏宽、孙如淦就跨上了船，后面也没人跟渡，于是，渡船立即调头向对岸驶去。

此时已近黄昏，太阳的余晖洒在运河上，给运河披上了一层金色的光芒。运河上偶有一艘船扬帆顺流而去，南岸还有一艘自北向南拉纤的船。拉纤人可能是父子，父亲大约20多岁，儿子最多10岁。他俩一前一后，一高一矮，一壮一弱。由于水流是自南向北流，风向又好像是西南风，所以，逆流而上，船走得很慢，很吃力，拉纤者的身体几乎与地面形成45度角，也就是说，他俩使出了最大的力。

夏宽想看看掌舵的是不是女船主，这样就是一家人，看了半天，没看到人。他揣测，女船主一定是在操舵的同时还在做其他事，他感叹弄船真是辛苦，打鱼人也是如此，他自言自语道："难怪自古就有'世上三样苦，撑船、打铁、磨豆腐'，弄船人命就是苦。"

孙如淦听出夏宽在以同情的语气感叹弄船人的艰辛，其实，他也在看拉纤人，他与夏宽一致认为弄船人很苦，但是，他与夏宽的理解又有本质上的区别。孙如淦认为，这是底层中国人生活的缩影。他本想任由夏宽去感叹，自己只看不说，但是，他觉得夏宽没有从根本上去看弄船人为什么这样苦，因此，孙如淦以他的社会阅历简要地向夏宽解释弄船人生活艰辛的根源："这是社会制度造成的，并非是人天生的命运。"

"哦！"对如何看待社会问题，夏宽对孙如淦还是敬佩有加的，孙如淦文化水平高，社会阅历丰富，看问题一针见血。

正当夏宽想问一问是什么社会制度造成时，渡船已经抵岸，船主吆喝着："孙老、夏老请站稳，船靠岸了，当心碰撞，停稳再走。"

二人上了岸，沿运河大堤向南也就两三百步远就下了堤，拐进南门大街上的福来饭店。

夏宽、孙如淦是福来饭店常客、老熟人，老板见是他们二位，亲自迎接并引导至里面一般留给重要客户的包间，夏宽也是直接与老板打了手势，意思是老规矩。这个老规矩的菜谱是夏宽常点的两个冷盘、两个炒菜以及狮子头加汤，这是二人用餐的最佳配制。鱼虾和蟹对他俩来说是吃腻了的，当然不会点。

夏宽的渔行在福来饭店斜对面，福来饭店所用鱼、虾、蟹全部来自渔行，两家是生意上的合作伙伴，自然亲近。

很快，冷盘就上来了，猪耳朵和花生米，这是夏宽和孙如淦都十分好食的菜。

老板又送上已经温好的酒，又替二人斟好酒，唱了个喏："二位兄长慢用，需要什么叫我就行，别客气。"

"难为老板，你忙，你忙。"夏宽一般情况下要老板助个兴喝一杯，但是今天，却是他与孙如淦的私事、家事，不宜与外人分享，所以，也就没让其陪。老板也知规则，立即离开忙其它的事。福来饭店的狮子头是有名的，外地人到秦邮都要到福来饭店点狮子头，据称，扬州狮子头，就是从秦邮引进的。

福来饭店的狮子头有小汤碗大，主要材料是猪前腿肉，七分瘦，三分肥，加秦邮湖边自产的荸荠，配自家特制的酱油和其它秘制的香料，能做狮子头的厨师就是该店的老板和他的两个儿子。老板的两个儿子的厨艺当然由老板亲自传授。

另一道名菜就是青鱼丸，材料由夏宽渔行专送，10斤至20斤重的青鱼，过大太油，过小太嫩，每天一条，所做鱼丸当天基本售完，节日期间多倍销售量，是县城居民当作家中招待来客必备的大菜，就好似春节必备的年糕、香肠。

春节是重点，一般要销售到除夕，整个店就为这两道菜忙到迎接新年的鞭炮响起。

"老弟，咱俩先干一杯。"夏宽请客，当然要先动筷子，先端酒，先发话。

"干！"两只酒杯碰上，一饮而尽。

"吃菜、吃菜。"夏宽找不到适当的话开篇，只催酒。

孙如淦不知夏宽葫芦里卖的什么药，见他今天有点怪，平时，早就打开话匣子了，今天肯定有什么不好开口的事，孙如淦在猜想，他想来想去，没有什么事可使夏宽在他面前不好直接说的，而且还专门喊他出来喝酒，不是要事，不会是这个仪式。

孙如淦终于想到了夏宽儿子夏喜春和养女桂兰的事。那个夏喜春送鱼到店里还带过刁家面馆的包子给他吃，当时就觉得有点怪，还有，夏喜春这段时间以来，无论过闸或者路上碰见，都对他特别有礼，尽管这是猜测，孙如淦还是等待夏宽发话。

"老弟啊，你现在顺风顺水的，日子过得舒坦哦。"夏宽不直接入题，而是先抛出个引子。

"这话怎么说？还不是外甥打灯笼——照旧（舅）。"孙如淦看出夏宽今天要唱一出大戏，与他猜想的差不多。如此，孙如淦也就与他一起对唱。

夏宽不直接"入戏"，孙如淦也应付着。

"桂兰是全村出了名的勤劳能干，都在议论，谁家能娶到她就是福气呢。"夏宽说着，端起酒杯与孙如淦碰杯咪了一小口。

见夏宽只咪了一小口，感到好笑，心想：这个夏宽今天与我斯文起来了，喝酒哪有这样喝法的？孙如淦微笑着对夏宽说："宽兄，干了，哪有这样喝的？"

夏宽自己也感到有点莫名其妙，平时他俩喝酒都是一杯杯地干，除了自咪，只要碰杯，那就是干，碰过杯不干不好，他只好将酒重新干了。

被孙如淦激了酒，夏宽接连与孙如淦连干了几杯。一杯酒，一口菜，几杯酒就吃几口菜，无话可说，像是刚认识的朋友，拘谨得很。不是夏宽不会说话，而是无从说起，无法说出。一个大男人为儿子娶媳妇的事自己去做媒，成何体统？虽然，孙如淦是他的铁杆兄弟，但是，这事不是爷们能开得了口的。他本以为三两句就能解决问题，没想到，真要他说，反而开不了口，说不出来了。

现在除了喝酒，还有什么好说的，与孙如淦又没生意上的事，论国事、拉家常不是这个仪式。如果论国事、拉家常，在孙如淦家加一道花生米和萝卜干，温一壶酒就开篇了，没有必要到福来饭店。

不好开口，还是回家找老婆商量着办，这是娘们儿的事。夏宽这才知道，他不是什么事都可以做的。想到这儿，夏宽喊来店伙计，要他与老板说，外带四个狮子头，分两包。

孙如淦见夏宽已经要带外卖，好像酒该喝得差不多了，心里嘀咕，这酒是白喝了，什么事也没谈。

"这两个狮子头是给桂兰吃的。"夏宽在语言上没有表达出想要桂兰做他儿媳妇，但是，他现在通过带狮子头来暗示一下，夏家喜欢桂兰。

夏喜春带早点给他孙如淦吃，他爹送狮子头给桂兰吃。这是哪门子的事？明摆着，与桂兰有关联，是想要娶桂兰。娶是不可能的，入赘没问题。孙如淦用手抹了一下嘴，微笑着看着夏宽，心里在说话，嘴却闭得紧紧的。

夏宽心里想说，嘴是张着的，就是说不出来。

仅隔了两天，夏喜春妈就要她的好姐妹王嫂子找刘云说事，实际就是先探探口气，摸摸底。

刘云正好在家，桂兰到湖边浆洗去了。

"孙嫂子，在家啊。"

"吆，是王嫂子啊，什么风将你吹来了？"

"路过，路过，从门外看见你在家，就进来玩玩。"王嫂子不想开门见山，还藏着掖着，找时机再说。

"好，好，好，欢迎呢，我给你倒茶去。"刘云虽然觉得王嫂子有事而来，但是，人家不说，你只有顺从人家的意思。

王嫂子接过茶水，先咪了一口，开口道："孙嫂子今天没去打牌啊？"王嫂子是没话找话说，西塔村打牌人都是下午打，上午要料理家务。

"下午打，上午一般不打牌的。"

其实西塔村能经常在一起打牌的也就三五个人，其他人家是没有闲功夫，更没有经济条件打牌的。

"哦。桂兰呢？"

"洗菜过衣服去了。"

"桂兰不小了呢，阿是 16 岁了？"王嫂子开始进入正题。

"过了年就是 16 岁了。"刘云答道。

"没个把月了。"

"桂兰能干呢，全村人都在夸她呢。"

"是吗？是不错的。"

"要是谁能娶到桂兰，不用烦了，是福气呢。"王嫂子边说边看刘云的表情。

刘云微笑着，并不答话，她现在知道了，王嫂子是来做媒的。

王嫂子并不是专业做媒人，而是夏喜春妈的好姐妹，受托来牵红线。村里有位算是专门帮人介绍的媒人，由于有过几次不协调的牵线，使自己的声誉受到很不好的影响，所以，夏宽否定了要那个媒人去孙如淦家说这事。

"桂兰已经不小了，该找婆家了，村里几个年纪比她小的女孩子已经生娃了。"

"正替她张罗着呢，还没找到合适的。"刘云告诉王嫂子，桂兰的大事已经在运作了。

"好，女孩子不能耽误呢，早点找个好婆家，岁数大难找呢。"

"哈哈，现在不是清朝那阵子了，大一点才好呢。"刘云也识几个字，知道一点社会变迁带来的影响。

"我不仅是桂兰的妈，将来也是她的婆婆，这事不能含糊的。"刘云实际告诉王嫂子，桂兰不是嫁出去，而是招进来。

"你是说要入赘啊？"

"不仅入赘，还得跟我家姓。"

"夏家老三人厚道、老实，还能干，跟桂兰是天生一对呢。"王嫂子终于亮出了她来的目的。

"孙嫂子，只要二人好，入不入赘无所谓的。"王嫂子想说服刘云。

"那怎么行？不入赘不谈此事，现在有好几个男孩子愿意呢，正在挑选哦。"刘云说得不错，只是桂兰坚决不同意，一提到替桂兰找对象，她就沉着脸不开心。

只要刘云一提到要替她找对象，桂兰就回绝养母的话："我哪儿也不去，谁也不要，这辈子就服侍您和爹。"刘云以为她真的这样想的，虽然开心她这么孝顺，但是，当时买她回来不仅仅是服侍她和孙如淦，关键还是为了孙家的香火，继承孙家的家业。所以，刘云还臭骂了桂兰一阵子，对她吼道："死丫头，买你来，不是看家护院的，是传宗接代，继承家业的。趁早死了这个心，早结婚早生子。"

桂兰被养母骂得一点都气不起来，反而感觉是一种关爱。她并不是要一个人过一辈子，而是要自己想要的人。

王嫂子只是个说客，她只管传达夏家的意思，行不行，不是她能做得了主的，但是，她要尽可能地说服刘云，回去好交差。于是，她说："与他家老大、老二一样，夏家准备替小三子在村上另盖三间屋作为结婚用的房子，彩礼夏家出，婚礼由夏家操办，又不远，天天见，入不入赘，外人看不出来。"

照王嫂子说的意思，桂兰与夏喜春结婚了，不住夏家，也不住孙家，在外另起炉灶，从形式上来说，应该是桂兰出嫁到夏家，根本没一点入赘的意思。

彩礼、房子能算什么？她刘云能付得起，房子能盖得起，不姓孙，房子再多，彩礼再多，对她孙家没有实际意义。为了让王嫂子传达她的意思，她直接将话说明白了："桂兰不可能嫁出去，只有招进来。你去告诉夏家，桂兰的事不急呢，女孩子迟一点成家不难看。"

接着，刘云又告诉王嫂子："如果让桂兰嫁到夏家去，这不是白养了桂兰了吗？他夏宽要桂兰到夏家去，这是不可能的，不是他夏家只有男孩子，要入赘的男孩子有的是，眼前，一个是木匠、一个是厨师，两个小伙子都不错，正在选呢。"

王嫂子是个精明人，她听出刘云卖的关子，意思是告诉夏家，非入赘不可。不过从中已经得知，孙家对夏喜春还是认可的。人是过关了，现在是条件如何摆平。

王嫂子正准备离开，桂兰浆洗好回来了，她见到王嫂子，低声地招呼道："王姑姑好。"

"桂兰好。"王嫂子盯着桂兰看了一阵，看得桂兰不好意思，脸上泛起红晕。

"难怪这个夏家要桂兰，人好又勤劳，谁不喜欢呢？"王嫂子自言自语。

得知儿子跟桂兰结婚必须入赘，这对夏宽来说有点受不了，他不缺钱，儿子长得又人高马大，比他夏宽还要高，有点蒙古人的身架，人敦厚，还勤快，四个儿子当中，数他"德才兼备"。

夏宽思忖，自家四儿两女，大女儿已经出嫁，老大、老二已经成家另住，现在老三房子的材料都已经落实好了，盖三间屋，与老大、老二家不远。将来老四也是三间房，与他三个哥哥挨着，相互有个照应。小女儿喜珍，人漂亮聪明，个子像她妈，将来将她嫁到城里去，条件够了。这样多好，娶桂兰，他夏宽一百个赞成，但是入赘，他夏宽脸上不好看，像是自家没条件娶不上儿媳妇似的。

老大、老二结婚不用怎么烦，他夏宽只管花点彩礼，盖三间屋欢欢喜喜将喜事就办了。到了老三这儿，有点烦人，替他介绍了多个，就是不见面，见面也是不认可，做老子的宠着他，他却惯自己，一律不认账。还是喜珍告诉他，这个老三认准了桂兰。

娶桂兰，做爹的完全赞成，但是，入赘，不行。然而，你说不行，总得替老三娶媳妇吧？

夏宽要骂儿子，世上女孩子多的是，他凭什么非得要桂兰？他对儿子说："南门小学有个老师，帮你都说好了，人家也同意了，你就娶这个老师多好，替我们家增光彩。"

"爹，你说的那个老师是不是小时候拖鼻脓的那个。"

"瞎说八道的，人家小时候你怎么知道的？"

"跟我是同班同学，小时候我就讨厌她。"

冤家路窄，夏宽一头懵："人家已经同意做你老婆了。"

"她同意，我才不愿意呢。"

"替你介绍了那么多，你以为自己是谁啊，这个不行，那个不好，你想怎样？"夏宽有点生气，斥责儿子。

"我不想怎样，我不要老婆，打光棍，做和尚啊！听说镇国寺不错呢！"

"哦，就在家门口做和尚，高兴起来中午回家吃饭，晚上回来睡觉。这叫当什么和尚？你不嫌丢人，我还嫌丢人呢。"

"那就到泰山庙。"

"泰山庙就在城北，也就是个把小时的功夫就到家了。"夏宽真的动气了。

"要做和尚，离我远点儿，九华山，最好五台山，永远见不着。"

"九华山好像在安徽贵池，五台山在哪？"夏喜春听说过五台山，但是不知道在哪。

"五台山在山西，远着呢，光走路，没有几个月回不了家。"

父子俩越争越激动，越争越离谱。

"哦，知道了，那不是水浒里的鲁智深待过的地方吗？那儿好，我去。"

夏宽最喜欢老三，聪明、能干，嘴巴还会说。这个时代，不能太老实，不会说话也不行。谈到这个份上，夏宽给儿子摊牌："你跟桂兰是不是私订终身了？"

"没有啊？我不认识桂兰啊？"

"你跟我不说老实话，是不是？你真不想要老婆？"夏宽要儿子表态。

"我跟桂兰从小就好了，她帮我补过书包，帮我补过衣服。"桂兰救过他的命，他本想告诉爹，但是，他想了一下，将此事告诉爹，爹听后别以为是自己报答人家，所以，就没说。

"哦，两小无猜啊，从小就好上了，是自由恋爱了？"夏宽没想到儿子从小就是"花头精"，这么多年，他一点也没听说过。

"人家帮你，你帮人家什么呢？"

"我帮她识字。她能干呢，还会画画。"

"哦，吃里扒外，家里有妹妹不教，教桂兰识字。"

"爹，你不知道啊，喜珍识不少字呢，都是我教的，不信，你去问喜珍。"

"真的？怪不得，喜珍有时弄个书在那儿看呢，我以为她装模作样的。"夏宽听到喜珍识字很开心，想着将来嫁到城里有希望了。

"你要桂兰做老婆，有困难呢。"

"有什么困难啊，还不是你同意就行了。"夏喜春认为是他爹不同意，而不是桂兰家不同意。

"她家要求入赘。"

"入赘就入赘呗，还在一个村子里，又不是到天涯海角难相见。"

　　儿子愿意入赘，好像态度挺坚决的，不是一时冲动，肯定经过深思熟虑的，这是夏宽始料未及的。

　　"一个大男人入赘多难听，好像自己没能耐，找不到老婆似的。"夏宽坚持自己的观念。

　　"有什么难听的？谁要说让谁说去，我才不管呢，他们想娶桂兰都娶不到，嫉妒呢。"见儿子的态度已经到了这种程度，夏宽有点不开心。

　　"不仅入赘，还要改姓，要你姓孙。"

　　"改就改呗，你又不是我一个儿子。"夏喜春态度十分坚决，铁了心非桂兰不娶。

　　"看你是昏了头，怎么什么都愿意，你想气死老子。"夏宽再也听不下去了，气得想抽儿子。

　　"爹，没有桂兰，我真的去当和尚。我喜欢她，她救过我的命。"他几乎是恳求他爹。

　　"救过你的命，什么时候啊，我怎么不知道？"

　　"小时候，我在湖边学游泳，滑到深水里，是桂兰用绳子将我拉上来的，要不早死了。"

　　"啊，我晓得了。"夏宽听到儿子说到这儿，不再说什么，自己点上支烟，挥手要他走。

　　虽然儿子愿意入赘，也愿意改姓，但是，解不了夏宽心中的结，他决定再次请孙如淦到福来饭店喝酒，与他面对面谈条件。

　　夏宽的意思，入赘也罢，但不能改姓，那样，他夏宽的脸没地方搁。

有时，想去完成一件事并不容易，你越想急着完成，越是不顺着你。也就是说，万事俱备，必须要有东风，东风不来，你也无奈。

这次夏宽请孙如淦到福来饭店，意思明了，开门见山直接进入话题。

"老弟，咱俩先干三杯，再说话。"夏宽认为，反正他俩似亲兄弟，不见外，既然已经挑明了话题，也就不客套了，先饮酒再谈事。

"好，干。"孙如淦也连喝三杯。

"上次咱俩闷头喝酒，啥也没说，今天我就直说了。"

"有什么事，尽管说，不见外。"孙如淦还装着什么事都不知道。

"小三子与桂兰的事，怎么说呢？"夏宽先发问，要孙如淦答题。

"他俩什么事啊？"

"你装死，什么事你不知道？"

"真的不知道，前几天，刘云与我说了王嫂子来说媒的事，不是还没谈吗？"

"还没谈？小三子现在是非桂兰不娶。媒人替他说了几个，就是不理，不要。"

"当然，桂兰的确不错呢。"夏宽直接将话挑明。

"哦，有这事？"

"你说咋弄？"

"行啊。小三子也是个好小伙子，我蛮喜欢他的。"孙如淦肯定了夏喜春。

"既然你认可小三子，就让小三子娶了桂兰。"

孙如淦没有回话，用目光对视了一下夏宽。

"他们的新房就不在西塔村建了，在城里买，靠明星浴室边上有一家要到上海去，急着要卖房子，价格蛮便宜的。"夏宽想用在城里买房子换取孙如淦不提改姓的事。

"好啊。正好那儿靠近你家渔店，照顾生意太方便了。"孙如淦接着说："替小三子找个城里姑娘，你们二老将来也搬到城里住，风光呢。"

夏宽听出这话有点讽刺的味儿："你这是什么话？是替小三子买的房子，将来小三子与桂兰住的。"

"哦，你就这么确定？"孙如淦听得不满意，心想：你夏宽有钱也不能将桂兰娶了住进城里，我和刘云将来怎么办？你夏宽没关系，还有其他儿子在村上照顾你。

"娶桂兰，我没意见，但是，要入赘，要改姓。"本来孙如淦对改姓一事倒不是很坚持，入赘就行了。然而，刘云坚决要求这样做才行，否则，就成不了这事。

"咱俩亲如兄弟，为何非要入赘呢？入赘也就罢了，还要小三子改姓，就不是要老哥脸没地方撂哦。"夏宽说出了为何不给改姓的理由。

"咱俩本来就是亲如兄弟，是你不够意思，你几个儿子，就算是小三子送给我做儿子又怎样呢？还亏你说咱俩兄弟情。那时，小三子还在吃奶时，我就想要小三子做我儿子，是你不给面子。"

事实确实如此，孙如淦多次提出要小三子过继给他做儿子，正式提出多次，从小三子吃奶时开始，之后，会走路那会儿又提，3岁时再提，最终没有结果。现在，孙如淦重提此事，夏宽只好听着。

谁家会无缘无故地将儿子送人养，那是贫穷没有办法，或者是其他不可抗拒的原因。夏宽联想到桂兰到孙如淦家，那么小受尽了委屈，如果那时将儿子送给他，今天儿子还不知被折磨成什么样子。所以，只要有一点办法，千万不要将孩子送别人家养。夏宽心里思索着：眼下，儿子与桂兰的婚姻，孙如淦坚持要儿子改姓孙，再怎么着，姓不能改，其他都好说。

"咱们不提过去的事了，现在就事论事，如何将两个孩子的事办好。"夏宽对孙如淦说。

孙如淦有点不耐烦，酒也不怎么想喝了，放下筷子，目光朝着屋顶，他想：现在还没到讨论办婚事的时候，前面的程序还没走，就开始谈婚事，不要以为咱俩关系好，就不要任何条件了，就随你任意操作了。

"哪这么急？八字还没一撇，要是真有这段缘分，当然要小三子改姓孙了。"孙如淦其实是想进一步强调入赘条件，让夏宽有充足的思想准备，别像做生意那样，总想赢利。

与孙如淦谈了半天，没见他一点让步的样子，这样谈下去，孙如淦肯定还是那句话，入赘改姓，毕竟，夏宽是个商人，虽然他俩是朋友，但是涉及根本的利益，没有特殊手段，对方不会轻易地让步。

"你要小三子姓了孙，我还指望他给我添孙子呢？我虽然已有两个儿子成了家，老大连生了两个凤，虽然现在又怀了，估计还是凤。

老二结婚快三年了，至今一点动静都没有，已请医生看过，说不容易怀上呢。现在就指望老三了。他和桂兰婚后有了孩子，第一个男孩子最好姓夏。"夏宽想用自己的困难来打动孙如淦。

孙如淦心里嘀咕道：这叫什么入赘呢？还不如将桂兰直接嫁到你家算了？想得美，得寸进尺，既然入赘，生的孩子全部姓孙。不过，夏宽是他最要好的朋友，总得给他一点甜头，否则，亲情还没结成，友情也搞没了，那是二人都不愿意看到的结果。

"便宜都让你占了，咱俩还有什么可说的，你操办婚礼直接将桂兰娶过去得了？"孙如淦边说边笑。

夏宽听出孙如淦并不同情他的境遇，想想也是，孙如淦自己没有一儿半女，养女桂兰是他的希望，他这些要求一点也不为过。但是，怎么办呢？

无论是亲朋还是好友，到了涉及切身利益的时候，不会轻易地让步。

"你总得给我点面子吧。"夏宽几乎是恳求。

"那我的面子呢？照你这样说法去做，还不等于嫁到你家去？"孙如淦也是要面子的人。

双方谈不拢，酒也喝得没劲。真是：人逢知己千杯少，话不投机半句多。夏喜春与桂兰有互相倾慕的心，关键是他铁了心要跟桂兰，桂兰虽然也是铁心一块，但是，她是养女，没有足够的力量去维护自己的幸福，所以，夏宽知道儿子那个牛性子，不会再听他半句建议，更不买他这爹的账。如果儿子稍松动一点，夏宽就不会受到孙如淦的挟制。本想下死命令要他娶那个小学老师，这样会给夏家增添不少光彩，然而，桂兰救过儿子的命，光凭这一点，他夏宽也得讲良心，再困难也得圆了这段婚姻。

"不改姓，其他，你看着办，好歹也得让你老哥有点面子。"夏宽存心要推进儿子与桂兰的婚姻。

"老哥，你这才像要办事的样子，我也不是无情人，暂不改姓也行，等婚后再看情况。"孙如淦听到夏宽让步，他也得顺水推舟，毕竟夏喜春人不错的，他孙如淦还没遇到第二个像夏喜春这样好的小伙子。

二人谈到这儿，双方都心情舒畅起来，心情好了，酒自然下得快了，老板亲自替他俩烫酒，两壶已经见底，夏宽还要再来一壶，他的意思，二人喝两壶，让人笑话，不就是"二壶"了。叫伙计，伙计没来，还是老板现身："二位兄今天喜事逢身，酒，喝了一壶又一壶，怎么还要喝？算了吧，改天再来喝。"老板劝酒，是劝不喝。要是生人，随你怎么喝，老板不会亲自来劝你不要再喝，他俩不一样，是老熟人，又是生意上的伙伴，是老朋友，见好就收，否则，那就不是好朋友了。

"咱俩今天开心，酒还没喝到位，再烫一壶，添道荷包肉。"夏宽坚持要喝，孙如淦既不支持，也不反对，不表态，一副奉陪的样子。到了这个状态，老板只好顺从，喊店小二烫酒、温荷包肉。

秦邮人特别灵巧，用秦邮湖里的荷叶将肉包扎起来，先放进多年的老卤里浸泡，然后煮熟，风味独特。荷包肉是秦邮县最具特色的菜，馅料与做狮子头的料差不多，主要是包着这个馅的荷叶起到了增香的作用，就像粽子那样，芦苇叶的香味也让粽子有了粽香。

吃好，喝好，天色已经很晚，二人已有点醉意，老板见此，要店小二送他俩乘渡船回家。

到了对岸，夏宽掏钱给店小二小费，但店小二怎么也不肯收，店小二说："二位爷的小费收不得，你俩是老板的铁哥们，老板要知道了，非辞掉我不可。"夏宽只好收起小费，挽着孙如淦先送到船闸，然而，由小二扶着下了堤走进西塔村。

第二天，夏宽和孙如淦分别都向自己的老婆讲述了他俩谈的结果，双方老婆都不满意。

刘云："你是酒喝多了，管不住自己的嘴了，怎么入赘不改姓呢，那叫什么入赘？"

夏喜春妈："生了第一个男孩子就必须姓夏，他孙如淦还不同意，我家小三子这么好，难道找不到媳妇？"

面对老婆的不满，夏宽、孙如淦都大骂了自己的老婆，几乎骂的内容大致差不多："女人就是头发长，见识短，不知道通融，不懂人情世故，咱俩都在一个村，又不远，娶和入赘有什么大不了的事。"

女人有时就是这样，你将她奉为上宾，她反而拿你不吃劲，臭骂一顿，也就乖了。

女人被治乖了，不插嘴了，男人间的事就好办多了，这是孙如淦和夏宽的一致看法。虽然他俩目标开始相向而行，但是各自的小九九并没有少，只是不像女人那样咋咋呼呼。

下一步就是谈条件，谈什么条件呢，其实就是一个字——钱。"既然是入赘，你孙如淦就得多花费。"夏宽这样想，当然，也想这样做。

"既然不改姓，你夏宽得多掏银子。"孙如淦腰包并不比夏宽差。夏宽的场子大，明摆着，不差钱的主儿；孙如淦虽然只是管理一个船闸，就那么一小块地方，不起眼，但是，实际油水多，别人看不出来，再加上孙如淦不张扬，所以，没人看出孙如淦肥在哪儿。村里人反而觉得孙如淦就和他们一样，不仅不肥，而且可能还瘦了点儿。孙如淦本性就不想露富，何况，现在夏宽不让他儿子改姓，不改姓，那么，就不算真正入赘，就应该由夏宽出银子，他孙如淦操办婚礼。这也是孙如淦一贯的作风：该我出钱时，我一毫不少；不该我出的，一厘也不会出。

孙如淦家底如何，别人看不出来，夏宽看得出来，他知道孙如淦不比他夏宽的钱少，但是，他精明，善于摆正主、次位置，尽可能地在大家面前露出一副平凡谦和的面孔，受到大家的尊敬。

事情进展到这个地步，双方都没有主动提出承担责任，强调的都是义务。

多月后的一个早晨，夏喜春突然对夏宽说："爹，我后天去安徽九华山。"

听儿子要去九华山，夏宽感到莫名其妙，急忙问道："你去九华山干什么？"

"做和尚去，省得做俗人烦心。"夏喜春丢下一句话，气呼呼地背朝着他爹。

"这是什么话？你去当和尚，不想要老婆了？"

"老婆在哪？"夏喜春在责问夏宽。

"不是……"夏宽这才想起来，结婚的事一点影儿还没有。

"好、好、好，我知道了，这阵子忙，给耽误了，明天，我就来处理这事。"

听到爹要继续操办他的事，夏喜春才放心，对爹说："那，我就和二哥送鱼到店里了。"

"不当和尚了？"夏宽戏谑儿子说。

夏喜春听出老爹的调侃他，脸一红找二哥夏喜炎去了。

夏宽当即找来王嫂子，要她去找孙如淦谈具体的事，夏宽想，毕竟他家是男方，应该主动些，虽然是入赘，怎么说，是自己儿子的事。

王嫂子当天下午就传来孙如淦的信息，其实，孙如淦也没出面，是刘云发的话。

按规矩来，先订婚。

一纸红色订婚文书：夏喜春入赘孙家，与孙桂兰喜结连枝，双方生辰八字般配，兹于1936年腊月十六举办订婚仪式。订婚人：夏喜春、孙桂兰；媒人：王嫂子；证明人：乔四十。

文书上所列人员必须签名按指印。桂兰虽然没上过学，但是，通过自己的努力，签名已是小事一桩。文书末尾由西塔村盖印，以示正统。

1936年农历腊月十六，西塔村有头有面的人物，夏家亲属，孙家族人，城里用得着傍得上的官人、商贾均受邀参加夏喜春、孙桂兰的订婚仪式。

订婚仪式在孙家举行，王嫂子主持婚礼。

宴席布置在孙家院子里，专门搭了临时天篷，共十六桌。主菜以鱼、虾、蟹为主。渔民，靠湖吃湖，原材料很容易得到，几乎不用花什么钱。为了孙家办这个宴席，村长乔四十可卖力了，他另带两艘船专门出湖，一艘打鱼，一艘捕虾，一艘捉蟹。忙了一整天，将最好的鱼、虾、蟹送孙家办宴席。乔四十为何如此卖力，他知道自己虽然是村长，凭他那个能力，怎么也无法胜任，关键还是孙如淦、夏宽的捧场，否则，根本架不住渔村。就连高老太爷都说，乔四十哪能当村长，村上随便找一个都比他强，要不是夏宽、孙如淦认可，高老太爷会出来反对。所以，乔四十这个时候出来卖力，希望继续得到孙如淦、夏宽的支持和帮助。

鱼宴是丰盛的，鱼、虾、蟹由刁家面馆厨师打理。鱼丸、虾丸漂在汤上面，就像汤圆那样，圆圆的、白嫩白嫩的。有一道让人心动的菜——醉虾，这个醉虾做法，刁家面馆闻名全城，没有第二家敢做，吃时，虾子还在跳，一桌也就一小碟。蟹，是蟹黄汪豆腐。

当天还专门杀了一头猪，是桂兰当年在院外放养的三头猪中的一头。宰杀时，桂兰都流泪了，不让杀，是舍不得杀，后来，让她到城里去办事，趁她不在家才将猪杀了。从城里回来后，她气得大哭，差点要骂杀猪的，还是她好朋友小珍过来劝她，告诉她，是为她订婚办宴席用的，是为了她自己的事，最终才罢。

福来饭店厨师做的是饭店当家菜——狮子头、荷包肉。

　　腊月十八，转移到夏家，照孙家办的宴席重复了一次，也是两天时间。为什么要这样做？夏宽的理由是答谢宴。其实夏宽要的是面子，在他看来，儿子虽然入赘，但又不完全是入赘，没改姓，酒席，他家一样办。也就是心理平衡了些，并没有实质的改变。

　　孙如淦嘴上不说，心里明白夏宽那个小九九，不捅破，又不要他孙如淦花银子，让村上人多热闹两天。反正，这阵子又不能下湖捞鱼，城里官人和商贾正好闲着，过来出份子，喝喜酒，乐得其所。倒是那个渡船，过去停夜渡，这几天，夏宽打了招呼，全天候不停航，确保城里人随时渡河到城里，尤其是喝高了的那些官人、商贾必须做到安全、及时过河。

　　船主巴不得，平时，夏宽、孙如淦对渡船不薄，一直没有机会回报，这次有求，当然必应。

　　夏宽出手大方，不会让他吃亏，夏宽要他做好渡船摆渡，事情办好后有酬金，船主一口答应，并不要酬金，只当回报。

　　船主正想着今天是最后一个晚上，他打足精神做好渡船的安全航行。一行三人向渡口走来，三人并排走，中间一人可能是喝高了，走路有点晃晃的，两边人扶着他。走近才看清，中间是水警队王队长，旁边两位小伙子是他队里的，他仨虽然没穿警服，但是，王队长经常过渡，所以很眼熟。

　　"是王队长啊，您慢点，慢点。"船主走上前站在船头搭了王队长一把，将他扶上了渡船。

　　王队长也不客气，依着船主就势坐到渡船的凳子上，嘴上低声地重复着："难为，难为。"

王队长上了船，渡船就立即开航，由西岸向东岸驶去。也就支把烟工夫，船就到了岸，待船系好缆，停稳了，船主才叫王队长上岸。

船主这么做不仅是为了孙如淦和夏宽家的喜事，也是在巴结王队长。渡船的安全属水警队管，还有发生在渡船上的纠纷以及刑事案件最终都由水警队来处理，所以，船主见到王队长总是毕恭毕敬，诚惶诚恐，生怕做得不周引起王队长的不满。

等这位水警队队长上了岸，摇橹者和划桨者就议论开了："王队长终于与大老婆离婚了。"这是消息灵通的摇橹者打开的话匣子。

"不是说，王队长怕老婆，怎么离得掉？"划桨者问摇橹者。

"王队长老丈人死了，他老婆没靠山了，已经不怕了，所以就离了。"摇橹者回答划桨者的发问。

"他不是有个小老婆叫小杏子，原来是唱戏的，还生了个女儿。"划桨者说。

"对，是的。就是因为大老婆不生，大老婆说他没用，气得王双喜才找了个戏子。现在确定了，是老婆不能生。"摇橹者解释王双喜为何要找个小老婆。

"好像王双喜早就证明自己没有问题，是他老婆不能生？"划桨者不知从哪儿听来的消息。

"是的，我早就听说了，只是不敢相信。"摇橹者的消息当然比划桨者来得快。

"我是前阵子才听说的，好像是有点影子。"划桨者竖起大拇指朝着摇橹者。

摇橹者见划桨者夸奖他，他一时兴起，将存在脑子里的事翻了出来："王双喜的干儿子陈小喜，其实就是他亲儿子。"

"郁小妹的三儿子，是王队长的亲儿子？"划桨者虽然也听说了，但是，他有点怀疑，现在经摇橹者一说，他还是不敢完全相信。

"从何说起？"划桨者疑问道。

"陈小喜还没出生时，有人看见王队长就带郁小妹进过城里最好的旅馆。陈小喜出生后，趁陈熊出去捕鱼，王队长经常到郁小妹这儿看儿子。"

"现在已经坐实了，王队长将陈小喜带到城里去上学，吃住都在王队长家，据说费用也是王队长的。那个陈熊也付不起这么多费用。"摇橹者进一步解释道。

"经你这么一说，还真是的。以前也听说了，就是不敢相信。"

"现在，他很少到郁小妹这儿，不仅是有了小杏子，很可能陈熊怀疑陈小喜不是他的种。"

"这是其中原因之一，其实，依我看，是郁小妹已经是老妈子了，吸引不了王队长了。虽然还有来往，那是因为儿子。"

"有道理。"

"听说，陈熊要到船闸上当孙如淦的帮手，说是水警队的决定，其实就是王双喜为了安抚陈熊，借水警队的名义硬塞给闸上的。"摇橹者不知从哪听来的这么个让人很意外的消息。

"船闸不需要人啊，孙如淦会同意吗？"划桨者有点不信。

"陈熊是去当保安，现在社会治安不好，前阵子几条船过闸时闹事，王队长当时就在闸上。当时就说要给闸上派保安，孙如淦不同意，然而，王队长说，同意派，不同意也得派，这个闸是国家的，不是他孙如淦一个人的。"

"王队长与孙如淦差点翻脸了，过去有他那个同学警察局长罩着，现在没有后台了，王队长不买孙如淦的账。"

"说白了，可能是郁小妹在作怪，她早就想让陈熊到闸上吃皇粮。"摇橹者剖析说。

"闸上没什么事，就是摇摇绞关，开闸关闸，油水多得很。"

"孙如淦可以让女婿小三子也到闸上去？"划桨者建议道。

"王队长提出陈熊到闸上，孙如淦要求将小三子当他帮手。不过，陈熊到闸上是当保安，王队长能做主；小三子到闸上是给孙如淦当帮手，闸上的人事安排属交通局，他水警队管不了。然而，孙如淦提出二人一起报交通局和警察局，全由王双喜操作完成。这才摆平了此事。"

"你知道的真不少。"划桨者在摇橹者面前再次竖起大拇指。

"告诉你，现在社会治安不安定，国家也不安定呢，日本人到我们国家来闹事，企图侵略我们国家。"摇橹者一脸悲伤地说。

"我已经听说了，情况不太好呢。"划桨者也是一脸悲伤。

"再告诉你，王队长现在对那个唱戏的已经不太兴趣了，好像又盯上了一位中学生。"

"现在这个年头，有钱有势的人，多玩几个女人根本不当回事。

他们哪管国家，哪问社会，哪顾百姓。"划桨者愤懑地说。

"你俩在议论什么？划好桨、摇好橹，开好船，不议国事，不谈他人。那个王队长其实就是王老虎，不是好惹的，弄不好，吃不了兜着走。"船主一席话，将二人的嘴堵上了，老老实实地干自己的事，齐心协力将船驶向对岸等待客人过渡。

渡船连续四个昼夜连轴转，安全顺利地完成了夏宽交代的事。

第十一章

过去因闸上人手不够，尤其是收费这个档，一般都是孙如淦收费，孙如淦忙不开，或者有其他事，刘云就代替孙如淦去收费，后来，桂兰成了替代收费员。这就让人看上去，好像这个闸是孙如淦自家开的，钱，让他一家人拿了，羡慕嫉妒恨，眼红的人比比皆是，有一点能挨得上的人都想到闸上混混。自从郁小妹与王队长有了亲肤之情，她就想着让丈夫陈熊到闸上，不再打鱼。

然而，初始，王队长认为，陈熊到了闸上，他与郁小妹亲近就不方便了，一直是嘴动，没有行动，拖而不办。现在，王队长已经将儿子弄到自己的身边，除了姓氏，这个儿子与他像得很，很投缘，已经习惯在王队长家生活和上学。关键是王队长对郁小妹已经不感兴趣，要不是儿子，他完全可以摆脱郁小妹。

郁小妹已经感觉到王队长对她没有了好感，与她早就没有了亲肤之情，但是，儿子是筹码，无论怎样，只要一提到儿子，王队长立马怂。然而，她又不能太刺激王队长，这个男人虽然不是自己的丈夫，但是，那么一段情给了她无限的空间，给了她愉悦的想象，可以这么说，王队长对他来说，不是丈夫胜似丈夫，使她的人生有了一个跨度，这个跨度从生理到心理，从土鳖到洋味，从乡野到城郭。

郁小妹在想，自己有两儿一女，现在女儿小珍 15 岁，再过年把年就要嫁人；大儿子 12 岁了，与他老子小时候差不多，不肯上学，倒是愿意下湖打鱼，这样下去，儿子最终是下湖打鱼的命。想到这儿，她叹了口气。二儿子，已经不用他烦了，由他亲老子管教。说来也怪，什么种子开什么花，结什么果，二儿子与大儿子虽然一母生，但是，截然不一样，二儿子好像天生就知道王双喜是他爹，那么投缘，到了王双喜家去生活、去上学，几乎没有任何障碍，学习不用烦，主动得很。这让王双喜十分骄傲。

郁小妹多次对王双喜说："小喜子怎么那么像你，说话、做事，特别是笑起来与你一模一样。"王双喜回答："我的种，当然与我一样。将来啊，他也是当警察的料。"

陈熊不是傻子，他已经感觉到小喜子可能不是他的种，现在借住王双喜家在城里读书、生活，名义上是干儿子，无须付任何费用，不仅如此，王双喜以自己没有儿子为由多次与陈熊、郁小妹商量，要求将小喜子过继给他做儿子，给 20 块银元作补偿。

陈熊也是个有点血性的男人，当然拒绝了王双喜的要求。

不过，王双喜一而再再而三地要求，郁小妹也帮腔："就把小喜子过继给王双喜吧，这样，小喜子将来可以在城里生活了，比在家与你下湖打鱼、当搬运工不知强到哪儿去了。"

"娘儿们，你知道什么，这样，我的脸往哪儿搁？"

"是脸面重要，还是儿子将来重要？你看大儿子，现在不肯上学，当然也没条件上学，与你下湖打鱼，要不就是养些鸭子，日子过得紧紧巴巴的，哪能养我们娘儿仨。"

陈熊也感到很吃力，过去靠他一人下湖打鱼，是很难养活一家五口，不是打不到鱼，而是打来的鱼卖不动。陈熊的船小，只有他一个人去打鱼，又没帮手，船小，网就小，逮不到大鱼，只能逮些小鱼，至多几斤重的鱼。能卖大价钱的大鱼，尤其是饭店需要的鳡鱼、大青鱼、白鱼必须用滚钩才能逮到。用滚钩逮鱼，至少得两人，一人划桨，一人排钩才行，靠他陈熊一人是无法完成的。其他船上，都是夫妻协作，或者家里另有其他劳力。夫妻协作的渔船，是将小孩都带到船上。郁小妹从来没上过船，她在家做姑娘时是饭来张口衣来伸手，现在要她上船当帮手，她不仅吃不来这种苦，而且根本就适应不了船上生活，更别说划桨、排钩这些活了。所以，陈熊娶了郁小妹，就没打算让她上船。

现在当搬运工，拖大板车虽然钞票挣得多了，但是，他的身子骨却没有那些老搬运工硬，每天干下来，身子像散了架，这样下去非垮了不可，他感觉太累。

生活逼迫至此，现在有条路好走，他陈熊又不是傻子，他在听郁小妹的劝。

正当陈熊要松口之际，有人告诉他，小喜子不是他的种，这可炸了锅。过去只是怀疑，那时小，看不出来，随着小喜子年龄的增长，陈熊越来越感觉小喜子不像自己。尤其是笑起来那种表情，右嘴角歪向一边，特别像他看到过的一个男人，后来通过对照，发现与王双喜一模一样。另一个特征是左撇子，他陈家祖宗八代没出过左撇子，郁小妹家也没有左撇子，王双喜却是左撇子。

从小喜子身上找不到自己的影子，反而越来越与王双喜相像，这让陈熊几乎发狂，如果是真的，他陈熊的脸算是没地方放了。他要进一步印证此事，要印证小喜子是不是他的儿子，只有郁小妹才能解答。

然而，正当陈熊要向郁小妹责问小喜子究竟是谁的种时，郁小妹对他说："你这几天就不要去当搬运工了，也不要下湖打鱼了，刚才孙爹来说，水警队要招保安，要你去报名试试。"

通知报名当保安，应该是水警队或者是王双喜的事，怎么让孙如淦通知陈熊去报名当保安，这是王双喜的心机。

"当保安，我去得了吗？"陈熊觉得这样的好事不会落在他的头上。

"孙爹来说，让你去试试，到时再找小喜子干爹说说，说不定能上呢。"

在孙如淦告诉郁小妹水警队要招收保安的前一天，王双喜就来过她家说过陈熊到闸上当保安的事已经敲定，现在就是走程序。王双喜还告诉郁小妹，陈熊可能已经知道小喜子是他王双喜的儿子，要郁小妹一口咬定，只是干儿子，不是亲儿子。她郁小妹不承认，谁都确定不了。

"真的能让我当保安，吃皇粮？"陈熊非常渴望当保安。保安要穿制报，几乎与警察差不多的制服，很有派头，他陈熊哪来这个福气，他想找算命的算算。

穷人算命，富人烧香。他根本就不信有这好事，所以，他要找算命先生算一算是真是假。

村头，经常有一位不知从哪来的白发、白胡、白眉很邋遢约 50 岁左右的"仙人"，地上放一布条，布条上写着：只要你说出生辰八字，就知你今生后事。陈熊报上生辰八字，这位仙人断定他今年有喜从湖中来。

老婆说的话不信，仙人说的话，他信了。

"我去报名，如果成不了，你找小喜子干爹说说，他如果肯帮忙，说不定就真能当保安了。"

"等你报过名，我与你一起去王队长家以看儿子的名义要他帮帮忙。机会难得呢？听说只招两三个。"郁小妹按照王双喜的吩咐这样操作，这样说。

"好。报过名后，我到湖里打些鱼带过去。"此时的陈熊已经不再要求与郁小妹对质，能去当保安，其他的已经不重要了。

"嗯！"郁小妹感觉躲过了一劫。

报名、面试、集训，只是个形式，走个过程，陈熊顺利地当上了保安，而且是在闸上，这使得他如同进入天堂，既威武，又气派，还吃上了皇粮，全村人都羡慕。陈熊自然很得意，终于从湖上到了岸上，从渔民变成了保安。当穿上制服那天起，陈熊的精神世界发生了翻天覆地的变化，他感觉到，王双喜就是他的菩萨，是他的福星。

郁小妹几乎在启蒙他："看人家王双喜不仅帮我们办了户口，摆平了我们私奔的事，将小喜子认为干儿子，还让你到闸上当保安。多大的恩啊，将来要报答人家。"

"知道了，平时下湖打些鱼给他。"陈熊能做到的就是打鱼送人。

"你还打什么鱼啊？"

"没事时，过节时，以后到闸上上班又不打鱼的了。"

"你还留着船干什么？"

"船不留着怎么办？"

"租给人家，有人要，就卖给人家。"

"啊，船不要了？将来，大儿子怎么办？"

"你是傻还是呆啊？你都上岸当保安了，儿子将来还去打鱼啊？"

"大儿子不打鱼怎么生活？"

"木头，你当保安了，大儿子至少将来也当保安，再过几年，我找王队长，还要他帮忙，让大儿子到城里做事去。"

"是这样啊，那，我就将船卖了。"

"嗯，不急着卖，有好价钱再卖。"

"晓得了，老婆，你能干呢。"陈熊感觉，老婆的作用太大了，她坐在家里就办了这么多的事，这个家少不了她。

陈熊顺利地当上了保安，夏喜春到闸上的事却久久没有消息，孙如淦知道卡在哪儿，他必须去找自己的老同学才能将这事办成。

见此事没有着落，夏宽对孙如淦说："要不要我出马？"

孙如淦沉着脸回应："我先试试，应该没有问题，如果实在不行，你再去。"

自己的儿子，夏宽出马找人摆平是理所当然的事，然而，现在已经入赘孙如淦家，他就不能太主动，那样，孙如淦面上过不去。同时，由孙如淦去办，可以促进翁婿关系。

孙如淦启动了他的另一位同学的关系，在县政府秘书室当差的官员，他俩从小学到中学，同学八年，同在一个班。八年后，孙如淦辍学去学机械，这位同学仍然继续升学，因未能考上大学，就随其父在县政府上班。后来这位同学升任秘书一室主任，其父原是副县长，后调扬州专署任职。

孙如淦将这位老同学约到刁家面馆吃早点，老同学如期应约，因为二人在校时谈得来，感情比较深，多年来，二人经常到一起聚聚。这个刁家面馆是他俩聚会的主要地点。一是位置合适；二是这家店无论是早点面食还里正餐菜肴都是上乘之作，比福来饭店要强很多；三是这家店的包间装饰得雅致，不少县里官员都到这儿吃早点；四是这家店是夏宽的协作店，夏宽构思的虾籽面条、虾籽馄饨、虾仁肉蒸饺成了这儿的主打产品，名誉全城，供不应求。

"想请你帮个忙，闸上想增加一个帮手，现在卡在交通局，不知怎么回事？"孙如淦开门见山，不见外，直截了当请老同学帮忙。

"我知道此事，并已经帮你办好。"这位老同学也不卖关子。

"已经帮办好了？到底是县官，我这里不知怎么弄才好，你都帮我办好了。"孙如淦这才感受到同学兼知己关键时刻起到的作用。

"咱俩谁对谁呀,你的事就是我的事。"这位老同学边吃虾仁猪肉蒸饺边回答孙如淦的话。

"说来巧,那天我去交通局,局长正要批复这件事,我看到是你闸上的事,知道是你女婿要到闸上谋职,我就过问了此事,虽然局长说,没有指标,闸上不仅不需要增加人,可能还要裁减人。"

"怎么弄,你的事,我不知道就算了,看到了不帮,还算什么同学?"

"我给局长出了个主意,同意增加人,但是,人在编制,不拨晌,酬金闸上自己解决。"

"局长见我的主意不错,又知道咱俩是老同学,随即就批了。过几天才能下发通知。"

"这么复杂啊?那酬金由我们自己闸上解决,这不等于与交通局没关系吗?"孙如淦叹了口气对老同学说。

"不一样!有了编制,什么都好说。关于酬金,闸上上交费用时扣除,这与交通局下拨经费有什么两样?"老同学教孙如淦如何操作这个特殊的事例。

"原来可以这样啊,是的,结果是一样,实在是难为你了。"孙如淦感谢老同学的帮忙,是真心的帮忙。

"不用谢,这么多年来,你从未找我办过事,别不好意思,以后有什么难处,尽管来找我。"老同学要孙如淦有什么难事尽管找他。

平时结交的是真心朋友,困难时才能见到真情;平时是酒肉朋友，有难时尽说酒话，办不了事。

"以后什么事遇到困难，尽管来找我。你经常资助困难同学黄小龙的事同学们都知道了，大家都敬佩你。"老同学特别关照孙如淦。孙如淦一直默默资助因病致残的同学黄小龙，受到了同学们的尊敬，也得到这位老同学的赞赏。其实，孙如淦与这位老同学一直保持联系，每到节日，或者红白喜事，孙如淦总是要会会这位老同学，带去湖里最好的水产品。他看到这个社会，人情大于政情，很多事，离开了人情几乎办不了事。同学知根知底，多年同窗感情深厚，只要真心相处，一般都会成为好朋友，好帮手，遇到困难时，都会鼎力相助。

同学、家族、同姓相互照顾、相互支持，是构成圈子型关系的基础。

夏喜春进入船闸当孙如淦的帮手，主要是跟孙如淦学习闸门机械的维护和保养，同时帮助收缴来往船舶的过闸费。从此，桂兰不再到闸上帮忙，只是给他俩做饭、送饭，做好家务。

"到了闸上，多干事，少说话，不该管的事别管。"这是孙如淦给女婿上的第一课。

夏宽给他儿子也上了课："你是嫁出去的儿子，泼出去的水，一心在人家生活，家里的事你就别管了。"

"要听老丈人的话，他属猴的，精明得很，他让你干的事，错不了，不让你干的事，也错不了，够你学一辈子的。"

面对老丈人和爹的训话，夏喜春都是用微笑点头来回应，他知道，要说老丈人属猴精明，虽然父亲不属猴，与猴也差不多，也精明到家。

经过培训，陈熊穿上保安制服到船闸上班，成为西塔村第二个吃皇粮的渔家人。虽然是闸上保安，其实没有什么事，白天在闸上转转，晚上停闸，也就不用上班，这个活，不仅轻松，而且收入远超打鱼。陈熊十分感谢王双喜，他不再相信小喜子是王双喜的骨肉。在郁小妹的催促下，终于答应将小喜子过继给王双喜，陈小喜从此改为王小喜，王双喜给了陈熊30块银元作补偿。

30块银元，有什么买不到？买个小孩5块大洋，当年，桂兰就是5块银元买来的；娶个女人10块银元足够了，他陈熊娶郁小妹几乎没花钱。王双喜不仅将陈熊从湖上迁到了岸上，还安排了这么一个吃皇粮的工作，还有什么不释怀的。纵然有那么回事，虽然有失男人的脸面，但是，他陈熊又无力回天，还不如装聋作哑，只当没听说。有了这30块大洋，现在又是吃皇粮的人，什么事干不成？

替陈熊安排当保安，再加上30块银元，王双喜终于还清了郁小妹的"债"，算是消弭了对陈熊的愧疚。

至此，郁小妹不再担惊受怕，躲过了一劫，当然，王双喜也不再"临幸"郁小妹，只有儿子才是他俩经常会面的纽带。

其实，仅仅是与郁小妹那点肉体关系，本来就是你情我愿的事，王双喜完全没必要付出这么多，但郁小妹替他生了个很好看的儿子，而且很聪明。他觉得儿子是上天的恩赐，郁小妹转达了上天的旨意，他要尽可能地不让郁小妹受到伤害，要全力保障儿子愉快成长，所以，他愿意付出这些身外之物，这些身外之物对他来说，得来全不费功夫。

夏喜春、孙桂兰结婚后第二年，他们的第一个儿子出生了。第一个儿子的出生，不仅给孙家带来冲击式的震撼，夏家更是欢欣鼓舞。孙如淦喜笑颜开；夏宽眉开眼笑，手舞足蹈。自己的儿子已经入赘孙家，这个小孩应该姓夏，而不是姓孙。为何夏宽比孙如淦还要开心？这还不是因为他的大儿媳连生了三个女孩；二儿媳至今未育。如今三儿子的儿子出生，似天大喜讯。

当听到三儿媳生了一个胖小子时，夏宽立即丢下手中的事，急匆匆地从中市口渔行赶到孙家，要看他的第一个孙子。

到了孙家，孙如淦满脸堆笑在院子里抽烟，他见夏宽急匆匆地来，心想：不会这么急要看孙子吧？再说，你儿子已经入赘，不能直接算是你孙子。

夏宽见孙如淦在院子里，也不理会，只是给了孙如淦一个微笑，径直朝房子里走去。孙如淦见此，没好脸，意思让他知趣点，女人生孩子，你凑什么热闹？

夏宽看见孙如淦没给好脸，但是，大喜讯已经淹没了所有。原是不顺眼的，现在看起来一点不麻烦；原来麻烦的，现在看起来并不棘手。

满屋全是女人，桂兰的养母、婆婆、小姑子、邻居小珍、郁小妹、乔四十老婆春英、王大妈。夏宽来到屋里，很不协调，见状，桂兰婆婆对夏宽说："女人生孩子，你来干吗？赶快走。"其他女人都笑道："大男人不宜。"夏宽说道："我来看孙子，奖励桂兰。"夏宽说着从兜里掏出一红包，直接对躺在床上的桂兰说："桂兰，你辛苦了，这是小奖励，后面还有大奖励。"夏宽趁给桂兰红包时，看看孙子，脸上堆满了笑容。

回到院子，夏宽对孙如淦说："走，到福来。"他说着就拉着孙如淦离开孙家前往福来饭店。

孙如淦已经意识到这是夏宽想要求孙子的姓氏。本不想去，转眼一想，这是两家的大喜事，虽然他儿子已经入赘，但是，入赘并不代表卖给孙家，他夏宽有足够的理由要求这个小宝宝姓夏。然而，孙如淦更有理由要求这个小宝宝姓孙。

夏宽、孙如淦都知道，无论怎样，不能因姓氏造成孙、夏两家关系产生矛盾。

"这个孙子就跟我家姓夏吧？而且名字我都想好了，叫大龙。"酒、茶、菜还没上桌，夏宽就说出了自己的要求。

"你喊我来，给我灌点酒，想讨这么大便宜？""想得太美了吧？"孙如淦将夏宽的要求给顶了回去。

"不是这个说法滴，以前咱俩喝酒，什么时候讨过你的便宜了？"夏宽还了孙如淦一回。

"便宜还占得少吗？回回都让你占了便宜，这回又想占大便宜，让人受不了。"孙如淦有意激一激夏宽，看他急到什么程度。

"瞎说八道，每次让你讨了便宜还卖乖，到底文化比我高，怎么也说不过你。"夏宽感觉每次喝酒都吃了亏，但是，又没有办法赚回来。

"呐，看看今天怎么回事，谁吃亏。"孙如淦对夏宽来个现场验证。

"今天，不是来与你协商的吗？怎么能算？再说，就是你同意了，也不能算是你吃亏了。如果不同意，你反而亏大了。"

"怎么回事？葫芦里卖的什么药？"

"你想，如果这个孙子不随我儿子姓夏，那么，后面出生的小孩，就全部姓夏；如果这个孙子姓夏，后面出生的小孩都可以全部姓孙。看谁吃亏？"夏宽给孙如淦下套子。

孙如淦心想：当我是3岁小孩骗吗？姓啥？都姓孙，看你有啥办法。"这个小孩姓孙，后面出生的小孩全部姓孙。"孙如淦一竿子抹到底，使夏宽没有讨价还价的余地。

"何必呢？咱俩一直是好朋友，现在又是亲家，你这样做，是不是让我寒心？"

"哈哈哈！"孙如淦大笑。

"这样吧，咱俩今天不议论小孩跟谁姓，这事交给桂兰和小三子他俩，让他们定。"孙如淦将问题交给孩子的爹妈，这下，夏宽没有理由再说什么了。

然而，从孙如淦这儿没找到突破口，就从儿媳妇桂兰那儿下功夫。满月宴应该由孙如淦出资办席，当然也收礼，但是，夏宽为了能得到孙子的姓氏，花重金，送大礼，他给孙子6块银元，替桂兰到苏州专门买了布料，还送了桂兰一个玉手镯。这些，他带着桂兰婆婆亲自送到桂兰手上。

养母替小孩起了特别的名字——孙小牛。

"孙妈，为什么替小宝宝起这个名字？"小姑子喜珍问刘云。

"你不懂，姓孙是必须的，小牛，我姓刘，用牛表示是我们孙家小刘。"刘云解释。

"哈哈，孙妈能干呢，名字起得好，有两下子。"喜珍心想：我爹现在都快神经了，就是想小宝宝姓夏。你在这儿不仅要小宝宝姓孙，还要带你的姓，要是我爹知道了，真要神经了。然而，喜珍无法解答这些琐事，她喜欢小宝宝，与嫂子套近乎。因为她与三哥关系最铁，爱屋及乌。

满月宴上，夏喜春抱着儿子对大家说："从今天开始，我儿子的名字叫金宝。"

"姓啥？"有人起哄。

"现在就叫金宝，姓什么，等到金宝到上学年龄时再说。"夏喜春说完朝桂兰看看，意思是我全照你的要求说了。

"为什么要到上学年龄时才决定姓氏？难道，还准备让你儿子将来当秀才不成？"

"现在没有秀才之说，只有小学、中学、大学。"

"金宝将来也上大学吗？"有人直接起哄。

面对这样的话题，夏喜春一时懵了，不知如何回答。正当丈夫尴尬之时，桂兰贴着丈夫的耳朵叽咕了一声，夏喜春立马回答问题。

"一直上到学不下去为止。村里的小孩最好都送到学校上学，没有文化，不识字，不会有出息。"夏喜春这番话使在座的亲朋好友，特别是渔村人炸了锅，议论纷纷。

"哦好，难道还上大学不成？别说上大学了，西塔村还没几个识字的，就他孙如淦多上了几年学，小三子也就是几年私塾。"

"我们祖祖辈辈打鱼，打鱼又不用文化。"

"夏喜春说得对呢，你看人家孙如淦就是因为多上了几年学，现在吃皇粮。"

"夏宽就是因为识字，所以开了渔行，不像我们只能下湖打鱼。"

谁也没有想到，桂兰就这样化解这道难题。

为什么要到金宝上学时再定姓氏，桂兰心里藏着这样一个秘密，金宝上学要到7岁，七年时间里肯定会有第二个、第三个小孩，如果第二个也是男孩，姓氏就很好解决了。就是第二个是女孩，还有第三个。总之，问题纠缠在这里一时无法解决，还不如放一放，等待时机成熟时再说。

听到这个答案，孙如淦、夏宽都没有想到，这么大的问题，让这个才18岁的女人轻而易举地化解了，化解得非常妙，没有人不说绝。

"对呀，你现在总不能喊小孩大名吧？夏金宝？孙金宝？多别扭。"

小姑子喜珍特别喜欢三嫂，整天腻在孙家帮忙带侄子，她认为三嫂不简单，三嫂曾与她说过："什么大龙、小牛都不要，我的儿子叫金宝。"喜珍听到三嫂说这话特别过瘾，因为，大家烦得太多了，三哥三嫂的儿子叫什么名字，跟谁姓，当然由三哥三嫂来决定，包括她爹，真是喝了秦邮湖的水，管得太宽。好了，现在名字不用你们起了，姓也不提了，她爹应该不会神经了。

一场姓氏和起名风波平息了，孙如淦、刘云此时才感受到桂兰确实不简单，平时看不出来。尤其是刘云："一个小丫头，昔日哭着鼻子，死活不肯离开农村的小丫头，今天长大了。"她对孙如淦说。

"桂兰不简单呢，不能小看她，与一般的女孩不一样。"孙如淦第一次评价桂兰。

"你呀，不要整天去打牌，要多帮助桂兰带金宝。"孙如淦要求刘云多帮助桂兰带孙子。

"桂兰对我说了，她忙得过来，要我以前怎么玩还怎么玩。"

"那你就继续玩呗，将来不要后悔。"孙如淦在警示老婆，该收收心了，不要整天在外玩。

满月宴结束的当天晚上，桂兰给了夏喜春一包米，一包宴席剩下没有上桌的红烧猪蹄，要他送给毛家小渔船。

"你现在就送去，她家好像难得很呢，我们帮帮人家吧？"桂兰对丈夫说。

"好，我就去，今天上午，我看见她家船靠在闸湾里，没有过闸。"夏喜春不仅听老婆的话，善良之心不输桂兰，所以，答应得快，跑得也快。

虽然天黑了，但路熟，夏喜春几乎是小跑到闸湾里找到了毛家小渔船，当他来到毛家小渔船时，毛家大嫂躺在船舱里正在流泪，她生病已经几天不能下湖打鱼了，一儿一女正着守她不知所措，晚饭还没吃。不是小孩不会做饭，而是船上没有可吃的东西了。这几天全靠其他渔船送点鱼，或由女儿到市场上去卖，换点钱买点吃的，或留着当饭吃。

渔民早已吃腻了鱼，无论什么鱼，再珍贵的鱼，在渔民这儿宁愿换点钱买点蔬菜都比吃鱼好。用渔民的话说："天天吃鱼等于吃腥，闻到就想吐。"

毛家生活这么艰难，有人劝她家将女儿卖掉，否则都会饿死。女儿听到此话，再不吃食，只喝水，已经连续两天了。

俗话说：救急不救穷。与你不沾亲不带故，大家生活水平好不了多少，给你了，自家就少了。

夏喜春送来猪蹄膀，毛家儿子早就闻到了香味，恨不能立即拿来吃。然而，当夏喜春打开包递给小男孩时，小男孩咽下口水，摇手不接，毛家大嫂教育孩子再穷也要有点骨气，不吃嗟来之食。夏喜春将猪蹄膀撕开，分成三份，嘱咐两孩子，用米熬点粥给妈妈吃，就离开了毛家小渔船。

回到家里，夏喜春将此事告诉了桂兰，桂兰一夜未眠。第二天早晨，她为养父准备好洗漱用水，做好早饭，待孙如淦吃早饭时，桂兰将毛家的困境告诉他，想办法帮助毛家渡过难关，她请求养父："爹，毛家有难了，我们帮帮她吧。"孙如淦听后，立即作出反应，决定联合夏宽、乔四十对毛家进行救助。

夏宽得知后，表示这是善举，是西塔村的事，立即从资金上做了安排。

乔四十一头不情愿，他说："救急不救贫，她的家事永远帮不完，应该由她家自己解决。"

"自己怎么解决？"

"卖掉女儿，既能解决看病费用，又能渡过眼前的难关，岂不两全其美。"乔四十认为自己生活已经不容易，哪有能力帮助别人。

夏宽得知后，臭骂了乔四十一顿："你是村长，怎能见死不救？渔民有困难，我们能帮多少就帮多少，有钱出钱，没钱出力，哪能出馊主意，要人家卖儿卖女？"

乔四十挨夏宽训后，不再强调自己的理由，表示要他怎么做都可以。夏宽要求他将毛家小船安置到避风安全的地方，不能有任何损坏，只要下湖捕鱼的都得免费送一些鱼虾给毛家。乔四十认可。

孙如淦安排夏喜春、陈熊帮助毛家从船上移到她家自己的茅屋，并送毛家大嫂去城里就医。

国民党管理国家无能，腐败横行、医德无良，不给好处不医病，毛家大嫂投医无力送礼，医生根本就不给医，让其另找医院。一个小县城，就这么一两家医院，要么就是个体诊所，这些个体诊所坦言，想给治，但治不了。最终还是孙如淦出面找到他在县秘书室工作的老同学才让医院接收医治。

桂兰不顾自己刚坐完月子，她将金宝交给养母照应一下，带着小姑子喜珍从家中拿出一些粮食和咸鱼、咸肉，割些自家菜园里的蔬菜送到毛家，帮助毛家安置好，清理好，仿佛是自己的事一样那么精心周到。最让桂兰惊心、伤心的是，有人给她家出主意卖掉女儿换取金钱。听到这话，她立即泪崩，想起自己的身世，伤心不已。提醒又提醒、关照又关照，要毛家俩孩子注意火烛，不要贪玩，争口气，帮助他们的妈渡过难关。俩孩子十分懂事，频频点头照做。

桂兰自己或者带着小姑子每天都会到毛家看望，及时添补米、杂粮和蔬菜，乔四十也几乎隔天就送些鱼虾来。毛家大嫂经过几次由夏喜春、陈熊送城里就医，恢复得很快，不到一个月时间就康复了。康复后的毛家大嫂带着自己的儿女重新开始一家三口的劳作和生活。

她还带着儿女分别到夏宽家、桂兰家、乔四十、陈熊家感恩致谢。当她得知是桂兰提出帮助时，她泪水长流。

毛家大嫂虽然无力谢恩，但是，能做多少就做多少。一次，她从湖中捕到十几条虎头鲨，她知道，这种身子特小，十几条加起来最多一斤重，形态丑陋，身子黝黑的虎头鲨论价比普通鱼稍贵一些，但是，它是催奶的最佳鱼品。所以，毛家大嫂很开心，她想到桂兰现在最需要这样的鱼催奶，觉得终于找到一次可以表达自己感谢的机会。于是，她立即返航赶回西塔村码头将鱼送到桂兰家。

桂兰却不开心了："好像你今天早上才出湖的，现在中午还没到就回来给我送鱼，这不是耽误捕鱼了吗？"

"没关系，现在再去湖上。"毛家大嫂丢下鱼立即回船上。

"毛大嫂，真的难为你了，但是，下次不能再这样了。"桂兰对着毛家大嫂的背影叮嘱着。

远去的毛家大嫂的背影还很挺拔，才30多岁，身体恢复后，依然有着青春的靓影。其实，她完全可以重新嫁人，这样，不仅可以改善生活条件，而且又能重新获得自己的幸福。然而，为了自己的儿女不受委屈和自己的名声，她坚持守寡，在西塔村过着艰难的日子。

母因子贵。随着孙家、夏家第一个男孩的出生，桂兰已经基本上摆脱了收养的地位和阴影，她成了两家最宠的"明星"，尤其是夏家，只要有好吃的，都会送一点过来给她，小姑子喜珍跑得最快，她成了她妈的跑腿和传话筒。

满月后的金宝，见风长，一天比一天可爱，夏宽只要与人闲聊，口中多了个："我那孙子，淘喜得不得了，已经吱吱呀呀会喊我爷爷了。"夏宽一想到孙子，满脸喜。

这位在西塔村最富有的爷爷心中再喜欢，也不可能天天去看孙子，天天去抱孙子。他只要没事想抱抱孙子了就喊喜珍："去将金宝抱来，让我亲亲。"喜珍听到命令，立即奔跑到三嫂那，抱起金宝就走。桂兰也不问，知道是孩子的爷爷要看孙子。这一次喜珍又来要抱金宝，抱到夏宽这儿，金宝一直不开心，在闹在哭，夏宽就问喜珍："怎么搞的，谁将金宝弄得不开心？"

喜珍回答道："他正在吃奶呢，硬抱过来的。"

"正在吃奶怎么能抱过来呢？他肚子不饿啊？瞎搞！赶紧抱走。"

挨了训的喜珍只好将金宝再抱回，她抱怨地对爹说："你是圣旨，抱来了，又嫌烦，下次你自己去抱。"喜珍呛得她爹一愣一愣的。她妈听后将喜珍臭骂了一顿："死丫头，竟敢呛你爹，看我不打死你。"见喜珍已经抱起了金宝，怕失手，所以，她娘才罢了。

喜珍不惧爹，但是，妈是她的克星，只要喜珍有什么做得不对，妈是不饶她，轻则挨骂罚站，重则尺条上手，现在长大了，她妈舍不得打了，但是，做得出格，还是要罚要训。

全家只有喜珍敢顶撞夏宽，因为夏宽喜欢这个幺女儿，喜珍也知道她爹最疼她，一直宠着她，所以才让她没有顾虑。

桂兰生了金宝后，家庭地位得到了提高，无论在夏家还是在孙家，她已经是个举足轻重的人，生活开始滋润起来。

世事难料，也就是金宝出生的这一年，上海沦陷。

接着，日军继续侵略南京，国民党政府抵抗无力，1937 年 12 月 13 日，日军攻陷南京，丧心病狂地屠杀了三十万手无寸铁的南京市民。消息传到西塔村，人人自危，个个悲伤，夏宽最先感受到了日军的侵略给中国人民、给西塔村渔民带来的深重灾难。

南京沦陷后，给夏宽带来很高利润的这块地方已经无法经营。接着，扬州又支撑不下去了。鱼卖不出去，受到冲击最直接的是西塔村，不仅产量要求少了，而且价格也大幅下降，粮、米、油的价格却疯长。市场十分萧条，法币贬值，银元成抢手货币，本来生活就贫困的西塔村日子过得越发艰难。

在码头西边的槐树下，多户渔民聚在一起发牢骚，此刻，应该是他们下湖打鱼的时候，现在，不是他们不想去打鱼，而是打来的鱼卖不掉，夏宽两家渔行已经停了一家，每天只勉强收购西塔村渔民打来鱼的一半量，其它，只好由渔民自己处理。

"这日子没法过了，政府根本不管老百姓的死活，现在，日本鬼子打来了，政府能跑的就跑了，没跑的不去打鬼子，就知道欺压我们老百姓。"

高老太爷应和道："原以为民国了，不像清王朝那样封建腐败，老百姓的日子要好过些，哪知，民国与清王朝没有什么区别，日子过得一样苦。"

"听说小日本国土一点点大，人也没有我们多，不费劲竟然打到我们国家来了，这是什么政府哦。"人群中出现一阵骚动。

日军的侵略使全中国人民陷入水深火热之中，民不聊生，灾难深重。西塔村渔民以为中国那么大，日军只打那些大城市不会侵略秦邮这样的小城，更不会侵略到这个贫瘠的小渔村。然而，日军却偏偏没有放过秦邮，没有放过这个渔村。

1939年秋，日军乘汽艇杀进秦邮湖，逢船必开火，正在捕鱼的渔船立即弃网、弃钩逃命。一艘王姓渔船见到汽艇，立即弃网扯帆朝西塔村码头行驶并沿途呼喊，要其他渔船逃命。日军见状立即朝着该船开火，没一会，渔船被击中起火，船主赶紧用盆从湖中兜水灭火，谁知船主刚立身灭火就中弹掉入湖中，他老婆见状丢舵来救丈夫，随之也被射入湖中。顿时，无人掌舵的渔船很快乱了方向，没一会儿就翻入湖中，只有白帆浮在水面随风漂流。

汽艇加足马力向船闸方向驶来，其目的就是要过闸占领秦邮城。

此刻，孙如淦正在船闸上值守，当他听到从湖上传来的枪声立即感觉大事不好，可能是日军已经进入秦邮湖。自日军侵略中国以来，他就十分关注，尤其是日军攻陷上海、南京后，他就开始接触有关在部队、在政府部门的同学，盯着局势的进展，没想到日军这么快就要来攻取秦邮，他更没想到从湖上来，原以为从大堤上乘车从邵泊一路过来。也难怪，他又不是军人，更不是政府部门人员，仅凭报纸上和同学间的一些传闻很难判断局势。

既然从湖上来，必登陆，要登陆，必须过运河，要过运河，船闸是第一道关。

孙如淦，这位有着一腔爱国热忱的守闸人，从来没有像今天这样感受到这个闸与秦邮人的命运联系在一起，他立即要求船闸工作人员摇绞闭闸，将摇闸设备藏起来。

孙如淦命令大家：“立即闭闸，闭闸后，藏好摇闸设备，然后回家。”孙如淦知道，闭闸并不能阻挡日军进城，但是，能挡多长时间就挡多长时间，为城里人多争取一点时间。

“什么时候来闸上啊？”

“到时，我喊你们来，你们再来，不喊你们，你们就在家等。”

日军汽船到达船闸，立即通过翻译对闸上喊：“开闸！”

呼了几声，没人回应，机枪对准闸房就是一阵扫射。枪声过后，仍无人开闸，一日军与翻译跳上岸，冲向闸房，此时，陈熊从闸房里拿出摇闸工具出来摇闸，日军上去就是几个耳光，打得陈熊眼冒金星，但是，他点头哈腰表示立即摇闸让汽船过闸。

“从哪儿进城最快？”翻译问陈熊。

陈熊立即答道：“从琵琶闸就能进入到城区。”他还用手向对岸指出怎么走。

闸很快就开启了，留下四名日军持枪守住船闸，翻译告诉陈熊，从现在开始，他就是开启船闸的负责人，随即，日军汽艇立即杀向对岸。

对岸市民见到日军汽艇，立即惊慌失措，大声呼喊，日军机枪疯狂扫射，多个路人应声而亡，琵琶闸顿成血闸。昔日繁华的南门大街也血流成河，除了打出白旗的店铺，有点骨气的商家如福来饭店、夏家渔行等店铺都被洗劫一空。

由于日军的侵略，市场已经十分萧条，福来饭店、夏家渔行基本上已处于半开业状态，日军来时，没有营业。虽然财产被洗劫，但是无人伤亡。

洗劫南门大街后，日军一路北上，见人就扫，见财就抢，见年轻女人就侵，几乎没遇什么抵抗，秦邮城很快被日军攻陷。

得知陈熊将船闸打开让日军迅速攻城，使得城里人来不及躲避和预警，孙如淦怒不可遏，立即到陈熊家准备兴师问罪，但陈熊不在家，与日军在闸上共同护闸。听到这个消息，孙如淦气得七窍冒烟，恨不能冲到闸上责杖陈熊。这不是人干的事，是汉奸、是卖国贼，是中国人的败类，是西塔村的耻辱。

孙如淦没有想到，秦邮城的第一个汉奸出现在西塔村，出现在他管理的闸上，他无法向西塔村交代，无法向秦邮人交代，更无法向中国人民交代。

日军控制船闸后，闸门开启，收费已经由孙如淦转为陈熊。也就是说闸的管理权已交给陈熊。

孙如淦得知后，立即装病不再去闸上，其他几位工人也以各种理由不去闸上上班。陈熊也不稀罕，另找了几人顶替摇闸，保证了船闸正常开启。日军对着陈熊竖起拇指："吆西、吆西。"陈熊虽然听不懂日本人说的话，但是，从他们的表情中看出是表扬他。这是陈熊人生第一次受到他人的表扬，心里十分开心，对带头日军点头鞠躬拜揖。

孙如淦以为从此不再到船闸上班了，正好在家休息休息。不过说是休息，实际上他一直都在与夏宽商议下一步怎么办。

仅两天，船闸出现故障，日本汽艇欲去湖上，谁知，汽艇进闸调平水位后，闸门开启不了，这下急坏了闸上日军，特别是陈熊急得如同热锅上的蚂蚁。

闸门是个庞然大物，机械一环套着一环，只有孙如淦掌握着闸门运行的全部机关，其他人还没有这个能力，跟着岳父孙如淦学习很长时间的夏喜春也不过才知道一点皮毛。

日军见闸不能开启，用枪对准陈熊让其立即开闸，陈熊只有点头哈腰的本事，哪有能力解决闸门故障。不过，他向日军提出孙如淦有能力让闸门开启。

因为没有翻译，陈熊向日军说了半天，也没说个明白，最后，陈熊想出办法，拉起两个日军跟他走，日军疑惑地跟着。陈熊带着两名持枪日军进入西塔村，立即引起村民激烈的心里抵触。村里的狗见到陌生人进入自己的家园立即狂吠不止，一条较大的狗冲向日军，对准日军暴吠，日军立即退缩到陈熊的身后，陈熊从地上拾起碎砖砸向狗，狗几乎不买陈熊的账，仍然攻击日军，日军见状先用枪上刺刀对准狗刺去，奈何，狗进攻更加厉害了，此刻，另一日军拉开枪栓，对准暴吠的狗就是一枪，狗中弹后，仍未后退，但几秒钟后，狗就倒地而亡。

一位老叟见狗被日军杀害，大呼："日本鬼子开枪了，要杀人了。"

日军立即又对准这位老叟开枪，其应声倒地。这位倒地的老叟成为西塔村第一个遭到日军杀害的渔民。

陈熊一点没有怜悯本村人遭日军杀害，继续带着日军走进村里，直奔孙如淦家。

孙如淦听到了狗的吠声，听到了枪声和老叟的呼喊声，听出是陈熊带着日军进入西塔村，他十分气愤，气愤之余又深感无力救民而悲伤。

"咚咚咚"，平时并不关院门的刘云听到枪声立即关上了院门，然而几声强烈的敲门声过后，门被踢开，先冲进来的是日军，陈熊躲在日军背后。

日军冲进堂屋，对着身后的陈熊叽里呱啦地吼着，陈熊虽然听不懂，但是他知道日军的意思，便向坐在堂屋里的刘云和桂兰说："太君要孙如淦去修闸，闸门开不了了。"

"孙如淦已经生病了，躺在床上呢，两天没吃饭了，是被你气病的。"刘云愤懑地对陈熊说。

陈熊听说孙如淦生病躺在床上，立即走进房间对孙如淦说："孙叔，太君要你去修闸，闸门开不起来了。"

"你给鬼子修啊，你这狗日的。"孙如淦从来不骂人，今天是气得不骂不解恨了。

"我跟太君说，你不肯去？"陈熊知道孙如淦瞧不起他，对他十分不满，甚至怀有敌意。他想：现在已经不是你能怎样我了，我要翻天了。

陈熊要翻什么天？他要穿上正式的警服，与王双喜一样，甚至要超过王双喜。他还要回郁庄去向那个逼他出走的村长"讨债"。

"孙爹，你还是去吧，要不然不好办呢？"陈熊用威胁的语言来逼孙如淦就范。

"不去！你这个汉奸。我怎么没看出来？"孙如淦没想到陈熊如此奴颜卖国。

陈熊见孙如淦不买他的账，还羞辱他，转身向日军表示了孙如淦不肯去修闸。

日军知道陈熊说话的意思后，强行从桂兰怀中抢夺金宝，此时，已经怀孕的桂兰奋力地护住金宝。

金宝吓得大哭，刘云吓得脸色苍白。

此时，孙如淦才明白，他如果待在家里，日军不会放过他，这座闸是秦邮县城通往秦邮湖的唯一通道，也是大运河通往秦邮湖的咽喉，日军肯定会占领这个水上交通要口。

把住交通要口，日军就必须要控制这座闸，要控制这座闸，肯定少不了他这位看闸人。如果自己一直躲在家里不去闸上，日军不仅会骚扰他家，还会殃及西塔村。今天就是个例子，日军杀害了村上的人，还想伤害他孙子，这使他清醒地认识到，日军不仅要掠夺中国的财富，还要毁灭中国人民。蹲在家里是躲不过去的，得到闸上去与日军面对面地周旋，并扼制陈熊的汉奸行为。

想到这儿，孙如淦立即从床上起来对陈熊说："狗日的，你要鬼子放开他们，我跟你们走。"

　　临走前，孙如淦对着桂兰和刘云说："我跟他们到闸上去，最近这段时间我吃住都在闸上，不回来，你们也别去闸上找我。"说完，孙如淦跟着陈熊和日军往外走。

　　孙如淦在前，日军在后，陈熊最后跟着前往闸上。沿途一些渔民从家中探出头来观看，有胆大的走到西塔村村口，目送孙如淦被日军带走。

　　"陈熊到底不是我们村的人，鬼子一来就当汉奸，太丢人了，丢了郁小妹的人。"

　　"郁小妹也不是块好料，她与王队长生了个儿子。那个王队长肯定也是汉奸的料，陈熊就是王队长弄到闸上去的，什么人会用什么人。"

　　"孙如淦待陈熊一家不薄，陈熊与郁小妹刚来时，要不是孙如淦接济，还不知今天在哪儿呢？现在反而成了仇人了，好人做不得。"

　　"好有好报，坏有坏报，不是不报，时候未到。陈熊将来肯定要倒霉。"人群中有人在诅咒陈熊。

　　"小日本，小鬼子，那么小竟然打到我们国家来，真是天大的耻辱。"

　　"现在的政府腐败透顶，不为老百姓，只为自己。"

　　"国民党军队只打新四军，不打日本鬼子。"

　　突然，渔民老苏横拦在大堤上，不让日军带走孙如淦，大骂陈熊狗汉奸。

　　"老苏，你别这样，赶快走开，我是跟他们去修闸，没你的事，快走开，快走开。"孙如淦要老苏赶紧走开，免得吃亏。

谁知老苏更加冲动，拦住日军不让带人走。

日军见状便凶神恶煞地冲向前，拔出倭刀对准老苏的头劈下，倭刀锋利无比，老苏立时尸分两半颓然倒地，五脏六腑流淌满地。接着，日军对准人群上空连放数枪以示威胁。

西塔村又一渔民遭日军杀害，大家愤怒至极，大有立即弄死两名日军的冲动。然而，手无寸铁的渔民如何与日军展开斗争？这样下去完全是鸡蛋碰石头，孙如淦害怕西塔村人再次受到伤害，走在前头，大步地朝闸上走去。

西塔村人此时看不出名堂，丈二和尚摸不出头脑。

"是不是孙如淦吃不住日军的威胁也与陈熊一样，帮日军去干事了？"

"孙如淦也是软骨头啊？"

"国家亡了，人也熊了。"

西塔村人祖祖辈辈没受过这么大的污辱和侵害，他们虽然穷些，但是一直都有着自己的尊严，有着华夏儿女的自豪感。他们无法理解的是，一个小小的日本，怎么就打到中国来了？秦邮这么小和偏僻的地方也被侵占了，其他大城市可能也沦陷了。渔民们感到很无奈，很迷惘。

到了闸上，日军用枪逼着孙如淦立即解决闸门不能开启的故障，陈熊在一旁对孙如淦进行监视。孙如淦很快找到了故障点，是一把扳手卡住了机械臂。但是，孙如淦并没有告诉陈熊出了什么故障，而是要他去绞关房去摇绞关试试。乘其转身走开之时，孙如淦立即取出扳手丢进工具箱里，并喊回陈熊，让其守着此处，他自己去绞关房。陈熊想拒绝，他认为现在自己是闸上负责人，孙如淦是他的属下，应该是孙如淦听他调遣，而不是他听孙如淦指挥。但是，他又怕影响闸门开启，只好忍着。

闸门缓缓地，像老黄牛似地开启了，岸上的、舰艇上的日军立即开心地手舞足蹈，用大拇指对准孙如淦："吆西、吆西。"孙如淦面无表情，陈熊见日军向孙如淦伸出大拇指赞许，他立即对日军表示是他喊孙如淦来才开启闸门的，日军理解陈熊的意思后，也对其伸出大拇指："吆西、吆西。"

日军汽艇这是要去湖中芦苇荡，据说有新四军藏匿在里面，出了船闸，立即加大马力向芦苇荡冲去。就在汽艇接近芦苇荡时，一艘小渔船已经从芦苇荡里出来，迎着汽艇悠悠地向船闸划来，汽艇拦住小渔船，见到是夏喜春，日军认识他，每天都要载着鱼虾过闸到城里去。小渔船靠上日艇后，日军上船进行了搜索，船很小，前舱载着鱼、虾，后面是生活区，中间是桨位区。

自从日军来了后，孙如淦、桂兰都不要夏喜春到闸上去做事了，跟着陈熊肯定没好果子吃，让他干起了老本行，到湖里兑鱼回城里卖。

他有点小开心，又能干上自己顺手的事了。过去与自己二哥夏喜炎一起去，现在，他一个人，自己操着双桨，在湖上时快时慢，任由自己发挥。

夏喜春的责任越来越大，儿子金宝已经两岁多了，长得实在可爱，孙家宠他，孙如淦只要有空，不是怀里抱着就是手里搀着，刘云除了去打牌，闲时，什么事都推掉，身边就是孙子。

夏家更宠他，夏喜春的爹娘恨不得金宝天天让他俩带才好呢，金宝也"识惯"，嘴上总是爷爷、奶奶叫个不停，惹得老人总是"金宝乖、金宝肉、金宝心"地念。其实金宝最恋小姑喜珍，与小姑最好，是小姑的尾巴，小姑去哪儿他就跟到哪儿，形影不离。

然而，日军破坏了西塔村人的正常生活秩序，他们经常到湖上以抓新四军为名任意抢劫渔民的财物，将渔民打的鱼洗劫一空，致使渔民生活日益贫困。

渔民打的鱼不能上市，直接影响到夏家渔行。夏家渔行不仅关闭了中市口店，南门大街店的生意也几乎停止，过去每天发往扬州，隔天发往南京、上海可顺带鱼虾的班车因怕遭到日军的盘查和没收，现在也已经停开。

渔行生意惨淡，夏宽焦头烂额，他人生第一次感受到什么是灭国之灾、亡国之难。

一大家子人要养，特别是渔民捕捞的鱼虾卖不出去，就没有了经济来源，生活就无法继续下去。

"夏老板啊，帮我们卖点鱼啊，家里揭不开锅了。"

"老夏，鱼卖不掉，日子没法过了。"

"日本鬼子是要我们的命啊。"

面对渔民的呐喊，夏宽何尝不想帮，可自己也无奈。生意做不下去，城里有钱人家躲到乡下去了，多家饭店关门大吉，福来饭店也关了，不关不行啊。

夏宽叹着气倚在自家门前吸着纸卷烟自言自语道："鬼子来了，鱼卖不掉了。"

"爹，你去福来饭店、刁家面馆问问有没有什么其他地方可以卖鱼？他们也要吃饭，饭店在城里开不下去，会不会到乡下去。听说乡下没有鬼子。"桂兰正在屋里与婆婆说话，听到公公在为鱼无处可卖而犯愁时便发了话。

"你不说，我还没想到这一块，我这就到福来饭店去看看。"夏宽觉得桂兰说得对。

"你明天再去吧，天都快黑了。"桂兰婆婆说。

"不行呢，现在一天一个样子，福来饭店明天说不定就关门了。"夏宽说着就去福来饭店了。

"日本鬼子将福来饭店当食堂，不给钱还要好吃好喝，稍不满意就用枪逼人。"福来饭店老板流着泪向夏宽诉说。

"渔行成了鬼子的银行，不要鱼只收钱，只要银元。"夏宽无奈地回着福来饭店老板的话。

"我停业了，少亏钱，不受气，不受虐，过几天下乡种地去。"

"你还能回乡种田，我哪儿也去不了，一大家老小要吃要喝不谈，西塔村百把户渔民打来的鱼卖不掉那就等饿死。"夏宽感觉自己比福来饭店老板难多了。

"你这一走，南门大街的其他小饭店肯定也要关，已经关了不少了，这样下去，不多久，全部都得关。"夏宽与福来饭店老板在饭店厨房里就着剩菜，热了壶小酒唉声叹气对饮着，不知下一步怎么办。

"你亲家现在怎么样？鬼子来后就没到我店里一次。"

"孙如淦更难，到现在都没回家过。那个被王队长弄到船闸上当保安的陈熊现在负责船闸，这个小子原来是……狗日的。"夏宽想说陈熊是汉奸，但是，他还是咽了下去，怕话说重了万一传出去，传到陈熊那儿少不了麻烦，一家人要活，全村人要活。

"你帮想想办法，怎么才能让西塔村的鱼能卖出去。"

"现在城里卖鱼是很难了，你到乡下去试试。昨天，我儿子他们已经回到三垛镇了，那儿有家饭店，最近生意比较火，明天，我也回去，饭店让我去主持呢。"

"哦，你退路都留好了，将我这个兄弟扔在这儿？"夏宽故意将他的军。

"少不了你的，你将鱼送到三垛来，镇上几家饭店都是我家亲戚，我招呼镇上饭店收你的鱼。"福来饭店老板承诺对夏宽的生意给予照顾。

"有兄弟这句话，我就心满意足了。"夏宽感觉鱼有了销售的渠道。

第二天，他就联系了交通工具运鲜鱼、鲜虾。活的是不可能了，但是，到地方保证新鲜。

县城到三垛，夏宽很熟悉，他徒步就去过多次，徒步要大半天，当然，步子要迈得大些、快些，如果是女人的步伐，路上再走走玩玩，没一天功夫到不了。秦邮县几个乡镇，界首、龙奔、八桥、车逻、湖滨，夏宽不知转了多少趟了，为了生意，要多了解各处的行情。这个行情不仅仅是销售鱼虾，还有其他当地的特产。

他让老四夏喜泰与他一起到三垛开辟新的销售点。夏喜泰是兄弟四个中最机灵的，文化水平也比其他三兄弟高了一些。

首次出征三垛，比想象中顺利多了，车子几乎就停在三垛饭店门口，听到汽笛声，福来饭店老板赶紧招呼伙计卸下鱼虾，他自己先选了一些鱼虾，然后让伙计去通知镇上其他饭店的老板来买鱼。

三垛镇附近水塘里的鱼虾与秦邮湖里的鱼虾无论是个头上还是口味上都相差较大，秦邮湖里的鱼虾个头要大得多，味道也要鲜美得多。

原料好，味道才更好，这是厨师们做好美味菜肴的第一道关，所以，选好食材很关键。

如何选择好的食材？以鲫鱼为例，活鲫鱼都是以熬汤为主，是产妇下奶的好食材。此时选择的鲫鱼一般重量在半斤左右最为鲜嫩，最好吃，超重了，肉质就会柴，越大越柴；如果低于这个重量，肉质过嫩，鲜味不足，对喂奶的母亲来说，催奶的力度不够。当然除了重量，还要选择带籽的母鲫鱼。秦邮湖里生长出来的鲫鱼，鱼鳞的色彩要比三垛镇附近水塘生长的鲫鱼淡一些，而且体型要细长一些，口感也要好一些。

鳜鱼，要选择 1 斤左右的。大了肉老，小了肉质不够劲。秦邮湖的鳜鱼用来清蒸那是上上等，其他地方的鳜鱼无可比性。

秦邮湖的鳢鱼名气很大，捕捉到鳢鱼后，渔民一般都舍不得自己吃，出售给夏宽的渔行，换个好价钱。鳡鱼，头部微黄，身形矫健，渔网很难捕捉到，只有滚钩才能使它束手就擒。鳡鱼越大越好，因为越大，肉的含油量越高，是做鱼丸的最上等材料。

青鱼、草鱼也是越大越好，尤其是青鱼，越大，油越多，是做鱼丸、熏鱼的好原料，也是腌制鱼的最佳鱼品。秦邮湖里上百斤重的青鱼经常被捕捞到，几乎每年都有。

白条鱼也是秦邮湖里的特有鱼种，大到几十斤，越大肉质越香，越大价格越高。

饭店老板挑好鱼，剩下的是一些小鱼小虾，夏宽要夏喜泰就在店门口吆喝着卖，已经早起出来买菜的人们聚集过来，他们听说是秦邮湖里的鱼，都有些不敢相信。

"真的假的？"

"当然真的，我的店在这儿，如是假的，找我。"这是福来饭店老板的承诺。

剩下的鱼虾不一会也卖完了。

此时，夏宽发现很多前来买鱼的女人不像是本地人，像是大城市里来的。他问正在厨房里忙活的福来饭店老板的大儿子："听口音和长相，这些来买鱼的嫂子不像本地人，是哪儿人？"

"多数是秦邮城里人，也有扬州、南京、上海的。"对方回答道。

"哦。"

"鬼子来了，他们在城里待不下去了，就跑这儿来躲了。你刚才不知看到了没有，那个最时髦的女人，是南京水利厅长的大老婆，他男人带着小老婆和儿子跟蒋介石到重庆躲鬼子了，大老婆留在了南京，在南京哪能待，她就回到自己的老家三垛。"

"她还带来一个男的，蛮年轻的，比她年轻多了，两人就住在一起。"

"她特别喜欢吃鱼丸子或虾丸子，基本上隔天就来饭店买，还要我爹有好的鳜鱼替她留着，她说最喜欢吃秦邮湖的鳜鱼。刚才我爹将一条鳜鱼给了她，而且帮她清理好，佐料放好，回家上笼蒸就可以了。"

"哦，我说城里怎么没人买鱼了，原来买鱼的人都躲到这儿来了。"夏宽找到了渔行销量直线下降的原因。

"那么，不仅仅是三垛，其他镇应该也是这个情况？"

"是的。界首比我们这儿多，那儿交通方便些。"福来饭店老板从店外进来插嘴道。

"三垛，秦邮城里和南京人来得多。龙奔，上海人、扬州人最多。"

"知道了，难为你们。"夏宽感觉这趟收获巨大。

"中午就在我这儿喝点小酒。"福来饭店老板对夏宽说。

"不了，返城车子等会就到，我赶回去，明天去界首。后天再到你这儿。"

"以后隔天来一次，今天是双日子，逢双来这儿。"

"这样最好。"福来饭店老板肯定夏宽的做法。

"对了，这个月的农历十六，有一对南京来的年轻人结婚。本来在首都办的，结果鬼子来了，没办成，改在这儿办。十五就要送过来，十五不是双日子，你要单独替我跑一趟，二十桌，鱼虾为主的宴席。要多少，你有数的。"

"没有问题，我让小三子专门给你送来。"

"好唉。"

夏宽这趟三垛之行，虽然辛苦了些，但是，又找到了鱼虾销售的地方，有了渠道，生意就会活络起来，渔民就不会挨饿，夏家渔行就不会倒闭。

夏喜泰到底比其他三个哥哥精明一些，返城时还顺便带回一袋米，日军控制下的县城，米也紧张起来，你就是有钱也没地方买，米店半关半开，货源跟不上，就是有货，日军见了不是抢就是夺，文明一点的"借"，今天借，明天借，后天仍是借，一直借到你店开不下去为止。你又不敢反抗，稍反抗，小命难保。

夏宽见夏喜泰不声不响地带一袋米回去，心里想这个儿子实在精明，将来是做生意的一把好手，不过有点太精，精到一般人做不到、想不到。

"爹，这袋米只是我们城里米店的半价，回去卖给村民，不仅给村民方便，而且，按照城里米店里的价格还能赚点钱。"

在车上，夏宽给儿子上了一课："这袋米，回村里，对谁也不讲，就讲我们自家买的，你大哥、二哥、三哥和我们自家，共分五份，我们拿两份，其他三个哥哥各拿一份。而且，以后，除了我们自家需要的，不带货返城。"

夏喜泰被他爹说得丈二和尚摸不着头脑，不知什么意思，心里想:

我们不就是为了赚钱吗，只要不比城里卖得贵就行。

"爹，为什么啊？"

"你想想看，这年头，谁都不容易，我们老百姓谁都知道有口饭吃就行了，如果我们卖鱼赚钱，返城带米也赚钱，人家就会眼红，就会嫉妒你。"

"我们卖的价格比米店低，他们不会不高兴吧？"夏喜泰不理解爹的想法。

"价格再低，人家都不会相信你不赚钱。下次如果还想带米回来，只有兑给米店，而不能直接卖给西塔村的渔民。"

"放在渔行里卖？"

"放在渔行里卖更不合适。"

像这些经验是教不会的，只能靠自己去实践充实、修正。

夏喜泰几乎没有听懂爹的话，当然也就没有受到教育。

夏宽见过的世面太多，经历的人间俗事无数，阅尽沧桑，在他的四个儿子中，他感觉三儿子最适合时代的要求。大儿子聪明，但太老实。二儿子聪明不足，精明欠缺。三儿子既聪明也精明，但都留有余地。该精明的地方，他不缺半点，该聪明的地方，他一点也不傻，而且他能掩盖自己的聪明和精明，不露锋芒。四儿子是聪明、精明集一身，但都过火，锋芒过甚，会吃苦头。

到了村头，夏宽见到喜珍正带着金宝玩，他立即喊道："快去让你三嫂过来分米，要她分五份，家里拿两份，其他给三个哥哥。"

"好的。"喜珍正准备搀着金宝去喊三嫂，爹向她招手："过来，金宝交给我。你和四哥抬回去，抬回去后再去喊三嫂。"

　　夏宽要喜珍喊三嫂来分米，实际是抬高桂兰的身价，母随子贵，自古以来就是这样，生了儿子的母亲身价陡然上升。也的确，桂兰在他家三个儿媳妇中是最受宠的。

　　"哦。"喜珍一向娇生惯养，是她爹的心头肉，现在要她与四哥抬几十斤重的米可难为她了。还好，四哥将重的一头放在自己的跟前，喜珍仅是个架子。就这个架子，喜珍还得要双手托住扁担，那肩没担过重物，当然难以承受。

　　"四哥，怎么这么重啊？"

　　"还嫌重啊，你回头看看，重量都在我这儿，你只是搭个架子，做个支撑点。"

　　此时，太阳刚刚西斜，是午饭后的时光。那边，夏喜泰将米刚抬到家，这边，夏宽挽着金宝在湖堤上悠悠地朝家走。待要下堤，村长乔四十、高老太爷立即赶上来问：

　　"夏老板，鱼卖的怎么样啊？"

　　"这么快就回来了？"

　　夏宽满脸笑容："不错不错，这趟不虚。"

　　"怎么乡下反而好卖鱼了？"高老太爷不理解为何会出现这种逆市行情。"过去乡下鱼不好卖，城里是卖鱼的地方，现在搞反了，怎么回事？"

　　"城里有钱人为了躲鬼子，都到乡下去了，那儿现在没有鬼子，比城里要平静得多。"夏宽告诉他俩。

"原来有钱吃鱼的人都到乡下去了，难怪城里卖不动鱼。"乔四十有点感慨。

"鱼能卖得出去，我们就饿不死了。"

"老夏，为了村上人，辛苦了。"高老太爷恭维夏宽。

"明天还去吗？"乔四十问道。

"明天去啊，但是不到三垛，到界首，轮流转，双日到三垛，单日到界首。"

"好、好、好，这样，西塔村不愁了。"乔四十看到了希望。

"对了，四十子，农历十六，三垛饭店需要二十桌的材料。"夏宽向乔四十布置农历十五要捕捞多少鱼虾。

"鳜鱼 18 条，每条 1 斤左右；大青虾 15 斤；白虾仁 10 斤；50 斤重的青鱼一条；20 斤重左右的鳡鱼 4 条；甲鱼 18 只，每只 1 斤左右；鳗鱼 18 条，每条 1 斤左右；银鱼 5 斤；蟹黄 3 斤。"

"虾仁当夜挤，螃蟹公母各一，大概要 10 斤，30 只左右。捕来后交给桂兰，让她负责找人挑蟹黄、挤虾仁。"

夏宽对乔四十特别强调："你要多喊几条船专门为此捕捞，其他船捕捞的鱼虾能达标也行。青鱼、鳡鱼的捕捞，你要用滚钩，这样可靠些。"夏宽边说边从口袋里掏出纸记了下来。乔四十虽然不识字，但是夏宽仍然将记下来的食材给了乔四十。

乔四十恭敬地接过纸片，折叠后放进衣袋。他回答道："好的，我保证做好。"

"你什么时候去湖里打鱼？"夏宽问乔四十。

"马上就开船,等你消息呢,销售这么好,我又有力气去打鱼了。"乔四十满脸笑容, 开心得像个孩子。自日本鬼子来后, 他就没笑过。

"还有一点, 就是过闸可能会有鬼子找麻烦, 这样吧, 你们鱼打来后, 就给三子, 让他凌晨过闸, 这样鬼子会松懈些。"

"好的。"乔四十回应道。

在夏宽身边兴许待的时间长了点, 金宝不乐意了, 挣脱了夏宽的手自己下堤往家里走, 夏宽一没留神, 转身见没了金宝, 赶紧四处张望寻找: "金宝哪去了? 刚在手里搂着的。"

"在那儿, 桂兰抱着呢。"乔四十眼尖, 看见桂兰抱着金宝在湖堤下面。

夏宽赶紧走过去问道: "没事吧? 眼一眨, 小家伙就跑了。"

"没事。爹, 你回来了, 还没吃饭吧?"

"没呢。正准备回家吃饭, 村长过来说事呢。你过来把米分一下, 分好后要喜珍去喊大嫂、二嫂来拿, 别送过去。"

"过几天就十六了, 十五那天, 村长会将螃蟹、白虾送来给你, 你安排人挤虾仁、挑蟹黄, 弄好包扎后, 翻堤送到渡口, 要三子在渡口那儿等, 别从船闸走。"

"你别送, 让我家隔壁王奶奶送。"夏宽交代桂兰怎么做。

"好的, 我知道了。"桂兰知道公公的意思, 是怕鬼子见到这些虾仁、蟹黄直接没收。

自从三垛的鱼虾销售渠道打开后, 夏家渔行又向界首、龙奔、马棚等乡镇推进, 西塔村渔民捕鱼作业又正常运作起来。这是后话。

"四弟，这袋米从三垛带回来的，多少钱一斤？"桂兰边分米边问夏喜泰。

"便宜呢，是城里的一半价格都不到，眼下，那儿的米还多着呢，好像卖不动。"

"村上现在捕的鱼卖不掉，没有了经济来源，市场上米贵的要死，生活太困难了，既然乡下米这么便宜，下次让三子也去，返程多带点米回来卖给村上人，岂不更好？"桂兰问夏喜泰。

"我与爹说了，返程多带点米回来放在鱼店里卖，爹反对，不让带米回来，就是带，我们自家吃，不能卖呢。"夏喜泰回桂兰的话。

"是不能放在渔行里卖，放在渔行里卖，米行人不会放过我们的。但是卖给村上人，原价卖不赚钱。村上有的人家已经揭不开锅了，生活太困难了。"桂兰说完就去跟夏宽说此事。

夏宽被桂兰说动了，并按照桂兰要求，要乔四十每天派几个青年在琵琶闸车站等，帮助将米运到西塔村。

第十二章

哪里有压迫，哪里就有反抗。哪里有侵略，哪里就有斗争。

日军的侵略激起了全中国人民的抗争，无论在哪里，只要还是中国人，只要还是有良心的中国人都会自觉地站出来。

孙如淦在闸上已经大半年了，竟然一次没回过家，真是不可思议。他在闸上搭了个小灶，饭菜自己做，衣服自己洗。桂兰和养母去过几次，送去了一些东西，但是都被骂回来了。他要刘云、桂兰别再到闸上看他，他自己能照顾好自己，只要家里平安无事就行了，特别强调要桂兰带好孙子金宝。他知道，日本鬼子不会轻易放过他，就算日本鬼子要放他，陈熊也不会饶了他。有个好，就是他比陈熊要爱西塔村，比陈熊要精明，关键是闸上的运行没他孙如淦还真不行。目前虽然能运行，但是经常出现故障，一出故障，就没陈熊的事，只有孙如淦出面才能搞定。

这天早晨，日军汽艇要到湖上芦苇荡里找新四军，结果汽艇刚进了闸，待水位拉平，闸就启动不了了，卡住了，日军急得哇哇叫。

此时是陈熊当班，汽船出不了闸，就不能到湖上去，耽误找新四军。

守闸的四个日军大骂陈熊无能，因为孙如淦交班给陈熊时闸启动自如，怎么到了陈熊手上就突然出故障呢，鬼子怀疑陈熊故意捣乱，与日军对着干，甚至怀疑他是共产党。

孙如淦虽不离开闸，但是，这个闸人来人往，就是深更半夜也有行人通过。

那个原在县政府机关秘书室当主任的老同学是名共产党员，现在已经转入地下对日斗争，在孙如淦值班的深夜，老同学通过秘密联络站给他传送了一个信息，要他至少当天上午想方设法不让日军到湖上芦苇荡，因为有新四军从邵泊湖进入秦邮湖。孙如淦虽然还不是共产党员，但是老同学早就看出他爱国，在日军到来前就已经多次教育他跟着共产党走。

表面上看，孙如淦在替日本人做事，不知情的人认为他与陈熊一样，属汉奸一类。但是，孙如淦是被动做事，是为了争取对日斗争，尽可能地支持共产党、新四军。

孙如淦在闸上用最"阴"的手段替日军做事，实际是与日军开展了斗争，使日军不仅看不出他的手段，而且使日军感觉到这个闸缺谁都可以，少了他孙如淦，闸就不能正常启闭。

为了拖住日军汽艇进入秦邮湖，当天船闸又出故障了。

陈熊跑来要孙如淦赶紧修："孙爹，皇军的汽艇马上就要过闸到湖上，你赶紧修好船闸。"

"怎么又出故障了？交给你时好好的，这是怎么搞的？我刚要睡觉，一夜的班，现在早饭都还没吃。"

"闸又开不了，不知怎么搞的？"陈熊叹口气说。

"你去修啊，不是教过你吗？"

"我去查了，找到现在就是找不到毛病所在。"

"你找不到毛病，我肯定也找不到，我要睡觉了，头发昏，上年纪了，一夜的班，哪有精神白天接着干？"

"是皇军要我来喊你修闸的，不是我要你修的，到时皇军汽艇过不了闸就是你的事。"陈熊将事推到孙如淦身上。

"既然是我的事，又不是你的事，你就去休息，我也要睡觉了。"孙如淦知道陈熊在讹他，但是，现在孙如淦不当班，出故障，那是陈熊的事。

陈熊知道孙如淦不会将他放在眼里，但是，此刻是他当班，再怎么说，交接班时船闸运转正常，跟着陈熊值班的日军也看到了，出故障的责任推不到孙如淦的身上。

然而，孙如淦软硬不吃，特别强调自己需要休息，弄得陈熊无计可施。

陈熊赖着不走，孙如淦也不管那么多，脱衣睡觉。

"你再去查，让我睡到中午再说，我头昏得厉害，晚上还要值班。"孙如淦找理由支走陈熊。

陈熊无奈，只好自己再去查找故障。

陈熊刚来到大运河一面闸门检查，日军的汽艇就已经到闸门前，并用缆绳系好闸前拴缆桩上，等待闸门开启。

看日军汽艇停泊闸前的动作和日军并不紧张的表现，他们可能并没有得到新四军要从邵泊湖进入秦邮湖的情报，所以，停泊好汽艇后并不急着过闸，一些汽艇上的日军跳上岸在岸上溜达，个别日军来到闸上与值守日军打招呼。

值守日军告诉汽艇上的日军，闸门出故障了，一时开不了闸，他们也不觉得什么，因为，闸门经常出故障，有时一等待就是一天，也见怪不怪了。

快到中午，闸门故障仍未查出，日军不急，等待过闸的外地船急了，并大骂开来："鬼船闸，还让人活不活，等了半天还不开！"

几艘自产自销的西塔村渔民特别急，他们要过闸销售鱼，鱼不卖掉就死了，死鱼的价格大跌。

夏宽渔行，经验丰富，他们早就准备了两条方案，一旦船闸出故障，他们就翻闸运鱼，及时地将鱼送往销售点。就是苦了小渔船和一些自产自销的渔民，他们本来生产力就很弱，捕不到大鱼和名贵鱼，只捕些小鱼小虾，适合普通市民日常生活菜肴，比如昂刺鱼、鲫鱼、小白条、罗汉鱼、鳊鱼、小白虾等。小白虾是最受市民欢迎的，小白虾炒青椒，米饭要多吃一小碗；挤出虾仁，是做虾丸的最好原料，鲜美无比。鲫鱼、昂刺鱼、小白条、鳊鱼是居家下饭、下酒菜，是城里市民日常用鱼。所以，这些渔民为了多赚点钱，减少中间商的损耗，自己到城里去销售，每天也是销售一空。今天船闸不开，影响到他们自产鱼的销售，有的渔民急得不行，用撑竿的铁尖对准闸门乱戳，将门戳了无数个窟窿，陈熊见了，喊开了："喂，你这个家伙想干什么？船闸弄坏了，你赔。"

一位年过半百的渔民听到陈熊的话，气不打一处来："你他妈的，你是哪儿来的杂种？到这儿来当汉奸，这个船闸是你家的？是你鬼子爷爷的？"

"你怎么骂人？"

"老子就骂你，怎么了，啃我啊！"

其他船上的渔民也跟着骂开了："狗日的汉奸，船闸再不开，老子砸了它。"他们说着，一起用撑杆对准闸门戳。

陈熊无奈，只好喊来日军。

日军端着枪，对着戳闸门的渔民叽里呱啦喊了一通。渔民听不懂日军的话，以为日军要开枪，只好忍气吞声停止了戳闸门，但对陈熊的怒气更重了。

等着过闸的有一条最小的渔船，是毛家渔船，眼看闸门开启无望，毛家大嫂将鱼装箩筐，与女儿抬着箩筐准备翻堤乘渡船到南门大街市场上去卖，儿子留着看船，儿子也很自觉，留在船上整理渔网。

孙如淦其实并没有睡觉，他只是按照同学的指示，尽量拖延船闸开启的时间，使从邵泊湖进入秦邮湖的新四军能安然无恙地驻扎到湖中芦苇荡里。

孙如淦从宿舍的窗户中看到毛家母女抬着鱼要翻堤乘渡船去市场售鱼，立即来到闸一侧叫来刚运送好夏家渔行鱼的夏喜春，要他帮助毛家母女将鱼直接送到南门大街运河堤下的琵琶闸，这样会大大缩短时间，以便毛家母女能尽快将鱼卖掉。

船闸这儿虽然已经成了日军把握运河进入秦邮湖的关卡，但是，也成了新四军与城里共产党秘密联系的中转站。

"如淦，今晚有客人要从湖西到城里去，天亮前返回湖西，你帮忙安排一下，确保绝对安全。"一位渔民模样的人在孙如淦身边悄悄地对着孙如淦的耳边说。

孙如淦听出是熟悉的声音，但是，人的形象几乎完全变了，他转脸看了一下说话人，我的天，是在县政府上班的老同学。他惊讶地称："张春华"。

来人示意孙如淦别出声，低声告诉他："太阳落山后，在西塔村码头西边 200 米处，有个芦苇小滩，就在那儿接人，来人手上持有荷叶。接到人后，送到塔下游运河拐弯点，你在那儿再安排一条船将人送到运河对岸，那个位置与马棚巷直通，送上岸，你就不用管了，那儿有人接。明天天亮前，这个人还要返回湖中，怎么接，在哪接，夜里会有人告诉你。"说完，老同学立即离开。

孙如淦感到责任重大，因为这位同学亲自出面，说明来人不是一般人，他知道当前对日斗争十分激烈，作为一名中国人，必须要齐心协力将日军赶出中国去。

此时，毛家母女正好卖完鱼返回经过船闸，孙如淦立即叫住毛家大嫂："毛大嫂，请你帮忙一事，我有位朋友，请你用小船去接一下。"

毛家大嫂听到孙如淦终于有用到她的时候，心里巴不得，她带着儿女按照孙如淦的吩咐，安全地将所要接的人送到了预定地点。然后再由夏喜春用船将新四军送到了运河对岸。

凌晨，那人返回芦苇荡没有再动用这条运送线，而是开辟了另一条线路，这条线路，孙如淦不知。

这是孙如淦首次为共产党做事，为抗日战争出力，他将对鬼子的恨，对陈熊的不满转移到对日斗争行动中。

孙如淦对毛家的儿子给予了特别的关注，这个还未成年但身材已如汉子的渔家孩子有一股中国男人嫉恶如仇的情感，不像陈熊那样奴颜十足、毫无血性。

毛家大嫂是个不识字但识世的女人，她觉得自己的儿子与她一起打鱼是荒废了，她十分渴望让儿子出去闯一闯。但是，这个世道，不知哪儿才是儿子可以闯的地方。那天帮助孙如淦接送的那位客人，毛家大嫂感觉虽然装束与渔家人差不多，但是气度不凡，她猜测可能就是传说中的新四军，而且是个新四军当官的，她早就听说新四军了不起，是保护人民的军队，她觉得让儿子跟着这位新四军走不会错。这些年，幸亏有孙如淦一家帮助，否则，她早就没法坚持下去了，她感恩孙如淦一家，认定孙如淦一家是好人，是恩人。

她决定去找孙如淦，她来到船闸上，见孙如淦正在自己烧饭，机会正好。

"孙哥，帮帮我，替毛娃找个人带着出去闯一闯，跟我在船上打鱼就废了。"孙如淦知道毛家大嫂一家生活艰难，然而，生活再困难，没有谁家会让儿子离开自己，没想到毛家大嫂如此开明会让儿子离开自己出去闯，这在渔家不多见。

孙如淦让毛家大嫂接那位新四军，也证明了毛家大嫂干事很稳，此事做得滴水不漏，没有走漏一点风声。孙如淦本意想让毛娃到新四军队伍里去，跟老同学张春华走。他自己感觉不能长久在闸上送往"客人"，周围盯着他的眼睛太多，特别是王双喜和陈熊，稍有不慎，不仅他个人，全家甚至全村都会受到牵连，于是，他有心让毛娃接替他，这事，张春华十分赞成，要他尽快培养。

"跟谁走啊？这个世道乱得很。"孙如淦告诉毛家大嫂，这个世道太乱，不是随便出去闯的。

"跟你那个朋友走，你那个朋友是个好人。"毛家大嫂低声地对孙如淦说。

孙如淦听后很惊讶："你怎么知道我的朋友是好人？"

"渔民都在议论，芦苇荡里有好多新四军，还有小钢炮、机关枪。你那个朋友好像就是新四军。"毛家大嫂毫不掩饰地将自己听到的和联想到的事告诉孙如淦。

孙如淦惊讶得张大嘴。

"你别怕，打死我也不会跟人家说的。就是请你帮帮忙，让毛娃跟他们走。"

"我那位朋友与你一样，也是渔民，你回去吧，如果我遇到好的人就告诉他们去带你儿子。"

见孙如淦不肯帮忙，毛家大嫂悻悻然走了。

孙如淦觉得时机成熟，就将此事告诉了老同学张春华，张春华听后，经过一番调查，确定毛娃是当交通员的最佳人选。

几天后，那位毛家大嫂接送过的孙如淦的"朋友"来到毛家渔船上，不用多解释，毛家大嫂心甘情愿地让来人将毛娃带走了。

这个叫毛娃的男孩到了新四军的队伍里如鱼得水，在芦苇荡、在秦邮湖里成了名副其实的"浪里白条"，利用日军、水警队队长王双喜和陈熊熟悉他是毛家大嫂儿子的身份，自由地穿插在船闸、渡船、县城中，成为秦邮湖里新四军与城里共产党联络的交通员。

日军一有行动，芦苇荡里的新四军、城里的地下党立即就收到了信息，尤其是那艘汽艇，只要起锚，新四军就知道了去向，以致于日军多次进入湖荡找新四军都扑了空。

鬼子毕竟是鬼子，心怀鬼胎，干着非人类的事，必然怀疑每次行动都走漏了消息，当然不是日军内部走漏的消息，而是有人监视着他们的行动，但是，找不到监视他们行动的人，他们就将怨气发泄到西塔村人的身上，到湖上抢劫渔民的渔具和捕捞来的鱼，甚至砸坏渔民的船，这更加引起了渔民们对日军的仇恨。

这次日军要来个大扫荡，调遣了多处日军和"二狗子"去芦苇荡围剿新四军，芦苇荡里的新四军收到毛娃传递的信息后，在县城地下党的配合下，做好了精心准备，他们要彻底粉碎日军的扫荡。

西塔村渔民也得到日军要到芦苇荡里扫荡的消息，大家义愤填膺，虽然不能与日军面对面地干，但是，可以找他们的麻烦，给他们下绊子。

"我们可以将船全部弄到湖上去，在鬼子汽艇必经的水路上丢网、下钩，要鬼子汽艇开不了，使鬼子汽艇的舵缠上网，拖上钩。"高老太爷发话了，他在西塔村码头歪脖柳旁对着停泊在湖边渔船上的渔民们说：“鬼子搞得我们没法生活下去了，如果我们还老实巴交地听人摆布，迟早鬼子要爬到我们头上拉屎，现在，鬼子要到湖上扫荡，要对我们新四军下毒手，我们不能装着不知道。新四军是保护我们的，是保护我们国家的。现在鬼子要害他们，我们当然要出手相助。”

此时，夏宽走了过来，对着高老太爷耳边嘀咕了几句，高老太爷知道夏宽的用意，高声地再发话：“谁家渔网和滚钩被鬼子汽艇缠上了，弄坏了，我给大家磨钩、给大家补网；磨不好的、补不好的，我给大家换新的。”

“高老太爷哪来滚钩和渔网？”船上有人议论。

“你没看到，夏老板在他身边撑着呢。”

“是夏老板给换新的？他渔行里有，比我家的渔网、滚钩好多了。”

“夏老板没说，是高老太爷说的。”

“哦，不管那么多，高老太爷说给换，应该不会有问题，他说话历来都算数的。”

“不管换不换，这次要与鬼子好好玩玩，在我们自家湖上，还能让鬼子讨便宜？”一位年轻的渔民想与日军交手：“如果玩失手，我就到新四军当兵与鬼子真枪真刀地干。”

这天是端午节，过去，这一天，西塔村渔民一般是不下湖打鱼的，他们待在家里过端午，喝雄黄酒、吃粽子。但是，当天一早，渔民大多数下湖去了，他们以打鱼为名，到湖上协助新四军对付日军，留在家里的妇女们包粽子。

桂兰挺着大肚子，也在包粽子，她与养母在家，丈夫夏喜春早上翻堤运送好渔行里的鱼就没回来，船是过不来了，估计就在渔行里帮助售鱼了。

船闸上布满了日军，三艘汽艇从运河向船闸驶来，日军把控着船闸，朝运河一侧的闸门大开，专门等候鬼子的汽艇进闸，闸上除了荷枪实弹的日军，王双喜也挎着短枪带着好几个警察在闸上转悠，他们是控制过闸人员，除了日军和水上警察、船闸作业人员，其他人一律不给通行。船闸负责人陈熊以及孙如淦被要求待在自己的宿舍，随时听从调动。

日军来了后，西塔村渔民已经不能正常打鱼，就是打到一点鱼，也销售不动，或者被日军抢去了，日子水深火热，他们本就恨死了日军，再经高老太爷的一番鼓动，多数渔民一清早就入湖去了，在通往新四军所在芦苇荡必经的几条水路上，大家撒网、抛钩，构成了一道无形的屏障。

毛家渔船抛下了从船闸到芦苇荡的第一道网和钩，然后，船就驶进了芦苇荡，反正就算日军不来，下了钩和网，也没有影响捕捞。

日军汽艇开过来了，第一艘的螺旋桨就被毛家渔船布下的网和钩缠上了，很快就熄了火，在湖上打圈。第二艘感觉不对，立即转向绕行，然而，也被缠上了，只有第三艘没有遇到障碍，顺利通过，驶向新四军所在的芦苇荡。

这两艘被渔具缠上的汽艇上的日军急得不行，想找渔民下水清除，然而，湖面上哪有渔船的影子，他们只好自己下水清除。第二艘汽艇下水清除滚钩的日军不小心被滚钩缠绕，伤势不轻，后来听说不治而亡。这个日军死得有点惨，是生了锈的鱼钩扎进身体，以致全身感染。这是西塔村渔民打死的第一个日军，村民觉得这是老天爷替他们报了一次仇。

待三艘汽艇开进芦苇荡，新四军早就无影无踪，不知去向。

渔民们以为这日会有一场惊心动魄的湖上较量，枪炮声肯定会震动秦邮湖，没想到，静悄悄，日军白费了劲，还死了一个。

渔民在湖上抛钩、撒网是正常捕捞行为，从表面上看不出是针对日军行动的，汽艇被渔网、滚钩缠绕也是正常不过的事，所以，日军想找人出气，找不到具体的船和人，除非将西塔村的渔民全部打死，将渔船全部销毁。这次，日军吃了个哑巴亏，当然，他们不会善罢甘休。

新四军为了保存实力，主动撤出秦邮湖，前往邵泊湖暂避。毛娃没有随部队转移，而是留在自家船上，等待新四军返回秦邮湖。这就更没人怀疑毛娃已经是新四军。

孙如淦自去闸上后就没回来过一次，他不回来，家里不能就忘了他，无论他怎样骂，每到过节，或者家里弄了点好吃的时候，刘云就送去。刘云每次笑脸去，哭丧着脸回来，被骂回来的，而且是大声地骂，生怕别人听不到似的，骂的话难听，哪像是夫妻，简直像是欠债的，刘云气得不愿意再送吃的给他："再也不送了，饿死他，馋死他，气死他，脏死他。"刘云嘴上虽然这样骂骂咧咧的，桂兰每次要她去送,她也只得掐住鼻子去,到了那儿,一句话也不说,将吃的东西倒到他的碗里就走,孙如淦还没有来得及骂,她就离开了闸。

端午节中午,桂兰要养母送粽子去。听到又要送吃的东西给孙如淦,刘云这回好像已经做好了准备,不像以往那样不情愿:"好,你装好篮子,我就去。"金宝听说奶奶要到爷爷那儿去,吵着要跟奶奶去,被桂兰阻止了。

刘云到了闸上,站岗的日军拦住了刘云,刘云不客气地骂了:"你阿是人,我送点东西给老头子吃,你们也不让,你们还让人活不活?"

这个站岗的日军是新来的,不认得刘云,听到骂声,从闸上走出另一个日军,他认识刘云,对站岗的叽里呱啦地说了几句,就放刘云去见孙如淦。刘云像往常一样将篮子里的粽子拿出,将鱼倒进孙如淦的碗里,倒好后,立即扭头就走。

"你给我站住。"孙如淦要刘云站住,刘云吓了一跳,以为又要挨骂,但是,这回,她先发制人:"你这个老不死的,砍千刀的,送给你吃的送错了?桂兰还包了你最爱吃的咸肉粽子,特地给你烧了昂刺鱼,这么多好吃的,你还想骂人,是神经有毛病了,还是活得不耐烦了?"

孙如淦是想骂刘云,但是,还没有出口,就被刘云抢了先,他感到惊讶,愣了一会,从兜里掏出2块银元给刘云:"交给桂兰,过日子呢,要给金宝吃好一点。"

见丈夫没有骂她,反而给了银元,她有些开心,不气也不骂了,关心地问："还有什么衣裳要洗的？"

"我自己会洗，关你什么屁事。快走，早走早好，迟了，我就不客气了。"孙如淦今天被刘云抢先骂了，自己反而骂不出来，但是，他看到窗口有个影子动了一下，根据影子判断，那是陈熊。这时，他又找到了机会，变本加厉地动手要揍刘云，拿起茶杯对准刘云砸了过去，那茶杯是搪瓷的，掉在地上撞击着地面，发出沉重的响声。刘云吓了一跳，嘴里骂着："神经病又犯了。"拔腿就跨出孙如淦宿舍，刚迈出门，差点与陈熊撞个满怀，刘云也不与陈熊打招呼，赶紧逃离。

"陈熊藏在窗户下干什么？是监视老头子，哦，原来，老头子不是骂我，是骂陈熊，是指桑骂槐。"刘云终于弄清丈夫煞费苦心演这出戏的原因。结婚这么多年来，虽然她没替老头子生过一儿半女，但是，老头子从来没有抱怨过她，也从不打骂她。在西塔村，男人打女人是常事，有时听到村上女人如杀猪似地嚎，那是男人打女人的场面，那个场面，她刘云一天也没经历过，一刻也没体验过。刘云感觉老头子不是一般的好，这辈子嫁给老头子值了。

回到家，刘云并没有将 2 块银元给桂兰，给了她 1 块，自己留下了 1 块，但是，她将孙如淦要给金宝弄点好吃的话传达给了桂兰，桂兰"嗯"了一声。

养父给的 1 块银元对日军来后日益拮据的生活是个重要的补充，丈夫夏喜春到闸上干活没多久，因日军占领了船闸，就被自动解除了去闸上干活的权利，目前，虽然帮助夏家料理渔行生意，但是由于生意下滑，经营维艰，收入大为减少。桂兰又怀孕待产，已经两岁的金宝添了张嘴，家里收入减少开销却增大了。此时，桂兰多次想开口与养母提起以前她挖到的银元，几次话到嘴边都没说出口，怕说得不妥，引起养母不快，眼看肚里的小宝宝要出生，与养母的关系要搞好，所以，不到最难时不提。

自从日军来后，西塔村渔民打鱼经常受到骚扰，打来的鱼又不易卖掉，夏家两家渔行不能正常营业，中市口的门面停业了，南门大街的门面也是苦苦撑着，之前在一些乡镇上还能销售一些鱼虾弥补城里销售不好的状况，现在，日军也进入到了乡镇，虽然要比城里的少，但是，他们的破坏力是巨大的，无时无刻不在进行烧杀抢掠。

第十三章

1940 年 4 月，桂兰又生了，又是个儿子，这给孙家、夏家带来不小的惊喜，孙如淦依然在闸上没有回家，但是，有人给他送了消息。得知家里又添了汉子，孙如淦打心里开心，他感觉桂兰太了不起了，给孙家带来了生机勃勃的景象，替孙家掀开了新的一页。

夏宽更是喜不自禁，有了第二个孙子，这比啥都开心，他要喜珍一刻也不要离开嫂子，家里的事什么都不要管，就服侍好嫂子，喜珍满口承诺。夏宽要老婆这几天多看看三儿媳妇，告诉桂兰要奖励她。

其实，夏宽心里的一个疙瘩还没解开，那就是要有个孙子跟他姓夏。三儿媳妇生了两个男丁，他目前就是急需有个孙子与他姓夏，想冲冲喜，扭转当前生活不景气的状况。

现在又不能去找孙如淦，自从日军来了，他就没与孙如淦喝过酒，虽然有时在闸上有遇见他，但是，他装死，好像是路人，喊他像是耳朵聋了没听见，理都不理。

　　夏宽心里明白，孙如淦这样做对他夏宽无害，反而有利，这样，孙如淦与日军斗，如果出了岔子，不会牵连到他夏宽。

　　总不能就这么恩断义绝吧？你孙如淦有什么事，我夏宽不会袖手旁观，怎么地也要助一把。但是，夏宽没有孙如淦想得那么深远，那么复杂。

　　"你有什么事，对我说，我夏宽怎么样也要帮你一把。"一次，在闸上，夏宽正好与孙如淦擦肩。

　　"就你那点能耐，能帮什么？"孙如淦略停，头也不回地说。

　　"瞧不起我？我能弄死这儿的鬼子。"夏宽见孙如淦有点瞧不起他，气愤得不行。

　　"你帮渔民多卖点鱼，把家里的事安排好，是对我最大的帮忙。"孙如淦说出了心里的话。

　　事后，夏宽品味孙如淦的话，觉得他说的非常有道理，当前，整个国家如此，他个人有多大能耐，夏家、孙家，现在就靠他夏宽主持着，万一有个三长两短，整个家就完了。

　　桂兰还在月子里，夏宽就来看望桂兰了。夏宽人虽然来了，但是没有进桂兰的房间，桂兰听到公公来了，就要喜珍将小宝宝抱出去给夏宽瞧瞧。

　　夏宽看着还在襁褓中的孙子，小宝宝国字脸，脸型与他夏家一个盘子，喜上眉梢，想抱抱又怕有闪失，只是看着小宝宝开心。

　　喜珍难得看到爹这样开心，看得出，爹特别喜欢孙子。她贴着夏宽的耳朵说："爹，这个小宝宝跟三哥姓夏。"

夏宽听喜珍这么一说，既开心又疑惑地问："真的？"

"骗你干吗？嫂子说的。嫂子告诉我，孙妈已经同意了，就是要告诉孙爹，如果孙爹同意就行了。"喜珍告诉夏宽。

"哦。孙如淦敢不同意。"夏宽既是对喜珍说，又像是自言自语。

"起名子了没有？"夏宽问。

"春宝。"喜珍接话。

"春宝，名字起得不错呢，现在正是春天。"夏宽觉得小宝宝的名字起得好。

"三嫂起的名，三嫂能干呢。"

这时，金宝随着刘云从外面进来了，小金宝见到爷爷，撒娇地要爷爷抱抱。夏宽蹲下身子抱起金宝，亲着小脸，从兜里掏出几块饼干给金宝，金宝开心地拿过饼干就往嘴里送。

"爷爷好不好？"

"爷爷好！"金宝吃得好喊得甜。

金宝吃到饼干，可能是抱着吃不舒畅，就挣脱夏宽的怀抱，跑到妈妈房间去了。

夏宽看过了小宝宝，离开前，拿出 2 块银元给喜珍，用眼神告诉喜珍将银元悄悄地给桂兰。喜珍领会，迅速将银元塞进小宝宝的襁褓里。

夏宽看望了三儿媳妇，看到了这个将姓夏的孙子，开心自不必说，其他儿媳妇至今没添丁，老大连续生了三个姑娘，就是不见男丁。

老二夏喜炎结婚已经五年了，至今没有动静，不知怎么回事，他要老二带着媳妇去看大夫，老二就知脸红不见行动。本想要他去扬州大医院看看，现在被日军弄得如此混乱不堪，人待在家里都不安全，到人生地疏的地方，可能出得去，回不回的来那就不一定了。

夏宽感觉怪怪的，这个世上就是这样，不会让人都顺心。

老四夏喜泰下个月订婚，夏宽希望他能让夏家添丁，老三夏喜春虽然已经有了两个男孩，但是，入赘这是不争的事实，所以，夏宽对夏喜泰寄有很大的希望。

人就是这样，得到了一，就会要二。原想到有孙子姓夏就可以了，现在有了姓夏的孙子，当然希望直接名正言顺地姓夏才完美。

1940 年 5 月 22 日，是农历四月十六，夏喜泰订婚，这是夏家兄弟四个最小的一个订婚。

一般人家都是这样，喜欢老大和老幺。大呆子、二楞子、三滑子、四精子，后面还可以往下排，越小越精明，越大越老实。

夏宽四个儿子基本上符合这个规律。老大夏喜和老实巴交，无论做什么事都规规矩矩，按章办事，从不自作主张，遇到什么事，如没有先例，他必须请示他爹，得到肯定后才会去实施。

老二夏喜炎虽然不像老大那样老实巴交，但是，三棍子打不出个闷屁来，心里什么都清楚，干事也不马虎，就是看不出他在想什么，下一步要做什么。

老三夏喜春聪明能干，凡事有利的就去做，不利的，只要不损害他个人的利益，别人怎么做，他不管，睁只眼闭只眼。关键时刻有主张，将利益最大化，与人和善。当初夏家渔行在秦邮县首推活鱼上市，无论春夏秋冬。要做到活鱼上市，运输过程必须保证鱼是活的，鱼始终在水里还不够，还要水在流动鱼才能长时间鲜活。夏喜春从船底部留个进水小孔，船上部留个大孔，进水到达大孔，由大孔自动排出，这样水就自动循环，鱼就能在较长时间内保证不死。后来，夏喜春发明的这个方法传授给了西塔村渔民，大大提高了鱼的存活率，这个方法一直沿用到有了机器增氧器为止。

夏喜春聪明，桂兰也不赖。西塔村渔民捕捞的鱼虾延伸出多种副产品，比如虾仁、虾籽、虾皮；鱼泡、鱼籽、咸鱼等。这些副产品都没有好好地去推销，渔民也没将此当作可以赚钱的产品。这部分副产品如果开发好，销售畅，利润不比销售活鱼虾的利润少。桂兰思考着，她觉得要开发好这些副产品。

她建议公公利用渔行里的副产品推动饭店、早点店联合开发新的美味。这样不仅提高自家产品的销售，还能推动饭店、早点店的生意。

"爹，你不是最喜欢吃面条吗？在面条里加虾籽会更好吃。平时我们烧冬瓜汤加点虾籽就鲜多了。"桂兰给夏宽出主意。

"我已经试过了，面条是好吃了一点，但是，并不那么明显。"夏宽经常外出，他每到一处就尝尝当地的美味，如面条、包子、卤菜等。他有个嗜好，就是在外面尝到了好吃的，回来后，只要有空都会亲自下厨房做。将虾籽放进面条里，他已经试了，就是不太理想。

"可能是虾籽要进行先加工，就像鱼丸一样，如果直接将鱼肉弄成鱼丸不会好吃，现在的鱼丸好吃，是因为鱼肉在做鱼丸前放进了多种佐料。"桂兰启发性地要夏宽开发虾籽面条。

"你说得对呢，我也有这个想法，只是没有去做。你这一说，我就来劲了，试试看。"夏宽在桂兰的启发下，开始研制虾籽面条。

夏宽进行了多次试验，将虾籽先炒熟，放进面条里，比生虾籽直接放进面条里煮鲜了不少，之后，又对炒熟的虾籽进行研磨，研磨后的虾籽远远地就能闻到一股香味，放入面条当然更香了。接着，他将炒熟研磨后的虾籽与酱油一起熬制，面条下好后，放入一点小米葱、一勺猪油、一勺虾籽酱油，一碗味道独特、鲜美无比的阳春面就制作成功了。

夏宽将开发出来的特色阳春面推荐给刁家面馆，刁老板是位善于接受新事物的人，他与夏宽早就认识，夏宽是刁家面馆的常客，是鱼虾主要供应商，不仅如此，夏宽对面馆的食品经常横挑鼻子竖挑眼，私下里经常提建议，督促其进行改进，通过改进后的食品果然受到顾客的欢迎，使面馆生意一直处于供销平衡状态。现在日军横行霸道，弄得民不聊生，但是，刁家面馆能勉强生存，关键就是刁家面馆的美誉度全城绝无二家。

刁家面馆本来就是以阳春面和馄饨为特色，现在夏宽开发的阳春面难道比他刁家面馆的还要好？刁老板下了一碗面，放进夏宽带来的配料，尝后顿觉非同一般，实是人间美味，面条中的王者。当即二人签署协议：夏宽以面条、馄饨纯利润的百分之三为条件，将虾籽酱油制作方法转让给刁家面馆，三年为期，到期后，夏宽不再享受利润分成，由刁家面馆继承制作方法，但不得将制作方法转让给第三方，否则算违约，而虾籽始终由夏家渔行供应。

"如果我不与你签署这个协议，你会让给哪家面馆？"刁老板逗夏宽，想考验一下他与夏宽的关系铁不铁。

"我谁也不给，就在你家隔壁开家面馆，半年内，请你搬家。"夏宽也逗刁老板玩。

哈哈哈，二人大笑。当天就贴出告示：刁家面馆为了感谢全城新老顾客，从第二天开始推出特色阳春面、特色馄饨。一周内维持优惠价。

刁老板十分精明，他在告示上没有写上虾籽面条和馄饨，只是在原阳春面、馄饨前加上特色二字，让人摸不透增加了什么材料。

刁家面馆推出的特色阳春面、特色馄饨一时风行秦邮城，本来刁家面馆已经小有名气，自推出特色阳春面、特色馄饨后，面馆的名气高涨。城里人吃早点要排队，来迟了，当天就没有货了。特色阳春面、特色馄饨不仅供不应求，还带动了包子、荷包肉、香干的消费，同时，各式菜肴也比过去销售得好。

桂兰的建议不仅如此，他还要公公夏宽开发其他鱼、虾、蟹的副产品，促进夏家渔行的生意不断扩大。

老四夏喜泰将精明集中到他一人身上，到了他这儿，没有解决不了的问题，没有算不出的账。秤杆到他手上，鱼刚拎离地面，他眼一瞄秤花，这条鱼的总价就出来了，算盘都没他算的快。

夏喜春在船上留两个孔，使鱼的存活率大大提高，那么鱼到了渔行离开了天然河水如何提高鱼的存活率呢？夏喜泰利用虹吸的方法，使鱼到了渔行也能存活好长时间。他在盛鱼的水缸上面再放个水缸盛满水，将竹竿掏通，熏火弯曲后连接上下水缸，利用虹吸原理将上面水缸里的水流进下面水缸，形成水的流动，这样，鱼在水缸里就可以长时间存活。

夏喜泰还开发了鳗鱼、螃蟹夏季运输途中保鲜的方法，使鳗鱼、螃蟹在夏季也能保证在一两天内的运输中不死。

螃蟹、鳗鱼是高蛋白水产品，死蟹、死鳗鱼就不能食用了，然而在夏季，西塔村渔民能从秦邮湖里捕捞到大量的螃蟹和鳗鱼。就秦邮城而言，供远远大于求，以致渔民捕捞上来的稍小一点的，甚至是完全长成的螃蟹、鳗鱼因无法做到保活、保鲜而丢进湖里，白白地浪费了资源。

精明的夏喜泰用夏季肉类保鲜的方法，开发出螃蟹、鳗鱼的保鲜、保活。鳗鱼、螃蟹在冬季能离水一两天甚至好几天不易死的原因就是寒冷，而在夏天，几乎一天就可能死亡。于是，他用冰块与螃蟹包扎在一起试验，结果，能够在两天内不死亡，如果包扎得好，甚至三四天后还活着。夏季他试着将螃蟹用冰包扎后通过秦邮开往扬州的班车送往扬州市场、饭店，结果成功了，螃蟹运到那里几乎没有一点要死的现象，然后运往南京，也成功了。鳗鱼虽然保活成功率很低，但是保鲜率很高，他将活的鳗鱼去掉内脏和腮，不洗直接用冰进行包扎，运往扬州、南京，几乎与刚宰杀的一样新鲜，卖相特好。

夏季将螃蟹、鳗鱼用冰块包装运输，虽然成本高了一些，但是，夏季捕捞上来的螃蟹、鳗鱼多，尤其是鳗鱼，秦邮湖里盛产，所以，收购价位低，关键是为西塔村渔民增加了收入，也为夏家渔行开辟了新的销售模式。

夏喜泰的精明还在于人际关系上。

近日即将订婚的未婚妻的父亲是城里的税务员，经常到夏家渔行收税，这个税务员对老四印象特好，感觉夏喜泰十分聪明，是夏家渔行主要执行者。采购、运输靠夏喜春，销售靠夏喜泰，这是外界对夏家渔行的日常运行的概括。

一天这个税务员带着女儿路过渔行，夏喜泰从未见过秦邮城还有这么漂亮的女孩，气质如兰，深刻地印进老四的脑海里，他为了想多看一眼这位女孩，特地从店里走出，邀请税务员进店坐坐："黄税务官，进来坐坐。"夏喜泰从来没有这样对人殷勤过。

税务员听到夏喜泰的邀请，正好也想让女儿见识一下各种鱼。

"这是昂刺鱼。昂刺鱼有好多个品种，我们现在销售的有三个品种，分黄昂，就是全身黄的那个；灰昂，身上颜色发灰的那个；另一种是老鼠嘴，身子细长，嘴特别小。"

夏喜泰看到税务员的女儿，真是仙女一般，没有人要他向人家姑娘介绍鱼，他主动上前，给人家当起讲解员。这位小姑娘才16岁，哪见过这个场面。她没见过这么多的鱼，也没听说过一种鱼有那么多品种，听得入神，水灵灵的眼睛盯着老四。夏喜泰身子高，相貌英俊，人精明，平时又特别注意自己的形象，从不将自己弄得跟卖鱼的小贩一样邋遢，貌似儒商一样。小姑娘入迷了，没见过这么多的鱼，更没见过这么英俊的小哥。

夏喜泰嘴上说着，顺手从水缸里捞出几条昂刺鱼，三下五除二，迅速撕去鱼的鳃和内脏，用荷叶包扎好递给女孩："这是黄昂，烧汤特别的鲜，回家让你妈做给你吃。"

女孩不由自主地接过鱼："我没买呀。"

"送给你的，难为你到我店里来赏光。"夏喜泰奉承地说。

"爹，人家给我们的鱼，你付钱呀。"女孩要父亲付钱。

"哦，知道了，你先拿着吧，下次再来买鱼时一起付。"这位父亲心想，几条昂刺鱼还要付钱？在这儿拿鱼从来就没付过钱。不过，这可不能与女儿说。

鱼不时地在荷叶包抖动，女孩吓得不知所措，立马将荷叶包给她爹，她爹接过女儿的荷叶包，与老四招呼都没打，拉着女儿离店而去。然而，女儿离店前还特意扭头对夏喜泰笑了一笑。这一笑，将夏喜泰的魂给勾走了。

从此，夏喜泰日日盼女孩再次出现。

女孩回家后，也是天天思，期待这位小哥再现眼前。

多少天过去了，你想、我思，都是空中楼阁，女孩从小说中得到启发，主动去看小哥。

"妈，我要吃黄昂汤。"趁父亲不在家，女孩向妈发难要吃鱼汤。但是，妈没听说过黄昂汤是什么玩意。

"什么汤？"

"黄昂汤。"

"什么黄昂汤？没听说过。"

"哎哟，就是那天，我和爹拿回来的。"

"昂刺鱼汤，我以为什么汤呢。"

"那是黄昂汤，那种鱼烧汤才好吃呢。"

"知道了，等你爹回来，要他到街上去买。"

"等爹回来到什么时候呀？"女孩故意给母亲下套。

"那怎么办呢？我又不会买鱼。"

"我会买，你给钱，我去买。"

"你什么时候买过鱼？"

"我和爹去买过，上次那个黄昂，就是我买的。"

"哦，今天，我和你一起去买？"

"妈，你在家，我一个去就行了，一会儿就能买回来。"女孩还没等母亲同意，她就拿着小竹篮子出门直奔夏家渔行。

夏喜泰再次见到这位女孩，好似梦中，激动得语无伦次："你、你……你好！"

"你好，黄昂汤真好吃，我想再买。"

"好、好、好。"

夏喜泰立即从水缸里捞出几条黄昂，清理后，仍然用荷叶包扎好，再给女孩时，看见女孩美丽的双目正凝视着自己，他热血沸腾。此时，夏喜泰感觉到，女孩不仅是来买鱼的，还有着与他一样的情愫。他也不由自主地对视上女孩。

夏喜泰是兄弟四人中读书最多的，高小毕业，加上他辍学后仍然不倦地读书学习，文化水平要高于同等学历的学生。

"你看过《西厢记》吗？"夏喜泰刚读完《西厢记》一书，感觉张生与崔莺莺的相遇是那么美好。他思索：张生与崔莺莺相遇在寺庙，我和这位女孩相遇在渔行，是否能结缘？

"听说过，但没看过，连书都没见到过。"女孩羞答答，红着脸与夏喜泰开始对话。

"我刚看完。你等一下，我拿给你看。"夏喜泰迅速将鱼放进女孩的篮子里，冲进渔行里屋拿出已经磨损折旧的书，也用荷叶包好递给女孩。女孩接过书，表情生动地看着夏喜泰，没说谢谢，也没说不要。

"我还会再来买鱼。"

"好，希望你天天来。"

女孩想起应该付钱，没料到，出门只知拿篮子，她妈还没给钱给她就出来了："没带钱，不好意思，我回家拿。"

"不用，不用了，几条小鱼不值钱。"夏喜泰慷慨大方，给女孩增添了更多的好感。

这次接触，加深了双方的好感，埋下了爱情的种子。

女孩正好初中毕业在家，已经被聘为小学老师，就等假期后去学校上班。这段时间无事，她就看夏喜泰给她的书，不好明目张胆地在父母面前看，整天躲在被窝里看。她泪眼婆娑地看着这本书，心中发誓不向任何势力屈服，一定要与心中的"张生"在一起。

爱情说来很奇怪，没有既定的模式，不用人教；一句话、一本书、一件不起眼的物件甚至一个眼神，就能将爱情的种子播下，然后再经过双方的培育，就能开花、结果。

这个税务员非常反对女儿嫁给一个卖鱼的，女孩的母亲却赞成女儿的选择。反对也好，赞成也罢，女孩一根筋非夏喜泰不嫁。这位初中毕业当上了小学老师的女孩经过爱的跋涉，终于要与夏喜泰订婚了。

其实，论社会地位，夏宽要差一截；然而，论资产，这位税务员还真没有夏宽家丰厚，就是因为这一点，才让税务员勉强放手。

夏宽对这门婚事非常开心，感觉脸上增添了不少光彩，夏家终于有了城里姑娘当儿媳妇，而且还是位老师，又是政府官员的女儿。这不仅是西塔村，在秦邮城也是轰动一时的新闻。

为了让这门亲事完美，夏宽下了血本，夏喜泰的婚房不在西塔村，而是在离女孩当老师的学校附近的西后街买了一个独门小院作婚房。当然，夏宽心里有个小九九，就是希望这位老师儿媳妇能为夏家生育几个男丁，培养出优秀的后代，光耀祖宗。

夏喜泰婚礼办完，喜珍出嫁也被提上议事日程。三嫂桂兰一手张罗和操办了喜珍的婚事。

"你一定要嫁到城里去，城里条件再差也比西塔村好。"当西塔村人踏破喜珍家门槛要娶喜珍时，桂兰告诫喜珍："无论如何，你不要嫁在村子里，一定要嫁到城里去，嫂子替你拿主意。"

桂兰给喜珍不能嫁在村子里列出了几条理由：嫁给渔民，必然要到湖里去打鱼，喜珍从来没上过船，更不会打鱼，打鱼那个活，喜珍肯定吃不消；喜珍家里与城里人比，不差，甚至还比城里人有钱；喜珍细皮嫩肉的，比城里的姑娘还要端庄贤淑，嫁到城里肯定没问题。

桂兰在怀春宝前其实就帮喜珍物色好了对象，因为怀了春宝，行动不便，就没有最后确定。现在春宝已经出生，小叔子夏喜泰也娶了媳妇，下面就是老幺子喜珍了。

南门大街上有一家酱园店，经营酱菜，也就是日常生活中吃的小菜。秦邮城乡所生产的酱菜都集中在那儿销售，包括从外地运来的各式小菜，比如淮安大头菜、胡萝卜干、苏州五香豆、扬州四美酱菜系列等，那儿应有尽有，当然酱园店肯定也经营酱油、醋、酒等。

这家店最火爆的小菜——五香烂蚕豆，是该店自家独创，名誉全城。五香烂蚕豆说是小菜，也可以说是零食，大人喜欢吃，小孩更是喜欢得不得了。城里的小孩只要有零钱，偷偷摸摸地去买五香烂蚕豆吃；大人喝酒时加一碟五香烂蚕豆"搭搭"，也是很不错的。称上半斤熏烧，打二两老酒加一碟五香烂蚕豆，家里挣钱的主儿甚至一家人一天的主菜就算很实在了。

这家店有一儿一女，儿子的姑姑就是教桂兰绣花、做鞋子的王大妈。说来巧不巧？一天，桂兰去看王大妈，正好王大妈的这位侄子在，桂兰看看这个小公子哥儿白白净净的，像是城里人，等这位公子哥儿走了后，桂兰联想到喜珍的亲事，就问王大妈："这公子哥儿是你家什么亲戚？"

"是我侄子。"

"长得挺秀气的，住哪儿呀？"

"南门酱园店。那是我哥家，还有个侄女。"

"多大了？"

"16岁。"

桂兰揣摩着："喜珍15岁，年龄般配呢。"

"小哥阿有对象了？"

"没听说有，应该没有。"

"我家小姑子怎么样？"桂兰向王大妈推荐小姑子喜珍。

"喜珍吗？蛮好的。小姑娘细皮嫩肉的，脸盘子又漂亮，人又文静，没得话说。"王大妈听桂兰要将喜珍说给她侄子，一脸喜悦。

"告诉你哦，不知道你到酱园店里面去看过没有，大呢，后面院子造酱油、做五香烂蚕豆，还有存酱菜的地方。"王大妈向桂兰介绍他哥哥的酱园店。

"我说哦，二人蛮般配的。我侄子长得挺好看的，喜珍也蛮漂亮的。他就兄妹两个，妹妹还小，本来上学的，现在眼睛不太好，看不清字，医生看了也没效果，不管怎样，将来总要出嫁的。酱园店肯定是我侄子继承，现在已经开始帮他父母照应生意了。两家都开店，开的店售的货完全不一样，一个卖鱼，一个卖酱菜，八竿子打不到一起，相互"不擦"，如果成了，说不定相互还能照应呢？"王大妈喜推前景。

桂兰也感觉蛮好的，这样，喜珍嫁过去还能当个帮手。喜珍虽然没上过学，但是，在她三哥的指导下，不仅认识不少字，认识的字都会写，算盘也会打，记个账，写个单子没问题。既嫁到城里，又有事干，桂兰为小姑子可能的未来开心。

"王大妈，你有空就帮去问问，问好了，我来听回话。"桂兰催王大妈抓紧去她哥哥家探探情况。

"我明天就去问。"王大妈比桂兰还急。

翌日大清早，王大妈就穿戴得整整齐齐乘摆渡过河去哥哥家。哥哥不在家，侄子在张罗着店里的活，嫂子见小姑子来了，上前招呼："妹妹来了，你上楼坐会，我就来。"

"哦，有事找你说说。"

嫂子一会就上楼，问王大妈："妹妹阿吃过早饭了？"

"吃过了来的。"

"哥哥不在家，跟你说更好。"王大妈开门见山与嫂子说给侄子介绍对象的事。

"妹妹，什么事啊？"

"大成还有对象了啊？"大成是侄子的名字。

"没有呢，有人给他介绍了，大成不满意，所以就没再谈了。"

"哦，我想替他说一个呢？"王大妈告诉嫂子，要替侄子介绍对象。

"哪块的？好不好？大成要求高呢。"

"对过夏家渔行夏老板的千金，人标致呢，还贤惠。虽然没上过学，但是，她自己学了不少字呢，还会打算盘。"王大妈补充了喜珍的优点，以示她替侄子介绍的对象不差。

"听说过夏老板家有一位老幺子，人标致得很。"

见嫂子在夸夏老板家女儿，王大妈心想，这有戏。

"嫂子见过夏老板家千金？"

"没呢，是你哥说的。他看见过的，说在渔行里看见夏老板家老幺子，模样不丑，还识字。如果要是大成能娶到人家可就是福气了。"

"照嫂子这么说，哥也看中人家了。"

"是的。"

"哥什么时候回来？"

"他到苏州进货去了，估计要过几天才能回来。"

"等哥回来，你与他商量商量，如果行，我帮说说。"王大妈要嫂子与哥哥商量一下。

"你哥肯定不得话说，会满意的，你就帮张罗张罗，回来，我告诉他这事。"

"那行。我先走了。"

"妹妹，你这么急走干吗，吃过饭再走。"

"又不是外人，现在离吃午饭还早呢，我不能在这儿等饭吃吧，先走了，回家还有事。"

"特地为这事来的？"

"是的。"王大妈回答了她嫂子的话，迈开步子下楼。

侄子见到姑姑才来就走，挽留道："姑姑再坐会儿。"

"不呢，回家有事。你妹妹呢？"

"她在后院做五香烂蚕豆呢。对了，你等下子，我包点五香烂蚕豆带回家。"

王大妈见侄子挺会做人的，心喜。

一会工夫，侄子就用荷叶包好了五香烂蚕豆，侄子将包好的五香烂蚕豆留个绳扣套在姑姑的食指上，让她拎着走。

王大妈刚向大门迈步，突然又转头往后院去，与侄女打了招呼。她心疼侄女，家里供她上学，想让她多读书，可是聪明的侄女眼睛出了问题，还真治不好，现在在家做五香烂蚕豆，真是委屈了她。

王大妈出了南门大街，在街头顺便买了熏烧，回家给老伴和两个孩子过过馋瘾。

秦邮人所做的熏烧，包括猪头肉、猪耳朵、猪尾巴、猪口条、猪大肠、猪肝、猪心、猪肚、猪手等，其中猪头肉最受欢迎。其他还有秦邮麻鸭、鹅、鸡、兔子以及牛的卤制品。

回到西塔村的王大妈家都没回直接来到桂兰家，只见喜珍带着金宝在院子里玩，桂兰抱着春宝在择菜。

喜珍叫了声"王大妈"，金宝叫"王奶奶"。

桂兰见王大妈风风火火地来，肯定已经去过她哥哥家，她也预感事情进展得不错："王大妈早，去过哥哥家了？"

"你怎么知道啦？"

"看你这么急的样子，应该是去过，可能你哥哥也不得话说。"

"是的。"

王大妈见桂兰已经看出她去过哥哥家，并料到事情进展顺利，此刻，王大妈反而卖起了关子，不急于告诉桂兰事情的过程，转移了话题："小春宝，好讨喜，来，王奶奶抱抱。"

"春宝，喊王奶奶。"桂兰逗着春宝，说着就将春宝让王奶奶抱。

小春宝哪里会喊奶奶，眼神刚会跟着大人的说话声音而转动，偶尔也露出浅浅的笑，婴儿这时的笑像天使般圣洁，是那么神奇那么迷人。春宝在王大妈怀里笑了，笑得王大妈内心产生巨大的暖流，她仿佛感觉眼前的婴儿像菩萨在给她传递了一种力量：做善事而得善果。王大妈信佛，与人和善，她经常到庙里去祷告，祈祷家人平安致福。

王大妈用慈祥的目光盯着春宝，春宝对着王大妈微笑，桂兰看到这个很温馨的场面，像在哪见过的一幅油画里画过。

春宝在王大妈怀里轻微地扭动了一下身体，一会有臭味发出，王大妈经验老到地对桂兰说："喂，春宝可能拉粑粑了。"

"啊，我看看。"桂兰接过春宝，掀开尿布，果然拉粑粑了。

"哈哈哈。"二人笑开了，正在院子里玩耍的喜珍和金宝听到笑声赶过来，看到这个情景也一起笑起来。

替喜珍说的婆家，喜珍妈感觉蛮好，觉得桂兰真的为小姑子好。夏宽却不开心了，对着喜珍妈吼道："急什么急，才这么小就要将喜珍嫁出去，她在家里碍你们什么事了？桂兰也是吃饱撑的，小姑子对她还不好？帮她带孩子，她还巴不得喜珍早点嫁出去。"

"你吼什么？让人听见多不好，喜珍今年已经 15 岁了，我嫁给你时就是 15 岁。"喜珍妈告诉夏宽，喜珍已经到了婚嫁的年龄了。

"这桩婚姻如果成了，蛮好的，喜珍如果嫁过去，离家又不远，她又能帮助姑爷家打理生意，多好。"喜珍妈赞成这桩婚事。

"你还好意思说桂兰？换个良心不太好的嫂子，才不希望喜珍这么快嫁走呢，少了个不用花费的人帮带孩子多好。真难为桂兰了，喜珍将来要感谢桂兰的。"

经喜珍妈这么一说，夏宽嘴闭上了。其实，夏宽不希望自己女儿这么小嫁出去情有可原，谁家的爹都不希望女儿嫁人，嫁人，那是没办法的事，总不能将女儿留在家里当老姑娘。

夏宽也感到无奈，他一共生育了四儿两女，四个儿子和大女儿都该娶的娶了，该嫁的嫁了，现在只剩下老幺子喜珍，夏宽视为掌上明珠，当然想她嫁出去，无奈这是人世间的规律，没办法，想到这儿，夏宽眼泪流了下来，喜珍妈看见丈夫流泪了，知道丈夫心里与她一样不舍，她也忍不住流下了眼泪。

喜珍回来了，看见爹妈眼睛红红的，像是哭过一样，家里遇到什么事了？不像是吵架，以前看见他们吵架时只有妈流泪，没见过爹流过泪，今天是怎么了？她问妈："什么事，你们俩都哭过了。"

喜珍妈揉了揉眼睛笑着对喜珍说："是好事呢，给你说了个姑爷，南门大街酱园店的。你出嫁，家里就没有娃了，我和你爹想想，既开心又难过。开心的是，将你们都养大成人了，像小鸟一样都飞走了。难过的是，你一走，家里就剩我和你爹，空荡荡的，连个说话的娃都没有，所以……"

"妈，我不嫁，我就在家。"

"怎么可能呢，让你在家就是害你。你三嫂子替你选的姑爷蛮好的。"

喜珍妈还在说着未来姑爷家怎么好，想打动喜珍，喜珍其实已经听三嫂说过了，不想再听妈说，回自己的房间看书去了。其实，这会儿，她也无心看书，三嫂与她说了未来姑爷的情况，过去，三嫂一直叮嘱她，无论怎样，也不要留在村里，要嫁到城里去。

喜珍的想法不仅是嫁到城里，而是嫁得越远越好，嫁到扬州、嫁到南京那儿才好呢。不过，她想想自己没有上过学，没有出去见过世面，那些大城市的女孩都是有文化的，虽然她与三哥学到不少知识，而且已经学完了三哥肚子里的"货"，然而，上过学校与没上过学校是不一样的。

什么叫文化人？通过张嘴说话、走路就能分辨得出来。是乡下人还是城里人，通过穿戴和形象也能看出来。

南门大街酱园店喜珍去过好多次，见到过那位公子哥儿，只是从来没当回事认真地看，而是作为路人，有这么一点点印象，现在回想起来，那个人也蛮耐看的，那个店除了酱味重了些，里面好大，还有个大院子，院子里坛坛罐罐的，最让她喜欢的是店里的五香烂蚕豆，接着就是淮安大头菜、苏州卤汁豆腐干，还有茶干。反正，三嫂说好，妈妈也说好，她自己回想起来也不错。

喜珍想起姐姐也嫁到城里去了，不过，是嫁给了城里的搬运工人。姐夫脾气暴躁，经常打姐姐，有时被打肿了脸跑回来。后来，爹带着三哥和四哥去姐夫家将姐夫治了一顿，尤其是三哥摔得姐夫连喊饶命才罢，现在好多了，姐姐很少因吵架回来。她想想，酱园店里的那个人脾气应该不会那么坏。想到这些，她的心里有些沉重，未来不知如何，自己的婚姻，自己又无法选择。不过，她要去看看，那个店，那个人，以前只是印象，现在要针对性地去实地看看，像书里说得那样，去了解。

她不敢一个人去乘渡船，日军没来前一个人乘渡船没问题，现在不像过去，日军经常会乘渡船，他们看见漂亮的姑娘就要下手，现在连城里的姑娘都不敢轻易地一个人外出，就是外出，必须将自己"化妆"成又老又丑的模样。一般都要用锅灰往脸上擦，鬼子看见嫌弃。喜珍要去酱园店，要去看未来的丈夫总不能也抹锅灰吧。她想到乘二哥、三哥运鱼的船，二哥、三哥自然不会不同意。

一大早，她就在西塔村码头上了船，然后坐进篷子里，拉开两边的帘子，她能看见外面，外面人看不到她。船过了闸，很快就到了运河南岸的琵琶闸，到了琵琶闸，大哥已经在河边等船来将鱼弄到渔行里去销售。

"喜珍啊，你今天过来干吗？"大哥见喜珍这么早乘船过来感到有点奇怪。

她与哥哥们关系都很好，哥哥们都喜欢这个小妹妹，宠着呢。当然，这个妹妹也尊敬哥哥，她告诉大哥，过来想到酱园店里看看。在船上，她已经将这事告诉了二哥、三哥，二哥不吱声，三哥很支持。二哥、三哥，当然也有四哥都希望这个妹妹能找个好人家。

鱼很快就装好箩筐，三个哥哥接龙拎起两个大箩筐快步地上大堤，喜珍跟在三个哥哥后面一起到了店里，放下一个箩筐的鱼后，二哥、三哥用板车将另一只箩筐里的鱼送往中市口店。

"喜珍，你到酱园店看过后就到店里等，我们送鱼到中市口店就过来接你。"三哥对喜珍说。

"哦。"

"阿要吃刁家面馆的包子？"三哥问喜珍。

"要。"

"还要给妈带两个，给三嫂带两个，对了，金宝也要两个，一共八个。"喜珍笑着说。

三哥本想讨好妹妹就给她买两个，没想到，一下子变成了八个，钱要多花不少，多花了钱到老婆那儿交不了账。关键是日军来后，日子紧多了，钞票不值钱，今天能买个包子，说不定明天只能买个烧饼。物价飞涨，人心惶惶，人们就盼望早日将日军消灭掉。不过，夏喜春回头想想，另六个包子都是给家人吃的，老婆、儿子、妈。反正肥水不外流，难得让他们开开"荤"。

大哥很快就将鱼虾择选分类就绪，此时已有顾客等待购买，喜珍沿着夏家渔行向南迈了二十来步朝着斜对面的酱园店看了看，店还没开门，她又回头到店里，看着大哥在给顾客称鱼，她就上前帮忙，不会称鱼，但是，她会记账。

大哥见小妹拿起本子在记，他就在那边报：

"周家杂货店大青虾 2 斤，XX 元。"

"刘家烧饼店鲫鱼 3 斤，XX 元。"

"朱皮匠昂刺鱼 3 斤 5 两，XX 元，找他 XX 元。"

小妹在记账的同时，又帮找零钱，像是做过生意的人。

记账的，要么月结要么当天上门去收。目前，通货膨胀严重，钞票如纸，一般都是当天上门去收，家庭来买的基本不赊账，因为隔日就不是那个价了。店里的，有的是伙计一早来买，伙计没有钱付，等会到店里找老板结账。

忙了一会儿，顾客少了，大哥便问喜珍过来是干吗的？喜珍贴着大哥的耳朵告诉他进城的目的。大哥听了，竖起大拇指赞道："不错呢，呱呱叫。"

"那店里的公子哥我熟悉得很，上学时每天要路过这儿，现在打理店也经常到这块来，不错，知理识事。"

大哥在喜珍眼里从来没说过一句谎，也没说过一句过头的话，听到大哥都说好，肯定没有什么不好的了。

"这会儿，店应该开门了，你去看看吧，等会你三哥他们就要来了。"

"嗯。"

喜珍刚走出夏家渔行，心里就嘭嘭地跳，听大哥也称赞未来姑爷，喜珍心里产生了一种不可名状的反应，好像自己作为主角已经入戏了一样。初上舞台的她，当然会胆怯。

酱园店的大门已经大开，顾客三三两两地进出，她正好随着进店顾客迈进了酱园店。

她感觉酱园店的气味好香，以前感觉是股酸味，虽然不刺鼻，但是不那么好闻，今天飘进鼻腔的味道是酱香，好像还有五香烂蚕豆那种醇香。

　　奇怪，人就是这样，当你不那么喜欢这地方的时候，感觉这儿的气味都不合你，等你对这地方有了新的认识，那味儿也变了。

　　看到了未来丈夫，与三嫂说的一样，正在柜台上营销的应该是未来婆婆。城里的人，就是城里人的样子，比乡里人俏，当然也比西塔村人娴静。前来买酱菜、打酱油的大多是妇女，偶尔有男人来，一般是买酒和五香烂蚕豆。

　　酱园店里的人都没有十分注意她，只是与未来丈夫对视时，对方目光在她身上多停留了一刻，看得她脸顿时泛红晕。

　　未来小姑子没有看到，喜珍没到里面院子里去，如果到院子里去就会让人生疑，所以，她没敢去。未来公公也没看到，不过，她认识，日军入侵秦邮城前，她时常到南门大街来，一是看看夏家渔行，二来是逛逛南门大街。逛南门大街，少不了要到酱园店，到了酱园店免不了认识这家店的老板。所以，不仅她喜珍认识，这个城，至少南门这一带的居民都可能认识酱园店的老板。

　　喜珍今天不虚此行，看到了她想要看的。

　　回到夏家渔行，二哥、三哥已经在等她了。

　　过去，二哥、三哥送完货分别要在南门大街和中市口店帮忙销售鱼到中午才能回西塔村。因为现在销售量少，店里一个人忙得过来，所以，他俩送完货就可以回西塔村了。今天又特别，喜珍出来要尽快回西塔村的，她要帮三嫂带金宝，所以，三哥急着要将喜珍送回西塔村。

　　喜珍与大哥打了个招呼就随他们返回西塔村。

喜珍回到西塔村第一件事就是拿包子逗金宝。喜珍自己吃着包子，在金宝面前晃啊晃，金宝见姑姑吃包子，就与姑姑要。

"你喊我，我就给你吃，是肉包子，好吃得很呢。"喜珍今天特别开心，她要逗金宝，要金宝喊她。

金宝讨人喜欢，就是嘴紧不肯喊人，姑姑天天带她，也很难听到他喊姑姑。

"姑姑。"金宝为了能吃到包子，嘴巴松了。

"喊'亲爱的姑姑'。"

"亲爱的姑姑。"金宝急着想吃包子，喜珍要他喊什么，他也肯喊。

"喊'美丽的姑姑'。"

"美丽的姑姑。"

见金宝喊得甜，喜珍笑得差点被包子噎住。

金宝拿到了包子，喜珍再要他喊，他的嘴又像上了锁，离喜珍远远地吃包子了。

"小坏蛋，拿到包子就不肯再喊了，这里还有一个包子，吃完了喊五十遍'美丽的姑姑'才能再吃到。"

金宝不费劲，眼睛眨下的功夫，一个包子就吃完了。

吃完一个包子，金宝又到姑姑身边："美丽的姑姑、美丽的姑姑……"

"不行，这样喊又不知喊了多少？要这样喊：美丽的姑姑一、美丽的姑姑二，一直到五十。"

金宝喊到三十九，就拐不到四十上，喜珍实际是在训练金宝识数。

今天能数到三十九，已经很不错了，才两岁多点的娃。

包子，桂兰一个也没吃，她说要留着给养母吃一个，另一个，中午送点昂刺鱼到闸上给养父吃。为了避嫌，桂兰想了个办法，家里人送吃的，会引起陈熊和鬼子的怀疑，她专门请村上60多岁的谈奶奶替她往闸上送吃的、用的。这个办法还真好，老太婆，年纪大，又不是孙如淦家里人，陈熊认识谈奶奶，再怎么着，陈熊难以阻拦。日本鬼子看陈熊的，陈熊认为可以放行就放行。

这个谈奶奶孤家寡人，无儿无女，老头子早就归天了，孙如淦可以说是西塔村的慈善家，他除了帮助毛家，对谈奶奶早就给予了援助，几乎是每月都给足了粮食。孙如淦送给谈奶奶的粮食除了米，还有面粉、麦子、高粱什么的。这些粮食都是过闸船给的，一些运粮船过闸不付现金，就从船上散装的粮食中用簸箕盛满一条成人的裤腿就算是过闸费。一般情况下，孙如淦睁只眼闭只眼，米和面粉也收，收下后，家里留一些，剩下的就送给谈奶奶，后来毛家出事了，生活困难，又送给毛家。

这些运粮食的船主难道不怕送货到地点后被人发现缺斤少两？实际上船主早就准备好了沙子、石子，弄出多少粮食就掺多少沙子或者石子，所以，家家户户买回米后，吃前总要挑一挑，挑出米里的沙子或者石子，否则，吃饭时，不小心一口能磕碎牙。

谈奶奶自己在房前屋后种植了蔬菜，她吃不完就送给孙如淦和周围四邻，邻居家都是渔民，他们将一些不好拿到市场上去卖的小鱼小虾给她，日子这么凑合着过，一二十年就这样过来了。没想到，还算过得去的日子让日军搅了，孙如淦从闸上管事的变成了帮工，这下没人给她送粮食了。她恨陈熊这个王八蛋，不是西塔村的人，是孙如淦留下了他，他反而恩将仇报，她更恨鬼子，鬼子要是不来孙如淦仍然是管事的。有了孙如淦在，她肯定还是能过上过得去的日子，现在这样艰难的日子是鬼子弄成的。她知道谁是恩人谁是仇人。

她问过刘云和桂兰多次，有什么要帮忙的。桂兰这时才想起来到闸上送东西给养父，谈奶奶是最适合不过的了。谈奶奶听到桂兰要她帮忙送东西到闸上，十分高兴，终于有机会可以帮助孙家做点事了。

有人曾经直截了当地问她："你没后代，百年后，你的房子给谁呢？"

"你们不用烦，我又没什么财产，就是个破房子，将来孙如淦帮我收尸，破房子肯定给他家。没有孙家，没有孙如淦，我早就不在人世了。"谈奶奶说到这儿泪水就止不住了："世上还是有好人的，好人有好报。"

快到中午，谈奶奶就过来了，桂兰将一只小篮子递给她，篮子里除了一碗红烧昂刺鱼，一个包子，还有一把从自家小院里割的青菜。谈奶奶接过桂兰给的小篮子，哼着她嘴里始终不曾停过的谁也不知是什么调子的小曲拄着拐杖朝闸上走去。

吃过午饭，王大妈满面春风地过来了，她是直接从酱园店那儿吃过午饭过来的。

"我哥哥看过喜珍，不得话说，要我做媒呢。"王大妈为能做这个媒而开心。

"桂兰,是先与喜珍妈说还是找喜珍爹先说呢?"王大妈弄不清先找谁说好。

"一样的,不管与谁说都一样,我已经与婆婆说过了,婆婆也告诉了三子爹,三子爹原来有些舍不得,后来被婆婆说得不吱声了,他俩都差不多同意了。"

"喜珍阿愿意?"

"婆婆已经做了喜珍的工作,喜珍说不想嫁出去,要在家侍候二老。"桂兰并没有将喜珍去酱园店的事告诉王大妈,也没有说喜珍愿意不愿意嫁。

"那怎么办呢?"

"你去找我婆婆正式说这事。喜珍这块我来说。"

"好。"

这桩婚事无论从哪个方面来说都是不错的,双方家庭可以说是门当户对;二人从颜值、年龄到性格也很搭配。文化方面,男方初中毕业,女方虽然没有上过学堂,但是文化知识不比高小毕业生逊色多少,能看小说,能打算盘,能记账,就是城里的女孩有这样的文化程度也是不错的了。

以为这桩婚事会进展得十分顺利,没想到遇到了阻碍。

"你倒是说话呀,是同意还是不同意?"喜珍妈催夏宽表态。

夏宽死活不开口,任你怎么说,他就是金口难开,急死人也没办法。要是在他面前说多了,说重了,他眼泪能流出来,男人轻易不流泪,可见,这事对他来说多重要。

喜珍妈懂丈夫的意思，舍不得女儿嫁出去，他俩生育的四儿两女这么快就一个个离开另立门户了，尤其是最小的女儿，夏宽真是当作掌上明珠，平时十分宠她，要什么就给什么，就差上天摘星星了。喜珍妈在他面前说过多次，宠宠女儿可以，没有这么宠法的，将来肯定会心疼的，现在果然应验了。

夏宽这道坎难过。他不开口，男方也不好下聘礼。

过去，见到酱园店里的老板，二人还打打招呼，现在，夏宽见到对方像是路人，装着看不见，不认识，搞得对方莫名其妙。

对方来买鱼，见到夏宽在掌秤，好心问候，夏宽瞬间摆下脸丢下秤离开柜台，如仇人般。事情竟然弄到这种地步，喜珍知道爹喜欢她，也不是不许她出嫁，而是爹心里难受，她理解，也没办法，只好不吱声，听天由命。桂兰没想到公公这么倔，这么喜欢小女儿，她也想不出什么办法解决这个问题。婚姻大事，父母做主，她只是个嫂子，帮助小姑子找到合适的人家就已经做到位了。

日军侵略中国，不仅掠夺中国的资源、屠杀中国人民，还利用各种形式妄图奴役中国人民，无论从肉体上还是从精神上都给中国人民带来了摧残。

过去，夏宽遇到什么问题和困难都是找孙如淦商量，孙如淦替他出点子，夏宽都是照办，没有一次因按照孙如淦说的去做而做错的。现在，孙如淦被困在船闸上，夏宽很难见到，更别说叫他去喝酒了。

喜珍的婚姻大事就这样悬在那儿。

酱园店老板有点急，他想尽快订下这门亲事，担心这门亲事"黄"

了，他要王大妈天天盯着这事，天天朝夏宽家跑，夏宽以前见到王大妈都是"妹子好、妹子早"。现在像是欠了他的债，脸拉的要多长有多长，王大妈都害怕见到他。

桂兰想出一计，要王大妈去闸上将夏宽不愿嫁女儿的事告诉孙如淦，让孙如淦支招。

孙如淦得知此事，心里想：清官难断家务事，他夏宽不想嫁女儿，肯定是舍不得，现在强行拆散他们父女，他当然不开心，当然不愿意。他还责怪桂兰，看她平时挺聪明的，遇到这事怎么就糊涂了。婚姻这事，谁也说不好，嫁到富人家不一定就是好事，嫁出去的姑娘也不一定能享受到福；嫁到穷人家不一定就是穷一辈子，苦一辈子，要看自己的造化。说白了，就是看你会不会治家，能不能致富。

再者，女人嫁得好，生活的幸福，与媒人没有一点关系，那是她的命好；如果嫁的不好，媒人则要被骂死了，认为媒人为了喝点酒，乱点鸳鸯谱，害人一辈子受苦。何况又是小姑子，弄不好，吃不了兜着走。

不过孙如淦还是支了招，他对王大妈说："你告诉夏宽，鬼子在，女儿还是趁早嫁出去的好。"

回到西塔村，王大妈不敢直接找夏宽告诉他孙如淦说的话，而是告诉了喜珍妈。

喜珍妈如获至宝，立即将夏宽喊回来，告诉他，孙如淦传来话，要他赶紧嫁女儿，并添油加醋地说了一些孙如淦没有传的话。夏宽听后："哼哼，他什么时候像个媳妇似的了？"

喜珍妈这才反应过来，这个夏宽不要太精哦，这些话他能听出来是不是他孙如淦说的，心头一惊：坏了，说漏嘴了，被他听出来是瞎编的。她赶紧言归正传地对夏宽说："老孙说了，鬼子在，趁早嫁女儿好。"

夏宽听到这话不吱声了，他听出这句话应该是孙如淦说的，老太婆不会想出这么句话出来。不过，他想想不对头：嫁不嫁女儿，什么时候嫁女儿，有他孙如淦什么事，他孙如淦急什么急？他要是有个亲女儿出嫁试试。想到这儿，夏宽感觉这个想法不好，幸亏是心里想的，没说出口，要是说出来，让孙如淦知道了，这一世的友情就完了。

夏宽不再说什么，而是低着头，叹着气，一副不开心的样子。

喜珍妈见状，看得出夏宽被孙如淦简单的一句话说通了，但是，他夏宽是不会轻易让步的，再怎么着也要做一回死鸭子——嘴硬。

1940 年农历三月十二，夏宽带着老三夏喜春运送鱼虾于凌晨到达界首，刚将鱼虾分配到几家饭店，忽然枪声大作，日军对界首进行了大屠杀，对界首镇以东的于家庵、康家圩、窑头沟等方圆二十几里范围进行了血腥的"扫荡"。千余名日、伪军从界首河直下时家桥，沿途烧杀抢掠、强奸妇女，制造了惨绝人寰的大屠杀，1300多间房屋被烧，120 余名村民被杀害。康家圩 29 人被杀；于家庵 16人被杀；郑家墩 26 人被杀；柏家桥 4 人被杀；窑头沟从南到北 29户人家房屋全被烧光，32 人被杀，有 6 户全家老幼无一幸存，其中一户老妪和女童遭到日军的先奸后杀；因男性青壮年大多死于日军刀枪之下，从此，人们将窑头沟叫作"寡妇圩"，"窑头沟惨案"亦称"寡妇圩惨案"。

枪声中，饭店老板一哄而散，没有一个人影，夏宽和老三惊得不行，不知如何是好，主要道路已被封锁，如何离开界首？西塔村现在怎样？夏宽和老三都万分着急。

还是夏宽先冷静下来，他听见枪声在东面，要走得朝西，他立即与儿子从镇上一条小路向西，不一会就到了运河大堤，正好有一条小船在河边，船上有人，夏宽立即下了堤跳上船，与船夫讲："老哥，送我们到河西，我们给钱。"

"这个年头，钱再多没用，保命要紧。"船夫可能已经知道日军在界首"扫荡"一事，料想到他俩是逃命的。

"老哥，你先开船，钱好说。"夏宽心里想，现在已经不是钱的事了，能离开这儿花再多钱也值。

"不会跟你瞎要钱的，送你到河西就是了。看样子你俩是父子，从城里来的？"

"我俩是西塔村的，到这儿送鱼虾的，哪知鬼子这些狗日的也来了。"夏宽对日军咬牙切齿地骂道。

"你是谁，是夏老板？"

"老哥，我叫夏宽，这是我三儿子，今天一大早就送鱼虾过来的，是几天前约好，有人家今天结婚。"

"哦，夏老板，久仰，久仰，这儿不少人知道你的大名。"

"哪里哦，还老板呢？惊魂失措，现在都不知道怎么办好了，只顾逃命。"

"别急，我这就送你俩过河。"船夫操起双桨向河西划去。

船驶向运河中心，水流很急，此时，船头应该迎着水流向西划，船才能到对岸，然而，船夫却将船头顺水向下划，这时，船速很快，瞬间就滑出很远。

夏喜春感觉不对，他对着船夫说："喂，我们要到对岸，你这是将我们弄到哪块去？"

"水流急，划不动，这样也会到对岸的。"船夫在乱扯。

"船头应该顶着水流，你这样是想干什么？"夏喜春开始发火。

"哼哼，只能这样，有本事，你自己来划。"船夫以为夏宽父子是商人，不懂划船。

"你让开，我来划。"夏喜春跨过船档要船夫让开给他划。

船夫见夏喜春要划船，心头一喜，心想正好束缚住他，好动手："好，你来划，划不到对岸不关我的事。"船夫还装出一副无可奈何的样子。

夏喜春接过双桨，非常娴熟地调过船头迎着水流向对岸划去。

夏宽感觉船夫不对劲，他刚才一时慌乱忘了一事。早就听说这一带有水盗，日军来后，更加猖獗，此人十有八九就是了。他高度戒备，时刻做好应付。还好，他和儿子不仅熟悉水性，而且也是弄船的好手，应付眼前这个船夫没有问题。他将船驶向下游，可能，那儿还有他的帮手，夏喜春反应还是比较快，主动划船，这样，主动权就掌握在他们的手里。

船夫见老三划船比他还"来斯",感觉事情可能要"黄"。

坏蛋就是坏蛋,不将坏事做绝是不会甘心的。船夫悄悄地从船舱里拿凿大鱼用的铁钩,趁夏宽不在意时对准他脑袋一下子凿过去,谁知夏宽早有准备,身体一倾,铁钩没有凿到脑袋,却凿到了腿,夏宽大喊一声:"啊!"

夏喜春也怀疑这个家伙不是好东西,也有准备,他爹的叫声使他立即丢下双桨,扑上去夺过水盗又挥起的铁钩,对准水盗凿了过去,瞬间将水盗的右手凿通,水盗剧痛却没有喊声。夏喜春又挥拳砸向水盗的脑袋。

"小三子,你赶紧划船,将船弄到对岸,这个家伙现在动不了了。"

夏喜春立即按照他爹说的又操起双桨。为了防止水盗再次伤害他爹,他将已经被凿通水盗右手铁钩上的绳子拉到自己划桨的桨柱子上扣好,这样即使水盗醒来,也无力再伤害到他爹。

夏喜春拼命地划,很快就到了对岸。

"爹,你现在腿受伤了,不能走路,我们不如就将这船划到家?"

"不行的,这个家伙现在半死不活的,万一死了不好办,我们又不能将他扔到河里,那样,我们要吃官司的。"夏宽此时很冷静。

"那?"

"我们上岸走回去。"

"嗯。"

夏喜春正要扶起他爹上岸,低头时看见小船舱里"有货":尖刀、砍刀、碗筷、烧饼、油条,还有一个水瓶,水瓶里有水,此时夏喜春也感到口渴，他拿碗倒了一碗先给他爹喝，他爹喝完他自己又倒了一碗喝了。

夏喜春拎起那包烧饼、油条，扶起他爹上了岸。

"将船往河中心用劲推，越远越好。"夏宽要夏喜春将船推向河中心，任船随水流向下游漂。

"爹，这个家伙好像是水盗？"

"是的，我们疏忽了，不该向他报出自己的名字，他想灭掉我父子俩，然后抢钱。"夏宽后悔告诉了水盗自己真实的名字。

"这个家伙会不会死？"

"死不了，但是水盗是做不成了，手肯定残废，不能再开船了。"

"他应该看出弄不过我们父子俩，所以将船划向下游的西岸，那儿肯定还有他的帮手，他是想找帮手一起来灭掉我们。"

夏喜春扶着父亲上了河堤，顺着河堤向南走。夏宽左腿被凿得蛮重，可能已经伤到骨头，在船上，夏宽就设法用手帕扎住出血的部位，现在虽已经止住了血，但是疼痛难忍，几乎是扶着走几步就需要停下来歇一歇。

"在大堤上走目标太明显，万一水盗被接走再回头来截获我们就完了，你扶我下大堤，沿着湖边芦苇边走，这样保险。"夏宽想到了水盗很可能被接走，那样有可能回过头来截获他父子。关键是水盗知道他是夏宽，刚做完鱼虾的生意，身上带着钱财。

"好的。爹，我背你。"

"先扶着走，实在走不动再背。"夏宽尽可能地自己走。

湖边芦苇滩实在难走，四月天，滩上生长着高高的芦苇，高高的芦苇下面还有新生长的芦苇芽。

还没走多远，黄昏就已经降临。夏喜春估摸距西塔村还有三分之二的路。平时，如果起早点走到下午就可以到家吃晚饭。

就在这对父子艰难返家之时，日军在界首大屠杀的消息已经传到了县城，也传到了西塔村。

"不得了，今天日本鬼子在界道开枪打死了好多人，界首遍地都是尸体。他们烧房子、强奸妇女、抢劫财产、屠杀年轻人和小孩，有的一家全都被杀死了。"

消息传得很快，迅速在西塔村中传播开来。先在城里听到这个消息的夏家老大和老四，心头一惊，他们的爹和老三正在界首，会不会出现意外？老大愣了半天才清醒过来，他立即关好渔行返回西塔村。老四觉得他爹和老三很精明，应该能躲过一劫。不过，他也感觉这事难料，日军太毒了。他也毫不犹豫地关上店，连西后街的家都没回，直接来到西塔村。

桂兰婆婆听到这个消息，又见三个儿子都回来了，她惊得不行，以为夏宽和三儿子遇到不幸，泪水止不住地流。

桂兰在家闻讯，头脑一时空白，仿佛跌入万丈深渊，不知所措。等她醒来，金宝看着她，春宝在哭闹，养母在外打牌。

"姑姑呢？"桂兰问金宝。

"回家了。"金宝茫然。

桂兰这才感觉自己不该这样，会吓坏金宝的。

"妈，肚子饿，我要吃饭。"金宝要妈妈给他吃晚饭。

晚饭早已做好了，就是在等丈夫夏喜春回来一起吃。

桂兰立有规矩，晚饭，如果丈夫没回来，无论多晚，孩子、养母可以先吃，她一定要等孩子爹回来吃。

她盛好汤饭，夹出一点腌菜花让金宝吃。

桂兰看着金宝吃饭，心里却特别慌，她虽然不相信丈夫和公公会遭难，但是到现在人还没回来，她心里没有底。

天越黑她的心越沉重，现在，她恨不能去找，沿着大堤找，找不到丈夫就不回来。然而，有金宝、春宝在，她一步也不能离开。现在身边一个能帮她的人也没有，她好心碎。

"嫂子。"

"桂兰。"

喜珍和婆婆过来了。

"老大、老二、老四，还有乔四十和村上三人，现在已经出去找他们去了。"婆婆忍着泪水对桂兰说。

"大哥和乔四十划船贴着运河堤东岸向界首找；二哥带一人从大堤向界首找；四哥带一人沿大街找。"喜珍将具体找爹和三哥的方案告诉了嫂子。

"菩萨，保佑保佑，小三子和他爹都是好人，会平安回来的。"婆婆在祈祷。

门外，天黑沉沉的，下起了雨。

"妈，下雨了。"

　　婆婆砸了一下嘴，若有所思地说："还好，他们也带了雨伞和蓑衣。"婆婆要喜珍今晚就陪嫂子，带着金宝睡觉，她先回家了。

　　"嗯。"喜珍答应道。

　　天麻麻亮，六人全回来了，没有带回夏宽和老三，没找到。

　　"我在界首找原来南门大街福来饭店的老板打听了，老板告诉我，鬼子全部杀到了村子里，镇上没有杀人。但是，鬼子已经被从秦邮湖赶来的新四军打退了。"老四说。

　　"老板还说爹和老三送鱼去后就没有见到他俩了。"

　　"他俩究竟到哪儿去了呢？运河东堤和堤内这一块已经找遍了，没见人影。"

　　"小三子和爹会不会沿着湖边芦苇滩走呢？或者沿着运河西堤走。"桂兰分析道。

　　"有可能，爹和三哥很精明，从那儿走最安全了。但是，就是从那儿走，也早该到家了啊？"老四赞成嫂子的分析。

　　"从饭店老板那儿得到的消息看，可以肯定，爹和三哥没有遇到鬼子，现在还没回来，可能遇到了更大的麻烦。早就听说那儿有水盗。"老四表示马上出发："我和二哥各划一条船，我从湖边，二哥与乔四十贴着运河西水边，大哥在堤上找。现在就走，赶紧继续找，时间可不能拖。"

　　桂兰将金宝和春宝丢给婆婆和喜珍，独自来到西塔村码头，目送老四与村上人划船迅速地向北驶去。

　　此刻，她的心情更加难受，丈夫和公公一夜未归，虽然没遇到鬼子，肯定遇到了大事，否则，他俩不会到现在没有音信。

她抬起头，天空中有一群大雁向北飞，四月的天气，大雁排成一字或者人字向北飞。

她想，自己要是大雁多好，在空中好寻觅丈夫和公公。

俯下身，一群小鱼儿就在她的双脚前的湖水中嬉戏。她情不自禁地问小鱼儿："小鱼儿，你可知道，我的家人在何方？小鱼儿，你可帮我去寻找？"

大雁，我想变成你，展翅天空，寻觅我生命的支点。

小鱼，我想化作你，漫游湖边，尽快找到他的踪迹。

大雁，我想有双翅，穿云破雾，尽快来到他的身边。

小鱼，我想有鳞片，辟水斩浪，现在就到他的面前。

大雁，请你快快飞，如果遇见，把他驭回我的家园。

小鱼，请你奋力游，如果看见，快告诉他我的思念。

桂兰伫立在湖边，时间飞速，很快就到了中午，突然一阵喧噪，她抬头看去，老四划的船回来了，他们可能已经看到了在湖边码头的桂兰，在向她招手，在向她呼喊："嫂子，三哥和爹找到了。"

桂兰听到老四的声音，如梦初醒，激动万分："在哪儿呢？"

"我在这儿。"丈夫从船上向她挥手。

"爹呢？"

"也在船上，你赶紧回家告诉妈，我们回来了。"丈夫要桂兰赶紧回去告诉婆婆。

"噢。"桂兰立即撒腿往村上奔跑。

"妈，爹和小三子找到了，在老四船上，快靠码头了。"

"真的？好好好，菩萨保佑，好人有好报。"婆婆抱住春宝，春宝肚子可能饿了，在闹。桂兰立即抱过春宝，解衣给春宝吃奶。

喜珍听到爹和三哥找回来了，拉着金宝跳跃起来，开心喜悦。

仅一会功夫，老四和一起去的村民用船舱盖板抬着夏宽急匆匆地迈着大步，已经筋疲力尽的老三在后面跟着，他用嘶哑的声音说："喜珍，赶快倒点水给爹喝。"

"哦。"喜珍丢下金宝，从水瓶里倒水，用汤匙自己先尝了一下，还有点烫，她用汤匙不断地搅拌，使热水尽快凉下来。

老三、老四和村上的帮手将夏宽放在床上，替他换上了干净的上衣，剪去裤子露出已经肿起来的左腿。此刻，醒过来的夏宽忍着剧痛，偶尔发出一声疼痛声。他要水喝，喜珍用汤匙将水送到夏宽的嘴边。

老大带着医生也到了，医生给夏宽的伤口进行了清创，敷了药，进行了包扎，还打了一针。医生诊断后说："幸亏治疗得早，如果再迟个一天半天，这条腿就要残了。"

"现在怎么样啊？"

"基本上没大碍，已经替他里外都用了药，明后天再各打一针。"他对着几个兄弟说："谁与我到城里拿点草药来，再服点草药会好得更快些。"

老大说："还是我去吧。"

治疗后的夏宽很快进入梦乡。

全家人这才安静，心中一块石头搬开了，感觉挺过了一劫。

老三十分疲劳，他和桂兰回家去了。

老四向妈说起了找到爹和三哥的经过：

"幸亏我们从湖边找，要不然怎么也找不到。爹和三哥才到马棚湾那一带，如果我们不遇到，爹和三哥恐怕今天到晚都到不了家，那就耽误了。三哥背着爹，一步一步地挪，三哥已经没有一点力气了。"

"他们是怎么回事呢？是不是被鬼子追着跑的。"

"不是遇到了鬼子，而是遇到了水盗，界首那一带早就听说有水盗，杀人越货，经常发生。过去警察没有治理好，现在鬼子来了，情况就更糟了。"

"你爹和小三子怎么会遇到水盗的？"

"这就不清楚了，要等三哥来说才晓得。"老四告诉妈。

老三和桂兰带着金宝、春宝回到了家。桂兰赶紧热饭菜，那是昨天留给丈夫吃的，现在正好热一下，金宝与他爹一起吃。桂兰本不想吃，但是，春宝要吃奶，她也吃了点饭，还喝了些汤。

丢下碗筷就躺到床上，老三告诉桂兰："如果我们从堤上走，肯定就回不来了，水盗在夜间从大堤上追我们，他们至少有三波人在大堤上找过我们。还是爹神机妙算，他算计到水盗的帮手可能会追赶我们，所以，爹说必须从湖边走。"

"听老四说，你要他们从湖边找的。你太聪明了，否则，要到今天天黑才能将爹背回来，我实在背不动了，还下雨，路不好走啊。"夏喜春说着说着就睡着了。

桂兰看着迅速入睡的丈夫，心里千头万绪，她第一次感受到丈夫遇险对她的打击，如果万一有什么三长两短，她真的受不了。还好，丈夫幸运地躲过了一劫。

睡到夜里，夏喜春感觉眼睛特别不舒服，而且疼痛起来，到了早上，桂兰发现丈夫的眼睛肿得特别厉害，几乎遮住了双眼，这让她急坏了。丈夫是一家之主，是家中顶梁柱，如果倒下来，家里的生活怎么办？于是立即送他到南门大街找坐堂名医治。大夫看后对桂兰说："这个眼疾厉害呢，不知怎么回事，给你开两副药回家就熬给他喝，夜里再喝一次，如果明天早上没有明显好转，带他赶紧到中市口那家医馆，那家大夫对眼睛治疗比较有经验，我不收你费用，如果吃我的药治好了再来交费。"

经大夫这么一说，桂兰有点急了。

第二天早晨丈夫的眼睛仍未见好转，桂兰赶紧喊来老四，一起将夏喜春送到中市口那家医馆。

"急火攻心，又十分劳累，伤及脾脏，厉害了，可能保不住眼睛，就是保住了，看东西也模糊。"大夫对桂兰说。

"这么严重，那怎么办呢？"桂兰心急如焚。

"有一个方子，不知你肯不肯做？如果愿意，可能完全恢复。"

"你快说啊，我哪能不愿意呢？一家老小靠他呢。"桂兰坚定地回答。

"在吃我开的药的同时，你用舌头舔他的眼睛，将他眼睛里的毒气舔出来，连续十天。但是，我不敢保证百分百，不过就是不能完全恢复，也能恢复到八九成。"大夫随后便交代了药怎么熬，用舌头怎样舔。

桂兰一点犹豫都没有，当天回到家就开始用舌头舔夏喜春的双眼。

"不行，就是瞎了，也不能让你舔。"夏喜春认为不能让老婆这样做。

"只要对你身体好，能治好你的眼睛，我什么都愿意做，要我的命都可以。"桂兰没有给夏喜春再说话的机会。

大夫要求每天要舔一次，桂兰一天替夏喜春至少舔两次，有时一天三次。一周后，夏喜春的眼睛几乎完全恢复，到医馆复查，大夫对桂兰说："娘子用心丈夫肯定就能治，这个不是我的功劳，是娘子的真心。"

"已经完全恢复，药不用吃了，也不需要再舔了，一周内暂时不要吃鱼虾，尤其是鲫鱼和虾子，吃点鸭子和鸭蛋。"

桂兰终于放下心来，又燃起了生活的希望。

桂兰给夏喜春舔眼睛一事，传遍了西塔村，传遍了秦邮城，人们感叹这世间美好的、动人的、催人泪下的故事不是编出来的，生活原来就是这样。

夏喜春感觉桂兰是他的菩萨，童年时代，是她救了自己的命，这次又救了他的眼睛，若没有桂兰，他夏喜春早就不在这个世上了，就是活在这世上，也成盲人了。

夏宽身体也在渐渐地康复，初下床时，腿还有些瘸，他坚持走路，也康复如初了。

这次遭遇水盗，差点碰到日军，使夏宽认识到虽然要赚钱，但人身安全比赚钱更重要。他决定停止界首、三垛、龙奔的经营点。其实，对于夏宽来说，乡镇这些经营点赚不到什么钱，主要是为了扩大鱼虾的销售量，让西塔村渔民能多打鱼虾，使渔民们生活好一些。

夏宽还有一个最大的改变就是——同意喜珍出嫁。身体康复期间，他思考了两个问题，一是如何进行下一步经营；二是喜珍出嫁。

这次遇险，检验了儿子们在遇到危机时积极勇敢去面对，尤其是老三，遇到凶手，奋力、果断地痛击匪徒，化解了一次灭顶之灾。但是，智慧还差一截，分析、考虑问题甚至都不及桂兰，如果不是桂兰提出到芦苇滩找，风险不会化解得这么快和好。

喜珍出嫁一事，做父亲的虽然心疼，但是，问题不是出嫁，而是大女儿出嫁后受到家暴使他这位父亲伤透了心，在家时，当作心肝宝贝，舍不得碰一个指头，出嫁后竟然经常被家暴，作为父亲，心都碎了，谁能愿意看到这些。而且，他作为一个还有点身份的父亲，经常与人打交道，出嫁的女儿经常受到家暴，让他好没面子。

他要老婆少掺和喜珍出嫁，大女儿就是老婆天天在他面前像念经，也不问前景如何，催着女儿出嫁，结果嫁出去后没多久就有了家暴，虽然经过对女婿的修理，现在好多了，但是，外人知道了，被嘲笑："他夏宽有钱有身份咋的，女儿还不是……"

夏宽不在乎对方家庭多富裕，只求喜珍将来生活安安稳稳，平平安安，生儿育女，做父亲的心里就安了。

夏宽觉得桂兰是真的对喜珍好，是个能独立思考问题的人，不会让喜珍吃亏，所以，他要桂兰负责喜珍出嫁一事。

公公交差，桂兰深感责任重大，嫁得好，喜珍幸福，她和丈夫的脸上有光；如果嫁得不好，她这个嫂子的日子不好过。

慎重起见，桂兰来到了王大妈家，通过闲聊对酱园店，当然也是王大妈做姑娘时的家进行了溯源。

秦邮这座城，城区虽然不大，但是历史悠久，酱园店店主刘家是一门望族，有个弟弟在日本留过学，现在在国民政府里当参事，这家酱园店已有百年历史，不仅闻名秦邮城，也名扬周围地区。

桂兰最后给公公汇报了酱园店刘家的身世，并告诉他，未来的女婿有个小妹妹眼睛基本是看不见东西的，看了很多医生也不见好转，将来如果不出嫁，很可能在酱园店里终身。不过，店里现在卖得很火的五香烂蚕豆只有小妹妹能做。

夏宽的回答让刘家心暖：兄妹有责任互相帮扶，这是上天安排好的，是定数，说明这个哥哥前世欠她妹妹的债，本世来还。

通过界首事件，夏宽现在真正理解了孙如淦要他早点嫁女儿的那句话。日军给中国人民带来深重的灾难，他们在一天，日子就不会有一刻安宁。

想到这儿，夏宽终于同意将喜珍这个宝贝女儿嫁出去了。

酱园店刘家毕竟是有头有脸的人家，刘老板在福来饭店摆宴，上门邀请夏宽夫妇还有王大妈、桂兰、夏喜春等，刘家也派出了亲人团。二位当事人因不适合碰面，所以没有到场。刘家还特意请了一位全城有名的算卦先生为两个年轻人算了一卦，算卦先生给出了让人摸不着头脑的话："国兴家旺，国难家衰。"卦后，算卦先生分文未取，只求一包五香烂蚕豆。当他看到做出全城最好吃的五香烂蚕豆的小女孩是个盲人时，心头一惊，但转而喜道："前世德厚，一生平安，儿女双全。"然后用手从已经包扎好的荷叶包掏出五香烂蚕豆放进嘴里，微笑着离开了酱园店。

算卦先生是刘老板请来的，他还没听清算卦先生说的是啥，人就走了。女儿听得千真万确，也理解了其意思，但是，算卦先生向她说此话时，又低声告诉她："顺水推舟，利人利己。"所以，当父亲问她算卦先生说了些什么话时，她没有正面回答，而是用五香烂蚕豆的话题打了个圆场："豆子好吃，新人相宜。"

酒宴开始，一桌十二人，刘老板力请夏宽夫妇上席。夏宽也不谦让，上席就座，但是，他拉过刘老板一起上席："女人不宜上席，你我一起，正好喝酒。"此刻，夏宽不再讨厌刘老板，又似兄弟一般。

桂兰是第一次到饭店入席，也是第一次与公公、婆婆在饭店同席，拘谨得很，席上虽然有几道她没吃过的菜肴，但她一筷也没吃。

刘老板提出他不希望将来儿子、儿媳与自己住在酱园店里，现在已经开始为儿子建新婚房，位置在邮驿巷口东北角，是祖上传下来的，原房屋十分陈旧，将推倒重建。在国民政府任参议的弟弟已经来信表示将部分继承权转让给侄子。目前，各项工作已经准备就绪，择吉日开工建设，预计一年内完成。

夏宽听后并没有感到什么不妥，认为这是刘家正常的安排，就像他家一样，给儿子建新房结婚。

桂兰听到此事，认为这是喜珍幸福生活的开始，邮驿巷口东北角与酱园店只隔百十步远，近在眼前，将来喜珍到店里持店方便得很，等于就在家门口。不与婆婆、公公、小姑子住在一起，省不少麻烦，喜珍从小在家被宠惯了，与婆婆、公公、小姑子住一起会生出很多事来。单独住，反而与婆婆、公公、小姑子关系更加融洽些。想到这儿，桂兰又为小姑子的婚事加了分。

王大妈看到两家谈得投机，没有什么过分要求，她作为媒人宣布："五天后是吉日，刘家上门求婚，之后确定订婚日子。"

正当宴席散席时，两个日军在水警队队长王双喜的带领下冲到楼上宴席，查看有没有新四军。

"我们在谈家事，哪来的新四军？"刘老板见日军和这位已经当了汉奸的水警队队长破坏了喜气的场面心里不开心，但是又不敢多话，只好忍气吞声。

日军不买刘家的账。但王双喜知道水的深浅，刘老板的弟弟在国民政府任参事，这可是高压线，弄不好，丢乌纱是秒秒间的事。所以，他见到是刘老板主持的宴席，全桌人他又都熟悉，见状，没停留，赶紧带着日军走了。

散席后，夏宽夫妇、王大妈乘渡船回去，桂兰和夏喜春划船来，当然划船回去。

此时正是三伏天的中午，天热得很，桂兰上了船，想到船舱里避阳，正要掀开船舱芦席，看见养父在琵琶闸的码头水边上，此时养父的目光正盯着她，并通过目光向她暗示什么，她掀开芦席，见船舱里有两个陌生的男人，再看看养父，养父的目光告诉她不要声张，将船开到对岸去。

桂兰没有进入船舱，立即重新拉好芦席，就坐在船边上，思索着养父目光里的含义。

夏喜春感觉桂兰的行为异常，掀开芦席怎么又迅速拉上。他想问，桂兰让他别开口，直接开船。

船到水中间，桂兰对着船舱说：“你俩要到哪里？”

“到芦苇荡里。”船舱里的人回答。

“是新四军？对，你们是新四军。你俩想从哪儿上岸？”

“还是过闸后从西塔村西边那个滩地上岸比较安全。”船舱里的人回答。

“过闸，鬼子万一搜查怎么办？”夏喜春担心过闸时会被日军查。

“这条船鬼子还没有注意，但是已经被王双喜盯上了，如果不过闸，从其他地方上岸，反而容易被怀疑，”一位新四军分析说。

“对，直接过闸，然后送到湖西滩地。”桂兰支持新四军的分析。

“我爹是什么人？”

“是中国人、勇敢的人、爱国的人。”另一位新四军回话。

桂兰最终没有问出养父究竟是什么人。

果然如此，日军只是巡视了一下船，并没有上船检查。

船顺利过了闸，此时，孙如淦已经出现在闸上，他微笑地目送小船向湖西划去。

共产党领导的新四军对日军展开了坚决的斗争。自界首事件以来，新四军多次打击日军，使之嚣张气焰收敛了不少，尤其是湖上，日军的汽艇已全部被击沉，刚调来的一艘再也不敢轻易地开进湖里，只是白天偶尔象征性地在船闸附近转悠。

这段时间以来，县城的日军也少了些，他们主要以奎楼为依托，蜷缩在那一带，不时地到县城骚扰，其他大都调到界首和三垛，在乡下筑碉堡、修工事，似乎要与新四军进行对抗。

日军的残暴激起了中国人民的奋力反抗，界首事件使秦邮城乡有志青年纷纷从戎。刚订婚不久的喜珍未婚夫也做好了准备要弃商从戎，他几次到西塔村与喜珍商量此事。

"我要到叔叔部队里去打鬼子。鬼子太坏了，生意没法做。昨天又闯进店里抢走刚做好的五香烂蚕豆，一点不剩，全部都抢走了。"

喜珍未婚夫刘大成的叔叔在国民政府任参议，现在带着一支部队已从重庆出发参加抗日。刘大成想到叔叔的部队去，那样可以得到叔叔的帮助。

这事还没与他父母商量，他找喜珍的目的，是想得到她的支持。谁料想，刚开口就被呛了回来。

"你要去，就去吧。你反正又不在乎我。"喜珍听到刘大成要去打鬼子，要离开秦邮，知道去了不知什么时候才能回来。

"怎么就不在乎你？父母还不知道，就先来找你商量，征求你意见，想得到你的支持。"刘大成以为喜珍能支持他去打鬼子，没想到，刚开口就吃了闭门羹。

　　刚订婚不久，就提出离开秦邮，离开她喜珍，喜珍作为一个女人，当然不会轻易地同意。

　　"为什么要离开秦邮呢，你要打鬼子，芦苇荡里有新四军，你去好了，这样还能经常看到你。"喜珍很幼稚，她这个想法要不得。

　　"我去打鬼子，不能让他人知道，如果传到鬼子那儿，家人和店不都全完了？我到叔叔部队里，不能告诉外人，只能说我到国外上学去了，几年后回来。"刘大成告诉喜珍，他去打鬼子的事要保密。

　　喜珍听后不作任何反应，既不同意，也不反对。反正心里不开心。刘大成想亲她，她躲开了。

　　喜珍闷闷不乐，桂兰感觉出来了，她问喜珍："怎么了？有什么心事？不会是刘大成悔婚吧？"

　　喜珍还没回答桂兰的话，眼泪就出来了，哽咽地说："差不多。"

　　"怎么差不多？如果悔婚，他不会来找你玩，应该直接让王大妈出面。"桂兰认为不会是刘大成悔婚。

　　"他要……"喜珍刚想说他要去打鬼子，因刘大成告诉她，这事不能告诉外人，所以没有说完。

　　"他要干什么？"桂兰追问。

　　"他要出国去上学。"喜珍按照刘大成吩咐的话说。

　　"好啊，这样你更光彩啊，而且他可以带着你一道去。"

　　"他不带我去。"喜珍不知这样回答嫂子的话合适不合适。

　　这回桂兰闷住了，她不知道如何理解刘大成与喜珍目前的状况。按常理，订婚，实际比结婚还要重要，订婚是一种承诺，已经表示是对方的一半，如果没有意外，接下来就是走最后一道结婚程序。在大城市，订婚实际已经不重要了，自由恋爱，只要双方情投意合，就可以做小夫妻了。在秦邮县城，随着风气的改变，订婚只是多走一道形式，比较开放的人家，订婚也逐渐取消，直接结婚。

"我来问问王大妈，怎么回事。"桂兰对喜珍说。

"三嫂，你别问了，问了也是白搭。"见嫂子要过问这事，喜珍觉得不太可能说动刘大成。此刻，她将问题的真实情况告诉了桂兰。

"去打鬼子，好啊！个个都恨死鬼子了，他们不在自己国家待着，跑到我们这儿来杀人、放火，什么坏事都干。鬼子一天不赶走，我们日子一天不好过。过去，西塔村就是穷点，生活还算安定，现在，不仅更穷，日子更难过了。"

"不过，怎么办呢？他去打鬼子，肯定不能带着你的。"

"秦邮城很多年轻人都到部队去打鬼子了。好多中学生也不上学了，还有女生到部队去参加打鬼子。"桂兰告诉喜珍，全国人民都起来打鬼子了。

"三嫂，你从哪听来的？"

桂兰是听芦荡里的新四军说的，但是，她不能告诉喜珍她实际也在积极参与抗日斗争。这次送新四军到芦荡，在船上，新四军向她和夏喜春讲述了不少打鬼子的故事，特别讲到了秦邮人民已经被动员起来共同参加打鬼子。

也就是说，喜珍的三哥三嫂以及孙如淦实际上已经参加了抗日斗争，喜珍爹也间接地为抗日出力，西塔村不少渔民也摩拳擦掌随时准备为抗日出力，只是没有公开出来，而是悄悄地进行。大多是"地下"斗争，这种"地下"斗争，一旦时机成熟就会爆发出来，成为抗日的烽火。

桂兰想要喜珍支持未婚夫去打鬼子，喜珍是她最亲近的小姑子，与刘大成已经订婚待嫁，但是，刘大成去打鬼子，万一有个什么三长两短如何是好？

第十四章

秦邮城的秋天是很美丽的，矗立在运河上的镇国寺中的西塔在秋色里更加绚丽多姿。清晨，喜珍和他爹来到渡口，见渡船在对岸，她就在河边踱步，不远处的西塔此刻在朝霞的辉映下发出熠熠光辉。塔上一棵伞状的桃树不知生长了多少年了，此时已经全身金黄，在朝霞里更是耀眼夺目。在晨风的作用下，金黄色的桃叶，时而飘落一两片，那桃叶在空中并不直接落下，而是飘飘扬扬，在空中划着优美的弧线。让人着急的是，两片叶子也不飘向同一个方向，而是让你猜不着着落点，或向运河，或向秦邮湖。最终，你很难找到那片落叶。

喜珍在想，要是有一片桃叶落在她的面前多好，她一定会将其当作宝贝收藏起来。早就听说那棵桃树的神奇，早就传颂那些飘落桃叶的美丽，可是，她既没有见到过落下的美丽桃叶，更没有尝到过树上掉下来的桃子。

她好想吃到树上掉下来的桃子，传说那是棵仙树，树上的桃子是仙桃，吃了仙桃，想要干什么就能干什么。如果现在能吃到，她最想干的是赶走鬼子，让刘大成不要离开她。这仙桃莫说她喜珍想吃，全西塔村人想吃，就是整个秦邮城人都想吃，可就是没见到有人吃过。那些能吃到的桃子是树上长结的、街上卖的普通桃子。

"喜珍，船来了。"夏宽特别宠爱这个女儿，在家时直呼老幺子，在外面公开场合才叫她名字。

"哦，来了。"喜珍这才从遐想中醒来，随着爹上了渡船。

刘大成已经好多天没来看她了，她要去看看。刘大成也多次要她去酱园店熟悉熟悉，说是如果他去打鬼子，酱园店就缺人了，让喜珍过来帮忙，就住在店里，那边婚房也快建好了，也要去看看，有什么要求直接提。

渡船很快就到了南岸，夏宽和喜珍刚上岸，王双喜就带着两个日军过来要乘渡。日军见到喜珍，用枪对着喜珍，一脸坏笑。喜珍吓得立即躲到父亲的背后。日军又绕到夏宽的背后依然用枪对着喜珍，喜珍吓得直哆嗦，夏宽赶忙搂过喜珍对着日军大吼："干嘛？"

日军满脸坏笑，根本不将夏宽的吼声放在眼里，似乎要想动手。夏宽怒不可遏，继续大声吼着，一起乘船来的渔民和乘客都停顿了下来，他们见日军要欺负夏宽的女儿，愤怒之火立即爆发。几个渔民拉过喜珍，迎着日军的枪。

这时，船主也在吼："还走不走，不走，开船了。"在一旁看"热闹"而不准备插手的王双喜听此，对着日军比划着，两个也感觉到这样的场面对他们不利，见王双喜招呼他俩乘船，便作罢了。

　　渡船刚驶出码头不远，便听到船上发出了呼救声，船还没划到运河中央就要沉了，是那个船主将船弄翻了，而且他边喊，边哈哈大笑。

　　岸上的人很着急，但又不知如何去救。

　　"船上有什么人啊？"

　　"不知道呢？没在意。"

　　"我看到的，就两个鬼子和王队长，还有船老大。"

　　"是的。我要乘船过河，船老大不给上，眼睛向我挤了挤，我看见是鬼子和那个队长，所以就没有上船，在这儿等下趟渡船呢。这下好了，过不去了。"一位大娘肯定地说，船上只有王双喜和两个日军。

　　大家正说着，运河中现出个人头。

　　"快看，有人露出水面了。水面上有红色，可能是血。"

　　"就一个人露出水面，还有三个人呢？"

　　"露出水面的好像是船老大。"

　　"只要船老大活着就好，鬼子和汉奸死了是大好事。"

　　"对！是这个死鬼张大网，好像是他有意弄翻船的。"有人看出是船老大有意弄翻了渡船。

　　"好！这个张大网好样的，弄死鬼子才好，弄死王汉奸才好。"众人看出船主弄死了两个日军和汉奸王双喜，感到大快人心。

　　张大网是个孤儿，从小到大是西塔村村民你家一口他家一口喂大的，长大后，除了经常帮人出湖打鱼，没有其他本事，夏宽自开了渔行就推荐他到渡船上，靠摆渡养活自己。

由于从小没人管，野性十足，他能在水里几个小时不上岸，有人看到他小时候就能手上抓住一条活鱼游过运河，可想而知，他的水性有多好。他至今未婚，吃住就在渡船上。

日军来后，过往客人尤其是西塔村村民发现他突然变得像模像样了，斯文了不少，懂事了不少。

有人认为张大网将船弄翻，是两个日军要污辱夏宽的女儿，这是张大网替夏宽出气。也有人认为，王双喜经常在渡船上训斥张大网，张大网是为了报复。

其实不完全是。

是孙如淦将张大网介绍给了他原在县政府里的同学张春华，张春华已经将他培养成为一名共产党员，这次是为了除掉汉奸王双喜和去闸上换岗的两个日军。

张大网到了运河西岸，扛着两把从两个日军身上弄来的枪立即上岸，很快便消失了，这些都由张春华安排好了，对岸有人接张大网先到湖荡里的新四军那儿，之后将送往延安。

已经上了大堤的夏宽看见眼前这一幕，长吁一口气，他十分气愤，心里非常难受：鬼子、汉奸你们抢我的钱，砸我的店，污辱我的女儿，你们简直不是人，是禽兽。你们不死，谁死？张大网，好样的，你叔会补偿你的。想到这儿，夏宽带着女儿到了渔行，到了渔行后，他让老大夏喜和将喜珍送到酱园店，自己接过秤出售鱼虾。

他思考着如何更好地配合新四军消灭日军。

喜珍到了酱园店，刘大成看喜珍脸色难看，全身在抖，而喜珍见到刘大成立即扑到他的怀里大哭。

刘大成得知事情经过后，咬牙切齿，愤怒至极，恨不能立即拿起刀枪上战场与日军拼杀。

刘大成搂着喜珍，安慰她："别怕，我一定去打鬼子。"

"嗯，你去吧，我支持你。"经过这次惊吓，喜珍终于懂得了刘大成为什么要离开酱园店、离开她去打鬼子。鬼子不赶走，日子一天也没法过，喜珍从一开始不理解到现在坚定支持刘大成去打鬼子。

得到了未婚妻的支持，刘大成进一步坚定了去打鬼子的决心，他已经做好准备，就在等未婚妻"放行"。现在已经得到"通行证"，他将择日前往武汉去他叔叔的部队。

由于渡船翻沉，当日已经没有渡船，临晚，老三划着自家运鱼的船来接父亲和喜珍。喜珍告诉爹，刘大成要去打鬼子，这两天就要走，她决定这两天留在酱园店陪陪刘大成，夏宽虽然觉得不妥，但是感觉也在情理之中，赞成与否，作为父亲，真是好难决定。最后在喜珍的坚持下，他才勉强同意。

两个日军和一个水警队队长就这么死了，在秦邮城老百姓中引起轩然大波。他张大网是哪路神仙，一次就弄死两个日军，还带个汉奸。是不是水浒传中的浪里白条再现？

甚至有人怀疑这是瞎吹的，秦邮城，特别是城郊人，一些"二流子"整天不干事，吹牛是一级，反正不带刹，怎么神怎么吹，死人能吹活，活人当然也能吹死，反正又不犯法，又不会吃官司。你吹得越神，越有人听，听的人一根接一根地递上烟。明知是吹的，但就是当真的听。

"两个鬼子、一个汉奸，千真万确被弄死了，这个不是二流子吹出来的，消息是从现场看见的人那儿传出来的，是渡船张大网将船弄翻淹死的。"

"弄翻船，怕落水鬼子淹不死，张大网还给鬼子和汉奸补了刀，所以，河中央出现红色的水，那是张大网给鬼子、汉奸补刀后涌出来的血，一共出现过三次。"

故事是真的，但是最终成了传奇，甚至传到扬州说书人王少堂那儿，王少堂将这个故事作为他的《武松打虎》开场篇。

当然，这个故事更加激起了秦邮人抗日的激情，纷纷采取各种方式加入到抗日斗争中。

没有一个中国人不对两个日军的死而拍手叫好。在警界也是如此，他们虽然觉得王双喜是中国人，有点可惜，但是，当了汉奸，死了，一样不冤。

王双喜这个靠老丈人起家的警察，在有良心的中国警察里形象不怎么好。玩女人是小事，贪婪过分，特别是整天跟在日军后面屁颠颠的，让人痛恨。

水上警察是县警察的一个分支，属县警察局管，一个水警队队长死了，听说还是被人专门弄死的，这可不得了，然而，县警察局对外却声称是渡船因突遇大风致船倾覆落水至死，给家属发了些抚恤金了案。

县警察局这样处理，减少了很多事，特别是在日军那儿没有了麻烦。船翻人落水，自然死亡，日军要是到局里来讨说法可以推得干干净净，因船翻落水死亡，警察也死了，而且是个队长。如果说是人为的，为何两个日军和一个队长这样轻易地被一个手无寸铁的船夫杀了，队长没开枪，为何你日军不开枪？怎么说，都说不过去。那个张大网是个孤儿，现在与两个日军和队长同样生不见人死不见尸。虽然有人看见张大网逃到芦苇荡去了，可那儿是新四军的地方，到那儿抓人，是你日军的事，警察没有这个能耐。

王双喜的死，受害最重的是王小喜，就是王双喜与郁小妹生的男孩，这个男孩已经成了王双喜家的一员，生活无忧，上着学，怎么得也是一个公子哥儿。现在可好，爹死了，儿子岂能不受影响。问题是，他的后妈是王双喜的第三个老婆，前面第一个老婆未生育，第二个老婆生了一个闺女，现在这个老婆也是生了个闺女，三个小孩，本来问题不大，家中有保姆侍候，开支由王双喜承担。现在王双喜死了，没有了经济来源，那点抚恤金能够生活几时？关键是，王双喜只承认王小喜是他的干儿子，没有说过是亲儿子。既然与丈夫没有血缘关系，与她一个女人家更无缘，要他何用，所以，她要将王小喜驱逐出门。

郁小妹听到王双喜死了伤心得很，虽然早就与她没有了肉体关系，但是，那么一段亲肤之缘怎能会忘记，尤其是她与王双喜生了个儿子，这就是爱的结晶。现在王双喜死了，儿子怎么办？正想此事呢，那边就传来儿子被驱逐出门的消息。

怎么办？她一个女人，没有经济来源，没有任何办法。

"死鬼，要儿子，给你生了儿子，你不将他养大，自己先走了，这不是害我好苦。"郁小妹满脸泪水止不住地流。

"怎么办呢？让儿子回来，肯定不习惯了，再说他在上学，现在不让他上学，回来干什么呢？"郁小妹边流泪边考虑着这些问题。

"让儿子继续上学，到城里租个房子。"郁小妹终于想出个自己认为好的办法。

租房子要钱，钱呢？她郁小妹没几个钱，那是王双喜给她的。突然，她想起王双喜给过30块银元，那是王双喜要自己儿子时给的。

陈熊几乎很少回家，回来也是付点生活费，这天，他回来了，郁小妹与他说起30块银元的事。

"后来又给王双喜要回去了。"陈熊一本正经地告诉郁小妹。

"怎么可能？"郁小妹反驳道。

"怎么不可能？你去问他。"死无对证。

其实，陈熊已经知道，那个儿子其实是王双喜与郁小妹的儿子，然而，王双喜是他顶头上司，他陈熊只能"熊"着，否则儿子照样是人家儿子，自己可能什么都不是了。他陈熊也模仿了王双喜的做法，在城里找女人。找女人要钱，那30块银元早就消耗殆尽。

让王小喜继续上学，放学了坐渡船回到西塔村。陈熊哪能不同意："又不是我的种，为何替他人养孩子？"

郁小妹说出了与他私奔那会儿的事，说陈熊没良心。陈熊反驳道：

"再怎么着，你不能让我戴绿帽子，还与人生孩子，让我怎么做男人？"

"你好？你在外养女人，在哪儿我都知道，不要以为自己多干净，你与别的女人也生了个丫头。"郁小妹从王双喜那儿早就得知陈熊在外养女人，由于自己有亏在先，只好装聋作哑由他去。

郁小妹捅出了他的秘密，本以为陈熊会同意将王小喜接回来，然而，他觉得心安理得：是你郁小妹有错在先，我是被逼的。就是不同意将王小喜接回来。

郁小妹一哭、二闹、三上吊，大家活不成，过不下去，还到闸上去闹。

王双喜死后，陈熊没有了后台，当然就不能在闸上继续留用，但是，鬼子看中了他，让他直接加入伪军，穿上伪军装在闸上负责搜索新四军和共产党。

郁小妹可不管他是什么军，一天 24 小时在闸上闹，家里儿子吃不上饭，睡不了觉，生活彻底乱了，这样，陈熊也没法当差，最终，他只得同意郁小妹的要求，但是，王小喜还是王小喜，不改名不换姓。

人，包括小孩，从穷日子过富日子没有问题，但是，过惯了富日子，你要他再回头来过穷日子，那是难熬的。王小喜突然没人要了，在学校不仅受到同学们的嘲笑，说他是野种，每天还要多走不少路去坐渡船，经常迟到，也经常吃不上早饭。中午饭呢？只好忍饥挨饿，晚上回到西塔村，天已经黑漆漆，日子是从天堂跌入了地狱。没多久，他干脆就不上学了，每天从家出来，到城里当"混混"，后来，也不来西塔村了，再后来人影也不见了。郁小妹无奈，只有以泪洗面，自己酿的苦酒自己喝。陈熊虽然没有落井下石，但是，总算松了口气。不是自己的种，不该自己负责。他多次看见王小喜与城里乞丐在一起疯狂地追逐。

郁小妹看不见自己儿子的身影，到城里去找，人影儿也没见到，虽然郁小妹没有见到儿子，但是儿子见到了她，只是没有上前相认。郁小妹见不到儿子，心都碎了，食宿无味。

一天，郁小妹接到警察通知去认尸，是斗殴致死的儿子，她伤心不已，抚尸大恸，骂道："死鬼，与你爹一样，不好好地活，非得去死，到天堂去找你爹去吧，还是让你爹管你，省得你妈烦心。"郁小妹当场昏了过去。从此，郁小妹精神开始失常。

一个美丽无比的女孩，因一念之差，导致整个人生错乱。

郁小妹精神错乱，陈熊从此再没有顾虑，肆意而为，不仅不问老婆的生活起居，还直接与城里的妌头公开同居，对未能自食其力的儿子也不管不问，究其原因，他怀疑这个与他长相十分相似，几乎是一个模子脱下来的小儿子可能也不是他亲生的。

女儿小珍自嫁出去后难得回家一趟，她不是不想回家看望父母，而是听不得汉奸爹丢人现眼的事，觉得脸上无光。妈精神失常，爹不管，小珍接走她妈再也没有回来。

陈熊彻底沦为汉奸，成为日军的帮凶，过去还有个王双喜调得动他，现在，没有了王双喜，他就算老大了，除了日军能给他发号施令外，没有能管得到他，他觉得自己是在日军之下中国人之上。

得到日军的重用，陈熊得意忘形，充当打手，与秦邮人、与西塔村人为敌。

"沙枯拉、沙枯拉，啊立如脑私呀娜……"一天早晨，陈熊在闸上唱起了谁也听不懂的一首歌。

"陈大警察，你在唱什么？怎么听不懂？"认识他的过路人问道。

"这是一首美丽的民歌。"陈熊从日军那儿学来的一首歌，因他不懂日语，又不会唱歌，所以，唱的连日军都听不懂。

"什么民歌啊，怎么听不懂？"

"你懂个屁，这是日本民歌，樱花。"

"哦，日本的，当然只有你能听得懂，又会唱，我操……"过路人用鄙夷的口吻和目光回答他。

送别刘大成，喜珍的心就随着刘大成驰骋疆场，她也不知刘大成在东、在南、在西还是在北，更不知生死。从此，心中有了牵挂的人。

她常常一个人独自徘徊在湖边眺望辽阔的湖面，眺望天空的白云，心驰神往，希望刘大成能出现在她的身边。她默默地问奔腾不息的白云，你可看见大成现在在哪里？问静默无语的湖水，你可知道大成在何方？想着、想着，泪水就湿润了眼眶。她已经怀孕好几个月了。

刘大成是个负责任的男人，他临走前给父母留了一封信，信里叙述了他的留言："父母在上，恕儿不能在身边侍候父母，日寇丧尽天良，儿要上战场消灭鬼子，等消灭了鬼子，儿再回来孝敬父母。我和喜珍已经圆房，如果她生下一儿半女，望父母多照料，新砌的房子给喜珍和我们的孩子住，等我回来再举行仪式。"

刘老板夫妇二人看见儿子留的信，心酸泪流，他妈恨恨地说："死鬼子，害得我们家不能圆，业不能兴。"刘老板虽然没有说话，但是，他咬牙切齿，满腔怒火。让夫妇二人感到欣慰的是，喜珍已是刘家真正的儿媳妇，从此，他们就让喜珍参与酱园店的经营和管理。

刘大成参加抗日走后没多久，房子就砌好了，刘老板按照儿子的要求将房子交给了喜珍，由喜珍自己安排。

喜珍怀孕了，喜珍妈知道她怀孕，觉得女儿丢人现眼，还没举行婚礼就将自己送给人家了，便将喜珍臭骂了一顿，要她永远住在刘家不要回来了。做妈的，看到女儿人未嫁身先孕，心里不好受，让人说起来，像是嫁不出去似的，脸上无光。

夏宽虽然与喜珍妈有一样的观点，一样的认识，但现在女儿已经怀孕了，刘家也已经接受了这个事实，并且将喜珍放在刘家儿媳妇的位置上，他也没有办法。女婿是为了抗日，外人不知道，传说是去外国留学。去留学，听起来好像是有点别扭，有点故意躲避婚事似的。为什么不早去留学、不迟去留学，偏偏刚订了婚就去留学？让人生疑。现在，喜珍怀孕了，还没结婚就怀孕，这在西塔村，就是在秦邮城也是少见的事。一般没有结婚就怀孕，都会被人议论得抬不起头，都没有好话说。而且留学可以带老婆去的，县里那个县长的儿子去留学就是带着老婆去的，这显然是刘大成甩了喜珍。这些议论传到了西塔村，也传遍了全城，因为这个酱园店名气比较大，特别是喜欢吃五香烂蚕豆的那些顾客，他们现在又带着猎奇和看笑话的心态到酱园店。买酱菜、买五香烂蚕豆、打酱油的是一部分，来看"新闻"的又是一部分。看"新闻"的虽然不买酱菜、五香烂蚕豆，但是又不好意思空手进店、空手出店，便假惺惺的买点五香烂蚕豆，这样让店家看不出来是来看笑话的。

他们见到酱园店来了一位年轻的"售货员"，就议论开了：

"就是站柜台的那个？"有人随意问。

"是的。"有人接话。

"蛮漂亮的。"

"秦邮城这么漂亮的不多。"

"这么漂亮，难道嫁不出去？"

"是不是破鞋？"

"胡说什么呀，人家是个黄花大姑娘。"

"黄花大姑娘怎么没结婚就到人家来？"

"这有什么呢？人家男人去外国读书去了，读书回来后再结婚也不迟。"

"哪有这么不要脸的，男人还没要，就到人家来了，还赖在这儿站柜台。"

"不好这么说的，清官难断家务事，谁知人家是怎么回事，不好瞎说八道。"

"谁瞎说八道了？你们啊知道呀，她已经不是姑娘了，已经有喜了。"

"啊！不会吧？"有人听说喜珍已经怀孕，感觉不可思议。

"这是谁的丫头，没人管了？"

"对过渔行夏老板的千金。"

"他家也不穷呀，怎么就这样让自己的闺女丢人现眼。"

这些都已经是老妈子的人围在一起议论喜珍，刚开始，喜珍不知怎么回事，以为他们聚在一起聊家常，听着听着好像与自己有关，有人甚至直接指着她议论。她感觉不对劲，喊来婆婆，婆婆刚出现在他们的面前，他们便"哗"地散开走出去继续议论。

议论归议论，这阵子，酱园店销售量大增，是过去的好几倍，尤其是五香烂蚕豆，常常不到下午就销售完了，忙得小妹都喘不过气来。

"既然销售量大涨，就让别人议论去吧。"喜珍虽然感觉这些老妈子议论了她，但是没有什么恶意，她让婆婆站柜台，自己去帮小妹做五香烂蚕豆。

婆婆毕竟要比喜珍威望高得多，世面见得广。她找到个别与她关系好的老妈子，让她们别瞎议论，说这个媳妇是明媒正娶娶回来的，是他们小夫妻俩不愿办结婚喜宴，嫌麻烦，两家已经悄悄地办过结婚宴了。儿子急着要出国留学，所以就没有惊扰大家。好话说了之后一人一大包五香烂蚕豆和一包酱菜，得到了实惠的老妈子也就做个顺水人情，帮人作说客。至此，才悄悄平息了一场"八卦盛宴"。

议论停止了，酱园店的生意也恢复如常，略微好一些，外面传说酱园店娶了个俊媳妇站柜台，主要是一些好奇的人来看喜珍，多是年轻人。

日子越是艰难，酱园店的生意却越是红火，为什么呢？因为人们没有钱买鱼买肉吃了，吃不了干饭就只能喝粥。喝粥要配小菜，小菜花的钱很少；有酒瘾的人，买不起熏烧，买不起猪头肉，弄盘花生米加五香烂蚕豆，花不了几个钱，经济实惠又下酒。因此，日子越穷，酱园店生意越好。

夏家的渔行却日益衰弱，一度到了要关门的地步。一是饭店大多关门歇业，原固定客户没有了；二是大家收入都大为减少，自然很少吃鱼虾了。

夏宽这回实在找不到办法来提高鱼虾的销售量了。日军像幽灵，你到哪儿，他们就时刻拽绊着你，就是不让你活下去。

桂兰有了第三个儿子。1943年12月，那是个隆冬季节，桂兰顺利产下第三个儿子，名字还是桂兰给起的，叫龙宝。为什么叫龙宝？因为日子太困难了，希望有条龙来冲冲喜。

三个儿子嗷嗷待哺，丈夫夏喜春暂时又没什么其他地方赚钱，渔行生意清淡，他的收入当然也少了很多。养父所在船闸几乎已经停闸，日军和汉奸陈熊把持船闸，每条过闸船都要搜查，运粮的船过个闸不仅要交过闸费，还要被日军弄走不少粮食，过个闸等于被扒了一层"皮"，等运到地头，运粮人大亏，越运越亏，还不如不运。渔民的船自日军来后也基本上都不过闸了，不过闸也就不交费了，现在船闸等于是个空壳。没有船过闸就没有了收入，没有收入，管闸人只好喝"西北风"。

孙如淦已经多月没有饷拿了，孙如淦没有，陈熊也没有，但是他有其他办法：卖闸上设备，能拆的、能卖的都卖掉换钱装自己腰包。闸上有很多树，他也给砍了当木材和柴火卖，他还想出租闸上的房子，日军知道后不让租，万一租给了新四军怎么办？其实，也没人敢租。谁愿意天天在日军眼皮底下，不是找死吗？

　　陈熊养鸭子的技术还是顶呱呱的，养的鸭子都能下双黄蛋，而且蛋大油多。如果陈熊一直养鸭子，他肯定发财了，然而，他当了汉奸，成了家人讨厌、社会唾弃的坏蛋。

　　桂兰一家日子艰难，这时她又想起了过去放在养母那儿的51块银元。

　　"妈，那51块银元拿点出来，已经没钱买米了。"

　　听到桂兰提起银元的事，刘云吱吱呜呜搪塞。

　　桂兰见状不知如何是好，只有多次在养母面前提银元的事，养母始终装聋作哑，一直不拿出银元。

　　"妈，你倒给个话啊，家里现在真揭不开锅了，能不能先拿1块出来救急，剩下的还放你那儿。"

　　刘云埋头，也不答话。

　　"妈，怎么弄法，一家人要吃饭，现在米都没有了。三个小宝宝也没吃的了。你就先拿1块出来吧，求求你了。"

　　刘云死活不开口，也不拿银元，桂兰拿养母没有办法，能治得了刘云的是孙如淦，孙如淦至今没有回家一趟，他是抱着不赶走日军、不清除汉奸就不离开闸上一步的决心。

　　到了这种地步，桂兰第一次与养母翻脸，她责问养母："什么意思，家里现在没钱买米、买油，放你那儿51块银元，你是怎么说？"

"再怎么的，是我放你那儿的，你现在拿出来全家过日子用，你总不能看着大家没饭吃也不管吧？"桂兰很气，先气得哭，然后是恨。她在想，是不是养母一直没将她当作孙家人？一直将她看成是用钱买来的养女？想到这儿，桂兰有点不服：再怎么样，你5块银元将我买来，我这么多年做牛做马侍候你和养父，也算还清了。就是没有还清，51块银元，扣掉5块，你应该还我46块才对。要你还我的银元，是全家生活用，养父在闸上也没吃的了，总不能全家等着饿死？

听到桂兰又在要银元，刘云立即起身要离开桂兰的视线，桂兰见状，顺手拉了刘云的手臂："妈，到底是怎么回事？银元，你还拿不拿得出来？"桂兰这一拉，刘云一个趔趄，差点摔倒。

"你打我啊？养你这么大，你有本事了，敢打我。"刘云顿时大哭，责备桂兰不孝。

刘云的哭声引来了过路的邻居："桂兰怎么打了养母？"

"现在长大了，又结婚生了三个娃，有本事了？"

"多年媳妇熬成了婆。"

他们先是在院外探望，后来干脆直接进了院子，甚至有人直接指着桂兰："你不该打你妈，她将你拉扯大不容易。"

"我没打她，我和她要钱，她不回话要走，我只是拉了一下她的手臂。"

"不会吧？拉了一下手臂又不疼怎么会痛哭呢？"

"你妈欠你钱？她将你养这么大，又帮你带小孩，还欠你钱？"刘云的牌友帮刘云说话。

"你是买来的，哪来钱？你家有钱不会将你卖给人家？"另一个牌友直接指着桂兰责备。

桂兰觉得养母这几个牌友太过分了，不仅是在拉偏架，还污辱了她的人格。她不客气了："你们是不是觉得我妈将钱少输给你们了？是不是要将这个家也输给你们？你们串起来玩我妈，你们真是太不像话了，不仅胡说八道，还污辱我。"

"这两个女人是有点过分，清官难断家务事，你们怎么就这样指责人家桂兰？"有邻居打抱不平。

"这么多年来，桂兰怎么样，我们看得清清楚楚，别人不要瞎说八道。"

"这个家如果不是桂兰，今天还不知是什么样子了。"

金宝见有人讲她妈，他上去就踢了那个指着她妈的人一脚，春宝学着哥哥的样子也上去踢了一脚。这个女人被两个孩子踢了，虽然不疼，但是尊严受到伤害，她上去就将金宝推倒在地，金宝顿时哇哇大哭。桂兰见状，这是哪门子事：竟敢到我家来指责我，污辱我，还打我儿子。她不客气了，狠狠地给这个女人一个大耳刮子。女人还想上前再动手，桂兰顺手一推将女人推倒在地。女人也嚎哭起来："不得了，打了养母又打我。"嚎哭声将周围邻居都吸引过来了。

夏喜春从湖上打鱼回来了，见如此场面，怒火中烧，这些人竟敢欺负到家里来了，他对着两个女人一声吼叫："你俩给我立即滚，不然我就动手了，胆子太大了，竟敢到我家来打我儿子和我老婆，找死？"夏喜春拎起装疯瘫在地上的女人："你是不是想找死？谁给你这么大的胆子，竟然跑到我家来动手。"夏喜春不想打她，就将她拎到院门外，重重地丢在地上，指着她的鼻子说："赶快滚，以后别让我看见，如果再让我看见你与我妈在一起，我就将你撕烂。"女人立即逃走，随后，另一个女人也跑得无影无踪。

"妈，你是不是将钱输给她们了，是不是经常请她们进城看戏、下馆子？"

刘云不回话，埋头抽泣。

日子艰难，但是总得想办法过下去。夏喜春早上送鱼虾到店里后，自己到湖里去打鱼。打来的鱼虾虽然不容易卖出去，然而，家里没东西吃，有鱼虾吃总比没得吃要好。

桂兰将大鱼的鱼油熬成油，当菜油，虽然腥一些，但是，三个儿子，四个成人，一天没油，菜就没法烧。鱼肉做成丸子，三个儿子爱吃，丈夫、养父母也爱吃。虾子也一样，吃腻了就做丸子吃。

孙如淦过去养家，现在闸上没钱发，家里就要养他。他也知道桂兰真的不容易，女婿也不容易。

桂兰与刘云闹矛盾一事传到了孙如淦那里，孙如淦知道有51块银元在刘云那儿，没想到让刘云给败了，真是气得要吐血。

桂兰已经预料到日子会越来越艰难，她养鸡、养鸭、种菜，丈夫打来的鱼，一部分弄到城里换些米、山芋干、玉米等，其他家里基本能将就。

屋漏偏遇连天雨，日军变本加厉地屠杀、掠夺中国人民，他们在城里和外围加岗加哨，奸淫烧杀，无恶不作。船闸上的日军虽然只剩下两个，其他都调到城里去了，但陈熊的帮手却多了几个，他们与日军都是一丘之貉，就知道欺压百姓。

陈熊带着几个喽啰，称霸船闸，与西塔村渔民为敌。过去日军都不敢进村，现在陈熊竟然大摇大摆地带着喽啰进村，村民们肺都气炸了。没想到，西塔村养了只狼，孙如淦引来的狼。

进了村的陈熊，到自己家中去看了看，大儿子见到他来就下湖了。他没脸见这个人面兽心的爹，自己在西塔村受不了人家的白眼，他现在自食其力靠帮人到湖里打鱼为生。虽然已经到了娶老婆成家的年龄，但是，没人替他张啰，他也不知怎么做，也懒得去问此事，就这样单着，西塔村人不笑陈熊之子，却笑陈熊坏事做多，是报应。

从四月底开始就不停地下雨，江湖已经盛满了水，转眼间又是梅雨季节，雨就是没有停的意思，秦邮湖水满了，西塔村水也满了，雨还在下，西塔村淹了。

天灾加鬼子的人祸，西塔村遭殃了，多户人家淹得几乎只见房顶，一些走不动的又缺人管的老人殒命于自然灾害中。

一个月后，水才退尽，西塔村人开始返回家中。此时的家已经破烂不堪，多户人家的房子在退水时倒塌，有的原是泥墙，水一泡就倒了，有的是整个房子倒塌。墙倒塌，他们就地取材，到芦苇荡里割来芦苇扎成捆，用泥巴糊起来当作墙。房子倒了，只有重新"扶"起来。西塔村大多数房子原来很简单，草顶泥巴墙。因为政府已经没人管，西塔村人自救，几家合起来，一家一家地将房子重新"扶"起来。十天就能"扶"起一户。

乔四十、夏宽和他的四个儿子、西塔村青年以及有建房经验的村民联合互助，将倒的房屋重新"扶"起来。

夏宽家房屋在高处，紧挨湖堤，这次大洪水，只是被水"路过"，并没有浸泡，所以基本没有受损。夏喜和、夏喜炎的住房都在运河堤旁，也是高处，没有受淹。

夏喜春没有自己的住房，因是入赘，婚后就住在桂兰家。这次桂兰家的房子遭了灾，房子虽然是建在西塔村的高处，却被淹了，整个房子三分之一被浸泡在水里，也就是说，家里凡是日常生活需要用的东西都在水里。她家虽然是砖墙，泡在水里时倒是"稳如泰山"，退水时却受到很大的"伤害"，尤其是院子的围墙。

"小三子，院墙看来要倒。"桂兰对夏喜春说。

"是的。房子东面这座墙看来也要倒。"夏喜春告诉桂兰，整个房子危险。

那天秦邮湖水通过湖堤进入西塔村时来势汹汹，当村上人发现湖水进村已经来不及搬家什了，只能将钱财、必用的东西带出来。

水是快天亮前进村的，是村上多条狗先惊吠起来的，雨太大了，没有人出来看个究竟。桂兰家是最后进水的，因为她家地基相对比其他家要高一些。

大家拼命地往堤上跑，往高处跑，雨中，有老有小，衣服还没来得及穿，还好是夏天，衣服湿了，一时还不会受凉生病。

　　夏喜春带着一家老小直奔自己父母家。夏宽其实没睡着觉，听到村子淹了，他最着急的就是三个孙子现在怎么样了？

　　这时见到三个孙子都安然无恙，他才放下心来。那边孩子的奶奶已经准备床铺，先让孙子安定下来。

　　忙活半天，天已经亮了，雨也小了不少，桂兰要夏喜春准备材料，搭篷子，她的意思是孩子们可以住在这儿，但是养母不能住在这儿。她要夏喜春搭个简易篷子，让她和养母住。

　　夏喜春理解妻子的意思，从家中拿出几根木头，钉钉敲敲，很快一个 A 字型篷子的框架就在湖堤树丛里搭好，篷子顶先放一层芦席，然后下面放上厚厚一层芦苇，再在芦苇上面放一层芦席，"房顶"就搞好了。然后做睡铺，睡铺第一层放芦苇，既通气隔湿又凉爽，上面放芦席，芦席上面放草席，睡铺就弄好了。两张，一张刘云睡，另一张桂兰睡。

　　"养母不能住在夏家，也不能让她一人睡篷子，我要陪着她。她是我的养母，一刻也不能怠慢她。如果让人家看出她过得不好，那就是我的不是了。"桂兰心里这么想着，实际也这么做了。

　　水退了，院子围墙随着水退而倒，房子东墙也倒了，那是养母睡的房间。房子还挺着，但是，看上去很危险，不重新加固是不敢住的。

　　看来是建房时地基没处理好，经水泡，在风浪中摇晃，水一退墙就坍了。重砌，得请专业瓦工来，那就得花钱，家里哪的钱呢？养的鸡、鸭、猪全无踪影；种的蔬菜、瓜果颗粒无收。

　　日子怎么过？正当桂兰愁眉不展之时，喜珍回来了，在城里的

妹妹、小姑子喜珍看到三哥、三嫂陷入困境，她出手相助。这也是
她公公、婆婆的要求，让她看有什么困难支援一下。

支援自己最亲的哥哥，喜珍慷慨。她拿出刘大成从武汉让人专
门带给她的100块银元中的十分之一给桂兰："三嫂，拿这些钱先
将房子弄起来，给我的三个侄子吃饱，不能让他们饿了。"桂兰没
有拒绝，她眼含泪水，视喜珍如菩萨，关键时刻救了她一家。

10块银元，对于西塔村人来讲是个不小的数字。桂兰用两块银
元将东墙重新砌好并对其它墙进行了加固。院墙不砌了，夏喜春有
空就将倒塌的砖头在原址上码一码，围起来就行了。

又用1块大洋重新养了鸡、鸭、猪，种植蔬菜，再用1块银元
将家里的生活稍微改善了一下。她专门替养父和夏宽各买了点熏烧，
一小瓶酒，并告诉他俩，是喜珍孝敬的。

剩下的6块银元。桂兰再不敢动用了，她想得很远，看着家里
这个样子，赚点钱只能养家糊口，不会多余一分钱。她想到了大儿
子金宝明年该上学了，一定要让儿子都去上学。再穷，砸锅卖铁也
要让儿子去上学，否则，永远就在西塔村打鱼捉虾。现在这6块银元，
要留着明年作金宝上学的学费，之后二儿子、三儿子也都要去上学。

1944年的夏天，金宝乘着他爹的船上了运河东岸。

"爹，你不用送我了，我认识学校。"金宝有点小男孩的气概，
他要爹别送了，接过自带的午饭。说是午饭，实际就是两个山芋和
妈早晨起来替他烙的饼。

说起让金宝上学，桂兰在学前就做了不少工作，她只要进城，

就带着金宝，再迟也要将金宝弄到学校门口转转："金宝，你想上学吗？"第一次听妈问他想不想上学，他一头懵，过了好一会才回答："想上学。"后来，去的次数多了，学生那种快乐的样子感染了他，尤其当里面传出读书声时，他能静下来认真地听。

"村上没有孩子上学，但是，妈想让你上学。"

"好，我想上学。"

"但是，上学很辛苦，每天要起早贪黑。"

"我不怕苦。"

"以后每天自己一个人去坐渡船上学，爹妈不送你也不接你，你能自己去上学吗？"桂兰在给金宝做学前动员。

"妈，我能自己一个人去上学，不用爹妈送。"

"你是家中老大，你学好了，将来两个弟弟跟着你学；你学不好，两个弟弟也跟着你学不好。"

"妈，我能学好。如果学不好，你就打我，我也不哭。"

"妈怎么舍得打你？你如果学不好，妈的希望就没有了，那样，你还是回到西塔村打鱼捉虾。"

"只有从小吃得了苦，将来才会有出息。"桂兰想让自己的儿子冲出西塔村，做一个在社会上受人尊敬的人。

"妈，你放心，我会好好去学习的。"

"你这样说，妈就放心了。"

"不是一天两天，一年两年，一直要上到大学。"桂兰真心想培养孩子，不仅仅是让孩子识几个字，而是要他们上到大学。

"西塔村就你一个小孩去上学，坐渡船到学校，如果中午再坐渡船回来吃饭，下午就来不及上学了，所以你中午就留在学校，妈替你做点饭带着吃，下午放学了就回来，不要在外面玩。那样，妈会急的，会担心的。"

"妈，你不用烦，我一放学就坐渡船回来，"

"好乖乖，妈就指望你了。"桂兰希望金宝能带好头，给两个弟弟将来上学做个榜样。

金宝回答桂兰的话，使她这个做妈的心里踏实了一些。

金宝坐着爹划的船，上了岸后就独自一人迅速向学校走去。下了运河堤，穿过一条小河，然后再经过护城河就到了城区的街上，过了街就是学校。

当天，桂兰到码头上去接金宝，当她看到金宝在渡船上时，桂兰好开心，她原想在渡口等金宝，但是，她想看看金宝究竟做得怎样，立即离开渡口回到了西塔村，抱着龙宝，手拉着春宝在村口等。

"妈，我放学了。"

"哥，你放学啦。"春宝冲到哥哥面前，拿过书包说："哥哥，我长大了也要上学。"

桂兰见金宝第一天上学就独自顺利回到家心里很高兴。

夏宽得知孙子金宝上学了，心里也十分开心，他从心底感谢三儿媳妇，在西塔村没有妇女会主动动员孩子去上学，在饭都吃不饱，生活很艰难的条件下，还有念头让孩子去上学的真不是一般的女人。

夏宽中午到学校去看金宝，金宝正在吃饭，班上有三个同学在吃饭，他们可能与金宝一样，离学校远，不能回家吃午饭。

夏宽要带金宝到校外去吃。

"爷爷，我不去，我已经吃饱了。"

喜珍也去过学校，要带金宝到酱园店里去吃午饭，金宝拒绝了。喜珍做姑娘时带过金宝一段时间，有感情，她十分喜欢金宝，她看到金宝中午就吃点山芋和烙饼，还有一根黄瓜，心里很难受。

过了一天，喜珍带着自己已经两岁多的女儿到学校，她让女儿将三个肉包给哥哥。金宝收下了肉包，自己吃了一个，另两个给班上的同学吃。

吃过包子，金宝对姑姑说："姑姑，你以后别送东西给我了，我都吃饱了，再吃就吃不下了。"喜珍心里好感动，她看到金宝是个有志气的小男孩。

喜珍从金宝的身上看到了三嫂是个了不起的女人，虽然没有文化，家里生活又艰难，但是三嫂给她的印象就好似一棵树叶很少却高大并结满果实的大树。这么多年来，三嫂是她的榜样，做人做事，让人折服。她敬三嫂。

金宝专门到闸上找爷爷孙如淦，是妈要他去的，让他告诉爷爷，自己上学了。

孙如淦得知孙子金宝已经上学了，心里咯噔一下，想想自己已经几年没回家关照他们了。他老泪纵横，搂住金宝，没说一句话，从衣兜里掏出两块银元放在金宝的书包里，然后亲了一下金宝就让金宝回家了。

金宝去上学，在西塔村引起了一阵骚动，议论颇多：

"桂兰还让儿子去上学，饭都吃不饱了。"

"村上就夏宽家识字，其他都是睁眼瞎。"

"上学要多少钱哦。"

"还要过摆渡，现在是秋天还好，到了冬天怎么办？放心吗？"

"打肿脸充胖子。"

"打鱼不用识字。"

"在西塔村，上了学将来还不是打鱼？"

"上了学，有了文化，将来就可以不打鱼了，就能到城里找事干。"王大妈听到大家七嘴八舌地议论桂兰家的事，她插了句嘴。

"西塔村祖祖辈辈没有文化，已经打鱼上千年，日子虽然不富，但是，糊糊弄弄也能过得去。"多数人不赞成送小孩去上学。

"我家弟弟、侄子就是因为有了文化，他们在为国家做事。"王大妈骄傲地告诉西塔村人，只有上学才能成为对国家有用的人。

大家你一句，我一句，议论纷纷，各抒己见，最终因天空不美，下起雨来才不欢而散。

第十五章

清晨，缕缕霞光洒在湖面上，野鸭飞，鱼儿欢，帆儿冉冉起。

垂杨柳，黑水牛，湖水悠，帆群半入云。

时光飞逝，转眼间到了 1945 年。

秦邮城自古就是兵家必争之地，它南临扬州、北扼两淮，东据兴化、泰州，成"丁"字形，地势险要、易守难攻，被称为"运河大门的铁锁"。

在古代，秦邮历来就是重要的交通要道，从秦朝开始，秦邮城就已经设置了邮驿站，是名扬四海的邮驿枢纽。

全城为封闭式，由四座城门控制着人员的进出。东门叫武宁门，南门叫望云门，西门叫建义门，北门叫制胜门。

这座雄伟俊美的古城，自 1939 年 10 月沦陷后，日军一直在此部署有重兵，秦邮城头碉堡林立，城外工事密布，护城河环绕四周，形成严密防线，城内则利用庙宇、公园、工厂构成防御据点，企图永远控制秦邮城。

1945 年 8 月 15 日，日本宣布无条件投降，但是，被日军占领已经六年之久的秦邮城仍然在他们的控制之下，他们盘踞在秦邮古城内负隅顽抗。

城外，共产党领导的新四军日益壮大，他们已经将日军围困，无论日军如何做最后的挣扎，离被消灭的日子也不远了。

西塔村渔民积极投入到抗日斗争中，夏喜春划着运鱼的船与渔民一起将新四军从芦苇荡里接到西塔村，为收复秦邮城做准备，此时的西塔村已经成为抗日的前沿。

第三个儿子已经两岁的桂兰带领村上妇女们为新四军提供后勤服务，洗衣、做饭、做鞋。

夏家渔行已经停止营业，将所有物资提供给新四军。

秦邮古城城墙高 9 米、厚 7 米，上面有多个机枪掩体，并筑有两层或三层大碉堡八个，城垛之间有射击掩体，城外还有一条 5 至 7 米宽的护城河围绕四周，这给新四军攻城带来很大的难度。

1945 年 12 月 19 日，华中野战军司令员粟裕亲自部署指挥，发动了秦邮地区对日最后战役。

12 月 19 日晚 7 时，新四军从南北 40 千米、东西 20 千米的战线上同时发起进攻。至 20 日中午，秦邮城外围据点除东门的净土寺塔外均被扫除。21 日，新四军攻克了邵伯等日伪据点，切断了秦邮城日伪军的退路。

22 日清晨，粟裕来到秦邮城外东北角的村子，与第八纵司令员陶勇一同视察了秦邮城外地形，做了详细的作战部署。

22 日至 25 日发动总攻前的政治攻势，用话筒喊话、放日本民歌、用风筝和迫击炮散发宣传单，漫天都是宣传单，对日伪军心理产生了很大影响。

25 日夜，天黑雨密。尽管天气不利于攻城，然而随着三颗绿色信号弹腾空而起，新四军第八纵队及秦邮独立团共六个团从西北、东、南三个方向同时向秦邮城发起了猛烈攻击。

在战争中，西塔村渔民支援前线，将渔船全部停靠在运河南岸，随时将受伤的新四军接到西塔村进行医治。桂兰和喜珍这几天几乎没有休息，全身心地与新四军医生一起救治伤员。

26 日凌晨，在新四军多路打击下，日伪军纷纷缴枪投降，战斗顺利结束。

仅秦邮一城，新四军就歼灭日军 1100 余人，生俘近 900 人；歼灭伪军 5000 余人，生俘 3500 余人；缴获各种炮 60 余门、枪支 4308 支，军用品无数，战绩居华中抗日战争之最。此役拔除了残存在华中解放区内的日伪军据点，将苏皖解放区连成一片。

26 日凌晨 4 时，华中野战军第八纵队政治部主任韩念龙代表新四军主持驻秦邮日军受降仪式。至此，被日军侵占六年之久的秦邮城终于回到了人民的怀抱。

秦邮对日之战是中国共产党领导的人民军队对日军的最后一役。

鬼子被赶出了中国，赶出了秦邮城，赶出了西塔村，人人奔走相告，大家都以为从此应该能过上好日子了，可谁料想，鬼子刚赶走，国民党政府又掌控了这座城，人民又陷入水深火热之中。

谁也没有想到，陈熊脱下伪军的"狗皮"又换上了国民党反动派的"黄皮"出现在船闸上，继续作威作福。

孙如淦感到惆怅，他无法理解为何像陈熊这样一个汉奸还能继续嚣张跋扈？对日最后一战虽然取得了胜利，但是，他的同学张春华在协助芦苇荡里的新四军对日军作战中光荣牺牲。这让孙如淦十分伤心，他为失去这样一位令人尊敬和敬佩的同学而情绪低落。从此，再没有人像张春华那样指示他去战斗、去寻觅希望、去迎接曙光。

夏宽则感到迷茫，他全力支持抗日的目的就是想赶走鬼子后能过上安稳的日子，能继续经营他的渔行。可鬼子被赶走了，现在的国民党政府却没有让人民安居乐业，没有使人民的生活好起来。

喜珍觉得刘大成应该要回来了，已经3岁的女儿还没见过爹。刘大成临走前向她保证，等赶走鬼子回来会补她一个大大的婚礼。喜珍现在觉得补不补婚礼倒无所谓，人回来比什么都好，尤其是让女儿见到爹。

刘大成来信了。

"亲爱的喜珍，见字如面：部队一直在运动，今天才停顿下来给你写信。原以为鬼子赶走了，我就可以回家了，现在看来，事情没那么简单。我已经要求辞职回家与你和我的女儿在一起，我不想在这儿干了。但是，部队不批，叔叔还训了我一顿。

我刚被提升为上校团长，一时半会还回不去，再等等吧，我会尽快回到你和女儿的身边。我已托在秦邮的部队转给你100块银元……"

　　"我要那么多钱有什么用，我要你人回来！"喜珍看着刘大成的来信，心里呐喊着。

　　其实，此时的刘大成已经从上校升为了大校，而且他叔叔为了安抚他留在军队里，让他忘掉秦邮城的家，已经给他安排了一位十分漂亮的金陵女子大学的学生做他的侍从官。

　　喜珍收到刘大成来信两天后，秦邮县副县长陪同一支由十人最低少尉军衔组成的军官队伍来到了酱园店，他们既是为送刘大成委托的100块银元给喜珍，又是为酱园店"站台"，意思是告诉外界，这家店、这个女店主是有来头的，谁也不能随意惹她，更不得侵犯。这位副县长还代表县国民政府另奖励喜珍50块银元。

　　围观的人很多，消息传得很快，当然议论少不了。

　　"出国留学回来到政府里当官了？"

　　"才走几年啊，哪能留学一回来就当这么大的官，连县太爷都来了。"

　　"没去留学，是当兵抗日去的，现在当了大官。"

　　"在中央政府里干事？"

　　"是部队里，他叔叔在部队里是高官。"

　　"喜珍有眼光，找了个当大官的，现在成了官太太。"

　　"有什么用，好几年了，也不回来，小孩都3岁了。男人要潇洒，女人守活寡。"

　　"瞎说什么呀，人家是为了打鬼子才去当兵的，现在当了大官，可能一时回不来，别乱嚼舌头。"

"啊呿，跟你有什么关系呢，看你急的。"

"看不得人家好，嫉妒。"

副县长听到外面有人争吵，他要一位少尉级的军官到外面看看有什么事，然后对喜珍说："今后有什么事尽管到县里找我，有什么困难，直接到县里来。谁要是找店里麻烦，这十位军官会立马赶到。"说完，副县长哈哈大笑。像是真话，又像是幽默。

副县长带着军官到酱园店前后也就支把烟功夫，但是产生的效果却不可估量。

夏家渔行受益了。虽然营业额没有增加，但是，政府人员对待渔行比过去规矩多了。以前税务收税时顺带几条鱼那是鼻涕到嘴——顺事，现在不敢了，女婿在军队里当官，谁敢捅这个篓子？

金宝在校上课都受了影响。姑父是军队大员，这个孩子上学是怎么吃午饭的，校长特意中午来看金宝。

金宝见到校长吓了一跳，以为自己做了什么错事。当校长让他看中午吃什么时，他给校长看了，山芋、烙饼，另外还有炒的蚕豆。

校长看后对金宝说："孙金宝，好好学习，将来像你姑父那样。"金宝并不知道有个姑父当大官，也不知道校长说的话是什么意思。他只是睁大眼睛看着校长，不知怎么回答。

正当人们在羡慕喜珍时，喜珍却不平静。她凭感觉知道事情不是那么简单。当了官、有了钱的男人不要老婆的，或者另娶的多的是。刘大成再忙也应该回来一趟，不仅是为了看她，更应该看看女儿。

她心情沉重，与婆婆说带着女儿回娘家住几天。

到家前，喜珍先来到三嫂家，将心中的苦闷说与三嫂。

"先别急，大成不是要你等等吗？你再看看事情的发展。无论怎样，你们已经有个孩子。他可以丢开你，但无论如何是不会不要自己女儿的。"在喜珍心中，三嫂的话比任何人的话都有分量，她相信三嫂，依赖三嫂，这是多年相处得出的。

桂兰只能这样安慰小姑子，她也无法预料喜珍与刘大成的前景如何，更没有办法教喜珍怎么去做。桂兰也感觉到情况不太好，几年了，再怎么忙，总该回来看看喜珍，至少要看看自己的女儿啊。然而，这些自己的分析她又不能对喜珍说。

喜珍虽然经常带着女儿回来看看外婆、外公，一般都是早上来，晚上归。这次，要在家里住几天，这让爹妈有点意外，感觉有什么事。然而，喜珍却没有将她心中的苦闷告诉他们，她不想让养育自己的爹妈担忧。

我不知道，我还在不在你心中，

我想知道，你还记得我的脸庞，

如果忘记，请你早点告诉苍穹，

如果记得，请你回来给我拥抱，

我不知道，我的等待是否回报，

我不知道，未来的路能否再跑，

如果有爱，再等十年也无悔啊，

若是无情，我和女儿独自守望。

黄昏时分，喜珍独自来到湖边，眺望着西边水天一色，心中泛起了无限的惆怅，她不知道前景如何，她不知道未来怎样，她不知道为何会变成现在这样？如何破解眼前的局面？她想带着女儿去找他，但是，找到了又怎样，如果有真爱，就是再等个十年八年，也无所畏惧。

桂兰感觉到喜珍心情烦闷，想找她聊聊。到了婆婆家，不见喜珍，她拉起喜珍的女儿就往湖边走。

喜珍坐在码头台阶上，木愣地凝视着湖水。

"妈妈"，女儿的叫声引得喜珍转过头来，她看到三嫂带着女儿过来，叹了口气，张开双臂搂住女儿。

桂兰并没有与喜珍说什么，她也没有什么好的语言来劝慰喜珍。她们就在堤上慢慢地走着。

当走到堤的一个拐弯处，桂兰对喜珍说："我们女人要熬得住。"喜珍不知怎么理解这句话的意义，但是，她听得出这是三嫂的肺腑之言，里面藏有无尽的苦楚。她从一个被卖的小女孩走到今天，得到哥哥的爱，不知吃了多少苦，不知熬过多少艰难的日子，喜珍十分佩服三嫂的能耐。

喜珍初始感受到，人，特别是女人能得到一份真心的爱，无论生活多么困苦，心里也是甜的。

副县长带着军官队伍到酱园店轰动秦邮城，大家的目光一齐投向了酱园店，店里的酱菜生意倒没有什么大的变化，原本默默无闻的刘大成妹妹反倒成了大家茶余饭后议论的话题。

"小姑娘长得很漂亮，就是眼睛看不见东西，是个瞎子。"

有位西塔村的小青年，十分讨厌下湖打鱼，上船头就晕，是个旱鸭子。家里没法子，让他去学手艺，跟人做木匠。他这个木匠不是造房建梁做家具的，是做锅盖、小板凳、小桌子以及箍马桶的木匠，也就是民间所称的小木匠。

小木匠听说酱园店老板女儿人长得漂亮，就是眼睛看不见东西，没男人要她，就动了心思。他心想：自己长得矮，还丑，已经 26 岁了却没有姑娘肯嫁我，既然酱园店女儿看不见东西，肯定就不嫌我长得矮和丑。她家不仅有钱，还有个哥哥在军队里当大官，关键是她的手艺十分了得，做的五香烂蚕豆已经火遍了全城，这是不愁吃、不愁喝、不愁穿、不愁用的赚钱手艺。不像他那样，挑着担子挨家挨户吆喝着"箍桶哦"，走到哪儿身后都跟着一帮"讨债鬼"瞎起哄，模仿着调子吆喝，弄得他很难看，生意难做得很，也只能自己养活自己。

"能娶到她，将来我的生活就不用烦了。"小木匠一心想娶酱园店老板女儿为妻。通过媒人说媒，刘老板是一万个不同意，哪能将女儿嫁给那个又矮又丑的小木匠："留在家里，我养她一辈子。"

小木匠已经估计到酱园店老板不会同意将女儿嫁给她，嫌他贫、穷、丑，所以，他做足了媒人的功课。媒人得利，也千方百计要将此婚姻促成。

"有个小伙子，与你一样也有手艺，是木匠，长得帅，就是个子矮一点，年龄比你大了几岁，关键是他经常到店里来看你，已经爱上了你。与你爹说了不同意。"这个媒人与刘老板没有说通，直接找他女儿面谈。

一个刚开始怀春的 15 岁小姑娘，哪听到过"已经爱上你"这样的甜言蜜语，这句话就像一支爱神之箭射中了她。她本身就十分自卑，一直认为这辈子不会有男人娶她，现在不仅有男人要她，尤其是这个男人已经爱上了她。她陶醉了，告诉爹，她愿意嫁给这个男人。

刘老板给她泼了冷水："这个人不能要，是个好吃懒做想发财的无赖。"他通过了解，知道小木匠不行。

春心萌动的小姑娘哪能听得进她爹的真言，以为是她爹不想让她出嫁，要在家做老姑娘。

"他丑点，年龄大一点怕什么？我又看不见，管他帅还是丑呢。懒一点也没关系，只要对我好，我做五香烂蚕豆能赚钱养活他。"小姑娘反正是鬼迷心窍了，任刘老板怎么说，她都不相信。媒人说的话，她却爱听。

小木匠也不做活了，整天往酱园店里跑，只要有机会，他就向小姑娘表白。小姑娘被这个男人弄得神魂颠倒，五香烂蚕豆也做得变味了，不是少放了这味料就是多放了那味料，连顾客都怀疑是不是换人制作了。

最终，小木匠成功将小姑娘约出店外，说是带她到秦邮湖湖荡里看风景。小姑娘听出这个男人根本就不在意她眼睛看得见还是看不见，都当她是正常人，是看得见东西的人。

"你看不见，我看得见。我能看到的，就是你能看到的，我就是你的眼睛。"多好的表白，比什么甜言蜜语都让人动心。

久居深闺的小姑娘长期制作五香烂蚕豆，她虽然看不见制作五香烂蚕豆的食材，但是她摸得清，只要经过她的手，就能辨别豆子好不好；通过用鼻子闻，就能识别是什么香料。作为一个盲人，她已经聪明到极致。然而，就是因为长时间在作坊里作业，对外界已经陌生。小姑娘随着小木匠来到秦邮湖湖荡里，闻着与作坊里完全不一样的新鲜空气，听着自然界的呼吸声，尤其是男人的气息，她陶醉了。

第三次到秦邮湖湖荡，小木匠终于得手，将生米做成了熟饭。

那个无人的芦苇荡里，小木匠看到那么肤白、漂亮的小姑娘，眼睛看不见，如果看得见，哪能是他的？想都别想。

"让我看看你，你好漂亮，像仙女。"小木匠边说边替小姑娘宽衣解带。

小姑娘在小木匠的抚慰中一点也不反感，而是迎合着。

一次两次，一回两回，小姑娘深陷其中不能自拔。

小木匠并不是天生就这么经验老到，而是在媒人的唆使下，按照媒人的设计操作的。

一段时间后，小木匠按照媒人的意思，十多天也不去找小姑娘。已经尝到爱情甜头小姑娘急得都快崩溃了。

小姑娘天天早上将后院小门虚掩着，好让小木匠神不知鬼不觉地进来与她相会，这么多天，门虚开，人未来。当小木匠第一次从正门混进作坊见她时，她就告诉小木匠以后走小门。

当小木匠十多天后再次出现时，他告诉小姑娘："我去干活的，不干活吃不上饭，要多干活将来娶你。"

小姑娘害怕失去小木匠，就拿私房钱给他。

他俩有时就在作坊里甜蜜。

当小木匠又一次"失踪"时，小姑娘怀孕了。

小姑娘急了，家人更急了。问小姑娘是谁干的？小姑娘只知道他叫小木匠，不知大名，也不可能知道是什么样子，更不知家住何方。

家人只好认栽，找媒人来解决此事。然而，此时连媒人都找不到了。

副县长不是说有什么事去找他吗？不过这种丢人现眼的事，哪能让副县长知道；找那些军官，更不行，将小木匠抓了，小姑娘已经怀孕了怎么办？

一天，媒人来买五香烂蚕豆，小姑娘听到是媒人的声音，立即从作坊出来，看见小姑娘微微隆起的肚子，媒人心里有底了。

"阿姨，小木匠到哪去了？"小姑娘也不避嫌了，直接问媒人，她知道媒人知道小木匠的去向。

正在掌柜的喜珍听到来人就是他们要找的媒人后立即喊来婆婆。

婆婆此时不再像媒人初次来说媒时那种态度，而是谦和多了，她让媒人要男方走明媒正娶的仪式，准备好婚房。

小木匠家就是穷光蛋。房子是在西塔村西南角用草披子搭的，除了父母，还有两个弟弟和一个妹妹，全家挤在一个屋里，家徒四壁，除了人，其他什么都没有。

在大自然里，事物一般都是相对平衡的，动植物的生长是如此，人实际上也如此。你以为你在这方面讨到了什么便宜，那么很可能你在另一方面就会损失什么。

"儿子将人家女儿肚子搞大了，现在在外不管人家；人家也将我家女儿肚子搞大了，这是报应。"喜珍婆婆叹息道。

"就简单点吧，不要那么烦琐，举行个结婚仪式就行了。"媒人对喜珍婆婆说。

喜珍婆婆知道媒人已经看出女儿怀孕，以此要挟只办个简单仪式了事。

"婚房在哪儿？"喜珍婆婆问。

"他家哪来的婚房，全家就住着披子。"媒人狡黠地望着喜珍婆婆。

"在城里租个房子先将婚事办了再说，再拖下去对姑娘不利，我现在还不知道小木匠在哪儿，还要到处找他，看他的意思如何。"这个名声很差的媒人想借机敲诈。

喜珍婆婆此时泪流满面，她怎么也没想到自己的女儿就这么让人给耍弄了。

刘老板也是场面上的人，看穿了这个媒人的阴险嘴脸，他让老婆不再理会，要喜珍到西塔村去找小木匠。

既然到了这一步，死猪不怕开水烫，退一步就能找到解决问题的办法，如果让这个媒人得逞，后面还不知要弄出什么花样来。

喜珍回到西塔村，先与三嫂商量，三嫂听后立即叫上夏喜春直奔小木匠家。

小木匠正躺在家边上另搭的小披子的地铺上悠闲地嗑着瓜子，因为大披子里的床铺让给弟弟和妹妹住，他不好再与妹妹睡在一起，房子建不起，只有另搭小披子。

桂兰见状上前就责问小木匠："你阿是男人？"

小木匠见到夏喜春和桂兰来了，十分惊讶，没想到。

"我……"夏喜春高大的身材让小木匠害怕得要命，以为要被揍。

夏喜春虽然没有要揍他的意思，但是脸色不好看。

"大白天躺在家里不外出干活，你还算男人吗？"桂兰怒火中烧，再次羞辱小木匠。但是，她转念一想，这样说他也无济于事，现在只有哄着他、捧着他，让他主动去筹办婚事。

"我，找不到活干。"小木匠为自己在家闲着找借口。

"你不出去找活干，人家还得请你去干活？"桂兰呛他。

小木匠语塞。

"我家的马桶有点漏水，现在你就去我家帮修修。"桂兰要小木匠去她家修马桶，以此来牵住小木匠。

小木匠将修马桶的工具收拾好，挑起担子就跟着桂兰走。桂兰悄悄地让夏喜春赶紧去告诉喜珍，让喜珍回酱园店告诉刘老板如何处理此事。

夏喜春抄近路回到家，喜珍明白后立即回酱园店。

桂兰家并没有马桶要修，拿出几块板要小木匠做个新的，一是要拖延时间，等待刘老板来；二是看看小木匠的手艺，看他能不能靠手艺混饭吃，将来能不能养家糊口。

　　"不是说修马桶吗？怎么是做个新的？"小木匠质疑桂兰不是要他来干活的，而是在摆弄他的。

　　"就做个新的，会不会做？"桂兰试探小木匠。

　　"会做。但是，不仅工钱要多，要一天半工夫才能做好，还要管饭。"小木匠干活前先要待遇。

　　"你做吧，该给你的都会给你。"

　　"好。我开始做了。"

　　"听说你拐走了酱园店的小姑娘？"桂兰开始"套"小木匠与小姑娘的事。

　　正在埋头干活的小木匠听了一愣，锯子从手上掉到地上，不知所措。

　　过了一会儿，小木匠才结结巴巴地说："我没有拐人家，每次我都将她送回家的。我们是自由恋爱，现在最时兴自由恋爱。"

　　"你们自由恋爱？为什么人家父母不知道，也没同意，你将人家骗到湖边芦苇荡里干什么了？"桂兰直奔主题。

　　小木匠无语，脸涨得通红。桂兰见此，趁势追问："你胆子太大了，欺负人家小姑娘，还躲躲藏藏的，玩失踪，你还是男人啊？"

　　"我不是要躲躲藏藏的，是媒人要我这样做，到芦苇荡也是媒人要我做的。她说，一切听她的，不用花钱就能娶到刘家小姑娘。"小木匠开始坦白交代。

　　"你欺负了人家，还不想娶人家是不是？你这是要流氓，警察会来抓你的。"桂兰吓唬小木匠。

"我怎么不想娶？我没有钱，总共只有 3 块银元，这是说好事成后给媒人的。"

这时，桂兰无语了。

刘老板很快就来了，他先到了夏宽家。按照桂兰的意思，刘老板现在不要与小木匠见面，只要他现场做决定。

刘老板就是要男方家明媒正娶，尽快办婚事，其他由桂兰全权负责。

有了刘老板的交代和底线，桂兰给小木匠划红线。

"人家小姑娘才 15 岁，眼睛不好，你就欺负人家。小姑娘家可不是一般人家，要来找你算账。"桂兰再次吓唬小木匠。

"我没有欺负她，我是真的喜欢她，她太漂亮了，我不在乎她眼睛不好，我有眼睛。"

"你以为喜欢人家，人家就同意嫁给你，你看你哪像个男人，像个乌龟，没本事，不好好干活，又不好好做人，还耍赖。"

"我怎么耍赖了？"

"你既然已经欺负了人家小姑娘，赚到便宜还躲起来，这是什么人啊？"桂兰直指小木匠的痛处。

"哪想躲啊，想天天与她在一起。是媒人要我这样做的。我也没有办法，我家没有钱，没有房子，我又不知道怎么办？"小木匠说出了心里话。

"既然你想天天与小姑娘在一起，那就赶紧将人家娶回来。"

"我哪敢啊，他爹妈不会同意的。"

"我帮你，让你爹妈按规矩买些礼品和我一道去。你帮我箍马桶的工钱先付给你，你拿去让你爹妈买好到小姑娘家去。"桂兰要先付小木匠的工钱。

"大姐帮我就太好了，我不要你工钱，今天白天带晚上就帮你家的马桶做好，我有钱。"小木匠说完诡异地微笑了一下。

"你不是说，你家没有钱吗？"

"她给了我5块银元，我一点都不敢用，都在呢。还有我自己赚的3块，一共8块，大姐你看，还够不够？"

"哦，小姑娘对你多好。"

桂兰心想，小姑娘已经将自己卖了，这也是没有办法的事。

"大姐，我给你钱，你帮我买礼品，我爹妈不会买，难为你了。"

"我们已经说好了，在城里租房子住，我已经看好了，就是还没定，3块银元一年。"

桂兰听小木匠这么一说，这桩婚事有门儿，小姑娘没看错，二人还是可以在一起过日子的。

小木匠开始卖力地箍马桶，桂兰专门到公婆家向刘老板汇报。

刘老板稍舒了一口气，但是，他恨透了媒人，通过警察逮捕了媒人。经查，这个媒人不仅在介绍婚姻上敲诈，还逼良为娼，拐卖妇女，最终被判十五年有期徒刑。

婚后不久，小姑娘生下一女，两年后又生下一男，儿女双全。从此，小木匠不再箍桶，而是配合老婆专营五香烂蚕豆，质量更加上乘，香满秦邮城。后五香烂蚕豆退出酱园店成了小木匠家的特产，取名秦邮五香豆，成为秦邮一绝。

人，不是一层不变的，是会随着环境和利益的变化而变化的，无论过去相处得怎么融洽，只要利益的天平倾斜，人的欲望也会倾斜，不会因过去相处得好而继续保持原有的状态。

保甲制度提出于国民党对工农红军进行军事"围剿"之时，蒋介石以军事委员会委员长身份督师江西，认为"剿共"不力的原因之一是民众不支持。于是在党务委员会内专门设立了地方自卫处，研究保甲制度，草拟法规，先在江西试行。1931 年 6 月，蒋介石划定江西修水等 43 县编组保甲，将原有闾邻等自治组织一律撤销。次年，鄂豫皖三省颁布《各县编查保甲户口条例》。保甲制的基本形式是十进位制。鉴于各地地理、交通、经济情况各异，在实行时采取了有弹性的办法，规定"甲之编制以十户为原则，不得少于六户，多于十五户"。

"乡（镇）之划分以十保为原则，不得少于六保，多于十五保"。设保办公处，有正副保长及民政、警卫、经济、文化干事各一人，保长兼任保国民兵队队长和保国民学校校长，与乡（镇）长一样，亦实行政、军、文"三位一体"，保长通常由当地地主、土豪、顽劣担任。国民党政府对保甲长人选极为重视，竭力想通过保甲制度牢牢控制民众，"使每一保甲长均能兼政治警察之任务"。

西塔村也不例外，1946 年初也实施了保甲制度，乔四十自然成为保甲长。这个保甲长与过去村长不一样了，有了权和势。利益的天平倾向于乔四十这一方，他刚开始还能顾及到夏宽、孙如淦、高太爷。随着利益的不断扩大化，乔四十私欲开始膨胀，不仅与夏宽和孙如淦拉开了距离，而且也开始侵吞西塔村渔民的利益，对全村实施交租制，使渔民的生活更加难过。

　　乔四十从此不再下湖打鱼，他成立了一个由七人组成的保甲队，名义上是维护西塔村的治安，实质是形成了一个小帮派，贻害一方。他在秦邮湖进入船闸前的北岸拐角处搭了个简易房，渔民从湖上捕捞的鱼必须在这儿过磅后才能进入市场，按量抽成。这就加重了渔民的负担，不仅多交了一份钱，鱼进入市场前也多了一道程序，使鱼的死亡率更高，特别是炎夏，这道程序有时不仅使不易死的鱼也在过磅中死亡，那些出水就死的鱼到达市场前就已经变质，使得销售价格大打折扣，直接影响到渔民的收入。然而，国民党政府腐败无能，县里一些官员经乔四十贿赂后，任由其胡作非为。

　　夏家渔行直接到湖上收购还能畅行无阻，乔四十不敢有任何阻挠，不仅是因为夏宽在西塔村渔民中有着很高的威望，关键是他的女婿在军队中做大官，谁也不敢动，就是秦邮县政府也不敢动，何况小小的乔四十。由于夏家渔行直接到湖上收购，而且是现金收购，损耗又少，所以，大家都希望交给夏宽渔行卖，这就使得通过乔四十过磅的鱼虾很少。为此，乔四十就采取欺凌的办法，限定每条渔船必须隔日到他乔四十过磅站，否则，以扰乱治安处罚。

　　乔四十已经成为渔霸。闸上有陈熊，湖上有乔四十，再加上社会动荡，战火不息，西塔村渔民深陷水深火热之中，日子越来越艰难。

陈熊从日本汉奸自然地转变为国民党政府的帮手。他几乎是同时脱下日军的汉奸服换上了国民党的帮手服。而且两个服装就领章、帽微不一样，其它色彩、样式、大小都相仿无几。

由于共产党领导的人民军队代表着人民的利益，受到人民的欢迎和支持，所以在战场上不断取得胜利，国民党如落日之势，遭到人民的唾弃，在战场上必然节节败退。

一个从北方逃难过来的人过了渡船后，竟然将随身携带的两个箱子落在了西塔村湖边的码头，时值桂兰在码头浆洗，她看到箱子，打开一看，里面不仅有绸缎衣料，还有银元和珠宝。码头上无人，不知谁丢在这里的，桂兰赶紧将箱子拿回家，随后又来到原地等人来认领。其实，日子过得很艰难的桂兰一家目前正是需要这笔财富来支撑。冥冥中仿佛是上苍专门送来救济桂兰一家的，否则，为什么偏偏只让桂兰一人看到呢？又不知是谁丢的，又无法找到丢箱子的人。

日子再穷，心不能穷。桂兰没有将这个箱子据为己有，而是在原地等待失主，一天、两天、三天，终于等来了焦急不安的失主。

"你说出箱子里的货物，对了，我就拿给你。"桂兰要失主报账。

"绸缎我就不说了，银元两碇，每碇 50 块；金元宝一个，项链两条，戒指一对……"失主很快报出失物明细，桂兰对失主说："对的，这个箱子就是你的，你跟我来，到我家拿走。"

到了桂兰家，桂兰打开箱子让失主查看。失主说："这个箱子是我的，不用查了，如果你想拿，整个箱子都是你的。我是从山东来的，那儿在打仗，我家房子已经被国民党军队的飞机炸平了，我家四口人，已经炸死三个，就我一人活着，我这是准备到扬州投靠弟弟去的。乘一辆马车准备去扬州的，这个赶马车的人，拿了车钱，将我扔在运河堤上，告诉我，过了河就是扬州。"

失主流着泪继续说："过了河，就到了这儿，问人，扬州还远着呢，我也不知东南西北了，魂都丢了，箱子不知丢在哪儿了，今天到这儿来找是碰碰看，没有也就不指望了。"

失主从箱子里拿出一碰银元给桂兰："给你，太感谢你了，你好人必有好报。"

"我不要，我要是拿你东西就不会在堤上等你三天了。"桂兰很平静地告诉失主。

"你家房子够破的了，拿着钱将房子修修。你必须拿着这点钱。"

"我不能要你的钱，外财发不得，我如拿了你的钱，会不安的。"桂兰坚决不要。

失主撕开银元包装，散给春宝和龙宝，两个小孩学着妈妈的样子缩手不要，失主感动，磕头致谢。

刘云心里躁动了："这个桂兰是天生的发财命，但是，发财用不到财。过去从树下莫名其妙地挖到 51 块大洋，但是一块也没用上，全让我输光了。现在又发了财，但是，她不要，却让到手的财富白白地飞走了，真是傻子，你不要给我噻。"养母直接不理解桂兰的行为。

对于飞来的财，桂兰这样处理，不仅是对自己以善成德基础的巩固，更为后代树立了做人的榜样。

女人，像桂兰这样的女人，在飞来之财面前毫不动心，实属罕见，不是一般女人能做到的。

桂兰见财不贪在西塔村很快传播开来："三子老婆不简单，这么多金银财宝，她都不动心，真是了不起。"

"人家给她回报50块银元，她都不要，真是成仙了。"

"真傻，这么多金银财宝够用不少年呢？"

"她家现在与我们差不多穷，还有三个小孩要养。"

"真不知道她是怎么想的？"

"我怎么就碰不到这样的好事，要是我拾到肯定留着了。"一个40多岁男人说出自己的心里话。

"傻女人，三子找这样的老婆也是没福。"

"她在积德，为自己积德，为后代积德。你看她连生三个儿子，这在西塔村少有，关键，她三个儿子个个长得灵气的很，白面书生一样，与我们西塔村其他孩子不一样呢。"

"她与我们想得不一样，让儿子上学，在西塔村找不到第二个。"

"她家金宝真不简单，天天一大早就过摆渡去上学，下午放学就回家。中午在学校吃带的烙饼啊、山芋啊、萝卜啊、黄瓜啊。天天这样，这个小孩子还真能坚持得下来，西塔村还真没第二个小孩像他这样。"

"吃得苦中苦，方为人上人。这个小孩子将来有出息，从小看大。"

"桂兰不识字，却识世。以自己的言传身教影响儿子，让儿子先做人，做好人。"

在母亲的教育下，儿子在外上学形成了良好的学习习惯和言行端正的品德。

桂兰在要儿子做好人的同时，也要儿子做个不让人随意欺负的人。

"你的脸上怎么弄破了？"这天放学回来，桂兰发现金宝眉额上划了一个小口子，应该流过血，责问他怎么回事。

"不小心，跌跤的。"金宝不想让妈知道怎么回事。

"不对，跌跤摔一边，怎么另一边还有紫癜？"

"跌了两跤。"

"胡说，究竟怎么回事？"

"是同学打我的。"金宝知道瞒不住了，只好说出原委。

"是真打你的，还是闹着玩的？"桂兰见儿子在学校被同学欺负，要问出原委来。

"是真打。他们扔了我吃的山芋和萝卜。两人打我一个，我没还手。"金宝不敢还手，怕惹出事来。

"他们这是在污辱你，又真打你，妈告诉你，我们不欺负人，但是，也不能让人欺负。真打你，而且是两个同学，你就应该还手。不仅要还手，还要将打你的两个同学揍得以后再不敢随便欺负你。"

"你的个子又不矮，膀子又不比同学细，为什么不还手？还让人打破脸，真是没用。以后，别人用什么打你，你就用什么打他。"桂兰告诉儿子。

第二天，金宝就将这两个同学揍得找不到北。两位同学的家长找到学校问罪，校长到班上了解情况，同学们都说，他俩头一天嘲笑金宝带的午饭，并将金宝带的午饭给扔了，还打破了金宝的头，金宝没有还手。今天又扔了，又动手先打金宝，金宝才还手的。

"金宝力气真大，两个人都打不过金宝，还被金宝打哭了。"有同学插嘴。

校长对两位家长说，你们的儿子应该好好教育了，扔了人家的午饭还先动手打人。如果要处理，先得处理你们的儿子。

"到底是西塔村的人，野得狠，我们家孩子细皮嫩肉的哪能打得过野孩子，野孩子根本就不应该到这儿来上学。"先动手打金宝的同学家长见校长这么一说，反而让打他们儿子的同学占了理，只好强词夺理。

"这就不对了，真正野的是你们家的儿子，经常在班上捣乱、打人。金宝可是个好学生，成绩在班上排前三名，你们家两位的成绩排在班上后面。"班主任对两位家长"野孩子"的说法表示反感。

同学、班主任、校长都讲他俩的孩子不好，两位家长知趣，灰溜溜地走了。

从此，班上再没有同学敢与金宝动手，还将金宝从组长选到了副班长。

1946 年立秋后，新学年开始了，桂兰将二儿子春宝也送到学校去读书。这时，金宝已经上三年级，桂兰嘱咐金宝带着弟弟春宝一起坐渡船去上学，这样兄弟俩也有了照应。

桂兰为什么要关照金宝带好春宝，因为她感觉春宝不像金宝那么稳重，调皮捣蛋多了，还好，有个哥哥带着，就放心了。不过，春宝对上学的兴趣浓厚，还没上学，就偷学哥哥不少字。在桂兰眼里，金宝稳重像个哥哥的样子，春宝调皮，但聪明好学。兄弟俩只要互相照应，做妈的就更放心了。

桂兰对夏喜春说："一定要将金宝树立个好样子，后面的弟弟就会学着哥哥样子去做。"桂兰说着指着肚子："小四子又要出来了，这个不知是男孩还是女孩，希望是个女孩，将来也好帮我照应照应家。"

这年12月初，桂兰第四个儿子出生，取名旺宝。

全村人像炸了锅，感觉桂兰太神奇了，全村没有一个妇女像她这样，两到三年就生个小孩，而且都是带"把"的。让人受不了的是，夏宽四个儿子，其他三个除了生了三个女孩，未见男丁。尤其是老二，至今未见喜，夏宽催促老二带着媳妇去看医生，可看过多个名医，吃过多副药后也未见效。

因渔行经营下滑严重，加上乔四十另立"山头"，收入勉强维持日常生活，此时的夏宽也无力量接济桂兰一家。

这边桂兰见夏家没有资助儿子的任何费用，姓氏也就没有兑现，前面上学的两个儿子仍姓孙：孙金宝、孙春宝。三儿子还没到上学年龄，只呼其乳名，未给其赋姓。

共产党领导的人民军队为人民求解放，为人民谋幸福，必然深得人民的支持。军队因为得到人民的支持，以摧枯拉朽之势将国民党军队打得落花流水。

　　继辽沈战役、济南战役取得决定性的胜利后，1949 年 1 月 10 日，举世瞩目的淮海战役胜利结束。华中地区的国民党军队纷纷向南溃逃，淮阴、淮安、宝应、兴化等地相继解放。龟缩在秦邮城内的国民党军队惶恐不安，怕被我人民解放军围歼，遂于 1949 年 1 月 18 日夜间弃城南逃。19 日晨，秦邮地区人民武装立即进城维持秩序，民主政府随同入城安民办公，古城秦邮重获新生。

　　先当汉奸，后又充当国民党反动派爪牙的陈熊知道自己的日子过完了，他想随国民党军队一起南撤。正当他要与一支国民党小部队撤退时，孙如淦盯上了他，将他围在闸上，不许他逃走。

　　陈熊知道孙如淦这一关难过，准备先下手为强，掏出枪指向孙如淦："你知趣点，如果你再拦我，我就开枪杀了你。"

　　其实，陈熊虽拿枪对准孙如淦，但却不敢开枪，因为由夏喜春召集西塔村人组成的护闸队已经行动，只要他一开枪，护闸队就会立马赶到，那么，陈熊必然死路一条。

　　孙如淦以为陈熊就要开枪，心中愤怒之极，脑海中只有一个念头：不能让这个坏蛋逃走。他瞬间对着陈熊撞去，二人从闸上一起掉入水中。此时，朝着运河一面的闸开着，由于湖水高于运河水，水流急促地向运河奔流，二人掉入闸下，尸体两天后漂浮在马棚湾运河段，捞上来后只见孙如淦紧紧抱着陈熊。

　　陈熊的罪恶是给日军当汉奸，残害自己的同胞，为日军通报在芦苇荡里新四军的去向，只是他隐藏的深，共产党还没有抽出力量来解决这类问题。但是，孙如淦早就盯上了他，一直将他的罪恶记录在案，就是为了有这一天，将他正法。

按理，与陈熊同归于尽，孙如淦应该算烈士，算是与汉奸最后的决斗。但是，与孙如淦联系的老同学张春华在对日最后一战中光荣牺牲，他牺牲前，又没有介绍其他同志联系。所以，孙如淦是不是共产党员，他自己没说过，也没有人给他证明过，最终只能以老百姓的身份安葬。

虽然如此，渔民都认为孙如淦为西塔村除了一害，解除了船闸上的毒瘤。

人民解放军接管了船闸。

刘大成最终与他叔叔随蒋介石一起去了中国台湾省，与喜珍和女儿一面也没见。不是他没时间见，而是他已经无法再见喜珍和女儿。据被人民解放军俘虏过来的军官说，刘大成已经与那个金陵女子大学的学生举行了正式婚礼，并有了孩子。这让喜珍伤心欲绝，难过之际，喜珍也为自己和女儿的未来做准备。她正式搬进早已建好的新房里去住，过去社会治安混乱，现在解放了，社会治安大为好转，已经到了夜不闭户的状态，所以住进去没有任何不安全因素。接着，她让刘大成父母休养生息，自己全面接管酱园店，开始了她崭新的管理和经营。

毛娃回到西塔村时已经是营长，本来有可能留下来在秦邮县政府里任职，却突然接到命令，让他继续随军南下去解放南京。

毛娃接到命令立即出发，出发前他请桂兰去找留下来在秦邮县政府里任职的副营长，要他们安置好他的母亲和妹妹，并告诉桂兰，孙如淦应该是共产党员，否则，不可能将他介绍给当时的秦邮地下党张春华，让桂兰等他解放了全中国再回秦邮解决此事。

后来毛娃在率军攻打江阴要塞时，不幸光荣牺牲。

秦邮获得新生，西塔村获得了新生，人们载歌载舞欢庆解放，欢庆新生。四座城楼张灯结彩，古老的南门大街玩龙船的、挑花担的、踩高跷的，锣鼓喧天。

人们感受到新生的政权是真正的人民政权，是为人民服务的政府，从此，人民不再受欺凌和压迫。西塔村渔民也是同样的感受，从此再没有谁敢剥削、欺负他们。在军管会的领导下，西塔村召开了宣判大会，大会声讨了渔霸乔四十的罪行。

乔四十不仅欺压渔民，剥削渔民，还霸占了一个渔家姑娘，罪恶累累。大会宣判对乔四十执行死刑，其他人获得三到十年的有期徒刑。

"乔四十原先还替村民们办点有益的事，自从赶走鬼子，他当上了保甲长，私欲膨胀，欺压村民，剥削村民，不听人劝，狂妄至极，最终成了西塔村一害。"夏宽点评乔四十。

"当了保甲长，自以为老子天下第一没有人管了，为所欲为，豢养打手，私设刑室，对不交租的渔民动用私刑。"渔民们声讨乔四十。

"他与陈熊沆瀣一气，狼狈为奸，祸害西塔村。这下好了，两个坏蛋都被灭了，西塔村太平了。"

"夏老板，乔四十是你推出来当村长的，原先很听你的话，后来他当上了保甲长，好像不怎么听你的了？"有人问夏宽。

"后来，他翅膀硬了，看不上我了，我的话在他面前等于放屁。"众人听后大笑。

善有善报，恶有恶报，不是不报，时候未到，时候一到，必定要报。人在任何时候都要以善行事，不要因一时得势而为所欲为。

伤人者，最后必伤己。乔四十奸淫人家姑娘，自己的儿子却对女人没有兴趣，替他找老婆，他不要，这叫作一报还一报。自己作的恶反映到自己后代身上，这是作恶者最大的悲剧。

第十六章

1949 年 5 月 20 日，桂兰生下了第五个孩子，这是个闺女，取名凤宝。过了夏天，桂兰让龙宝跟着两个哥哥一起去上学。三个儿子，分别是五年级、三年级和一年级。这座小学自建立以来就没有出现过这样的情况。

三个小孩一起上学恰恰反映出母亲的想法与众不同。

新政府是人民的政府，当然是为人民服务的。鉴于桂兰家经济困难，学校决定免除她家三个小孩上学的书费和学费。桂兰、夏喜春得知后十分开心："新旧社会就是不一样。"桂兰发出内心的感激。

在龙宝即将报名上学之际，夏宽召集大家庭开会，商讨夏家后代问题。

夏宽对夏喜春和桂兰说："明天就让龙宝到老二家生活。百年后，我的家业也由龙宝继承。"夏宽一锤定音。

桂兰当场落泪。自己含辛茹苦将儿子养到上学的年龄，公公一句话就让他成了别人家的儿子了。自家虽然生活困难，但是，再穷儿子不能送人。自己的经历告诉桂兰，到了别人家就不会好过，就会受到心灵的伤害和肉体的折磨。再者，夏喜炎家至今没有给过自家任何帮助，凭啥就这样白白地送给他家一个儿子。

夏喜春无可奈何，是父亲做得决定，本来只是改个姓，现在要让自己的儿子给二哥家做儿子，是到他家生活，这让人难以承受，也不知龙宝心里怎么想的。虽然二哥家经济条件比较好，但是，穷有穷的快活，富有富的烦恼。

既然已经决定了，要改变决定看来是不可能的了。桂兰最后要夏喜炎夫妇承诺一直让龙宝上学，直到不能上为止。夏喜炎夫妇满口答应。

龙宝听到说要将他送给二爹家，他死活不愿意，怎么动员都不行，改姓也不行，龙宝吼道："我凭啥要姓夏，大哥、二哥都姓孙，我才不愿意姓夏呢？"

"让你跟爹姓，多好。"春宝乘机调侃龙宝。

"那你也跟爹姓啊。你和大哥跟爹姓夏，我还是跟妈姓孙。"龙宝怎么也不愿意改姓夏。

到二爹家生活，龙宝死活不愿意去，他对妈说："我不吃家里饭，妈不会不要我吧？"

桂兰这时眼泪直流，她对龙宝说："儿呀，妈怎么不要你呢？你们都是妈的心肝宝贝，再穷，也舍不得让你们到别人家去。但是，这是爷爷的决定，夏家要有一个男孩继承祖业，你本来就是姓夏，大哥、二哥也都是姓夏，现在你还小，等你长大了，你就知道是怎么回事了。"

"妈，你别哭了，我去，我马上就去。"龙宝见到妈哭了，这才答应去二爹家。

夏喜炎夫妇特别满意龙宝到他家，不仅龙宝是桂兰四个儿子中长相最好的一个，而且，这个年龄最佳，正好过继来就上学，少了很多过程，少了很多操心。虽然听说龙宝不愿来，但是，小孩子家当然不愿意离开家，过过就好了。二妈已经替龙宝准备了一切生活用品、独立的房间、独立的床铺。

当天晚上，龙宝根本就睡不着觉，太静了，太宽敞了。在家里，金宝、春宝、龙宝、旺宝四个睡一张床，每天，床都被震得吱吱嘎嘎响，随时都有倒塌的可能。其实，兄弟四个都希望床倒塌一次才开心，哪知夏喜春是过来人，料到小孩子会有这"恶趣味"，将床铺搞得很牢固，只听到响，就是不会塌。兄弟四个两人一床被子，金宝与旺宝各睡一头合盖一床被子；春宝与龙宝合盖一床被子。

兄弟四个睡了这么多年，习惯了，突然改变当然不适应，所以，第二天一早，龙宝就溜回家与妈说："二爹家一点也不好，睡不着觉。我不去了。"说着就倒到床上睡着了。

桂兰又好气又好笑，龙宝认床，认家，认环境，肯定昨晚一夜没睡着。

要说哪儿好，当然夏喜炎家好，一人一张床，一人一个房间，在家里，四个人挤在一张床上，睡觉经常会掉下来，到了夜里，被子都不知跑哪儿去了，没有一人身上有被子，桂兰冬天不知要起来替他们盖多少次。

　　二嫂过来了，手上拿着钥匙，她交到桂兰手上，问："龙宝呢？一早就跑了，想他应该跑自己家里来了。"

　　"回来倒到床上就睡着了。"桂兰回话。

　　"昨晚没睡着，听到他在床上蹦来蹦去的，折腾了一夜，我也没问他。"二嫂告诉桂兰，龙宝一夜没睡。

　　"认床呢，过过就好了。"

　　"嗯，早饭在锅里，我要干活去，门已经锁了，钥匙给他。"二嫂将家里钥匙给了桂兰，等龙宝醒了给他。

　　两家相隔就几十步远，所以，桂兰才放心将龙宝过继给老二家，要是远的够不着，桂兰肯定不愿意。靠得近，就在眼皮底下，有什么过火的地方，她立马会知道，随时都可以收回来。

　　日子过得真快，暑假就结束了，学校开学了。

　　金宝、春宝，现在又增加了龙宝，一家三个，年龄由大到小，个儿由高到低，长相一个比一个俊，走在西塔村通往渡船的路上，人见人爱，都很羡慕，满是赞美。他们从心里佩服桂兰和夏喜春，这不是用金钱来衡量的一个感受，而是一种对未来充满希望的感受。

　　"夏龙宝，夏龙宝！"开学了，一年级班主任要点名，对对号。老师点到夏龙宝，没人喊"到"，以为学生没听见，所以又提高声调再喊了一次。

　　与龙宝同桌的女同学用胳膊挤挤他："叫你呢，你怎么不喊到？"

　　"老师叫的是夏龙宝，我姓孙，孙龙宝。"

"啊？"同桌不知原委，所以惊讶。

老师过来了，"你怎么不答到？夏龙宝。"

龙宝立即站起来申辩道："老师，我报名时，不是这个名字，是孙龙宝，怎么改成夏龙宝了？"龙宝以为在家喊喊夏龙宝就算了，怎么在学校的名字也改了，好不开心。

"你爹姓夏，你是与你爹姓，当然叫夏龙宝了。"班主任知道改姓的原委，为了使龙宝不再纠结姓的问题，她给龙宝来了个"高调"："这是派出所警察要求改的。"说完，班主任暗笑转身就朝讲台走。

警察和解放军在龙宝心里至高无上，没有一点反抗或反感的心理，绝对服从。

"到！"龙宝终于回答了老师的点名，同桌和同班学生都大笑。

班主任见龙宝十分灵气，个儿高，人又长得俊，报名时又专门试了他的"才"，发现他已经认识不少字了，料想是从他俩哥那儿学来的，数字也理得清，有意让他当班长。

"夏龙宝！"

"到！"龙宝迅速地答应。

班主任微笑地打手势让他坐下："大家同意不同意夏龙宝当班长？"

"同意。"老师提名，全班同学哪有不同意的。

"好，明天开始正式上课，明天上午一共三节课，下面由班长给大家读一读这周的课程安排。"班主任有意锻炼龙宝，手里拿着课程表，示意龙宝到讲台上来读。

　　龙宝哪经过这个场面，怯生生的，脸红到耳朵根，别看他平时能五能六，此刻有点怂，一副"锅边秀"的样子。然而，怂归怂，读课程表不含糊："明天是星期一，上午语文、算术、体育；下午语文、音乐。星期二……"

　　"不得了，你已经认识字了。"龙宝读完课程表回到座位，同桌的女同学惊呼地说。

　　班上就十个女生，这个女生个子高就安排她与龙宝坐。座位是后座倒数第二。

　　三个孩子上学，同去同归，又在一个学校，而且都长得标致，又干净，确实是一道风景，在校还看不出来，上学、放学的路上三人一起走，路人都要回头再看一看这兄弟仨。

　　新生的人民政权大力提倡贫穷人家的孩子上学，只要家庭有困难的，学费一概免除，特别困难的，书费也免。金宝、春宝书费和学费全免。龙宝因改姓夏，按照家庭经济条件，不在免费范围内，需要交书费和学费，但是也很便宜，几乎是象征性地交点。

　　龙宝虽然与两个哥哥不住在一起了，但是，他依然与两个哥哥形影不离，除了上课，其他时间就粘在一起。

　　放学回到家做作业，夏喜炎家，也就是现在龙宝自己的家，环境应该是最好的，但是，他不回去，非得与两个哥哥一起做，挤在一张桌子上，做好作业也不回去，有时候到吃晚饭的时间了，他也不回自己家去吃好一点的，非得与两个哥哥和弟弟一起吃山芋干。

　　龙宝与哥哥、弟弟吃山芋干，桂兰看着，任凭他怎么吃都行。

但是，绝不容许龙宝将他自己家的东西带出来给哥哥、弟弟吃。一次，龙宝自己家吃肉，他将饭碗端过来，将肉给哥哥吃，两个哥哥早已受过母亲的教诲，坚决不吃。他就给弟弟旺宝吃，桂兰知道了，狠狠地打了旺宝，并对龙宝说，以后不许将饭碗端过来吃，否则就挨揍。

桂兰一再告诉自己的儿子，不要羡慕别人，要想将来过得好，现在就得努力学习，有了本领，就有了想要的东西。母亲的教诲是儿子成长的清规戒律，是指引儿子走向正确道路的航标。

龙宝虽然已到夏喜炎家生活，桂兰并没有因为他已经到了别人家就放松对他的管教。

岁月如水，日月星辰，新中国建设日新月异，人民精神面貌焕然一新，居民的生活水平稳步提升，华夏一派欣欣向荣的景象。

国家的大环境向好，但是，桂兰家因人多，经济十分拮据，有时吃了上顿没下顿，虽然政府给上学的孩子免了书费和学费，但是，家里共七口人，每个人都要吃饭，少一口都不行啊。孩子们正是长个子的时候，不吃怎么行呢？每天光是吃饭就需要不少钱，就凭夏喜春一人出去干活赚钱。现在，夏家渔行生意虽然好，但赚到的钱摊到在渔行里劳动的每个人和夏宽身上就少了，夏喜春赚到的钱已经不能满足家里最基本的生活开支，也就是说养活不了家里那么多人。

俗话说救急不救穷。一时的困难，他人可能帮你渡一下难关，但是，你一直贫困，那就没人会帮助你了，亲兄弟也是这样。其他兄弟明知夏喜春因小孩多生活困难，但是，没有人出手帮助。

村里也传出了一些风言风语："金宝、春宝可以下湖打鱼了，已经能够养活自己了。"

"是的，西塔村，哪家不是这样，到这个年龄就下湖打鱼养活自己和家人。"

"打肿脸充胖子，家里饭都没吃的了，还送小孩去上学。"

"应该少生点，生那么多，又养不活，还将儿子送人养。"

"能呢，像下小猪一样，一个接一个，也不歇歇，这下好了，养不活了，最好卖几个，就有钱了。"这是一个嫂子与他人议论时说的话。

"养那么多讨债鬼，烦死了，个个都是饿死鬼投胎，那个菜一上桌，我的筷子还没拿起来，就给抢光了，这些'小炮子'一点都不顾人。"这是养母刘云与外人说的话，传到了桂兰耳朵里。

桂兰听到又气又恼，外人说也就罢了，自家的嫂子和养母也这么说，让她心里特别难受。尤其是嫂子这么说，简直是侮辱人。

养母也不知是什么心态，家里都这么困难，没有给过一点帮助，还与外人说自家人坏话，这是什么人啊？51块银元至今不知去向，是想带到棺材里，还是已经打牌输光了？不至于吧，就是打牌也输不了这么多。养了她这么多年了，欠她的养育债早就还清了。想到这儿，桂兰心里就隐隐作痛。

"再穷，砸锅卖铁也要让孩子上学，不上学，孩子将来就废了，就没有大作用。"桂兰斩钉截铁地对夏喜春说。

"我支持，十分赞成，现在是新社会，不是人才对社会就没什么贡献，也干不了好的工作。"夏喜春与桂兰一唱一和。

"不管外面还是家里怎样嚼舌头，我们就当他们放屁。"桂兰气得不轻。

"小三子，我昨天用蒲草编了个小蒲包，在里面塞进了米，煮出来的饭特别香，我尝了一口，好吃得要命，旺宝和凤宝俩吃了还要吃。如果里面塞猪肉，肯定好吃，不如我们试试做几个，做好了出去卖。"

"哪有钱买肉啊，做了万一卖不动，岂不是竹篮子打水。"夏喜春给桂兰设想的赚钱路子泼凉水。

不过桂兰还是想试试，她编了二十多个小蒲包，然后塞进肉，做好就在南门大街上卖。为了吸引行人的注意，她先拆了一个，切成若干小块供行人尝，尝过的人都说不错，就是蒲草香浓郁，肉香没拔出来。当天卖了一大半，本钱不仅赚回来了还小赚了一点。由于天热，猪肉不能过夜，否则就要变质，剩下的，桂兰就让儿子开开荤。

第三天，她又如此复制去卖，结果市场管理人员要她将蒲包肉带去检验并申请营业执照。这让桂兰为难了，她不知所措。正在纠结之际，福来饭店老板过来对她说："你的蒲包肉，我品尝过了，蒲包特香，但是没有什么肉味，到底还是你不懂肉怎么制作，所以，你弄不好蒲包肉。"

桂兰认为老板说的对，想请老板指导怎样才能将肉味拔出来，然而，这个老板是不可能告诉她的。如果告诉她，人家自己就没法混饭吃了。

　　"你的设想非常好，蒲包肉如果开发好了，就是一道很好的菜肴，但是，你没有能力做出来，必须要由厨师来做。"福来饭店老板要桂兰放弃蒲包肉。

　　"我们合作，你专门编织小蒲包，做多少，我收多少，论个付钱。今天你做的这些，我全买了，明天早上你就送小蒲包过来。"

　　桂兰也感觉自己蒲包肉做不好，既然福来饭店要蒲包，那就编织蒲包吧。

　　夏喜春每天在去湖里收购鱼时，都会顺便到芦苇荡里割蒲草，桂兰每天也起早贪黑给福来饭店编织五十个蒲包，福来饭店照单全收，这样桂兰就增加了一份收入。

　　桂兰构想的蒲包肉不仅激活了福来饭店的生意，也提升了它的名声。蒲包肉一时成为秦邮城的美味佳肴，多家饭店也开始做蒲包肉。这个蒲包肉，说实在的，并没有什么制作秘诀。蒲包制作也十分简单，聪明人看一眼就会了；那个塞进去的猪肉其实就是做肉丸的配制方法，肉丸子做得好吃，那么做出来的蒲包肉就好吃。

　　多家饭店互相竞争，最终使得蒲包肉越做越大，越做越醇香，福来饭店并没有在竞争中取胜，而是落伍了。桂兰做的蒲包也被淘汰，原因是别人仿制后进行了改进，不仅材料选择更好的，关键是在编织蒲包前对蒲草进行了熏蒸和处理，使得蒲包不仅香味更醇，而且还起到对肉馅保鲜的作用。仅两年不到的时间，桂兰原创的蒲包肉就被他人彻底仿制代替，再也赚不到钱。

　　蒲包肉创意带来的收入大大减轻了桂兰家的生活压力，虽然后来已经无法再赚钱了，但是，这个创意给桂兰带来了甜头，让她看到了在家里边带孩子边赚钱的希望。她感觉靠夏喜春一人养活家里这么多人实在太辛苦了，所以，她千方百计在家想办法赚钱。星期天，儿子不上学，她让金宝在家管好弟弟、妹妹，她去附近种蔬菜的郊区收购蔬菜到城里卖，这多少也能赚点米钱，减轻一点丈夫的压力。

夏家渔行已经恢复到过去鼎盛时期的营业水平，南门大街店和中市口店生意兴旺，尤其是中市口店，由于那儿靠县政府机关，商业林立、居民集聚，县城的中心点大有从南门大街向中市口迁移之势，所以，夏家渔行生意兴旺，每天进的货，不到中午就全部售完。每天买不到水产的市民建议夏宽扩大进货量，但是，夏宽仍然坚守旧的经营思想，"我吃饭，至少要让别人喝粥，否则迟早经营不下去。"当夏家渔行当天销售结束，别的店或小贩才有机会销售。所以，他们每天都盼望夏家渔行早点打烊。

夏宽仍然带着四个儿子经营水产，为了扩大收入，重新开辟了几个乡镇的稍售渠道。由于交通比解放前顺畅多了，客车的班次也增加了，前往各个乡镇很便利。

解放前，夏宽与刁家面馆开发出虾籽面条给该店带来了新的生机，现在他又与酱园店，也就是他女儿喜珍开发出虾籽茶干。

酱园店在喜珍的经营下有了新起色，虽然五香烂蚕豆不再是该店的紧俏货，但是她与爹合作开发出的虾籽茶干得到了市民的喜爱，销售量稳步上升。

桂兰第五个儿子，也是她第六个孩子出生。因是大年初一生的，所以取名为年宝。然而，报名入学时，老师将年误以为是念，将错就错，最后称之念宝。

这是 1952 年的春节，是大年初一，清晨，突然一阵爆竹声，将桂兰从睡梦中惊醒，瞬间，已经足月待生的桂兰肚子突然疼痛，她立即感觉要生了，随即告诉已经起床的夏喜春："三子，我要生了。"

"啊？哦，我去叫接生婆。"夏喜春第一反应就是喊接生婆。

"大过年的，去哪儿喊接生婆？你回来。"桂兰见夏喜春准备出门，要他回来。

"那怎么办？"夏喜春不知所措。

"我自己能生，你去烧锅开水后冷却，将剪刀用火烤一烤，手纸已经准备好了，你拿过来，然后要金宝他们不要到房间里来，就行了。"桂兰吩咐丈夫做好准备配合她。

感觉是受了点惊吓，肚子里的小宝宝要出来看世界了。"大过年的，是不是外面好玩啊？你就等两天又怎样呢，就会凑热闹。"桂兰对着肚里的宝宝说。

"肯定又是个儿子，要不然不会这么调皮，急吼吼的。"桂兰自言自语，预测即将出生的又是一个男孩。

大年初一，正是隆冬时节，还好这个春节的气温在零度左右，天气也很干燥，已经多天没下雨雪，每天都阳光灿烂。此刻，烧开的水已经倒进澡盆里冷却，热腾腾的水蒸气将房间的温度提升了一些，剪刀、手纸、婴儿的衣服都准备妥当。说是婴儿的衣服，实际也不知是给几个孩子穿过的旧衣服，但是，祖上人说，越是这样的衣服婴儿穿上越舒服，越合群，好带，不易夭折。

"哎哟！"桂兰一阵喊叫，惊得正在给儿女们做元宵的丈夫赶忙冲到房间，就这瞬间，婴儿大哭，果然是个儿子，夏喜春喜上眉梢，但是，又不知怎么办？过去都是接生婆在，不用他烦，现在亲眼看见这个过程，急得团团转。

桂兰已经生过五个孩子，经验丰富，只见她顺手操起剪刀剪断婴儿脐带，然后用手纸擦拭，又用旧的布块擦去婴儿身上的血迹。随后左手托着婴儿，右手用毛巾替婴儿擦洗。洗好后，立即替婴儿穿上衣服让丈夫抱着送进被窝里。桂兰也将自己洗洗，随婴儿躺在一起。

夏喜春随即将房间清理干净。这时，一直在外面等待妈妈生宝宝的儿女们拥进房间要看宝宝。身体虚弱的桂兰让儿女们看看他们又多了个小弟弟。

米粥熬好了，丈夫端进房间，让桂兰吃。桂兰也饿了，三两口就喝完了，然后呼呼入睡。

"金宝、春宝、旺宝、凤宝出来吃元宵吧。"听到父亲的喊声，他们一起出来吃元宵。

"等会吃，忘了件事，放鞭炮。"夏喜春忙得春节的鞭炮还没放。

"爹，我来放。"金宝是老大，当仁不让。

"爹，我来，"春宝是老二，不会错过任何机会。

"爹，我？"旺宝还小，他还不敢放，跟着哥哥学，又不敢，所以，说不出放的话。

"爹，我也要放。"这是不知天高地厚的凤宝。

"你也敢放？"旺宝用手指着凤宝，用怀疑的口气问。

"好好好，你们都去放，到外面楝树底下放，妈妈睡觉了。"

这时龙宝过来给亲爹妈拜年，还没到家，就看见哥哥、弟弟、妹妹在楝树下放鞭炮，他立即奔过去。

看着一群儿女们欢快的样子，夏喜春仿佛看到的是一幅闹春图。此刻，他感到很幸福，平时自己虽然很辛苦，整天忙碌着，但是只要一看见儿女全身都是精神。有些人曾当面嘲笑他很苦，但是，从他们的目光里看到的却是羡慕。

生活，什么叫苦？只要你快乐，你怎么都不会感觉到苦，有时就是疲劳了，那种疲劳也会很快恢复。

夏喜春是个身高一米八的男人，身体强壮，文化水平虽然很低，但是在那个年代，特别是在西塔村，就是在县城已经算相当不错了，就是那点文化底子给了他很大的帮助。

桂兰最能感受夏喜春因有文化而与西塔村同龄人间的区别，无论是气质还是干事和考虑问题上就是不一样，这是文化的力量。所以她要排除万难让儿女们去学习文化。

念宝出生后仅过了六个多月，桂兰又一个儿子要上学了，是第四个儿子旺宝。旺宝最喜欢去上学，他的书包与哥哥们的一样，是爹的一条裤子腿裁剪后缝的，加上一条带子就成了书包。为了使书包像新的一样，桂兰用染料将书包染成蓝色，几乎与新的一模一样。旺宝看到书包与哥哥们的一样，非常开心，天天盼着去上学。

到了开学那天，早上起床后，早饭还没吃，旺宝就急吼吼地拉着大哥要去上学。

桂兰大笑道："急性子吃不得热豆腐。你早饭还没吃，中午饭还没带就去上学了，不饿晕在学校才怪呢？"旺宝听妈妈这么一说才静下来，但是，书包仍然背在身上不肯放下来。

金宝学习优秀，小学毕业考试入选县中，今年已经是初二的学生了。县中在县城中市口向东还有一段路，比到小学远了不少，这就使得金宝必须比过去更早往学校赶，放学更迟，经常太阳快要落山时才能到家。

当天是到校报到的日子，还没正式上课，所以，兄弟四人一溜儿排着队沿着秦邮湖湖边大堤向渡船走去。这时渡船已经离岸，但是船主立即重新将船靠岸，让这四个上学的孩子登船。

"这条船是他家的吗？我急着要到南门大街去买东西，你又重新靠岸，耽误了我的功夫。"一位乘船的妇女责备船主。

上了船的金宝带头向船主问安，同时也向乘船的人问安，其他三个重复着哥哥的话音。

乘船人听到四个孩子的问候，开心地回应孩子们的问候。但是，这位妇女仍然没有停止抱怨。

"买东西耽误一会儿没关系，这四个孩子要去上学，上学不能耽误。"船主对这位妇女说。

"我买菜不耽误？上学有什么了不起，西塔村的人都不识字，照样吃饭。"这位妇女有点不饶人。

"你就别说了，这几个孩子，很乖，很懂事，是西塔村的骄傲，将来有出息。"船主向这位妇女说。

"生了那么多能怎样，上了学又能怎样，还不是一样吃饭睡觉。"这位妇女的话不在理上。

大家都劝这位妇女不要再啰嗦了，然而，这位妇女正在兴头上，还想说，船却到岸了。

兄弟四人过了大堤，走了几十步，就是小河，垂柳依依，青蛙发出阵阵蛙鸣的声音，有小鱼游来游去。兄弟四人在西塔村听惯了蛙鸣，也看够了鱼儿的嬉游，所以没有停步。再走百步就到了护城河，护城河的水流得很急，发出哗哗的响声。河东，居民临水而居，河西隔一条马路也是居民区。河边台阶上有淘米洗菜的，有捶衣的，还有洗碗的，恰似一幅河边浆洗图。兄弟四人无心多看，大步流星地迈过护城河桥。过了护城河桥，就是小学学校。

在校门口，金宝关照春宝："要照看好旺宝，中午吃饭时到他班上去看他，放学了，你们自己回家，不要等我，我可能要迟点才能放学。"

"哥，我知道了，你走吧。"春宝回应金宝的话。

"旺宝，你要听春宝和龙宝的话，不要像在家里那样调皮。"金宝叮嘱旺宝。

"哥，我知道了。"旺宝回答得干脆。

金宝将该关照的都关照了，这才迈开步子朝县中走去。

第十七章

1954年8月，长江流域发生特大洪涝灾害，西塔村受灾尤其严重。

"旺宝，拉住爹！别松手。"夏喜春一手抱着念宝一手拉着凤宝，他要旺宝拉着自己。

在夏喜春前面，金宝拿着自己的书包和淘米箩，淘米箩里是桂兰急促装的一点米饭与山芋干，春宝也带着自己的书包，跟着哥哥飞快地冲向秦邮湖大堤，秦邮湖大堤上已经漫水，水已经齐脚面，他们跟随人群沿着湖堤向运河大堤走。桂兰一手拉着养母，一手撑着雨伞走在最前面。本来，桂兰让旺宝与她一起走，旺宝说自己会走，非赖在最后与他爹一起走。

"爹，龙。"旺宝突然叫起来。

当夏喜春转头一看，哪里是龙，分明是一条大蛇。早就传说西塔村有一条比扁担还要长比人腿还要粗的蛇，但是一直没有人亲眼见到。

逃难人群中都在惊呼："大蛇。"

"不是蛇，是龙。"这是一位从没见过的老人喊出来的。只见他双手合十朝着暴雨倾盆的天空吟道："菩萨保佑。"

突然，一阵狂风掀起水面，已快到运河大堤的夏喜春感觉旺宝的手松了，回头不见了旺宝："旺宝，我的旺宝呢？旺宝！旺宝！"

当夏喜春呼叫旺宝时，又是那位老人对天空大呼："谁家的孩子骑在龙背上飞走了。"众人朝天看去，暴雨中，闪电里，雷声中，模模糊糊的似现非现的一条龙状的物体腾空而去，瞬间，蛇也无影无踪，旺宝也无踪无影。

"菩萨保佑！"老人重复着这句话。

暴雨顿止，仅留下稀疏的雨滴。

这时，人们才发现，那位老人也不见踪影了。

旺宝不见了，夏喜春发疯似地回头找旺宝，可是刚返回几步，水深就齐膝，手里抱着的念宝在大哭，手里牵着的凤宝见水快淹到她的胸口也在喊叫。

"夏喜春，不能再往前了，丫头要淹没了。"

听见有人在喊他，夏喜春这才收回"魂"，急得大哭大叫。

在众人的劝说下，夏喜春流着泪向运河大堤走去。

"小三子，你怎么才来啊？"桂兰看见了夏喜春，一阵欣喜，然而，不见旺宝在夏喜春手里，又见夏喜春两眼流泪，顿时感觉不对劲，急促却问夏喜春："旺宝呢，旺宝呢，旺宝呢？"

夏喜春无言以对，泪眼婆娑，自言自语道："骑着龙飞走了。"

"你胡说什么，我的旺宝呢？"桂兰拉着夏喜春的衣领责问。

　　夏喜春只流泪不回话，他无心回答。桂兰感觉不对，刚才听到有人喊"谁家的孩子骑着龙飞走了"，是不是就说的旺宝？这怎么可能呢？我家孩子是平常的孩子，不是神，更不是鬼，怎么就骑着龙飞走了？龙是什么样子，只是传说，谁也没见过。桂兰绝对不信自己的儿子会骑着龙飞走了。

　　好好的一个儿子就这么没了，桂兰哭得惊天动地。

　　西塔村大多数房屋的房顶与秦邮湖在一个水平面上。水火无情，许多老人没有逃得过这场灾难。高老太爷、谈奶奶以及一些走不动路的老人都被洪水吞噬，家畜、生活用品乃至粮食也都淹没在洪水里。

　　还好，政府派出的救援人员连夜赶到了西塔村，将一部分村民先安置在运河大堤上，另一部分村民安置在渡口南岸下坡一块空地上，那里临时搭起了芦席棚，还靠近县城，物资运送要方便得多。

　　救灾人员考虑到桂兰家人多，也将她家安置到南岸下坡的那空地上。

　　刚到了政府搭的芦席棚里，多次哭晕过去的桂兰迷迷糊糊倒在简陋的竹床上。她见到旺宝牵着一位老人的手开心地在缥缈的世界里走着，她立即赶向前，拉着旺宝，要旺宝跟她回家。然而，旺宝几乎很不情愿，拉着旺宝手的老人头也不回地对桂兰说："你的儿子跟我到仙界去，你就别拉他回家了，旺宝本来就是我的书童，只是他调皮非得下界去玩玩，现在已经被我收了。你该知足了，身边已经有了四个儿子，你还会再有三个儿子。"说完，老人与旺宝化作一朵祥云而去。

桂兰南柯一梦，顿觉身心轻松了些，不管是真是假，有时梦里的幻影会帮助人们摆脱一些痛苦。

说来也怪，洪水退后，高老太爷、谈奶奶和一些洪水中失踪的人都找到了尸体，就旺宝连个影儿都没找到。这事甚为蹊跷，再加上暴雨中那位奇怪老人，引起西塔村人议论纷纷，最终认为，那位老人其实就是龙的化身，也是他带走了旺宝。

无论真假，传说千遍就成真。大家又开始羡慕桂兰，不仅能生这么多儿子，还能生出一个"神仙"。桂兰不管这些，她认为自己的儿子谁带走都不行。

神仙是虚的，政府的关怀才是实的。秦邮县政府专题讨论了西塔村的灾后重建，决定在渡口南岸建设简易房屋，将西塔村整体搬迁，一劳永逸地解决西塔村一遇大洪水就被淹的历史性问题。

西塔村人听到这个消息兴高采烈，奔走相告，他们高兴的是从来没有哪届政府像今天这样不仅解决了他们遇洪水就淹的问题，还将他们一步从湖边迁到了县城，与城里人生活在一起，这是他们千百年来的梦想。

这是 1955 年冬天，再过 28 天就是 1956 年了。

这一天，朝霞满天，那朝霞几乎红透了天，就是这天，桂兰第七个孩子，也是第六个儿子出生了，邻居们听到她家又有婴儿的哭声，感叹地说："这个女人啊，是上天派来专门给他孙家生孩子的。"

"小三子，外面的怎么这么红啊？"刚生完孩子，桂兰看见从窗户透进的朝霞问夏喜春。

"是朝霞,满天都是红的。"夏喜春见老婆生孩子不费劲,没听到她叫一声痛,也不要叫接生婆,感到奇怪。

久病成良医,孩子生多了自己也是接生婆了。

桂兰正愁为这个孩子起名字,前面都是以宝为后一个字,那么,这个孩子名字里也应该要有个"宝"字。她看到外面满天红,就对夏喜春说:"就叫红宝吧。"

"与我想的差不多,这个名字好。"夏喜春与老婆一唱一和,名字也想到一块儿了。

夫妻俩也不嫌孩子多,尽管孕;也不担心养,尽管生。此年,夏宽的其他三个儿媳妇仍然未生一个男孩。

经过一年多的建设,一个崭新的村庄在秦邮城落成。1956年上半年,西塔村全部搬迁完毕,县政府仍赋予原名,如此,就是让村民永远记住西塔村的前世今生。

西塔村人的主业仍然是捕鱼,与城里人生活在一个圈子里,但劳动方式不变。

西塔村成立了渔业大队,户口为城乡结合体的"定销"户口,即:粮油与城镇居民一样由政府供给,但是没有就业指标。也就是说,适龄青年不安排工作,仍是继承祖业以捕鱼为生。

这已经是将昔日的渔民一步送到了城里。千百年来,西塔村渔民第一次能与城里人住在一个"屋檐"下,共同享受城里人的生活环境。

西塔渔业大队成立的第一件事就是登记造册,进行生产资料的分配。捕鱼主要生产资料有船、渔网、渔钩等，这些生产资料需要不少资金才能配齐。

夏喜春一家不在西塔渔业大队的花名册里，原因是他一家不仅人口多，而且没有捕鱼技能，又都在上学，如果吸纳为西塔渔业大队社员就会占用不少生产资料，给西塔渔业大队增加负担。

西塔渔业大队的大队长和书记原打算直接将负担沉重的桂兰一家排除出渔业大队，让其直接迁到城里，但是，夏喜春是西塔村筹建小组成员，在西塔村的重建中起到了举足轻重的作用。

"我们应该建一座冰库，将渔民夏天捕到而一时卖不完的鱼放入冰库，当市场需要而捕捞不足时再拿出来供应。"这是在西塔村第一次筹建会议上，作为筹建小组编外成员的桂兰提出来的。桂兰这个建议刚说出，除了县里派来参加会议的领导，在场全体队干部都一致否定这个建议。

"自古以来，没听说这桩事，冰能放到夏天？怎么放？"这是大队长边笑边说的话，大家将目光一起对准了桂兰。

"完全可以，冬天将冰收集到冰库里，留到夏天用。"桂兰早先就听公公夏宽说过，大城市如上海、苏州、南京，夏天都有人工制作的冰，秦邮地区现在还没有人工制冰，如果有了冰库，就可以将捕捞多余的鱼放入冰库，到节假日或者捕捞淡季时出售。也可以作为政府的储备资源，适时供应市场。所以，这个冰库的建设对渔民来说作用很大。

"我们每年冬季会捕捞很多鱼，几乎只能卖出三分之一，剩下的三分之二几乎是浪费一半，连卖带送另一半。有了冰库，我们就可以将鱼存起来放到夏天卖、节日期间卖。同时，我们还可以储存猪肉等。"参加会议的夏喜春接着说："我计算了一下，建设一座冰库，需要投资不少钱，冬天收冰也需要钱，但是，冰库在夏天会赚很多钱。"

"说得难听些，连死人的钱都可以赚。"夏喜春说到这儿，大队书记责问："怎么能赚到死人的钱？"

夏喜春回答道："我们有个习俗，就是死尸要放在家里三天后才能埋。夏天死尸放在家里三天，如何安宁？有了冰块放在家里降温，就能保证死尸不易腐烂。不仅如此，医院的太平间也天天需要冰来降温。"

大家都沉默了，觉得桂兰和夏喜春说的有道理。仅这一项，在秦邮县城就能赚到不少钱。

"两年，最多三年就能收回全部投资。三年后，仅冰库赚到的钱就可以养活三分之一的渔民。"夏喜春将建设冰库的前景展示给大家。

"到底识字，有文化，想到的东西与我们不一样。"有人开始不再反对桂兰和夏喜春的建议。

"我们西塔村人要将眼光放远些，要改变千百年来的观念，不能全靠渔业来养活，要搞副业。"桂兰不仅建议搞冰库，还提出了对西塔村发展的一点思考。

会议的最后，西塔渔业大队提出了两个让桂兰一家加入西塔渔业大队的条件。

"一是你们家必须下湖捕鱼，金宝、春宝退学一起来捕鱼，增加劳动力；二是你们家自己有一条小船，那条船就作为你们家的捕鱼船，不再分配其他船。"大队长说。

对此，桂兰几乎是拍案而起："这是什么狗屁条件，还要我的儿子退学，这是违背政府要求的。政府在提倡全民学文化，还办了扫盲班，你们怎么说得出口的。"

"我告诉你们，既然你们不要我，我也不稀罕，我们已经办好了入驻西塔居委会的户口，是定量户口，从此不再算是西塔渔业大队的社员。"

桂兰最后几乎吼着对大队长和书记说："你们要是想让西塔村真正好起来，必须动员孩子们都去上学。上了学，有了文化，对国家、对西塔渔业大队、对每个家庭都有更大的用处。"说完，桂兰拉起夏喜春离会而去。

桂兰一家选择了定量户口，所谓定量，就是完全是城市居民，一切生活物资由城市供给，适龄青年就业也由政府安排。整个西塔村就此一户，住在西塔村，却不是西塔渔业大队社员。

西塔渔业大队最终接受了桂兰、夏喜春的建议，建了一座冰库。这座冰库也是按照桂兰提出的方案建在了村庄的东南角，那儿是一个土坡，就地开挖成山洞状，挖好后砌围墙，分成若干个房间，洞顶架设屋梁，待收集冰块后，屋顶盖草，防漏水和保温。

这座冰库有两户居民住宅那么大，按照桂兰的建议应该建的更大些，反正那座土包又不能作其他用途，冰库大，夏天也会赚更多的钱。

冰库建好后，仅过半月，天寒地冻，秦邮地区各个水面包括秦邮湖全面结冰，此时，无工作的居民几乎都在歇业，尤其是西塔渔业大队的渔民，湖封冻了，如何下湖捕鱼，只有在家"待业"。

收集冰块开始，西塔渔业大队渔民一马当先，他们到湖上采冰，经过船闸，再过大运河，将冰运到冰库换钱，100斤1角钱。便宜吧，其实，价格已经很高了，坐在家里，分厘都赚不到。一船冰可以卖到几元钱，一天可以运好几趟。

"西塔村搞什么花样，冰也能卖钱了？"闲着没事的城里人以及其他乡镇的人也各显神通，动用各种工具将冰运到冰库换钱。

夏喜春是这次收集冰块的现场总指挥。他虽然不是西塔渔业大队的人，但是，正因为如此，不会对大队领导构成不利影响，反而受到了"重用"。

"收的冰每两个小时撒一次盐，帮助其结晶，不易溶化。"

夏喜春在现场指挥着，因为是星期天，他才有空到现场指挥，平时他要上班，现场指挥的是大队长。

夏喜春已经有了新职业，秦邮县柴草站站长。根据市民生活的需要，秦邮县城新建立了一个柴草站，这个柴草站专门供应城里市民炉灶生火做饭用的木材和干草。因为夏喜春不仅有点文化，而且会算会写，头脑灵活，所以，就任命他当了这个柴草站的站长。

整整半个月，收获了满库的冰，随后就盖上茅草封顶。

　　这个冰库给了秦邮人一次新奇的体验，夏天可以看到冰，尤其是儿童，弄块冰玩玩，真是说不出的开心。过去，城里也能见到冰，但是，冰是从扬州运来的，秦邮城没有制冰的工厂。

　　冰库的建成让西塔渔业大队所捕到的鱼再也不愁卖了，卖不掉的全部入库，到了节日，县政府有关部门还来调拨供给市民。

　　"如果夏喜春来当大队长，我们西塔渔业大队发展得会更好。"这是渔民的心声，也是一些队委的看法。

　　"你请他来都不会来了，人家现在当了站长，还帮助我们，真是太难为人家了。"大队开会，几个队委发出感叹。

　　这时，一个大队委进入会议室，他立即打断大家的议论，提高嗓子说："告诉你们一个让西塔村都感到骄傲的消息，夏喜春的大儿子高中毕业了，因为是共青团员，又是团支部书记，直接被录取为人民警察了。"

　　"有这么好的事，西塔村还没有人当过人民警察呢。夏喜春和桂兰肯定高兴坏了。"

　　"告诉你们可能不相信。桂兰不满意儿子去当人民警察，要他去考大学。她告诉儿子说上大学对国家贡献会更大，对家庭贡献也会更大，但是，金宝已经穿上人民警察的服装在体育场上训练了。我刚路过那儿，看清楚了金宝那个英俊的样子。"

　　"当人民警察多好，为什么非得上大学？"

　　"那个桂兰自己没有文化，但是，她怎么就能想那么远呢？当初，我们都笑她打肿脸充胖子。现在想来她还真了不起呢，生了那么多儿子不说，大儿子不费劲就当上人民警察，多光荣啊，整个西塔村都沾了喜气。"

"那金宝为什么不去考大学呢？学习成绩好，又是团支部书记，考大学肯定没问题。"

"听夏喜春说，金宝看到爹妈太辛苦了，他想早点工作，减轻家里的负担。"

"多孝顺的孩子。越是有文化的孩子越是孝顺。"

"我们就是想不到让孩子们去上学，只知道早点让他们下湖捕鱼赚钱。"

"桂兰经常在村里讲，要大家将孩子送到学校去学习文化。我们都听腻了，觉得她是多操心。现在，比一下，一个天上，一个地上。我家孩子与她孩子一样大，如果那时也去上学，今天应该也能当上人民警察了。就是当不上，可以去考大学，考上大学，就是政府的人了，就会为社会多作贡献。现在说这话已经迟了，我那个儿子今后也只能靠打鱼为生了。"

"当时造花名册，没有她家，她反而开心，她说，不在西塔渔业大队，不打鱼过得更好。我曾经笑她有点傻，现在看来，我才傻。"

"她的二儿子春宝比大儿子金宝还要好，听说学习成绩全校第一名，今年上县高中了，将来又是个人才。"

"以前在西塔村，她家几个儿子每天上学要坐渡船的，无论刮风下雨还是下雪，从来没有一个赖学了，真是了不起。我们真的要向人家学习学习。"

　　会议成了议论桂兰家的私事，书记也听得入神，现在他终于醒过来了，感觉会议怎么走调了。他想敲敲桌子要大家注意会议跑题了，然而，这位书记也很后悔当初没听桂兰的劝，让儿子去上学，现在湖上打鱼，虽然能养活自己，但是比起金宝、春宝来，怎么也比不了。

　　会议终于进入了主题，一个队委说得重了点，他要大队干部好好想想应该如何为大家服务，如何将西塔村建设好？"一座冰库让我们渔业大队尝到了甜头，所赚的钱需要我们打多少鱼才能赚到这么多的钱？"

　　"留下明年收冰和盖屋顶的费用，还剩不少钱，怎么用？"这是大队长在发问。因为他也拿不定主意如何使用这笔钱。

　　"再建几艘船，有几户渔民的船实在是太破旧了，不能再下湖捕鱼了，需要更换新船。目前来看造五艘最好，剩下的钱正好够。"大队书记的话几乎是最后的定调。

　　"最好造运输船，先造两艘，造大吨位的，剩下的钱送适龄孩子去上学。"一位队委发言。

　　"胡说八道，我们是捕鱼的，造运输船，难道不捕鱼去跑运输？"大队书记对这个队委的话不满。

　　"从今年夏天入冰库的鱼来看，我们捕的鱼已经远远超过了全城市民所需要的鱼，如果不是冰库，夏天所捕的鱼可能要坏掉三分之二。"这个队委坚持自己的意见。

　　"如果没有冰库，我们就不捕那么多鱼了，不捕那么多鱼，鱼在湖里会坏掉？真是莫名其妙。"大队书记驳斥这个队委的话。

"对啊，也就是说，我们有能力捕那么多鱼，如果没有冰库，不去捕鱼，那么，我们只有在家歇着。鱼不过剩，那么就是人过剩了，劳动力过剩了，所以造运输船就是将过剩的劳动力利用起来。"这个队委为自己的建议争取。

这位队委叫二愣子，新中国成立后当过三年兵，是一名党员，所以就吸纳到大队委来。

"唉，二愣子，你不简单啊，从哪学来的，说得大道理一套一套的。是上夜校学的？不对啊，夜校只学文化，没学理论哎。"大队书记幽默地说起二愣子。

二愣子被书记的幽默唬住了，不知如何往下说。这时，大队长终于说话了："不是早先说好的嘛，让夏喜春给我们参谋参谋，这个钱怎么用好。喊他来开会，昨天他到乡下调柴草去了，前天，我和二愣子与他说了，他的意思就是二愣子刚才说的话。剩下的钱让孩子们去上学，是他老婆桂兰插的嘴。"

"夏喜春与我们说，我们捕鱼人太多了，卖不了这么多，要将劳动力转移到其他地方去，跑运输现在来钱。他特别强调了，现在国家建设日新……什么来的？"大队长说到这词，说不下去了。

"日新月异。"二愣子插嘴，这是他刚从夜校里学到的词。

"对，日新月异，祖国建设日新月异，各行各业都在多快好省地建设社会主义，但是现在运输跟不上，特别是水上运输，我们县几乎就没有这行。陆上有汽车、板车，这些运输量小，价格还高。水上运输，运输量大，顺风扬帆，逆风拉纤，跑一趟能赚不少钱。

我觉得夏喜春说的有道理。"

"不行，我们的主业就是捕鱼，祖祖辈辈捕鱼捕了千百年了，现在要改行，这怎么行。"最终，在书记的坚持下，还是造了五艘捕鱼船。

西塔村依旧唱着过去的歌谣。

刚从湖边搬进县城的新家，女儿凤宝学龄到了，桂兰毫不犹豫地将女儿送到学校去上学。

"我小时候多么渴望到学校上学啊，那个时候身不由己，不是亲父母，无法要求养父母送你去上学。现在我的女儿到了上学的年龄，一定要让她去学习文化。"

"西塔村千百年来，没有哪个女孩去上过学。女孩将来就是嫁人生儿育女，让女孩上学，学了文化也是嫁出去，等于替婆家培养。"西塔村的村妇们又有话题唠了。

"学文化，那是男人的事，西塔村的男人都没去学文化，桂兰将女儿也送到学校学习文化，这是她冲破西塔村千年的桎梏，响应国家的号召，男女平等。"

"了不起的女人。"西塔村都议论开了，桂兰让女儿上学的事像一颗炸药引爆了已经平静了多年的西塔村。

1959 年，是桂兰家不平凡的一年。春宝考上了南京大学物理系；龙宝初中毕业，被国家招飞办公室招收为飞行员，也就是空军，即将赴飞行员学校学习。消息像炸了锅，不仅西塔村，整个县城都为之欢腾。

一个渔家竟然接连培养出一个又一个的人才。西塔村人没有声音了，平时喜欢传播消息的人也哑巴了，平时能五能六、说三道四的人也没话说了。他们平时的看法被否定了，他们谁也不相信这是事实，然而，这就是事实。

桂兰小时候的玩伴，已经嫁到乡下一直没有回来过的陈熊女儿小珍专门回到西塔村，她拉着桂兰的手问道："姐姐，你是怎么做到的？生了这么多孩子，没有穷垮你，没有累坏你，还有那么多人嘲笑你，你都不在乎。"

"差一点垮掉，差一点累趴，差一点让人说得想放弃，但是，我坚持下来了，我就一个念头，再苦再累也要让孩子们上学。不上学，孩子就废了，就没有大的能耐了。"桂兰见到小珍十分激动，小时候玩伴间友谊是天真无邪的。

小珍告诉桂兰，将母亲郁小妹接到乡下后她就完全疯了，不到两年就去世了。她生了一个儿子，没有让儿子去上学，在生产队劳动赚工分。她是不想让儿子像她爹那样有点文化就学坏。

桂兰对小珍说："父母正，子女正；父母歪，子女邪。"

"这下好了，儿子成材了，真的了不起。"小珍非常羡慕桂兰。

"早着呢。"桂兰指着自己的肚子，意思告诉小珍，又怀上了。

小珍感觉桂兰太神奇了，怎么每隔几年就怀一个，太有规律了。"你不是凡人，是神仙，听说你还生了一条龙？"小珍在乡下就听到桂兰一个儿子骑着龙飞走了的传说。

"他们瞎说，有意糊弄我，我是他妈，怎么就没见到他骑着龙飞走了。"桂兰听到小珍提起旺宝，眼泪立即流出来。

"那是怕你见到不让他走，会伤心，所以不给你看到就飞走了。"

"我要是看见，还会让他飞走吗？我的儿子，就应该在我的身边。再说，既然他是一条龙，为什么不来看他妈？"桂兰说到伤心处，已经哭出声来。

"不好意思，说到了你的伤心处，不说了，不提了。"

二人在苦难中度过了童年时代，是无话不说的好朋友，这么多年不见，有说不完的知心话。

这边桂兰与小珍叙述着童年的往事，那边西塔渔业大队得知夏喜春俩儿子考上了他们听都没听到过的学校时，开了专门会议，讨论如何庆贺。

"咱们西塔村渔民千百年来第一次有人考上大学，而且还是南京大学物理系，这是了不得的事，是我们西塔村人的骄傲。特别是龙宝当上了飞行员，从来没听说过我们县还有人去开飞机，而且是战斗机。"书记激动地说。

"人家又不是咱渔业大队的人，也不是从西塔村送去上学的。"二愣子有意将书记一军。

"春宝住在西塔村，应当也算西塔村人；老二夏喜炎是西塔渔业大队的户口，龙宝过继给夏喜炎做儿子，当然也是我们西塔渔业大队的人。"书记终于找到了反驳二愣子的话。

大队长说："春宝、龙宝这样有出息，这在我们村历史上是没有的，这是我们渔民的骄傲。桂兰这样培养儿子是值得我们学习的，西塔村今后就要学习她家这样养育子女。"

就如何祝贺一事，大队长接着说："过去，桂兰家那么困难都没有向我们要过资助，现在更不会提出需要帮助。上大学不仅书费和学费全免，而且还给生活费，全部费用都由国家包了。龙宝是老二夏喜炎家的，他家条件好，更不需要我们帮助。再说，当上空军，听说光培养费我们渔业大队全部资产拿出来都不够。所以，更不用我们烦了。等他们出发前一天，我去湖里弄点活鱼活虾，你书记下厨做几个拿手菜，请他们来吃个饭，就算祝贺，大家看怎么样？"

鼓掌通过。

春宝按期到校报到。做爹妈的没有送他。哥哥、弟弟、妹妹还有西塔渔业大队、西塔居委会的领导；春宝小学、初中、高中的同学和部分老师；县教育局有关负责人一直将他送到长途汽车站。

龙宝得知自己要到飞行员学校上学，十分开心，他的理想里有蓝天与白云，没有想到将来会驾驶战鹰飞翔在蓝天与白云里。

招收飞行员时，龙宝所在的学校全校那么多人，目测就刷掉一大批，体检时，又一天比一天少，最后就剩了他一人，整个县城一共就两人最终通过了体检。

刚开始体检时，招收飞行员的人没有穿军装，也没告诉他们要招收飞行员，只告诉他们要检查身体，所以没有一个人知道是招收飞行员，龙宝当然也不知道。最后是军人帮他检查身体时才告诉他，将来，他会成为一名飞行员，驾驶战鹰飞翔在蓝天。

他回家问二妈，就是现在的养母："妈，如果学校体检通过，我去当兵，你阿同意我去？"

"别做梦，你上你的学，别的地方不会让你去，我和你爹养你这么大，将来还靠你替我们送终呢。"养母话讲得很绝，不会让他离开家到别的地方去。龙宝听后心里一凉，这下"完蛋"了，体检通过也不能去，怎么办？

随后他便正式得到通知，说他已经通过体检，现在正在进行政审。

怎么办？养母不让去。他想起了在公安局工作的大哥，请他想办法。

"大哥，我已当上了空军，体检通过了，我们学校就我一个，现在在政审，二妈说了（当面喊妈，背后仍称二妈），哪儿也不许去，将来要替她和二爹送终。他们不许我走，怎么办啊？"龙宝来到县公安局，大哥正好在值班，他让大哥想办法。

"我已知道了，政审没问题，过几天就要到南京飞行员学校去，真是太好了，春宝到南京上大学，你也去南京，我们家真的好光荣！"

"大哥，你先别说光荣不光荣，我要是去不了怎么办？"龙宝怀疑自己真的走不掉。

"不会吧，二妈不会这么不顾大局，当上飞行员可不容易了，整个县就两个，那一个条件还没你好。我去找二爹二妈说，他们如果不同意，我去当他们儿子。"

"那好，你赶紧去说。"

"别急，等我下班，今天晚上就回家。你与咱爹妈说了没有？"

"也说了，妈起先不太同意，让我像二哥那样上了大学再去当飞行员。我说，不是直接去学开飞机，要先学理论，之后才学驾驶技术，妈这才同意的。"

"不过，他们就是反对也没用，谁让他们将我送给二爹二妈家的。"龙宝想起亲爹妈将他送人养就不开心。

"政策有规定，必须是独生子才可以不去服兵役。你在二爹二妈家算独子，如果他们真的反对你去，还真的去不了。但是，你当的不是普通的兵种，是空军飞行员，这可是国家目前急需的人才。"金宝向弟弟说起了政策。

"要是真的不让走，我就'完蛋'了。"龙宝十分担心走不了。如果那样，他不仅上不了学，肯定也不会安排工作。

"大哥，你快想办法。"龙宝催着金宝想办法。

"我先与二爹二妈说，如果实在说不通。接到通知，你不要告诉他们，直接到我这儿来，我送你跟带兵的人走。"金宝出了这个没有办法的办法。

"好！我到了部队再写信给二爹二妈道歉。"龙宝觉得大哥这主意行。

几天后，龙宝接到录取通知便直奔大哥所在的县公安局。

金宝已经知道龙宝录取的消息，隔日将随带兵领导一起走。

龙宝直奔大哥处，已证明与养父母沟通没有结果，养父母根本就不顾养子的前程，更谈不上考虑国家的需要。

"你就在我这儿，哪儿也别去，晚上跟我睡，吃饭跟我到食堂，后天我送你走。我们局长都在关心你的事，全县都在关注我们秦邮县招收飞行员。原来体检除了你还有一个车逻中学的学生，那位学生身上有块疤痕虽然很小，但是通过到上海医院化验，结果有点小问题，最终又被刷了下来，现在就是你一个了。如果你去不了，那不仅是你个人的损失，也是秦邮县乃至国家的损失。"

夏喜炎夫妇铁了心不让龙宝去部队，理由很简单，就是龙宝去了部队，将来他们就没人送终了。其实这个理由一点都站不住脚，夏喜炎才 40 岁，妻子 36 岁，至少要三十年左右才到需要人送终的年龄，到那时，龙宝要么就留在部队，要么已经转业了。如果留在部队，也完全可以将养父母接到部队养老。金宝已经向二爹二妈解释了，并且告诉他俩：这不是一般的兵种，是空军飞行员，整个县城才这么一个合格，太不容易了，是全家的光荣，是二爹二妈的光荣，是全县的光荣。现在国家急需要这样的人才，如果不放龙宝去，损失可大了。这次招收飞行员，国家在秦邮县投入了那么多人力、物力，好不容易找到这么一个合格的，如果不放他去，也对不起政府。然而，夏喜炎夫妇就是不同意。他俩除了说将来没人养老送终，再也说不出任何理由。

龙宝只有一个办法，躲。只要躲过这几天，只要能离开秦邮，以后的事就好办了。

夏喜炎夫妇见龙宝夜晚不归，十分恼火，翌日早晨就去学校找老师兴师问罪，然而，学校已经放假，除了看门老翁已空无一人。再者，龙宝已经由招收飞行员办公室接管，学校已无权过问。

养母得知龙宝已由招飞办公室接管，她到处打听这个办公室在哪儿？得知是在县政府里时，养母惊讶得张开了嘴："我的妈呀，弄到县衙去了，谁敢进去找啊！"她以为现在的政府与过去的县衙一样，进了大堂先吃几个杀威棒，打得你遍体鳞伤才让你入堂申诉。所以，她根本不敢进入县政府大院。

过去，有什么事，她可以找在县公安局当警察的大侄子金宝。一次，她在中市口出售鱼虾时，一位顾客辱骂且打了她，金宝得知后，为她讨回了公道，使她好有颜面。现在，她不好意思去找金宝，前几天金宝找她商量让龙宝去当飞行员，她不仅回绝得让人难堪，还说了很多难听的话，现在，她无颜再去找金宝。

龙宝到部队，总得乘车吧？那就到车站等，不信他能飞走。

车站就在运河堤上，距西塔村很近，一支烟工夫就到。

果然让她等到了，第二天早晨，几位穿着空军服装的解放军以及县招飞办公室人员、县教育局有关领导、县武装部人员，再加上金宝，有十几个人一起走来。

养母并没有一眼看出龙宝，因为龙宝也穿上了空军服装，只是没有领章、帽微，又夹在人中间。

"这不就是龙宝吗？"养母左顾右盼，终于在人群中将龙宝认了出来。她立即冲上去拉起龙宝："走，跟我回家，老娘还靠你养老送终呢。"其实，龙宝早就看见了养母，有意躲避她的眼神，希望能尽快上车。可是最终没有逃过一"劫"，还是被发现了。龙宝当然不愿意随养母回去，他挣脱养母的手，几乎要哭着哀求："妈，你就让我去吧。"

"不行，老娘养了你这么多年，你这一走，我咋办？"

"我又不是不回来了，每年都要回来的，还会复员回来的。"

"不行，不行，跟我回家。"龙宝被强行拉出人群。

带兵首长懵得不行，他虽然知道夏龙宝的父母不同意，但没见过这么不顾国家利益的父母。

"让他先与家人回去吧。"带兵首长没有办法，他对招飞办公室的负责人说。

后来带兵首长、招飞办公室人员、县政府有关领导、教育局有关领导以及县中老师、同学轮番上阵做龙宝养母的工作，都毫无效果。

"二嫂，你就让龙宝去吧，他是国家需要的人，如果你愿意，除了春宝已经去上大学，我其他儿子，包括金宝和去年冬天生的松宝任你选，你重选一个代替龙宝。"桂兰想用亲情打动二哥二嫂，让他俩同意龙宝走。

"就你能，就你能生，你那么多儿子就了不起了？到我面前摆威风了，谁都不要，也不换。"桂兰的话被二嫂直接打回，毫无道理可说。

老太爷夏宽终于出山，以一家之主的身份命令夏喜炎夫妇将龙宝送去当兵。

"谁再上门要求放龙宝走，我就死给你们看。"夏喜炎老婆就是横到底，她在家里梁柱上系上一根白布，白布下面放一条长凳。

到了这种地步，谁再敢上门劝说？最终，龙宝没走成。

龙宝没去当飞行员，当然就没有再上学，止于初中毕业，政府也不会安排工作，只好在家待业。

"你已经这么大了，学也不上了，我总不能还养你？"养母替他找了一份工作——放排。

放排就是通过水路运送木材，木材经水路运输经济实惠，投入很少却能大量运送。木材本身是漂浮的，无须运输船只，也不需要装船、卸船，只需将数十根木材捆绑起来作为一个排飘浮在水里就行，可以链接十多个排，然后在头部一个排和尾部一个排上分别搭个帐篷作为放排人的生活房。十几节木排连接好后，由拖船拖着木排从出发点到终点。

人在排上干什么呢？保证排与拖船处于适航状态，防止木材在运输的水路上出现散排或被盗。放一次排需要的时间依路途远近而定，一般少则几个月，多则一年半载，其实与当兵一年探亲一次差不多。

放排安全性较差，主要是木排在运输过程中如果遇到撞击、捆绑不牢发生散排，人身安全就成大问题了。那时，流传着这样一句话：世上三样苦，撑船、打铁、磨豆腐，放排更是苦中苦。正是因为安全性差，运一次时间很长，很难招到人去放排，只有那些年老力衰，家中无牵挂，无负担的人才去放排。

龙宝第一次离家外出放排好几个月没有音信，养母是否担心不知道，但是亲妈可急死了，桂兰天天去二哥二嫂家问龙宝什么时候回来，二哥二嫂回答不知道。他们的确不知道龙宝什么时候回来，因为水路太长，无法确定何时能到家。

六个多月后，蓬头垢面、胡子拉碴、又黑又瘦的龙宝出现在桂兰面前，桂兰哭了，她愤怒到极点，冲到二哥二嫂家，砸了他家的锅和灶，指着二嫂骂道："到底不是自己生的，就不当一回事儿，你们两个混蛋看看将我儿子弄成什么样了，我的儿子从今天开始不到你家了，咱们从此一刀两断。"

"不行，龙宝定好过继给我们的。"二哥二嫂不同意桂兰收回他们的抚养权。

"什么不行，我的儿子到你家，你给过什么回报？我欠你家的？国家需要他，你们不放他走，现在让他干这种谁也不愿干的活，你们安的什么心？你们这是要他的命。你们生不了，一直嫉妒我，现在是下毒手了对不对？"桂兰终于怒不可遏，说出了多年想说的话。

桂兰砸了二哥二嫂家的锅灶，二哥二嫂还真的一点办法没有，找老太爷夏宽出来主持公道。然而，自1956年公私合营后，夏宽就将渔行交给了政府，自己在新成立的水产公司当个闲职，实际就是不上班在家拿工资。现在夏宽已是老态龙钟，连人都不识了。老太太虽然身体尚好，只是她一直不问家事，少言寡语，再怎么闹，她都不会出来说句话。

龙宝不去放排，当然也没有其他工作可干，当然没有闲饭让他吃，桂兰让金宝想办法帮龙宝找个工作。

工作很多，像龙宝这样有县中初中毕业文化，无论在县城哪个单位都会找到工作。但是，他情况特殊，没有服兵役就不安排工作，也就是没有就职指标。

县人民医院院长与金宝是好朋友，他对金宝说："我院里现在需要人洗瓶子，让龙宝来帮助洗瓶子。"当时，病人挂完水后的瓶子进行清洗消毒后可再用。

"好。"金宝毕竟是警察，他理解院长说的这句话。

瓶子洗了不到一年，龙宝被临时调到医院挂号室顶班，然后试用，接着便成为正式挂号室工作人员。

老四夏喜泰也向夏喜春提出想领养红宝，因为他家就生了一个女儿，后面再没生育。对于四弟的要求，夏喜春没有同意，夏喜泰就找桂兰，桂兰回复的更加坚决："我家再穷也不会将儿子送人养，哪怕穷得去讨饭，一家人也要在一起。"

"先让红宝到我们家玩玩，能生活在一起再说，行不行？"夏喜泰见不能领养，就先"借"。

"这样行，但是不改姓，不改名，称呼不变，与你家没有领养关系，只是到你家凑热闹。"桂兰定了规矩。

红宝到四爹家吃饭没有问题，吃过饭，他就跑回家与姐姐凤宝、小哥念宝、弟弟松宝一起玩。一个多月后，四爹让红宝就睡他家，已经四岁的红宝一头不情愿，但是，吃人家的嘴软，他只好十分勉强地留下来，虽然一人一张床一个房间，可当晚他根本就没睡着，第二天就开始发烧，第三天还莫名其妙地"抽风"。这时，夏喜泰吓得不知所措，赶紧将红宝送回。说来怪，没有进行任何治疗，当晚红宝与哥哥、弟弟挤在一张床上呼呼大睡，一直睡到第二天中午才醒，身体竟完全正常了。

"我儿子就这穷命，我生的，我有数，他们只有跟我过才能活得好，离开我，再富贵的地方都不是他们待的家。"桂兰用这句话让夏喜泰死了心。

第十八章

桂兰自己将儿女们送学校学习，还不断催促西塔村人将孩子送到学校去读书。

"你是红林吧，怎么一个人在运河边玩，没去上学啊？"隔壁邻居贾家的小儿子已经过了上学年龄，仍然放养任其到处玩，桂兰立即来到贾家，其母正在家择菜："贾嫂子，我刚看见你小儿子红林在运河边上闲逛，那样很危险的，不小心，脚一滑，滑到河里麻烦就大了。"红林母亲比桂兰大些，所以，桂兰称其嫂子。

"桂兰啊，难为哦，我去看看。"贾嫂子丢下手中的活要去找儿子。

正说着，红林回来了。

"小炮子，刚在家的，眼一眨，就不见人影了。"贾嫂子说道。

"没让他去上学啊？"桂兰几乎是责备的口气。

"没让他上学，学了有什么用呢？"贾嫂子回答。

"既没有上船去捕鱼，又没让他去上学，将来让他干什么呢？"

"再过几年，让他学个手艺，木匠、瓦匠什么的。"

"有文化再学木匠、瓦匠不是更好吗？现在让他到处闲逛，岂不是浪费了他学习的好时光？"

"红林与我家红宝同年生的，我家红宝已经上二年级了，你赶紧替红林报名上学，这个孩子看上去很聪明的，有文化将来干什么都行。"桂兰劝贾嫂子给儿子报名上学。

"我与他爹商量一下，看怎么说。"

"还商量什么呀，你赶紧替他去报名。"桂兰催促道。

"妈，我要上学。"红林对他妈说。

"怎么报名啊？我们家没人上过学，不知怎么报名。"贾嫂子有点为难。

"这样吧，你让红林带上户口本，我让红宝带他去学校报名。"红林与红宝一样大，平时是玩伴。

"那就好了，反正他在家也没啥事做，还给我闯祸。"贾嫂子终于同意让红林去上学。

动员贾嫂子将儿子红林送到学校读书，桂兰又要拉上贾嫂子去夜校学习文化。

"贾嫂子，在家没事，到夜校去识点字，将来能用上呢。"

"学不会呢。就是学了有什么用呢？"

"新中国才让我们这些睁眼瞎去扫盲班学习文化，多好的事啊，说不定我们识字了，将来还能去工作。"桂兰鼓励贾嫂子。

"真的这么好啊，是想识点字，但是，我笨。"

"你比我聪明多了，我都认识了不少字，你去学，会比我学得好。"

桂兰激励贾嫂子上夜校。

"真的？那好，我去。你是夜校的班长，你带我，我就去。"贾嫂子同意去上夜校。

"好，一言为定。"桂兰不仅是夜校扫盲班班长，还是渔业大队扫盲组组长，负责渔业大队的扫盲工作。

男大当婚，金宝18岁高中毕业后当上了警察，警察是受人民尊敬的职业。他长得又高又俊，穿上警服，更受少女们喜爱。

有媒人找到桂兰，要替金宝说媒。桂兰的回答十分自信又巧妙："新社会了，国家正需要他们做事，他还小，让他为国家多干干。"一句话将那些好管事的媒人回绝。

其实，做母亲的当然希望儿子能够尽快成家，但是，她心中有杆秤，金宝不比城里任何男孩子差，他可以找个相当的女孩做老婆，而且，不应该需要她去烦这事。

第一位少女出现了，是南门大街紧挨南水关的一家四合院里的少女，高中刚毕业，考上了金陵一座高职学院。金宝英俊的形象和在校时当团支书记的传奇让她特别心动，她妈也很支持，还通过友人与桂兰交流。桂兰知道这户人家不一般，祖先是秦邮城人，后来不知去了哪儿，这座四合院是祖先的财产，解放后他们才回到故居。这位少女是县中的高中毕业生，叫吴文英，美丽而又文静，她是家中独苗，但是，父母思想很开放，并不要求入赘，如果可能将来有一个孩子姓吴就可以了。其家境也十分殷实，仅四合院在秦邮城不数一至少也是数二的。

文静的吴文英，心中非常渴望与金宝喜结良缘，所以，她顾不得自己的形象，积极主动地与未来的婆婆也就是桂兰联系。当然桂兰也十分满意这桩婚事。

寒冷的冬季，吴文英见金宝的妹妹和弟弟穿得十分单薄，她感觉有必要去帮助一下，用自己的零用钱替凤宝买了围巾，给念宝、红宝、松宝各买了帽子。这些未来的小姑子、小叔子围上她买的围巾，戴上她买的帽子开心无比，虽然还不好意思喊她嫂子，但是，喊她姐姐，甜的如蜜。

"你们的围巾、帽子哪来的？"见女儿、儿子戴了崭新的围巾和帽子，桂兰问道。

"嫂子给的。"凤宝、念宝、红宝一起同声回答，只有松宝睁大眼睛不知怎么说。

"哪来的嫂子？你们大哥还不知道此事呢。"母亲见儿女贪财很快就被人家收买了好气又好笑。

"你们太贪财了，以后，没有妈的允许，不许收别人的东西，外面老拐子多得很，他们会给你们东西，然后带你们走，从此就见不到爹妈了。"桂兰用这种方式告诫自己的儿女，不要随便收别人的东西。

"啊？"凤宝赶忙拿下围巾给妈，念宝、红宝也将帽子摘下，松宝愣了一会儿也学着姐姐、哥哥的样子将帽子摘下并扔了。

已经笑得合不拢嘴的桂兰看见自己的儿女这么听话，心里满是喜悦。

此刻，金宝回来了，妹妹、弟弟一拥而上："大哥，给我们带糖了没有？"

老规矩，一人一块水果糖。红宝将大哥的警察帽子摘下来戴在自己的头上，摇着头，晃当当的，逗得大家哄笑。

金宝看到围巾和帽子，问怎么回事。

"嫂子给的。"弟弟妹妹异口同声。

"凤宝，你带弟弟出去玩，我和你大哥有话说。"凤宝答应了一声，就带着三个弟弟出去玩了。

"南门大街吴姑娘给他们买的，我不在家，妹妹、弟弟开心地收下了。她不好意思到你单位找你，就来我们家。想和你相亲呢。我和你爹觉得这户人家及吴姑娘都不错，就同意她到我们家来玩，今天你回来了，你自己看，好，就与人家相处，不愿意，我就回绝人家。"桂兰对金宝说。

听妈说给他相对象，金宝脸红的有点不好意思，他对妈说："我还小呢，您不用烦。"

"什么话，已经不小了，工作也有了，人家看中了你，是你的福气，能处就与人家处，不能处，就说不同意。"桂兰让金宝干脆点儿。

"她人是不错的，在学校表现也很好，就是，她家成份不太好，听说是资本家，我还没去了解。如果真的是资本家，不能相处呢。"金宝告诉妈。

"成份有什么关系啊，只要她本人好就行，我蛮喜欢这个姑娘的。"桂兰率先表态喜欢吴姑娘。

"我是警察，又是团员，影响不好的。"

说到这个份上，桂兰虽然不理解，但是就不好再说什么，儿子肯定有儿子的要求，现在婚姻自由了，不是过去那种父母包办代替。

金宝回到单位立即进行了了解，吴文英果然家庭出身不好，是资本家，他向领导进行了汇报，询问能不能恋爱。

领导的答复是："你自己掂量，我们是公安系统，不是普通老百姓。当你提出结婚申请时，我们会专门审查对方的家庭背景，如果有问题，就很难同意。"领导的话实际就是不同意他与家庭出身不好的女孩相处。

这桩婚事就告吹了。桂兰有点不理解，但是她还是听儿子的，现在的年轻人有他们的思想，有国家的要求。

吴文英后来去了外地高职学校读书，从此没见过她回到秦邮。

金宝确实已经到了可以谈婚论嫁的年龄，有长相，有文化，有让人羡慕的职业，为他婚事"操心"的人还包括公安局的领导，一位派出所所长替他系了一条红线，对方是房产管理所的一位姑娘，初中毕业，父亲是小学老师，母亲是幼儿园老师。姑娘名叫闵春花，面容出众，身材婀娜，性格外向。

按照金宝的意思，婚礼就不办了，简单散点喜糖。

"你是我的大儿子，一定要办婚礼。虽然爹妈没有能力为你办个十分体面的婚礼，但是也得想办法让你的婚礼办得说得过去。"桂兰说。

　　1963 年冬天，婚礼就在西塔村桂兰家举行。家里养的一头猪杀了，家里养的鸡和鸭也宰了，西塔村的邻居下湖打了不少鱼虾，米是计划供应，很难拿出那么多米出来，就是有的卖，也没有钱去买。做的饭是胡萝卜饭，这已经是不错的了。

　　宴席来了不少人，公安局的领导和同志，他们穿着警服出现在西塔村，给西塔村增添了一种吉祥；房产管理所也来了领导以及和闵春花一样的姑娘们；已经在南京大学读研究生的春宝放寒假也回来了，再加上村上的亲戚朋友，热闹了一天。婚房是租的公房，闵春花是房产管理所的房产管理员，专门管理城里公房出租，所以，近水楼台，她为自己租了靠近公安局不远街巷里的一处房子。

　　这场婚礼虽然朴实，但是对西塔村影响不一般，使他们再次感受到，无论再穷也要让子女上学。孩子有了文化，未来的前景就不一样。

　　春宝自寒假探亲回到西塔村参加大哥的婚礼后，不知被调往了哪儿，桂兰从此再也联系不上春宝。过了一年多，县武装部领导在金宝的陪同下来到西塔村对桂兰说：“孙春宝现在为国家的国防建设工作，在很远很偏僻的地方，已经结婚，妻子也与他在一起，是北京人。”武装部领导给桂兰一封信，信里有几张照片和 100 元人民币。

　　照片上是春宝和春宝媳妇的结婚照，二人都穿着军装。“二子的婆娘挺漂亮的，”桂兰端详着照片，脸上露出喜悦的笑容：“怎么不早点告诉我，我都急死了。”

　　金宝念了信的一段话：“爹妈，我和杨萍已经结婚了，你们的二儿媳妇是北京人，她和我一起在参加社会主义建设，这项工作少则几年，多则十年、二十年，等这项工作完成了，我和杨萍回家看望爹妈。请爹妈、哥、嫂、弟弟、妹妹不要惦记，我和杨萍在这儿很好……"

桂兰听到这儿，插嘴道："你们好，我就放心了，做妈的就是希望儿女们过得好，妈让你们多读书，就是要你们多为国家做事。"她对着过武装部的同志说："以后要他不要带钱回来，家里有钱用，生活得很好，就是有空带信回来。"

春宝的消息使桂兰心中的石头落下来了，一年多无音讯，让他和夏喜春不知如何是好，一向信息灵通的金宝都不知弟弟的下落，做母亲的能不担心？金宝还悄悄地告诉她，春宝可能在进行国家重大国防科研工程，否则，不会让武装部领导亲自上门告知春宝的信息。还说，弟媳是北京大学毕业的北京人，她的父母是有地位有身份的人，要妈不用烦。

桂兰很开心，人家儿子娶个媳妇不知要费多少周折和钱财，她的儿子讨老婆不用她烦。此时，她又想到龙宝如果去当飞行员，应该和春宝差不多，真的可惜了。这么多年来，她遇到有家中嫌子女烦要送人时，就告诉人家，再穷自己担，不要送人，否则后悔都来不及。

桂兰拿着照片给念宝、红宝、松宝看，嘴里还念着："你们二哥多来斯，不仅为国家做大事，娶的老婆都是当兵的，既不用妈烦，还不要妈花钱，更不要妈给房子。你们以后也要像二哥一样，有本事就自己讨老婆，没本事就到庙里当和尚去。"说到这儿，桂兰哈哈大笑。这是她最开心的笑。

春宝的喜讯仿佛给夏喜春注入了兴奋剂，整天在外奔波赚钱养活儿女，虽然还没有物质上的回报，但是，精神上的回报已经超过了他的预想。"人活着不就图个名誉，争得就是一口气。"儿子能有这样的出息，不枉自己费力费神。他信服桂兰培养孩子的思路，他没有这么远的想法，夏家全家都没有这么高的眼界，桂兰没有文化竟然有这么远大的思想，不仅是西塔村，就是秦邮城有文化的妇女也没有这样的眼界。要知道，当时没有任何经济后盾，是吃了上顿不知下顿的穷人家，又是这么多的孩子，全部都送到学校上学了。儿女们上学虽不用交学费，但是，那么多张口，少一顿也不行啊。还有丈母娘经常要钱去打麻将，这事还不能让桂兰知道，要是知道了，她一定又要与其养母算账了。这么一大家，不仅要赚钱，还要当和事佬。

夏喜春在柴草站的收入，远远不能满足家里这么多人的开销，桂兰经常到郊区蔬菜队兑蔬菜到城里卖补贴家用，他更是没有休息的日子，在做好柴草站事情的同时，协助造船厂采购树材造船。夏喜春有一项技能，就是他能识别什么样的树材适合造船用。杉木造船不仅造价高，而且不结实，没有一般的杂树耐用。然而，长在民间房前屋后的杂树有的外观看上去很好，但是放倒后，树是空心的，被蛀空了，这样的树材只能当柴火而不能造船。夏喜春能从外观辨别出这棵树有没有蛀空，从而为船厂收购树材赢利。

金宝、春宝、龙宝三个儿子已经独立，无须再让他烦神，现在还在"待哺"之中的凤宝、念宝、红宝、松宝三儿一女需要他仍要像老黄牛一样耕耘。

1965年，凤宝初中毕业，她考上了扬州农业学校城市绿化管理专业，也就是如何管理城市的绿化。

两年后，她被分配到扬州市绿化管理局，担任绿化管理技术员。

龙宝从洗瓶子临时工到医院挂号室的正式职工，仅一年时间就完成了角色转换。院长很照顾，当然，这与龙宝自身的能力也有关，他是县中的初中毕业生，到挂号室当值完全能够胜任。龙宝长相英俊出众，此时身高已经长到一米八多，再加上他能当空军的健美体质，在医院是个新闻人物。

他是护士和分配到医院实习女医生一直想接近的俊男。

挂号室隔壁是药房，之间还开着一个窗口，药房里的阿姨级的药师都喜欢隔壁挂号室的龙宝，四位阿姨都在关心龙宝的婚姻大事，恨不能自己有个女儿能嫁给他就好。第一位阿姨是儿子；第二位阿姨的女儿上小学；第三位阿姨的女儿已经有了主；第四位阿姨的女儿虽然还没主，但是，这位阿姨觉得自己的女儿配不上龙宝，不仅年龄偏大了，长相和身材也差了一点，所以不敢妄想。

正当这些阿姨为龙宝的婚事操心时，龙宝从这个窗口里发现来了位女孩。有阿姨很快就告诉龙宝，是刚从大学分配来的毕业生。

女孩姓姚，姚雯雯，南京医学院毕业，长相洋气，大家闺秀，衣着得体，身材婀娜，出身高级知识分子家庭。其父是大学教授，母亲是扬州中学数学老师。

从这种家庭走出来的小姑娘，气质非同一般，她到秦邮县人民医院还没坐热"板凳"，医院那些还没找到老婆的年轻医生甚至县城里的那些公子哥儿如追蜂逐蝶般向姚雯雯拢来。可是，这位气质不凡的少女天资高，眼界高，根本就不将这些人放在眼里，连看一眼的意思都没有。然而，她却偏偏与龙宝对上了眼，只隔一个窗户，眉来眼去。无论姚雯雯是白班还是夜班，龙宝都与她同班。哪来这么巧？龙宝是挂号室负责人，姚雯雯上什么班，龙宝就将自己调到什么班。

一身轻松的年轻人干柴烈火，同居了，桂兰得知这一消息大喜，要给他们立即办婚礼。

"二嫂，龙宝他们不小了，有了对象，而且已经住在一起了，赶紧替他们办婚礼吧？"桂兰先征求龙宝养母的意见。

"我可没钱帮他们办大事，他们自己看着办。"桂兰终于看清二嫂、二哥的真面目，他们真的一点善良的心都没有。

桂兰完全没财力为龙宝办婚礼，一大家子吃饭都紧紧巴巴，勉强过日子，哪来钱为他们办婚礼呢？但是，桂兰征求了姚雯雯的意见，要替他们办个与金宝他们差不多的婚礼。

"妈，你就别操心了，我和龙宝外出旅行结婚。"姚雯雯已经知道龙宝养母不愿为他们办婚礼，虽然亲妈没有财力也要办，但是，她不想为难亲妈，也不想让养母难堪。

原来，养母准备将自己乡下的亲侄女嫁给龙宝，谁知龙宝完全拒绝，这让养母很失望，于是中断了一切对龙宝的支持，包括住房。没有住房，姚雯雯将在医院的单身职工宿舍变成了婚房，姚雯雯带着他回到了自己的故乡扬州，在美丽的瘦西湖畔、在盛开琼花的古城，留下了终生难忘的倩影，留下了一对新人的传奇佳话。然后，他们又到六朝古都南京，泛舟玄武湖，徜徉于栖霞红枫中，在古寺里，他俩祈祷百年好合，永结同心。

1966 年 8 月 9 日，是立秋后的第二天，已经 45 岁的桂兰又创造了一个传奇，距出生第八个孩子松宝八年后，她的第九个孩子顺利地出生了。这又是一个男孩，也就是她的第八个儿子。

这天，她正在郊区蔬菜队兑菜到中市口卖，要知道，兑菜后要将菜挑到中市口，两地虽然不远，但也有上千米的路程，桂兰挑着这担菜到中市口很快就卖完了，回家的路上感觉肚子不对头，经验丰富的她意识到肚里的孩子要出来了，她赶紧回到家，匆匆吃了念宝在家做的饭，她边吃饭，边要念宝赶紧去小店买点卫生纸，顺便叫屋后远房舅妈来，其他事，桂兰自己准备。

等念宝买了卫生纸喊来舅妈，新生儿的哭声已经响彻西塔村。

"不得了，桂兰姐，你又生了个儿子。"听到婴儿的哭声，舅妈拿着卫生纸冲进房间，看到桂兰生孩子的场景，简直是惊呆了。此刻，婴儿已经在盘里清洗，她上前接过婴儿帮助清洗，让桂兰休息。

舅妈自言自语地说："没看见，也没听说桂兰姐怀孕，怎么又生了，而且又是男孩。"这位舅妈很自卑，她婚后好长时间没能怀孕，先领养了一个女孩，以为过几年能生个孩子，然而，就是怀不上，看了医生也没结果，只好又领养个男孩。此刻见到桂兰姐又生个孩子，而且生男孩几乎不费劲，她感慨道："她是前世修的福。"

夏喜春外出干活晚上才回到家，还没到家，碰到邻居，邻居对他说："恭喜你，又添了个儿子，你更要辛苦了，但是，福气更大了。"夏喜春听后连声感谢。

生了这么多儿子，夏喜春一点也不嫌多，用他自己的话说："是老天送给我的礼物，我照单全收，多一个，也就是多一双筷多一个碗，每天我迟睡个把小时多赚点钱就行了。"此时，他已经辞去了柴草站站长的职务，找了俩帮手单干，专门为几家造船厂到农户家寻找最合适、最经济的造船树材。这样，虽然比过去当站长辛苦多了，但是，赚到的钱也能勉强养活全家人。所以，他每天早出晚归。当天事情顺利，回来得比较早。回到家，看见妻儿平安顺利，立即上前看看儿子长得怎么样。见婴儿长得生龙活虎，心里很高兴。

"今天也有熏烧吃啊。"夏喜春见饭桌上放着秦邮特产熏烧猪头肉和一碟青菜，当然还有点小酒，这是他每天回来吃的晚餐。这也是妻子每天为他准备的增加营养的晚餐。一天辛苦下来，回来喝点小酒，吃点熏烧，有时间再到澡堂去泡一泡，消除一天的疲劳，以利第二天继续干活。他以为这天没有好吃的了，谁知仍可吃到，既感动又不解。

"是妈要我去买的猪头肉。"念宝对爹说。

"哦。你妈吃了没有？"

"妈已经吃过了，吃的是糯米粥。"

孩子们每天晚上吃的是汤饭，也就是泡饭加家里自腌的腌菜。平时，他晚上回来时，孩子们都已经睡觉了，他一个人独吃，这天，他见儿子都在身边，就将念宝、红宝、松宝一起叫过来，给他们一人一块猪头肉吃，然而，一个都不肯吃，因为他们知道这是爹吃的，爹要赚钱养活他们，但是，在爹的命令下，孩子们还是津津有味地吃了。

也就是桂兰生了幺宝后，夏喜春一直依赖的船厂基本停业，这样他几乎就赚不到钱了，除了已经工作、结婚成家的，现有念宝、红宝、松宝、幺宝以及养母刘云共七个人需要张嘴吃饭，女儿凤宝虽然已经开始拿工资了，但是桂兰说了，女儿的钱一分也不能用，将来她要嫁人，家里没钱替她买嫁妆，要她自己存钱将来买嫁妆。凤宝完全能理解父母，父母做到这样已经很不容易了，她独自一人在外闯天下。

1966年年底，学校教书有时不能正常进行了，为此，为了不让自己的孩子在社会上游荡，桂兰重新安排了孩子们上学的时刻表，同时为了增加家庭收入，她将三个儿子弄成半工半读，学校开课就去学校上课，不开课就在家边学习边劳动赚钱养活自己。没有课，上午自学，下午劳动。

桂兰已经替他们安排好了劳动项目，既赚钱，活还不重，技术要求又不高——织网兜。

市民到市场买菜，一直都是提竹篮去。竹篮子体积大，带着它去市场，无论你买了菜还是没有买，篮子必须当时要带回来，如果逛商店，尤其是想看电影，竹监子要送回家后才能去，如果用网兜去买菜，就没有这个麻烦了，将网兜塞进衣服口袋里，让人感觉你并不是去菜场，所以，网兜不仅受到秦邮市民的欢迎，还远销大城市，扬州、南京、上海销路都特别好。

三个儿子的脑袋完全够用，只是到织网兜的人家那看一下就掌握了技巧。

孙桂兰限定三个儿子，每天每人织十个，谁先织完，谁就可以出去玩。

每个网兜净赚5分钱，一天可以赚5角钱，每人一个月可以赚15元。

15元，完全可以养活自己了，极大地减轻了家庭的经济负担。

松宝最小，每天织十个网兜就行了，念宝、红宝年龄大些，他们每天织好网兜后还得负责第二天织网兜前的准备工作。

桂兰负责做饭和带幺宝。刘云还是"自由放养"，她每天仍然外出看戏、打麻将，到点回家吃饭。一家之主夏喜春过去为船厂购买树材现在又为个体船匠购买树材。因为个体船匠对夏喜春购回的树材压价太低，要求太高，往往赚的利润很小，无奈，为了生计，也只能如此。

为了能多一点收入，这几年，夏喜春也一直想方设法开发树材的副产品，从中多赚钱。一天，他来到一沟乡，一户人家因儿子要结婚，手头拮据，要将屋后的一棵银杏树卖了。

"已经生长了有百年了，我还没有懂事时，我爷爷的爷爷栽的。"树的主人叙述这棵银杏树的历史。

夏喜春张开双臂丈量了树干的直径，拢不过来，约80厘米，他估摸着，主人说是百年，虽然有点夸大了生长年限，但是六七十年应该有了。他心里估摸着，这棵银杏树如果弄去造船就可惜了。

银杏木材特性是不翘不裂不变形，这是做乐器和高档家具的好材料，秦邮没有这方面的厂家或个体作坊。

"兄弟，你这树要价多少？"夏喜春让树的主人出价。

"我也不多要，300块。"银杏树主人的要价接近城里一个工厂工人一年的总收入。如果送到小船厂，150元封顶；卖给打家具的，最多加到160元。

"你要价高的太多了，现在生意不好做，船厂基本上处于半停工状态，时下，更没有人用这么好的木材去打家具，用杂树，价格只有银杏树的三分之一，普通百姓不讲究用材，只要经济实惠就行了。"夏喜春用秦邮木材市场的价格与树的主人谈价。

"要价不高，百年银杏树才300元，一年就3元。儿子要成家，要办婚事，否则不会卖的。"树的主人强调。

"这棵树的确不错，但是没到百年，大约六十五年左右，上下误差不超过五年，也就是说最多七十年，这棵树，你如果真想卖，220元。"夏喜春对树龄有独特的识别能力，树的主人十分惊讶，他感觉遇到了懂树的人。

"你真厉害，对树这么了解，难得。"树的主人感叹道。

"这样吧。树上结了那么多白果，估计有100斤，现在是九月初，长到月底，白果就成熟了，果子归我，我给你260元，你如要果子，就是220元。"夏喜春看着满树的果子，他自动涨了40元。

"果子，我不要了，家里还有去年的。"对方说。

"好的。白果不能多吃的，男人更要少吃。我先给你定金60元，还有200元，等我来砍树时，付你。"

"11月，我儿子要结婚，等钱用。"

"月底就来砍树，过了10月5日如果还不来砍树，定金就归你了，你可以再卖给他人。"夏喜春笑眯眯地对树的主人说。

之所以要延迟一个月砍树，不仅仅是等白果长熟好卖钱，重要的是要联系好厂家。树砍下来要立即运走，运到哪，事先要确定好。如在秦邮出手，肯定赚不到钱，想赚钱，必须要找需要这种木材的厂家。

夏喜春到柴草站，利用站上的电话拨通了上海一家钢琴厂的长途电话，正好该厂急需做钢琴和大提琴的木材，在电话里，厂家要夏喜春到上海去面谈。

夏喜春到了这家钢琴厂，没想到这家厂已经多月弄不到合适做钢琴和大提琴的木材了，几乎处于半生产半停工的状态，厂革委会主任见到夏喜春十分热情，希望能有他们需要的木材。抓革命也要促生产，该厂革命搞得红红火火，生产却上不去，已经受到上级的批评，所以，该厂需要促进一下生产。

　　生意很快就谈好，包括约 100 斤白果。白果对上海市场来说是紧俏货，厂长很开心，并要求将货送到厂里，日期确定 10 月 10 日前。

　　夏喜春带着俩伙计，先将树的枝杈锯下，正好已经成熟的白果随之落地，这些白果请当地妇女就近处理成品，然后装袋，称了一下，150 多斤。夏喜春与厂家谈好，就在他们厂里处理，1 元 1 斤，比当地市场标价 2 元 1 斤便宜了一半。同时，夏喜春还搞出来八十多块银杏树菜板，是用银杏树枝杈料做成的，直径 20 公厘米到 45 厘米不等，厚度从 25 厘米到 40 厘米不等。银杏树木材做的菜板无屑、无异味，还有杀菌作用，在江、浙、皖和上海一带最受欢迎，标价 3 至 10 元。

　　最让夏喜春开心是树根，经他"雕塑"后的树根菜板十分豪气和精美。夏喜春想，如果刁家面馆老板知道有一块菜板，肯定归他所有。然而，此时的刁家面馆已经改制，虽然面馆的名字仍旧，经营体制已经改变，员工工资制，干多干少一个样，经营额多少与员工利益不挂钩。福来饭店与刁家面馆一样也改了制。然而，国营秦邮第一招待所主任得知后与夏喜春联系想要这块菜板。这个招待所是县里接待要人的旅馆和饭店，曾经接待过中央领导同志，所以在秦邮是名声最响的饭店。但是，主任只出价 299 元，为何？主任的权利只能签署这个价格，超过 300 元要报上级批准。夏喜春感觉价位也差不多了，就给了这家招待所，不过夏喜春让招待所自己派车运回菜板，主任当天就派车运回。据称，这块菜板后来成了这家招待所的招牌。

树的主干按照钢琴厂给的制作钢琴、大提琴的尺寸就地裁好，连同白果、菜板一起装车。

车是搭的秦邮柴草站去崇明岛运柴草的顺风车，国庆二十周年后的第四天，夏喜春带一个伙计随车将货送往钢琴厂。经过五个多小时的行驶，卡车直接开到厂里。钢琴厂厂长见到这么好的木料十分开心，价格自然不会低。

"白果 150 多斤，算 100 斤，就交给你了。"夏喜春用过去经销鱼的精明方式将白果交给了厂长，厂长心知肚明。本来钢琴厂人就不多，100 斤白果按每人 2 斤分发给职工；菜板不是每家都需要的，标价后先在厂里销售，很快就销售掉三分之一。接着，厂长还电话联系到邻近纺织厂，这么便宜的、货真价实的银杏树菜板分分钟被销售一空。

国庆后的第五天，夏喜春与伙计随车去崇明岛运回满车的柴草，还给柴草站站长带回了崇明岛腌制晒干后的河豚鱼干。

灵活经营，这棵银杏树给夏喜春带来了丰厚的利润，俩伙计只干了几天活却拿到了工厂青年工人半年的收入，开心无比："跟着夏师傅干，有奔头。""我可以给未婚妻买结婚衣服了。"

夏喜春还专程到树的主人家送了人情份子："这是给你儿子结婚的红包。"

"谢谢！农历十六，到时请你来喝酒。"树的主人很感动，觉得这棵树卖得不亏。

"十六？我正好要到外面有事，就不来凑热闹了。"夏喜春借故推辞了酒宴。

　　送了人情份子，夏喜春没有停留，也没有像往常那样去寻找合适的树材，而是直接往家赶。他记得今天是桂兰 50 岁生日，结婚三十多年来，桂兰的生日也就全家吃个面条以示祝贺，却从来没有给她送过一样东西，总感觉愧对了桂兰，今天，他要给桂兰和孩子们一个惊喜，让这个家热闹一下。

　　他买了熏烧、卤鹅，在南门大街订了寿桃，还用粮票特意买了桂兰非常爱吃但舍不得买的大京果 1 斤、桃酥 1 斤，夏喜春买时，特别要求商店用纸将大京果、桃酥包好，为的是到家时悄悄地给桂兰，让她自己吃。

　　夏喜春拎着这些吃的回到家，只见念宝、红宝、松宝在织网，幺宝自己在门口树下玩。

　　"你们妈呢？"夏喜春见桂兰不在家就问道。

　　"妈去卖菜还没回来。"念宝边织网兜边回答爹的问话。

　　"上午卖菜到现在还没回来？"

　　"不是的。妈上午早就回来了，下午又去兑菜卖了。"这是红宝的答话。

　　"哦，知道了。"夏喜春纳闷，难道她忘了今天是她 50 岁生日，为了这个家，桂兰付出的太多太多了。

　　"儿子们，你们都不织网兜了，今天是你们妈 50 岁生日，我买了这么多熏烧、卤鹅、寿桃，都来先吃一块桃酥。"夏喜春今天有点豪气，他先拆开包扎好的桃酥，每个儿子一人一块。4 岁大的幺宝从父亲手里接过桃酥，先愣一下看了看是什么东西，因为，在他的记忆里没有吃过这种饼子，他尝了一口，觉得好吃无比，三下五除二就下肚了。

"爹，我还要吃一块。"幺宝知道平时爹最喜欢他，所以，他跟爹撒娇想再吃一块。

"没有了，等会有好多好吃的。"夏喜春对幺宝说。

"幺宝，你知道奶奶在哪儿？送一块桃酥给奶奶吃。"夏喜春要幺宝送块桃酥给岳母吃。

"我知道，在后面看人家打麻将牌呢。"幺宝接过父亲手里的桃酥立即奔出门。

夏喜春想到岳母已经快80岁了，能吃能喝，还能在外面玩得很不错，如果生病瘫痪在床，不仅要人服侍，还得花医药费，虽然家里穷点，但是，没有大病大灾，平安是福。所以，夏喜春感谢老天。

"要人家留的长鱼和虾送来了没有？"夏喜春问。

"送来了，在厨房里。"幺宝送过桃酥给奶奶后立即回到家，听到爹的问话，他应声道。

长鱼就是黄鳝，在秦邮有这样的风俗，过生日，要有长鱼、面条，到了50岁以上还要有寿桃。

夏喜春很快就处理好长鱼和虾，他要红宝到大运河上去洗，要松宝生火。火刚点燃，红宝已经回来，夏喜春立即烧蒜头长鱼段，烧好长鱼段，接着炒虾，再炒个青菜。

此刻，桂兰回来了："家里怎么这么香，烧什么啊？"

"妈，炒虾子呢，还有长鱼，还有桃酥。妈，你先吃桃酥，好吃得不得了。"幺宝从桌子上的桃酥袋里拿出一块桃酥送到桂兰的嘴边。

"哪来的桃酥？"桂兰问。

"爹买的，你先吃。"幺宝将桃酥直接塞进妈的嘴里，桂兰只好张开嘴吃。幺宝见妈吃，自己笑的同时，不停地咽口水。

桂兰见幺宝这么殷勤，人小有心眼，只吃了一口，剩下的就给幺宝了。幺宝开心极了。

"你们爹今天发财啦，花钱买桃酥吃？"桂兰质问道。

"还有好多好多好吃的呢。"幺宝指着桌子上几包东西。

不一会，菜就烧好了，接着，就开始煮面条。夏喜春将面条汤做好，等先吃点熏烧和菜，然后再下面。

"幺宝，喊奶奶回来吃饭了。"夏喜春指派幺宝去喊岳母回来吃饭。幺宝听到爹的指令，跑得飞快地去喊奶奶。

熏烧、卤鹅、长鱼、青虾、青菜。熏烧有猪耳朵、猪头肉、猪尾巴。

"你哪来这么多钱？"桂兰将夏喜春拉到房间里问话。

"这棵银杏树弄到上海一家钢琴厂去卖，赚了不少钱，今天是你的生日，这么多年来没有为你认真地过一次生日，这次有钱了，为你过一次。"夏喜春边说边从衣袋里掏出钱："这是1100元交给你，过日子的；这个50元，是让你做身衣服，难为你了，跟了我，没让你穿过一件像样的衣服，这次，你用这钱自己买布料自己做。"

当桂兰接过夏喜春给的钱，惊得嘴巴张好大，她从来没有一次得到过这么多钱。

"一棵树赚这么多钱啊？"她问道。

"如果卖到秦邮船厂和个体造船商，只能赚点小钱，这回，送到了上海的钢琴厂，仅白果和菜板除去成本就赚了好几百元，主材是做钢琴和大提琴的好材料，厂家开心死了，说是好久没见到这么好的材料。价是我定的，如果定高点，他们也会接受。"

"本钱留了吗？俩伙计的工钱给了没有？"桂兰问。

"你不用烦了，本钱、伙计工钱、买烟钱、喝酒钱都留了，这是给你过日子的。"

"你明天就去买布料给自己做身衣服，这包大京果是专门留给你吃的，桃酥给孩子们吃。"夏喜春叮嘱桂兰自己做身衣服。

桂兰看到丈夫给自己买了最喜欢吃的大京果，很激动，感觉这么多年夫妻，虽然生活很艰苦，但是心里不苦，日子过得平凡而舒畅。

"念宝，你放鞭炮，五挂小鞭，五个天地响。"夏喜春让念宝放鞭炮。

"今天是什么日子？放鞭炮。"红宝自言自语地说。

"你们亲爱的妈今天五十大寿，今天有这么多好吃的，是沾你们妈的光。念宝快放鞭炮，我要喝酒了。"夏喜春说完哈哈地笑。

念宝、红宝、松宝、幺宝一起在门外放鞭炮。幺宝最忙，他人小，想放又不敢放，围着三个哥哥团团转。

夏喜春看着这个场景，心里想起还有三个儿子一个女儿今天没有到场，否则就更热闹了。

夏喜春先给桂兰斟了小半杯酒，给岳母刘云斟了一小杯。说是一小杯，这个杯的容量也就三钱。刘云基本上天天一小杯酒，不吃菜，光喝。当然，家里如果一时断酒，她也不计较，有酒就喝，没酒，自己不买也不要求。

"今天是我儿子的妈 50 岁生日，我们一起先敬她一杯。"夏喜春想说几句好听的话，可是，心里想的就是说不出来，只好用喝酒一词来圆场。

夏喜春给桂兰敬酒，四个儿子轮番往桂兰碗里夹熏猪耳朵、卤鹅。桂兰心里好感动，觉得夏喜春可爱、儿子们可爱。

时光到了1971 年，春节刚过，红宝要去遥远的农村当知青，离家时，没有什么可带的，桂兰让他将初中课本和平时积攒的书全部带去了。

红宝到了农村，一天农活之后疲劳不堪，因为年龄还小，还不满 16 周岁，当然农村娃早就开始种田了，可那是农村娃，他们从小参加农业劳动，已经产生耐力和技巧。

初到农村，红宝情绪低沉，不知如何是好，除了农业劳动，还要浆洗，这对于一个从未独立生活过的男孩来说有困难，有困难就会想家，就会想起父母。

临行时，妈一再叮嘱："要保重身体；要像哥哥们那样，不要忘记多读书，将来一定有用。"

在家时嫌妈唠叨，远离了妈，才感受到妈的爱。闲暇之时，他开始重新学习带来的课本，读完初中的书，又学习高中的书。

别人向他开玩笑："难道还想考大学不成？"红宝不气也不恼，"学习并不是为了去上学，而是增长知识。"红宝这样回答向他开玩笑的人。

时光如水流，三年后，选拔德才兼备的青年到大学深造，这是谁也没有料到的。自愿报名，群众选拔，领导推荐，之后再参加考试。

红宝在几位知青的催促下报了名，并以最高得票以及领导大力推荐参加了考试。考试结果文化分合格，尤其是写的作文因太出色而被改卷老师认为可能是抄袭，还进行了调查，最终确认红宝的作文功底深厚，还发现了红宝其他文化才能。

两个知青连队，450人就一个名额，红宝拔得头筹，被推荐去深造。

此时，知青们才觉得红宝的"高、大、上"，觉得这才是把握时代命脉，是真正跟得上时代步伐的人。

去南方大城市上学前，红宝怀揣着录取通知书先返回故乡，向父母报告他要去南方大城市去上学了。在这之前，他没有向父母透露一点消息，所以，当他出现在父母面前时，桂兰惊讶得半天合不拢嘴，细致地端详着让她十分牵挂的儿子，她要儿子告诉她怎么就突然上学了。

"好好干活，保重身体，别忘了学习，我一直记住您送我到农村时叮嘱的话。"红宝告诉妈，他在农村三年一直按照她的叮嘱去做。

"我的儿，你是好样的。"桂兰第一次这么由衷地称赞红宝。

这是1974年，知识青年还在源源不断地向广阔天地里输送，红宝已经完成知青的历程，成为一名大学生。

勤劳改变生活，知识改变命运，这是千古不变的定律。

当红宝前往南方大城市读书之时，他的二哥春宝和未曾谋面的二嫂杨萍却传来不幸的消息，正在西北边陲进行国防建设的夫妻俩在一个项目试验中不幸双双遇难，留下一子在北京外婆、外公家，刚上小学一年级。

至那年，县武装部领导告诉桂兰，春宝研究生毕业后戎装参加国防建设以来就再也没收到他的信息。

这次不仅有县武装部领导，还有部队和县政府领导前来告知桂兰，桂兰泪流满面地对来人说："他到南京上学后，我就感觉他不再是我能够左右的儿子，而是国家的人了。"

来人问桂兰有什么要求，桂兰的回答让他们感慨眼前这位女性真是十分伟大。

"我的儿子、儿媳妇是为国家走的，我没有任何要求，如果有要求，那是对他们的不敬。"

生养子女十分艰辛，离去却是瞬间。春宝和未见面儿媳妇的遇难，使桂兰受到重大打击，她嘴上说儿子是国家的人，是为国而献身，其实，她心里很苦，她没有奢望儿子将来给她带来荣华富贵，但是，她希望孩子们平安、幸福。然而，自己还没苍老，就有两个儿子和一个儿媳妇离她而去，一个是在灾难中离去，一个是为国献身，这是她与丈夫的不幸。每想到这儿，桂兰就泪水横流，心情非常难过。

转眼松宝又到了成人的年龄，初中毕业一时找不到工作，桂兰就支持松宝去学习一门手艺，她对儿子松宝说："荒年饿不死手艺人，既然一时不分配工作，你就去学手艺吧。"

松宝跟着秦邮最有名的油漆师傅学习油漆工艺，脑袋聪明又十分灵活的、他仅用了一年半的时间就将别人三年才能学好的油漆工艺学到了手。就在松宝满师后不久，上山下乡运动基本停止，初中毕业生要么升高中，要么分配工作。松宝虽然已经能够靠手艺立身，但是，他还是加入了职业大军，进厂当了工人。这样就是双保险，既能拿到固定工资，闲暇之余又能发挥自己手艺特长为市民服务增加收入。

松宝，人聪明，长得又俊，他不仅从师傅那儿学到了技能，还得到师傅妹妹的青睐，二人共同研制出高档漆料油漆工艺，成为全县最具声誉的油漆匠，生意特别红火，最终二人又结为夫妻。

桂兰得知松宝不仅学到了手艺，有了工作，还娶了师傅妹妹为妻，未料到没上几年学的松宝这么能干，十分开心。

松宝立身后，改革开放大潮兴起，他夫妇俩工作之余又发展装潢业务，仅两年时间，就住上了别墅，让人羡慕不已。

兄弟姐妹几人，松宝第一个住上别墅，桂兰感叹，松宝从8岁开始就为养活自己而劳动了，他是家里出力最早的男孩，却是家里首先致富的，才20多岁就过上了让人羡慕的生活，这在秦邮县城也是很少的。

邻居贾红林初中毕业后，靠捕鱼为生的爹因病去世，家中无法再支撑他继续读书，待业在家。在西塔村，像他这么大的男孩早就继承祖业，成为湖上捕鱼能手。然而，贾红林从小就没有随爹到湖上捕鱼，而是到学校学习了。现在初中毕业，既无捕鱼技能，无法继承父业下湖捕鱼，又没工作安排，在家闲得慌。

"你不会捕鱼，但是你有文化，可以学习鱼、虾、蟹养殖。现在秦邮已经有人在搞水产养殖。"桂兰见到贾红林现在不上学，也不找工作干，给他出主意。

"人家养殖有水塘，我到哪儿去养殖呢？"贾红林毕竟还是乳臭未干的小青年，没见过世面，也不懂如何去寻找生活的落脚点。

"秦邮湖边上有好多个水塘，那些水塘荒废在那儿，无人要无人管，你到那儿去搞养殖，不过最好与渔业大队打个招呼，免得水产养殖成功了，人家眼红，到时不让你继续养殖。"桂兰启发贾红林。

经桂兰这样一开导，贾红林就像当年在家闲着没去读书时一样开了窍："谢谢三妈，我知道怎么做了，我一定会做好。"

当天，贾红林就找到渔业大队大队长，提出让大队同意他使用湖边上的十一个水塘。大队长听后立即同意，因为那些水塘自古以来就没人要。不过，大队长转而一想，水塘放在那儿是一回事，现在给贾红林用又是一回事。到底是领导，他转而就反悔道："你要那些水塘干什么？"

"我现在没事干，你们又不安排我做事，我要生活啊。"

"你家不是有条船吗，你可以下湖打鱼养活自己。"

"我又不会捕鱼，我连桨都不会划，帆也不会扯，怎么去打鱼啊？"

"你不去打鱼，船不就放在那儿坏了？"大队长这时将那些荒废的水塘当个宝了，不想将水塘给他使用。

听出大队长的意思是要他的船，贾红林不知怎么办，他将这事告诉了桂兰。

"船放在那儿两三年不用就废了，你又不会捕鱼，要那条船干什么呢？船是集体分配的，你又不能卖。如果你下决心搞养殖，不如将船还给队上，让他们将那些水塘分给你。但是，要他们签字画押。"

贾红林终于认识到该是自己下决定的时候了。

他将船交给了队上，那十一个水塘无偿使用，没有截止时间。

没有一个人不说他傻瓜，用一条船换那个从来没人管没人要的水塘。

西塔村人谁也没想到，贾红林水产养殖非常成功，第一年就获利颇丰，第二年利润更可观，第三年，改革开放的大钟敲响，贾红林乘势而为将养殖扩展到秦邮湖上。

没几年贾红林创立了红林水产养殖发展有限公司，自己当了总经理，生意做到了上海等大城市，总产值几个亿，成为秦邮县水产养殖、销售的龙头。贾红林虽然只有初中毕业，但是，就是因为有了这点文化，他才有这种知识、这种胆量去创业。他曾感慨地对人说："如果不是三妈（桂兰）多次要我妈将我送到学校读书，学点文化知识；如果不是三妈让我用船换水塘，那么，今天，我还不知怎么回事呢？肯定不可能发展成这个公司。"

第十九章

　　几个儿子，除了幺宝，其他都已经成家立业，女儿凤宝是桂兰最大的骄傲，也是西塔村百年以来最具代表性的女性。她不仅是西塔村第一位到学校正规学习的女性，也是第一位从西塔村走出秦邮落户到大城市的骄子。改革开放后，凤宝被提拔为绿化管理局的技术专家兼处长，五年后，又升为局长、党委书记。

　　凤宝经常将父母接到自己身边，让他俩尝遍古城美味佳肴，尤其是富春包子，让爹啧啧称好，他以为秦邮刁家面馆的包子已经是人间一绝了，没想到，富春包子比之还绝。父母俩徜徉在二十四桥明月夜里，虽然他俩是俗人，无法领略古代诗人的意境，但是他们可以感受到与秦邮湖不一样的夜色。凤宝还安排父母从古城广陵乘船到秦邮，一路上，运河两岸旖旎风光使已经垂暮之年的父母感叹不已："三子，我们虽然辛苦了一辈子，但是，现在回头看看、想想，值了，儿女们都争气，都很幸福，我们该知足了。"

　　"桂兰啊，你了不起哦，这个家都是你教出来的。你不仅救过我的命，救了我的眼睛，还坚持让儿女们去读书，所以，我们才有今天这个样子哦。你真是我的菩萨。"

"小三子，可能是上辈子我欠你一条命和一双眼睛，这辈子来还你的。"桂兰说完哈哈大笑。

"差不多哦，要不然，怎么会那么巧遇到你呢？"夏喜春回答老婆的话后也哈哈大笑。

在儿女们的成长中，桂兰自始至终都抱着一个信念，就是要儿女们多读书。无论生活怎样困难，无论社会动荡与否，她都坚持让儿女们去读书。即使家徒四壁，吃了午饭不知有没有晚饭吃也没有放弃让孩子们学习。当老五、老六、老七在校学习时遇到了社会上学习无用论思潮的影响时，桂兰仍然坚持让儿女们认真学习。现在剩下最后一个儿子还在校学习，她下决心让其全力投入。

幺宝是家中最小的一个，是桂兰45岁生养的，也是家里最受宠的。然而，再宠，在学习上桂兰也丝毫没有一点宠他，有意好好地培养他。此时，家中已经没有什么经济负担，有条件可以让幺宝专心致意地去读书。

当幺宝读到小学五年级时，国家恢复高考，学习重新走上正轨。幺宝丝毫没有因自己受宠而骄逸，学习一直很努力，当时秦邮县普通高中录取率不到百分之四十，可他却顺利地考上了高中，再经过高中三年不懈努力，终于考上了大学，并选择了他最喜欢的专业，也是最时尚的专业——哲学。

桂兰自己没有文化，但是，她十分重视后代的文化教育，从而将后代从湖上拉到了岸上，甚至走出了西塔村，走出了秦邮县。

贾红林也因桂兰的督促学到了文化知识，从事养殖业开阔了眼界，建立起渔业发展公司，从个人养殖到集团养殖；从天然养殖到天然养殖与有机养殖相结合，让西塔村渔业得到了前所未有的发展。

"桂兰将西塔村引向了文化兴渔的路子。"这是已经退休多年的西塔村渔业大队原书记对桂兰的评述。

"桂兰的影响打破了西塔村人千年靠湖吃鱼的传统，将会使西塔村人彻底地摆脱贫穷落后，过上与城里人一样的幸福生活。"这是原大队长的话。

改革开放后，渔业捕捞由过去完全人工撒网、抛钩到机械化作业；捕鱼船机械动力代替了人工划桨、扬帆。过去，一艘船每天能捕捞上百斤鱼算是很大收获了，而机械化作业的船，一天捕捞上百斤是起点，捕捞上千斤不稀奇。水产养殖兴起，捕鱼的不如养鱼的，人工作业的不如机械化作业的，两极分化。

起步早的渔家将孩子送到学校学习，没有考取高中的回到西塔渔业大队重操旧业，但是，他们给渔业大队带来了冲击，用文化知识改变落后的捕捞方式，开始渔业养殖。

红林渔业发展有限公司科技兴渔，活鱼、活虾不仅可以运到邻近的扬州、南京，还运到上海、深圳、广州、北京、香港。秦邮湖大闸蟹通过航空快寄方式甚至送到大洋彼岸也能保证鲜活。

有了文化的西塔村发展迅速，那些从文化知识中汲取营养的渔家人，率先致富，将茅草屋翻建成小洋楼、独幢别墅。泥巴路铺成水泥路，天然气代替了老虎灶。

　　知识致富的前景推动西塔村年青一代走进学校，到知识的海洋中寻找发展理念和致富之路。

　　他们从夏宽、孙如淦老一代人的身上看到了有文化知识才能立身，又从桂兰身上看到了只要坚持学知识的理念就能培养出国家需要的人才。春宝为国防事业作出了重要贡献；红宝已经成为国家级水利专家，同时，又在文学方面有所建树，加入作家行列；松宝是县城装潢行业的鼻祖，其公司的发展前景广阔。

　　幺宝也有一定的学术成就，多篇哲学研究成果受到国家新闻媒体的关注，随着时光的迁移，他的哲学影响将会越来越大。幺宝还为国培养出一位杰出的药学专家，这位药学专家因攻克了传染性疾病治疗新药而受到广泛关注。这位专家，幺宝的儿子，上海交通大学博士后，曾公费留学美国。

　　在桂兰学习文化知识理念的熏陶下，一家走出一个物理学硕士、一个药学博士后以及一个水利专家、作家，这是西塔村千百年来开天辟地的新鲜事，同时也是秦邮县城的传奇。

　　这个影响深入到西塔村的二百多户渔家，冲击着秦邮县城的几十万居民的思想。

　　在此影响下，西塔村的文化氛围不断增强，虽然还没有达到像桂兰一家这么高的文化层次，但是，中等文化已经覆盖，高等教育开始涉及，只是开支太大，仅靠渔业收入难以支撑，面对这一窘境，西塔渔业大队召开了专门会议讨论如何支持渔家后生高考中榜后有学上。

这次会议，桂兰仍然作为"顾问"被邀参加。渔业大队负责人已经换了几届，但是，他们都特邀桂兰参加，已经近80岁高龄的桂兰身体依然健朗、耳聪目明。她向渔业大队建议："用集资方式支持学业，确保渔家高考生录取不失学。"她的集资想法是：以志愿方式，每户出资200元，西塔村有二百多户渔民，这样就能集资到4万元左右，谁家孩子考上大学，优先启用。如果没有孩子上大学，就以抽签的方式，谁得谁用。为了确保资金准时到位和公允，由大队负责此项操作。桂兰的建议得到大队领导一致赞成，他们推荐桂兰负责这项工作，但被她婉言拒绝："我已是快要入土之人，说不定哪一天就走了，难以胜任。"最终，由一位副队长负责。集资当年，就解决了渔家俩孩子分别上二本和大专的费用。这个办法虽然很原始，但是管用，是民间解决应急的最佳办法，比到银行贷款省了不少程序和费用。后来，这个集资项目得到红林渔业发展有限公司和松宝装潢公司的赞助，从此，渔家孩子再没有出现因费用而不能去上大学的窘境。

大队会议上，新任书记和队长共同提议给桂兰树碑立传，在渔村的入口处竖铜像，已经联系好由金陵艺术学院负责雕塑，全部费用由红林渔业发展有限公司出。

大队书记和队长都是年轻人，他俩高中毕业没能考上大学返村继承祖业，并率先将现代化捕鱼手段应用于西塔村渔业捕捞中。雷达探鱼，科学施放鱼苗，天然养殖虾和蟹。活鱼、活虾、活蟹快运、邮寄，使西塔村的渔业得到空前的发展。同时，他们也看到了秦邮湖的渔业已经萎缩，再发展下去难以承受西塔村人的捕捞，终将枯绝。于是，他们放眼未来，逐步减少渔业的捕捞，开始面向社会，利用自身驾船优势，购进大型船舶开展内河运输。

桂兰得知大队要为她塑像，她惭愧地对大队领导说："我何德何能，大字不识几个，没有为渔业大队贡献一分钱，为我塑像实是浪费，我也承受不起。"

"您是我们渔业大队的领航者。虽然您没有直接随我们一起捕鱼，但是您的知识兴渔使西塔村有了今天这样的模样。我和大队长，如果不是您多次催促我们的父母送我们到学校读书，那么今天我俩应该是文盲，只能靠原始的作业方式捕鱼。"这是大队书记要为桂兰塑像的理由。

"今天，您提出集资解决经济困难家庭孩子上大学的问题，这是多好的办法啊，几十年来，您为渔业大队所做的贡献比任何人都大，虽然您没有直接出一分钱，没有直接去湖里捕一条鱼，但是大家的思想和观念被您影响了。"这是大队长的肺腑之言。

"与您儿子红宝同龄的高大华，因他父母没有听您的劝导，他后来参军到部队，在部队特别能干并且入了党，但就是没有文化在部队没能提干，三年后复员回到西塔村，只好到湖上捕鱼，他十分不满父母没听您的话送他到学校读书，以致'睁眼瞎'。所以，您是我们西塔村人的老师。为您塑像，鼓励后人，是您的荣誉，也是西塔村人的荣誉。为您塑像，是红林渔业发展有限公司总经理贾红林提出并出资。他对我们说，没有您，就不可能有红林渔业发展有限公司。他提出必须以渔业大队的名义为您塑像才能充分表达出西塔村人对您的尊敬。"副大队长说出了为桂兰塑像的另一个理由。

"千万别为我塑像，会让人笑死的，这样会折我的寿，我只希望西塔村越来越好。告诉红林，让他将为我塑像的钱去帮助生活还有困难的渔民，去帮助上学的孩子们。"桂兰坚持不让渔业大队为她塑像。

秋高气爽，云淡湖清，朝霞辉映，湖光潋滟。经过整修后的镇国寺焕然一新，镇国寺的西塔在霞光里熠熠生辉。

镇国寺象征着古老而又文明的秦邮，西塔是秦邮人尤其是西塔村渔家人的图腾。千百年来，在湖上打鱼的西塔村人无论是阳光无云的晴朗天还是暴风骤雨晦暗的日子，看见它，渔民就看见了希望。

整修落成揭幕，桂兰被邀请到典礼现场，红林渔业发展有限公司总经理贾红林告诉桂兰，镇国寺新落成的平安钟上刻上了她的名字，以示纪念她对西塔村渔业人的贡献。桂兰听后，本想再辞，但是，名字已经刻上，而且花费不多，所以就默认了。

镇国寺整修落成典礼的钟声敲响了，桂兰和几名有名望的代表手扶钟锤撞击着平安钟发出洪亮的钟声，这钟声在秦邮上空久久回荡。

桂兰手扶钟锤，热泪盈眶，这钟声将她的思潮拉回到童年，岁月漫长，她从一个被卖的小丫头到今天成了子孙满堂的老太太，这一生，虽然没有大富大贵，但是，她已经满足了，儿孙们给她带来的荣耀是荣华富贵所不能代替的，西塔村人对她的敬仰是金钱所不能衡量的。

桂兰感慨她这一生始终是存好心、说好话、做好事，没有做过一件违心的事。她想起郁小妹那么如花似玉一个女人，因一时杂念，结果惨淡"收场"。特别让她感到自豪的是，无论世事怎样变化，无论家里如何困难，无论别人怎样嘲笑，有时甚至吃不上饭，只能喝点稀粥搭点腌菜，但是，她都没有放弃让儿女们多读书的念头。在这西塔村，对世代靠捕鱼生活的渔家人来说，送孩子们去读书，根本想都没想过，但是，桂兰冲破世俗，打破了西塔村千百年不变的观念，这个冲击影响之大，影响之深是不可估量的。

镇国寺整修落成典礼结束，桂兰再次乘上让她魂牵梦萦的古老渡船。多年前，她多次默默地站在船闸渡口，默默地目送自己的儿子乘渡船去城里上学。她永远不会忘记，一个暴风雪的早晨，她的儿子金宝、春宝仍然坚定地要去学校上学。做妈的如果不让他们去，会耽误学习，让他们去，暴风雪中，安全可是大问题。当俩儿子离家去乘渡船时，她不放心地跟在后面。桂兰看到渡船像一片树叶在运河中摇曳，离岸没多远就消失在暴风雪中。她既惊喜又十分担忧，惊喜的是儿子有坚强的意志，担忧的是渡船的安全。

下午，她又来到渡口等待儿子放学，她向渡船师傅叩谢："真是感谢您了，那么大的暴风雪，你还送我的儿子。"

渡船师傅说："其他都能耽误，孩子上学的事不能耽误，你儿子真是好样的，这么大的暴风雪仍然去上学，我感动了，如果不送他俩过河，那是对不起他们。"

"我是担心安全。"

"安全没有大的问题，河面不宽，一支烟工夫就到了。你教育出这么有出息的儿子，真是渔家人的福气。"

还有一次，那是 6 月底，雨水连续多天，西塔村到渡口有一段低洼区，已经被淹了，也就是说，上学的路被冲断了，然而，他俩还是坚持要去上学，说是快要期中考试了，如果不去考试就要留级，那是多不光彩啊。他俩头顶书包，游泳通过被淹的路段去上学。那一刻，桂兰被震撼到了，她没想到，儿子这么坚强勇敢。

西塔村的渔民过去之所以没有送孩子们上学，除了世俗观念和经济条件外，还有一条就是从西塔村到城里去上学的路太长，还要乘渡船过河，过了河还有一段路，渔家的男孩都是宝贝，是继承家业和养老的靠山，本来在捕鱼过程中就容易出现危险，如果在上学的路上再有闪失，会得不偿失，再加上千百年来捕鱼本来就不需要文化知识，所以，渔家让孩子去上学就少之又少了。

人的思想观念和传统习惯一旦形成，要再去改变是很难的。

桂兰每每回忆起金宝、春宝在暴风雪中和游泳过淹区都坚持去上学的情景就激动和流泪，感觉自己太狠心了，万一有个三长两短怎么办？有时想到这儿，她赶紧收回思绪，免得让自己不忍。

"让孩子们去读书，不仅能为国家作贡献，个人也会有个美好的未来，比如娶老婆不用彩礼。"这是桂兰有时鼓励西塔村孩子们去学校读书的另一个"噱头"。

第二十章

镇国寺像镶嵌在秦邮古城上的明珠，西塔村就是这颗明珠照耀下生生不息的一个渔村。

桂兰从 7 岁开始，一生没有离开过这个村庄，当子女们成家立业后，要将她与夏喜春接到所在城市过日子，儿女们所在的城市比起西塔村比起秦邮县城不知繁华了多少倍，但是她却住不习惯，最多住上一个礼拜就打道回府，回到西塔村。"金窝、银窝，不如自己的茅草窝。"桂兰不习惯大城市的车水马龙，不习惯眼前的高楼大厦，不习惯霓虹灯下的影子。

她喜欢帆群，喜欢平静的湖面，喜欢镇国寺古老的西塔，于是她经常一个人，有时带着夏喜春从西塔村的家中向西走上运河大堤，面朝西塔，凝视着镇国寺，凝视着西塔，那是她心中的图腾。

从卖到孙家那年到如今，已经过去了 70 多年。70 多年，沧海桑田，时光如梭，但在历史的长河中只是瞬间。如果时光可以倒流，那么，她最想的就是坚持学习文化，如果坚持了 70 多年，那么，该是怎样的前景？绣花，后来都没坚持下来，画出来的花也只能做做鞋子，难以登上大雅之堂。还好，她终于从子孙这儿看到了她的愿景，尤其是凤宝，等于是她的寄托，是她的影子，是她的希望。

一阵风吹来，西塔上的那棵桃树在摇曳，泛出浅浅的金黄色的光芒。桂兰凝视着塔上的那棵桃树，心潮澎湃，她在最艰难的时候，曾经渴望塔上的桃树能带给她希望，但没有得到任何回应；她也渴望传说中的白发老人出现，她要诉说心中难以排遣的惆怅，也没有得到任何回应。她觉得什么事别指望他人帮你，包括神仙在内，只有靠自己，就像当年被父母卖出时的那样，哭天喊地也不会有人拉你一把，只有自己迎着困难去克服，去战胜，其他都是浮云。

桂兰感觉这一生，最幸运的是遇到了一个好丈夫，一个自己的好丈夫、孩子的好父亲；一个能听从她、协助她完成想要做的事的人。让孩子们去读书，丈夫是支持的，但是当日子十分艰难的时候，丈夫动摇了："桂兰，让老大、老二跟我外出干活去吧，要不然，日子真的太难了。"

"不行，再难，不能让孩子没学上。想别的办法，也要保证孩子不失学。"桂兰坚定而有力的决定让夏喜春收回了自己的想法，之后夏喜春再也没有提过。

当然，丈夫是个男人，男人也有他自身的弱点。那一年，桂兰编织的小蒲包赚到了一点钱，抽出一部分当作生意的本钱让丈夫去做生意，没想到，夏喜春用这个本钱走进了赌场，不到一天就输光了，这让桂兰不淡定了，她要夏喜春赔。输了钱的夏喜春正是有气没地方发，桂兰正好碰到"枪口"上，不耐烦她在眼前唠叨，拿起斧子要砍她。桂兰也是怒火中烧："你输了我给你做生意的本钱，还有理，还想要用斧子劈死我，你来劈啊。"桂兰昂着头迎着丈夫的斧子，然而，夏喜春并没有落下斧子，而是扔掉了斧子，从此，他就像头老黄牛一样为这个家奋力耕耘。

"我为你生儿育女，什么苦都吃了，那次你怎么忍心用斧子砍我。"一次二人呆坐在运河堤上，桂兰旧事重提，问夏喜春。

夏喜春一提这事就"蔫"了："啊呦歪，你就别再提这事了，我哪想砍你啊，那刻心里十分难受，正在气头上。还幸亏你逼我一下，否则我还准备第二天去赌场赊账再赌，想赢回本钱。如果那样，结果就难料了，现在回想起来真是后怕啊。"

养母刘云最是让她无奈了，无论日子怎样难，她不会帮一点，她依旧打她的麻将，去城里看戏，放在她那儿的51块银元，到她81岁去世时都没有说出用到哪儿去了，日子那么艰难，已经是揭不开锅了，但是，她依然没有拿出1块。养父有时让她给桂兰生活费，她都会截留下一些，从来没有为家出过一点力。桂兰最终自我释然："是我上辈子欠你的，你收留了我，我侍候你近50年，到今天为止，我终于还完了。"这是刘云81岁去世时，桂兰抚尸大哭时说的话。话中有责备、有感恩，责备的是，家中非常困难的时候，当孩子需要带时为何一点也不帮，甚至还与外人一起嘲笑她生那么多孩子；感恩的是养母收留了她，否则也不会有今天这样好的结局。

整修过的镇国寺比过去漂亮而又庄重，这座历史的丰碑见证了秦邮尤其是西塔村人的沧桑。

桂兰想起了春宝，那是他第二个儿子，是她最聪明的儿子，最俊的儿子，最有成就的儿子，如果现在还活着，一定是国家的栋梁。那个儿媳，面都没见过就离开了。孙子见过一面，几乎与春宝一个模子刻出来的，他继续了父亲的事业，扩展着父亲未尽的国防事业……

她最渴望西塔上那位白发老人出现，想面对面地问他，是不是将她的儿子旺宝带走了，可已经过去几十年了，连白发老爷爷的影子都没见到。

她从来不相信旺宝是骑着龙走的，那是骗人的，是安慰她的谎言：我家都是凡人，不会有什么神仙的事，更不会有个神仙的儿子，如果是神仙，招呼也不打就离开了妈。桂兰想到这儿，泪水就止不住地流。

她的小姑子喜珍，在她最困难的时候给予了帮助，如果没有这个小姑子的帮助，那道关就难以闯过去，桂兰非常想念这位与她最亲的小姑子。

凝视着西去的运河水，桂兰感受到人的一生像流水一般，匆匆而过，她与夏喜春这辈子几乎都在忙碌着，虽然老了，儿女们孝顺，让他俩无忧无虑地度着晚年。但是，她不想歇下来，她想继续忙碌着，然而，没有什么活需要她再去劳作，没有什么事需要她再去操心。国家实行九年义务教育，这是中国历史上从来没有过的事，渔民都有了养老保险，同城市职工一样有退休保障。桂兰觉得这个政策太好了，她怎么也没有想到政府解决了渔民的养老问题，解决了渔民的后顾之忧。这是西塔村的需要，也是国家政策好。所以，她过去操心的事，人民政府已经做好了，真的没她再烦的事了。

桂兰从孤身一人卖到孙家，生了八个儿子一个女儿，虽然有两个儿子不幸早早离开了她，但是，现在仍有六儿一女，枝繁叶茂，四世同堂。六儿一女，各立门户，都是离她远远的，最小的是幺宝，是父母最宠的儿子，父母垂暮之年，幺宝舍不得离开父母，城里虽然有房子，但是，他和媳妇坚持与二老住一起。

岁月如梭，时光流水。83 岁的夏喜春终于倒下了，再没有起来，儿女们悲痛无比，妻子桂兰更是悲痛欲绝，她抚摸着丈夫满是褶皱的脸，叙说着他俩的一生：

一生相依，

一世相伴。

走过多少山山水水，

迈过多少弯弯坎坎。

为你生儿育女，

为你洗衣做饭，

情愿心甘。

前世欠你，本世来还，来世再谈。

一生简单，

一世平凡。

油盐酱醋担水劈柴，

萝卜青菜粗茶淡饭。

为家劳碌奔忙，

为家竭尽全力，

情愿心甘。

前世欠你，本世来还，来世再谈。

一生相随，

一世做伴。

没有荣华没有富贵，

没有鲜花没有浪漫。

畅享儿孙绕膝，

享誉四世同堂，

情愿心甘。

前世欠你，本世来还，来世再谈。